8-2-2025

Chloe est en danger

*

Mission en eaux troubles

W0403818

CINDY DEES

Chloe est en danger

Traduction française de
CATHERINE VALLEROY

BLACK ROSE

HARLEQUIN

Collection : BLACK ROSE

Ce roman a déjà été publié en 2020

Titre original :
COLTON UNDER FIRE

© 2019, Harlequin Enterprises ULC.
© 2020, 2025, HarperCollins France pour la traduction française.

Ce livre est publié avec l'autorisation de HARLEQUIN BOOKS S.A.

Tous droits réservés, y compris le droit de reproduction de tout ou partie de l'ouvrage, sous quelque forme que ce soit.
Toute représentation ou reproduction, par quelque procédé que ce soit, constituerait une contrefaçon sanctionnée par les articles 425 et suivants du Code pénal.

Si vous achetez ce livre privé de tout ou partie de sa couverture, nous vous signalons qu'il est en vente irrégulière. Il est considéré comme « invendu » et l'éditeur comme l'auteur n'ont reçu aucun paiement pour ce livre « détérioré ».

Cette œuvre est une œuvre de fiction. Les noms propres, les personnages, les lieux, les intrigues sont soit le fruit de l'imagination de l'auteur, soit utilisés dans le cadre d'une œuvre de fiction. Toute ressemblance avec des personnes réelles, vivantes ou décédées, des entreprises, des événements ou des lieux serait une pure coïncidence.

HARPERCOLLINS FRANCE
83-85, boulevard Vincent-Auriol, 75646 PARIS CEDEX 13
Service Clients — www.harlequin.fr
ISBN 978-2-2805-1636-5 — ISSN 1950-2753

Édité par HarperCollins France.
Composition et mise en pages Nord Compo.
Imprimé en janvier 2025 par CPI Black Print (Barcelone)
en utilisant 100% d'électricité renouvelable.
Dépôt légal : février 2025.

FSC
www.fsc.org
MIXTE
Papier issu de sources responsables
FSC® C159065

Pour limiter l'empreinte environnementale de ses livres, HarperCollins France s'engage à n'utiliser que du papier fabriqué à partir de bois provenant de forêts gérées durablement et de manière responsable.

1

Le portable de Sloane émit un bip. Elle regarda l'écran et vit que le texto venait d'Ivan Durant. Exaspérée, elle songea qu'Ivan pouvait bien garder son nom, elle préférait redevenir une Colton. Même avec ce que cela impliquait de notoriété calamiteuse à Roaring Springs.

Ce n'est pas fini.

Un nouveau bip se fit entendre. Irritée d'être dérangée à l'heure du dîner, elle effleura l'écran. Et faillit s'étrangler.

Je vais te dénoncer et je te la reprendrai.

Un frisson de terreur parcourut le dos de Sloane. Son ex n'était pas coutumier des menaces en l'air. La bataille juridique pour la garde de leur fille de deux ans avait été acharnée et, pour gagner, elle avait dû se résoudre à faire du chantage à Ivan à propos de ses infidélités et de son addiction aux jeux. Son propre avocat l'avait avertie qu'Ivan n'avait sans doute pas renoncé à lui arracher Chloe.

Le regard de Sloane se durcit. Il faudrait qu'Ivan lui passe sur le corps pour obtenir la garde de leur fille. Chloe lui importait peu, il ne la voyait que comme une prise de guerre.

Sloane tressaillit en entendant sa fille pousser un cri perçant. Dans la salle du restaurant, des têtes se tournèrent. C'était elle qui avait tenu à l'amener au grill Del Agio, que les habitants de Roaring Springs appelaient aussi « The Lodge ». Elle avait tenté de persuader son père adoptif de choisir un autre restaurant, mais Russ Colton était aussi têtu qu'un âne et n'écoutait personne.

— Tu crois que Chloe va bien ? demanda Fox, le frère biologique de Sloane. Elle a l'air fiévreux.

— Les enfants sont toujours rouges quand ils sont sur le point d'entrer en éruption, marmonna-t-elle.

— Ça a l'air sérieux, répondit Fox en observant sa nièce avec circonspection.

Chloe et elle avaient passé quelques semaines au Crooked C en attendant de trouver un endroit où vivre. C'était son frère adoptif, Wyatt Colton, qui possédait le ranch et y vivait avec sa fiancée, Bailey. Fox y avait aussi une maison.

Sloane retira Chloe de sa chaise haute. Sa petite puce aurait dû être déjà couchée, et les plats tardaient à arriver.

— On va se promener, chérie, et regarder les skieurs.

Chloe lui parut très chaude. Ses joues étaient plus roses qu'à l'ordinaire. La pauvre petite en avait vu de dures après avoir quitté la seule maison qu'elle connaissait pour échouer dans une nouvelle ville, pleine d'étrangers qui se croyaient autorisés à lui pincer les joues parce qu'ils portaient le même nom de famille qu'elle.

Sloane avait failli renoncer à revenir à Roaring Springs, Colorado, pour cette raison même. Qui avait besoin d'une famille bruyante et tapageuse ? Son divorce avait été suffisamment difficile sans que tout le clan Colton s'en mêle.

— Maman ! Zoli ! s'exclama Chloe, en désignant du doigt l'une des parois en verre encadrant l'énorme cheminée en pierre de la salle de restaurant.

Sloane contempla par la baie vitrée les pistes illuminées et ponctuées de pins noirs et touffus. Des centaines de skieurs slalomaient dans la neige comme un essaim de papillons colorés.

C'était joli, effectivement. Elle avait oublié combien elle aimait cette époque de l'année à Roaring Springs. La saison de ski battait son plein, The Lodge était bourré à craquer de riches clients venus de tout le pays pour profiter des pistes et des hôtels cinq étoiles. Les rires et les joues rouges, l'odeur des grogs et des feux de cheminée lui avaient manqué. Même le martèlement des chaussures de ski sur la terrasse lui rappelait de bons souvenirs.

C'est pour cela qu'elle était revenue. Pour offrir à Chloe un environnement stable et un peu de joie de vivre.

Dès l'instant où elle avait annoncé à Ivan qu'elle était enceinte, il s'était montré furieux. Leur mariage avait été parfait tant qu'elle lui avait consacré toute son attention et rapportait une paye conséquente. Mais l'arrivée d'un bébé risquait de remettre tout cela en cause.

Ils s'étaient disputés pendant toute sa grossesse. Après la naissance de Chloe, Ivan avait commencé à passer tout son temps au-dehors, à jouer et à la tromper, comme elle l'avait compris plus tard. Et, quand il était à la maison, ce n'étaient que hurlements ou silences furieux.

À quelques moins à peine, Chloe devenait silencieuse chaque fois que l'imprévisible Ivan était à la maison. Il était troublant de constater avec quelle rapidité elle avait appris à échapper à l'attention de son père.

Sloane, quant à elle, avait aussi appris à dissimuler. Le tempérament d'Ivan était au mieux imprévisible et au pire violent. Il ne les avait jamais frappées, Chloe et elle, mais elle était certaine que ce n'était qu'une question de temps. Après qu'il eut brisé, un matin, toutes les tasses en porcelaine de sa mère – une des seules choses qui lui restaient d'elle –, Sloane avait demandé le divorce. Elle n'allait pas rester jusqu'à ce que sa fille ou elle soit blessée. Ou pire.

Frissonnant à ce souvenir, elle serra plus fort la fillette. Seigneur, elle avait cru en avoir fini avec ce cauchemar et ne plus jamais avoir à revoir Ivan. Mais, selon toute apparence, il n'avait pas fini de la torturer.

Elle allait enregistrer ses SMS, se dit-elle. Rassembler des preuves contre lui et demander une injonction d'éloignement.

À tout le moins, le nom des Colton ferait son petit effet au tribunal. Si elle devait vivre avec les conséquences négatives de son nom, elle pouvait au moins profiter de son pouvoir.

— Là-bas, maman, déclara Chloe en montrant les pistes de ski.

— Tu aimerais apprendre à skier ? Je peux t'inscrire à des cours, si tu veux.

Chloe s'agita avec tant de vigueur dans ses bras qu'elle eut du mal à la retenir. Il fallait sans doute prendre ça pour un oui. À nouveau frappée par la chaleur de son front, elle lui demanda :

— Tu as mal au ventre, ma puce ?

— Winnie mal.

Elles venaient de lire *Winnie l'ourson* et Chloe ne faisait sans doute que répéter ce qu'elle avait entendu.

— Tu ne sens pas bien, ma puce ? demanda Sloane.

Chloe fourra son pouce dans sa bouche et se contorsionna pour regarder dehors, se désintéressant apparemment de la conversation. Elle avait cessé de sucer son pouce à Denver, mais avait repris depuis qu'elles avaient emménagé à Roaring Springs. Elle avait aussi recommencé à mouiller son lit et à piquer des colères.

Sloane ne s'inquiétait pas trop de ces comportements régressifs et se disait que sa fille avait besoin d'exprimer une agressivité refoulée. Elle pouvait difficilement le lui reprocher, alors qu'elle-même éprouvait tant de colère envers son ex.

Depuis quelques semaines, elle pratiquait la boxe dans un gymnase et, chaque fois qu'elle collait en pensée l'image d'Ivan sur le punching-ball, elle était stupéfaite de sentir la fureur s'emparer d'elle.

Elle posa la main sur le front de Chloe. Il était brûlant.

— Je pense que tu couves quelque chose, ma chérie. Et si nous retournions à la maison mettre le pyjama, manger un sandwich au fromage grillé et lire une histoire ?

— *Winnie l'ourson* ?

— Bien sûr. *Winnie l'ourson.*

Sloane revint à leur table prendre son sac.

— Tu pars ? Mais les steaks vont arriver, protesta Mara.

Russ et Mara Colton, les avaient adoptés, Fox et elle, après la mort de leurs parents dans un accident de voiture. À l'époque, Fox avait sept ans et Sloane cinq. Elle leur était reconnaissante de les avoir recueillis, mais elle n'avait jamais eu l'impression de faire partie de cette famille de trois garçons et deux filles.

— Je crois que Chloe est malade, expliqua-t-elle. Je ne veux pas qu'elle vous contamine.

Son frère Decker, gérant de The Lodge, se leva.

— Je vais demander qu'on emballe ton steak et qu'on fasse avancer ta voiture.

Wyatt et Bailey exprimèrent leurs regrets qu'elle doive partir et promirent de venir bientôt voir sa nouvelle maison. Bailey était une fille formidable. Elle exerçait comme vétérinaire et venait tout juste de se réconcilier avec Wyatt, après une longue rupture. Ils allaient se marier pour la deuxième fois. De plus, Bailey attendait leur premier enfant. Sloane et elle s'étaient entendues dès leur première rencontre. Peut-être cela avait-il à voir avec le fait d'être des étrangères au sein du très bruyant clan Colton.

Sloane suivit Decker jusqu'au vaste portique en bois à l'entrée du restaurant. Des colonnes de pierre rose soutenaient le toit et un dallage d'ardoise s'étendait sous leurs pieds. Cet endroit était solide, stable. The Lodge était vraiment un lieu remarquable.

— Tu es sûre que je ne peux pas te convaincre de travailler pour moi, Sloane ? demanda Decker. C'est pour ça que papa t'a payé la faculté de droit.

— J'ai déjà dit plus d'une fois à Russ que je ne suis pas formée au droit commercial et que ça ne m'intéresse pas.

— Formée ou non, tu es brillante. J'ai besoin de quelqu'un de confiance au service juridique. Nous avons eu des annulations après le meurtre du mois dernier, et un grand festival de cinéma va commencer l'été prochain, dit-il en baissant la voix. J'aurais vraiment besoin de ton aide pour m'aider à gérer notre image.

— Alors c'est d'une publiciste que tu as besoin, pas d'une avocate criminelle. Honnêtement, Decker, mon embauche constituerait plus un problème qu'une solution.

— Tu es une Colton. Et c'est une affaire de famille.

Chloe se mit à gigoter, donnant à Sloane un prétexte pour abréger la conversation. Elle se mit en devoir d'enfiler sa combinaison de ski à la petite fille, qui ne cessait de repousser le capuchon. Ses fins cheveux blonds se dressèrent sur sa tête à cause de l'électricité statique. Sloane essaya de les lisser, mais la petite agitait la tête en criant « Non ! Non ! Non ! » Qu'est-ce qui lui prenait ? D'habitude, c'était un bébé facile et câlin – quand Ivan n'était pas là.

— La crise des deux ans ? remarqua Decker avec sympathie.

— Ça et le fait qu'elle ne se sent pas bien, répondit Sloane.

Tandis qu'arrivait le petit SUV de Sloane, Chloe piqua une vraie colère, hurlant à pleins poumons. Des passantes, manifestement mères elles-mêmes, jetèrent des regards compréhensifs à Sloane. Les autres tressaillirent et s'empressèrent d'entrer dans le restaurant pour échapper à ces cris assourdissants.

Avec un soupir, Sloane installa Chloe dans son siège auto et attacha la ceinture en évitant les coups de pied et de poing de sa fille. Ah, la maternité… Elle qui croyait que le droit était difficile !

C'était un de ces soirs où elle aurait aimé être de retour au Crooked C avec Fox. Son soutien moral l'aurait aidée à affronter ce bébé déchaîné, et il lui aurait versé un verre de vin, une fois Chloe endormie. Elle savait qu'être mère célibataire était dur mais, certains jours, c'était plus dur que d'autres. Ce soir, par exemple.

S'arrêtant finalement dans le garage du petit bungalow

qu'elle venait d'acheter, elle poussa un soupir de soulagement. Mais le répit fut de courte durée car, quand elle sortit sa fille de son siège, la petite entra dans une colère encore plus terrible. Cela ne lui ressemblait pas du tout.

Il fallut plusieurs minutes à Sloane pour trouver le thermomètre dans un des cartons encore fermés. Elle le posa sur le front de Chloe. 39°.

Oh ! mon Dieu !

Après avoir donné un rapide bain tiède à Chloe, lui avoir enfilé son pyjama et avoir revêtu le sien, elle prépara des sandwichs au fromage grillé. C'était le mets préféré de sa fille, mais celle-ci ne voulut pas en manger ne serait-ce qu'une bouchée.

Elle lui donna un sachet de paracétamol enfant et convainquit Chloe de l'avaler. Sa fille aurait dû protester plus qu'elle ne le fit pour prendre le médicament. Aussi l'inquiétude de Sloane monta-t-elle d'un cran.

Elle prépara un biberon – que Chloe n'avait pas utilisé depuis des mois – et berça sa fille comme un bébé pour le lui donner. Ces moments d'intimité lui manquaient, mais elle se désespérait que sa fille soit assez malade pour en avoir besoin. Chloe s'endormit dans ses bras, et Sloane somnola avec elle dans le grand fauteuil inclinable qu'elle venait d'acheter.

Puis elle se réveilla en sursaut en entendant l'enfant gémir dans son sommeil. Elle avait l'impression de tenir une chaudière dans ses bras. Sloane reprit sa température. 39,5°.

Oh non.

Posant la tête de sa fille contre son épaule, elle prit son sac, fourra ses pieds dans des bottes fourrées et gagna sa voiture. Elle l'installa dans son siège et la recouvrit d'une couverture sans que la petite fille s'éveille. Essayant de rester calme, elle se mit rapidement au volant et sortit de l'allée.

Elle poussa un soupir de soulagement en constatant que la salle d'attente des urgences était vide. Une infirmière lui indiqua une salle d'examen et accepta de rester avec Chloe pendant que Sloane allait remplir les formalités indispensables à l'accueil.

D'un pas vif, elle poussa les portes battantes donnant accès à la réception… et entra en collision avec la poitrine d'un homme. Il devait se tenir juste derrière les portes. Avec son mètre soixante et ses cinquante kilos, Sloane ne faisait pas le poids face à lui.

Elle reprit brusquement sa respiration, et un parfum de pin et d'air frais lui emplit les narines. C'était aussi sauvage que les Rocheuses, aussi vaste que l'immensité du ciel, aussi libre que l'envol d'un aigle. Elle inspira à nouveau, savourant ce parfum.

Des mains puissantes mais douces agrippèrent ses avant-bras pour la stabiliser. Ce qui était aussi bien. Soudain, elle avait un peu le vertige.

— Sloane ? Sloane Colton ? murmura l'homme d'un ton stupéfait.

Elle leva la tête et croisa des yeux verts familiers.

— Liam ? lâcha-t-elle, étonnée d'être tombée sur un ami de Fox.

Intello, mais charmant. Intelligent, mais complexé. Un bon skieur appartenant à l'équipe du lycée. Toutes les filles étaient amoureuses de Liam, mais il l'ignorait. Réprimant un soupir, Sloane l'examina de haut en bas. Au lycée, il était grand et bronzé, mais il avait encore grandi depuis la dernière fois qu'elle l'avait vu. Et il s'était étoffé aussi. Aux bons endroits.

— Liam Kastor pour te servir. J'étais l'ami de…

— Fox. Je m'en souviens. Vous deux, vous ne cessiez de me torturer au collège et au lycée.

— Pas du tout ! Nous ne faisions que te protéger.

Elle ricana.

— Vous m'avez rendue dingue.

— Tu étudiais trop dur pour remarquer nos bêtises.

C'était si bon de sourire. Elle écarta distraitement cet étrange sentiment de bonheur.

— J'aimerais bien discuter, mais ma fille est ici, et il faut que je l'inscrive et que je donne ma carte d'assurance.

— Bien sûr, dit vivement Liam en s'effaçant pour la laisser passer.

Elle alla remplir aussi vite que possible une liasse de questionnaires de santé et d'état civil, puis retourna en toute hâte dans la salle d'examen. L'infirmière leva les yeux en l'entendant entrer.

— Le médecin est déjà passé jeter un coup d'œil à votre fille. Il voudrait que vous lui donniez un biberon avec ces médicaments.

Sloane acquiesça. Chloe ne lui parut pas plus alerte quand elle lui enfourna le biberon dans la bouche. La petite ne jeta qu'un coup d'œil à la pièce, referma les yeux et blottit sa joue contre la poitrine de Sloane. Elle lança un regard inquiet à l'infirmière.

— Ça ne lui ressemble pas du tout. Normalement, elle est bien réveillée. Très curieuse.

— Elle est bien malade, pauvre petit lapin. Vous avez bien fait de nous l'amener.

— Vous avez une idée de ce qu'elle a ?

— Pas encore. Mais il y a un mauvais virus dans les parages. Nous avons vu une demi-douzaine d'enfants ces dernières semaines.

Le médecin revint quelques minutes après, et Sloane posa Chloe sur le lit d'examen. Il fit ce que font d'ordinaire les médecins : écouter sa respiration, lui prendre le pouls et examiner les constantes vitales relevées par l'infirmière. Enfin, il regarda Sloane.

— Je voudrais faire un scanner de son abdomen. Et sa température ne cesse de monter, il faut la maîtriser.

Sloane fronça les sourcils. Elle sentait qu'il ne lui disait pas tout.

— Qu'est-ce que vous suspectez ?

— Rien, pour l'instant. J'élimine juste quelques possibilités.

— Écoutez, je suis avocate. Je préfère nettement la franchise aux vérités enrobées.

— D'accord. Le ventre de votre fille est douloureux. Mais sa réaction semble générale, et je n'arrive pas à trouver la source de la douleur. Ça pourrait être une appendicite. Ou quelque chose de tout à fait différent.

— Et le pire des cas ? lança Sloane.

Le médecin haussa les épaules, et son expression évasive lui déplut.

— Dans le pire des cas, nous la garderons en observation, répondit-il.

— Vous feriez un très mauvais joueur de poker, docteur. Vous voulez bien me redire ça ?

L'homme soupira.

— Je lui ai administré une dose massive d'antibiotiques dans le biberon que vous lui avez donné. Selon ce que montrera le scanner, nous la mettrons sous perfusion avec d'autres antibiotiques. Si sa fièvre ne descend pas très vite, il faudra prendre des mesures pour protéger son cerveau.

Sloane hocha la tête avec raideur, trop effrayée pour faire autre chose. Mais elle préférait savoir ce qu'il en était. L'infirmière fit rouler le lit de Chloe hors de la pièce. Sloane se retrouva seule à attendre et imaginer le pire.

Le besoin de faire quelque chose la submergea, et elle se reprit dans un sursaut. La pièce était trop petite, trop remplie de machines pour pouvoir y faire les cent pas. Elle sortit dans le couloir.

— Il faudrait qu'on arrête de se rencontrer comme ça.

Surprise, elle s'aperçut qu'elle venait encore de buter contre Liam Kastor.

— Je suis désolée.

— Comment va ta fille ? demanda-t-il en interrompant ses excuses.

— Ils ne savent pas encore. Elle est très malade. Sa fièvre ne baisse pas.

— Que puis-je faire pour t'aider ? demanda-t-il tranquillement.

— Je n'en sais rien. Elle n'a jamais eu ce genre de chose.

Il lui sourit gentiment.

— Je parlais de toi. Y a-t-il quelque chose que je puisse faire pour toi ?

— Oh !

L'idée qu'un homme lève le petit doigt pour s'occuper d'elle était tout à fait étrangère à Sloane.

— Me distraire. M'empêcher de paniquer.

— Tu veux que j'appelle Fox ?

— Seigneur non ! Il ne saurait pas quoi faire et préviendrait Mara. Et elle appellerait tout le clan Colton à la rescousse.

— Je vois, dit sèchement Liam. Quand as-tu mangé pour la dernière fois ?

Elle fronça les sourcils. Dans son inquiétude pour Chloe, elle n'avait pas pensé à se nourrir. Et elle avait quitté The Lodge avant l'arrivée du dîner.

— Au déjeuner, je crois.

Liam demanda à une infirmière de garde de le prévenir dès que Chloe serait de retour du scanner, puis il entraîna Sloane le long du couloir.

— Viens avec moi. La cafétéria est par là. La nourriture est très mauvaise, mais le café exceptionnel.

— Comment le sais-tu ? demanda Sloane.

Travaillait-il à l'hôpital ? Visiblement l'infirmière le connaissait et avait son numéro de téléphone.

— Tu es médecin ? lança-t-elle.

— Moi ? Pas du tout.

— Qu'est-ce que tu faisais aux urgences, alors ? C'est quelqu'un de ta famille qui est ici ? Je suis désolée d'être aussi brutale. Je ne sais plus où j'en suis...

Il s'immobilisa sur le seuil d'une petite salle meublée de tables et de chaises en plastique.

— Je suis inspecteur de police. Nous étions à court de personnel ce soir, alors je me suis porté volontaire pour amener un prisonnier malade.

— Tu es flic ?

Il lui adressa un grand sourire et l'entraîna vers la cafetière.

— Comment c'était, la faculté de droit ? demanda-t-il par-dessus son épaule.

Comment... ? Fox, bien sûr.

— C'était dur, mais passionnant.

Elle le scruta tandis qu'il étudiait les plats du self-service. Il avait une sorte de beauté juvénile, mais elle sentait une force tranquille en lui. Il était mûr, fiable.

Quelques années auparavant, elle l'aurait certainement trouvé ennuyeux. Curieux comme on pouvait changer de point de vue. Bien sûr, entre-temps, l'homme qu'elle trouvait si excitant l'avait plongée en enfer. Un homme ennuyeux lui paraissait le nec plus ultra ces derniers temps.

— Comment aimes-tu le café ? demanda-t-il.

— Aussi noir que mon âme, répliqua-t-elle sèchement.

— Tu m'en diras tant, répondit-il sans s'émouvoir.

Mais un petit sourire coquin apparut au coin de sa bouche.

— La salade de thon, ça te va ?

Sloane prit les tasses de café et les emporta à une table, tandis qu'il achetait deux sandwichs, deux sachets de chips, un sachet de petites carottes et un de tranches de pommes au distributeur.

Il laissa tomber son butin sur la table et se glissa sur une chaise face à elle.

— Je ne t'ai pas revue depuis que tu as fini l'université. Qu'est-ce que tu as fait durant tout ce temps, Sloane ?

Elle déchira l'emballage de son sandwich et mordit dedans. Le pain était à moitié rassis et le thon à moitié sec. Peu lui importait de toute façon.

— Après mon diplôme de droit, j'ai déménagé à Denver et j'ai été engagé comme avocate criminelle chez Schueller, Mangowitz et Durant.

Liam émit un sifflement d'admiration.

— C'est un cabinet très réputé.

— Les femmes, là-bas, l'appelaient Chauvin, Misogyne et Débile, dit-elle en levant les yeux au ciel.

— Aïe. C'était si grave que ça ?

— Pire, gronda-t-elle.

— Je sens pointer une histoire.

— Ne joue pas les détectives ce soir, d'accord ?

Il leva les mains en l'air.

— Loin de moi l'idée de t'interroger.

Il prit une gorgée de café prudente.

— Suis-je autorisé néanmoins à te demander ce qui t'amène à Roaring Springs ? En tant qu'ami et tourmenteur du passé ?

Elle haussa les épaules et sirota son café.

— Je suis revenue avec Chloe, ma fille, pour lui donner une meilleure vie.

— Meilleure que quoi ?

Bon sang, il n'en ratait pas une.

— Meilleure qu'un mauvais père et un mariage fichu.

Liam posa brièvement sa main sur la sienne. Juste un rapide contact de sa paume calleuse sur le dos de sa main. Mais ce réconfort était presque plus qu'elle n'en pouvait supporter. Elle était trop inquiète pour Chloe. Ses émotions - soigneusement refoulées en temps normal - menaçaient de faire surface. Durant plusieurs minutes, elle se concentra sur ce qu'elle mangeait, essayant de reprendre contenance.

Comme si Liam avait senti qu'elle était sur le point de craquer, il rassembla les emballages vides et dit vivement :

— Prends les chips avec toi. Allons voir s'il y a du nouveau concernant ta fille.

Tandis qu'ils revenaient vers les urgences, il dit doucement :

— Les médecins ici sont excellents. Chloe est dans de bonnes mains.

Elle hocha la tête, la gorge trop serrée pour répondre.

Il avait bien calculé le timing car, quand ils tournèrent le coin du couloir, l'infirmière qui avait emmené Chloe au scanner vint vers eux.

— Où est ma fille ? demanda Sloane, le cœur battant.

— Venez avec moi, madame Durant.

— Colton. Mme Colton. Je n'ai pas gardé le nom de mon mari.

— Entendu. Le médecin voudrait garder votre fille en observation.

— Pourquoi ? demanda Sloane d'une voix étranglée.

— Il va vous expliquer.

Elle eut envie de hurler. Liam lui tint la porte de l'ascenseur et lui emboîta le pas quand elle fonça vers le médecin, debout à l'autre bout du couloir.

S'il vous plaît, mon Dieu, faites que Chloe aille bien.

Le médecin se tenait devant une chambre pourvue d'une fenêtre sur le couloir. Dans la pièce faiblement éclairée, Chloe dormait dans un berceau en inox. Elle avait l'air si petite et si perdue au milieu des tubes et des couvertures.

— Qu'est-ce qu'elle a ? demanda Sloane sans préambule.

— Elle n'a pas d'appendicite ni de blocage intestinal, et sa rate est normale. Mais, comme la fièvre ne descend pas, je veux la garder en observation jusqu'à ce que nous réussissions à la faire baisser.

Posant son regard sur elle, il demanda calmement :

— Votre fille a-t-elle été malade récemment ? A-t-elle subi un stress inhabituel qui aurait pu affaiblir son système immunitaire ?

Sloane se sentit accablée de culpabilité.

— Nous avons quitté Denver après mon divorce. Cela a été difficile pour Chloe. J'ignorais tout à fait que je mettais son système immunitaire en danger. Je suis une mauvaise mère. J'aurais dû me douter que quelque chose comme ça pouvait lui arriver...

Un sanglot vint interrompre le reste de sa phrase.

Des bras l'entourèrent, doux et forts. Peu importait à qui ils appartenaient. Son bébé était gravement malade, et elle avait complètement négligé ces signes jusqu'à ce que la fillette brûle de fièvre. Elle n'était pas faite pour être mère. Chloe serait mieux avec son père et avec la nourrice professionnelle qu'il embaucherait à grands frais pour l'élever à sa place.

Quelque part au-delà du cercle des bras de Liam, le médecin commenta :

— Ce virus qui sévit en ce moment se déclare très vite. Vous n'avez manqué aucun signe, madame Colton. Le premier symptôme à remarquer ne pouvait être que la fièvre. Et vous l'avez amenée ici avant qu'elle n'atteigne un stade critique.

Sloane releva la tête pour jeter un regard noir au médecin.

— Ne m'épargnez pas. Je suis nulle comme mère.

La voix de Liam gronda à son oreille avec une note d'humour :

— Tu ne pourrais pas être nulle, même si tu essayais.

Elle s'apprêtait à protester, mais le médecin reprit :

— Si vous voulez passer la nuit avec votre fille, il y a un lit de camp dans sa chambre.

Évidemment qu'elle restait avec Chloe. Son bébé aurait une peur bleue si elle se réveillait dans un lieu inconnu et que sa mère n'était pas là.

— Donne-moi tes clés, intervint Liam. Je vais aller chez toi prendre quelques affaires. Brosse à dents, vêtements de rechange...

Pour la première fois depuis qu'elle était arrivée à l'hôpital, Sloane se rendit compte qu'elle était en pyjama. Dieu merci, celui qu'elle avait mis était sobre. Liam l'aurait prise pour une folle si elle avait porté celui qui avait des pieds, assorti à celui de Chloe.

— Tu n'es pas obligé de faire ça. Je peux appeler mon frère pour qu'il passe...

— Et qu'il alerte tout le clan Colton ? Ils vont s'abattre sur toi comme une nuée de sauterelles, et tu n'auras pas une minute de repos. Il faut que tu dormes aussi, tu sais.

— Tu as raison.

Elle fouilla dans son sac. Cela lui prit un temps affreusement long, mais elle finit par retrouver ses clés.

— Tu es sûr de vouloir faire ça ?

Liam lui sourit.

— C'est mon travail, madame. En outre, mon prisonnier s'est évanoui et va rester dans le coma plusieurs heures.

Elle leva les yeux au ciel. En réalité, elle lui était vraiment reconnaissante de son aide.

— Je reviens dans quelques minutes. Rejoins ta fille et dors si tu peux. Je laisserai tes affaires aux infirmières pour ne pas te réveiller.

Qu'était-ce ? La prise en compte de son confort ? Voilà donc à quoi cela ressemblait quand un homme se comportait de manière décente et affectueuse ?

Liam tourna les talons et se dirigea vers l'ascenseur, tandis qu'elle entrait dans la chambre de Chloe sur la pointe des pieds.

Elle ne put résister à l'envie de repousser les cheveux de sa fille sur son front et de déposer un baiser sur sa joue brûlante. Puis elle s'allongea sur le lit de camp, mit l'oreiller sous sa tête et tira une couverture sur ses épaules.

Elle fixa sa fille un long moment, car le sommeil refusait de venir. Soudain, le poids de sa maternité solitaire lui tomba sur les épaules. Elle pria pour avoir la sagesse de prendre les bonnes décisions.

Tout le monde lui avait dit qu'elle était une mère formidable. Qu'elle serait bien mieux sans son mari. Cela ne pouvait pas être si difficile d'élever un enfant toute seule.

Mais, soudain, elle n'était plus si sûre d'y arriver.

2

Ça alors ! Sloane Colton était de retour. Et célibataire, qui plus est. Ses prières d'adolescent avaient finalement reçu une réponse – une décennie plus tard. Le destin avait un sacré sens de l'humour.

Si seulement Liam avait su alors ce qu'il savait aujourd'hui, il serait allé la trouver et lui aurait dit ce qu'il éprouvait pour elle. Au lieu de cela, il avait gardé ses sentiments pour lui.

Sloane était devenue encore plus belle en mûrissant. Ce qu'il n'avait pas prévu, cependant, c'était la tristesse qui assombrissait ses grands yeux noisette. Que lui était-il arrivé ? À l'époque du lycée, elle était plus courageuse que tous ceux qu'il connaissait.

Le besoin de la comprendre, de découvrir qui elle était, l'envahit. Elle avait l'air d'avoir besoin qu'on la protège. Ce qui était un grand changement par rapport à la fille qu'il avait connue.

Dès l'âge de sept ou huit ans, Sloane pétait le feu. Elle était débrouillarde et fonceuse, aucun obstacle ne lui résistait. Mais son frère Fox la défendait jalousement. Et, en tant que meilleur ami de Fox, il revenait à Liam de l'aider à protéger Sloane. Une tâche qu'il avait entreprise avec un ravissement secret...

Laisse tomber, mon vieux.

Ses fantasmes sur Sloane Colton n'étaient que cela, des

fantasmes. Elle n'avait aucune raison de s'intéresser à un type ordinaire comme lui, habitant un tout petit bourg.

Sloane était partie vers les lumières de la ville dès qu'elle avait pu. Elle avait épousé un riche et puissant avocat, et elle était devenue une célèbre avocate elle-même. Elle n'avait rien à voir avec le ronron de Roaring Springs ni avec ses habitants.

Il jura à mi-voix. Qui aurait cru qu'après tout ce temps il s'enflammerait encore à la pensée d'une fille avec laquelle il avait grandi ? Il devait se calmer et faire comme si de rien n'était.

Liam vérifia que son prisonnier cuvait encore son vin au deuxième étage avant d'aller reprendre son pick-up. Il songea qu'il ne savait pas où habitait Sloane. Il allait appeler Fox. Non, mauvaise idée. Pas de Colton. Il appela le commissariat pour obtenir son adresse.

Sa maison n'était qu'à quelques rues de l'endroit où il avait grandi. Et de l'endroit où il vivait aujourd'hui. Après le décès de son père, il avait rénové l'appartement au-dessus du garage et s'était installé dedans.

Ce n'était pas l'idéal, à trente ans passés, de vivre toujours chez sa mère. Mais la santé de cette dernière était fragile. Elle n'avait personne d'autre sur qui s'appuyer.

La rue de Sloane était tranquille, bordée d'arbres et de bungalows rénovés avec goût. Minuit était déjà passé, et seules quelques lampes éclairaient les porches, jetant une lueur dans l'obscurité. Il n'aurait jamais cru qu'elle vivait dans ce genre de quartier.

Il se gara dans l'allée de devant et s'apprêtait à descendre de voiture quand il avisa une ombre qui se glissait au coin de la maison.

C'était trop gros pour un chien ou un coyote. Les sourcils froncés, il sortit de son véhicule et posa le pied sur le gravier. Puis il s'approcha prudemment des buissons, donnant tout le temps nécessaire à l'animal pour fuir. Inutile d'effrayer un ours ou un couguar. Il alluma la lampe torche de son smartphone et la dirigea vers le buisson de houx. Aucun œil brillant ne lui renvoya son regard. Mais un méli-mélo de traces dans la neige lui sauta aux yeux. Qu'est-ce que… ?

Il courut au coin de la maison en suivant les empreintes, traversa le jardin, puis passa derrière la maison. Les traces menaient à une voie cyclable. La neige avait fondu sur l'asphalte gris et sec et il n'y avait aucun indice quant à la direction qu'avait prise l'homme. Liam tendit l'oreille et n'entendit rien.

Il pariait que l'homme avait laissé une bicyclette à cet endroit. Il était parti depuis longtemps.

Un intrus ? Un cambrioleur ? Un voyeur ? Sans doute raisonnait-il trop comme un flic. C'était peut-être un gosse du voisinage qui avait l'habitude de passer par le jardin.

Sauf qu'il était tard, qu'on était en semaine, et qu'il faisait trop froid pour que des ados s'amusent dehors. Il prit des photos des empreintes et signala l'incident. Cela lui ferait de la paperasse, mais tant pis. Sloane était peut-être en danger.

Avant de déverrouiller la porte d'entrée, il inspecta la serrure et l'encadrement, en quête de traces d'effraction. Il n'y avait pas d'égratignure. Pourtant la serrure était on ne peut plus facile à forcer : juste un bouton en cuivre qu'on tourne. Il lui fallait au moins un verrou correct.

Pensif, il ouvrit la porte et pénétra dans la maison.

Le salon contenait peu de meubles : quelques poufs, un grand fauteuil inclinable et un écran plat suspendu au mur.

La maison avait visiblement subi l'une de ces rénovations qui éliminent la plupart des murs. Le salon ouvrait sur une salle à manger dénuée de meubles et jonchée de jouets, puis sur une cuisine bien équipée.

Il prit le couloir à gauche. La première pièce était la chambre de Chloe, un paradis de princesse. Un lit bas sortait d'un château de fées et une veilleuse projetait des motifs de feu d'artifice au plafond. Il recula hors de la pièce, se sentant bien trop grand et maladroit dans toutes ces… étincelles.

Une petite salle de bains suivait, sans rien de remarquable. Puis un réduit contenant une chaudière. La porte au bout du couloir révéla une chambre beaucoup plus dans son style. Un lit à montants en bois. Une couette bleu marine classique. Une commode et un chiffonnier en chêne étaient couverts de photos de Chloe mais, en dehors de cela, la pièce ne comportait aucune décoration.

Bizarre. Sloane était-elle encore en cours d'emménagement, ou s'était-elle refermée émotionnellement ?

Il ouvrit la première des deux portes intérieures et découvrit une salle de bains élégante, très sobre. Où se cachait la vraie Sloane Colton dans cette maison ? Il ne l'avait pas encore trouvée.

La deuxième porte ouvrait sur un dressing spacieux, de la taille d'une petite chambre. Une débauche de couleurs et des textures assaillit ses yeux quand il alluma la lumière. Ah... Elle était là. L'ardente Sloane dont il se souvenait si bien.

Il chercha quelque chose dans lequel mettre ses vêtements et avisa un sac de voyage sur une étagère en hauteur. Il dut se dresser sur la pointe des pieds et se mettre de biais pour l'attraper. Et ce fut sans doute pour cette raison qu'il aperçut un trou minuscule dans le mur de la chambre, sous une moulure en chêne noir.

S'il n'avait pas craint une intrusion un peu plus tôt, il n'aurait sans doute rien fait de cette découverte. Mais il alla déplacer le chiffonnier pour l'examiner. Un petit cercle de verre était inséré dans l'ouverture.

Un vent de panique et de fureur lui souleva la poitrine.

Arrête. Réfléchis. Ce n'était pas nécessairement ce que cela avait l'air d'être. Sloane avait peut-être fait installer un système de sécurité high-tech ? À moins que cette caméra ne soit le signe de quelque chose de plus inquiétant...

Il était sûrement paranoïaque. Après tout, il s'ennuyait à mourir dans cette petite ville, où les vols de bicyclettes constituaient l'ordinaire de la police.

Il se força à détourner le regard de la caméra et à ouvrir au hasard les tiroirs de Sloane. Son cerveau bouillonnait tandis qu'il contemplait les chaussettes, les T-shirts et les pulls.

Pour quelle raison voudrait-on espionner une jeune mère à Roaring Springs ? Quels ennemis Sloane avait-elle pu se faire ? Un criminel qu'elle aurait côtoyé dans son métier ? Son ex-mari ? De toute façon, il était peu probable qu'un inconnu ait pris toute cette peine pour la surveiller.

Il revint au dressing, où il repéra des jeans et des sweat-shirts pliés sur les étagères. Il prit un de chaque.

Puis il passa aux chaussures et prit une paire de baskets en toile. Puis il se dirigea vers la salle de bains. Mieux valait qu'il n'y ait pas de caméra là-dedans. Il jeta un regard discret dans les coins et ne vit rien d'autre que des parois carrelées. Il vérifia néanmoins soigneusement les murs de haut en bas.

Mais il ne s'agissait pas un voyeur, il en était sûr. Ce qui ne laissait qu'une hypothèse : quelqu'un avait fait poser cette caméra pour la surveiller. Jurant tout bas, il s'empara d'une brosse à dents et d'un tube de dentifrice sur le lavabo.

Les yeux fixés sur le sac, il prit un instant pour réfléchir à ce qu'il risquait d'avoir oublié.

Du maquillage. Fox se plaignait tout le temps que Sloane collectionnait le maquillage comme les timbres-poste et qu'elle en remplissait leur salle de bains commune.

Liam contempla prudemment la rangée de flacons et de tubes sur l'étagère du lavabo. Sloane se maquillait-elle encore ? Il n'arrivait pas à s'en souvenir. Il avait été tellement surpris de la revoir qu'il n'avait enregistré aucun des détails qu'il observait habituellement.

Qu'avait-il oublié ? Bien sûr. Des sous-vêtements.

Il eut un pincement au ventre à l'idée de manipuler les dessous de Sloane Colton. C'était absurde. Il avait trente ans et avait déjà vu plein de lingerie portée par des femmes. Mais, au lycée, son premier fantasme de femme dévêtue était Sloane Colton. Il ne l'avait jamais avoué à Fox, prétendant être amoureux d'une autre fille. Mais c'était de Sloane qu'il rêvait et c'était son image qui le réveillait en sursaut la nuit.

Il s'approcha de la commode et ouvrit un long tiroir peu profond. Il reprit son souffle en voyant un fouillis de dentelle multicolore. La très convenable Sloane portait ces trucs sexy ? C'était bon à savoir. Bien sûr, il ne la regarderait plus jamais sans penser à ces ensembles de soie et dentelle.

Avec précaution, il prit le premier string et le premier soutien-gorge assortis. Bon sang, ce n'était pas de la sueur qui lui coulait du front, si ?

Il laissa la chambre allumée et retourna au salon. Sous le prétexte de trouver une peluche dans le coffre à jouets de Chloe, il inspecta les murs.

Là. En face de la porte d'entrée. Placée dans un angle, sous la moulure. Un minuscule cercle de verre. La caméra devait couvrir la totalité de la zone salon/salle à manger/cuisine.

Il entra dans la chambre de Chloe et prit un éléphant en peluche sur son lit. Une petite tache circulaire sur le mur en face du lit de Chloe attira son attention. Et pour quelle raison surveillerait-on aussi une enfant de deux ans ? L'ex-mari grimpa soudain tout en haut de sa liste de suspects.

Il se força à tenir ses soupçons en laisse. Après tout, il n'était pas certain que Sloane soit espionnée. Elle pouvait avoir engagé une société de sécurité. Mais il savait au fond de lui que l'explication n'avait rien d'aussi innocent. Ce qui était bizarre. D'habitude, il s'en remettait aux faits. Les intuitions étaient pour les amateurs.

De toute façon, elle allait devoir choisir. Soit arracher les caméras de ses murs et demander à une société de sécurité de vérifier qu'il n'y avait pas d'autre matériel de surveillance chez elle, soit les laisser tourner, feindre qu'elle ne les avait pas remarquées, et le laisser enquêter pour découvrir qui était à l'origine de cette surveillance. La fureur le reprit. Quand il attraperait celui qui avait fait ça, il allait le...

Du calme, mon vieux.

Il allait le remettre au procureur avec un dossier en béton afin qu'on le jette derrière les barreaux. Il était policier, il ne se laissait pas aller à la violence gratuite, peu importait son degré de colère.

Mais, quand même, cette histoire avait une note personnelle. Sloane était la sœur de son meilleur ami. Ils avaient grandi ensemble...

En partant, Liam laissa les lumières allumées et alluma la télévision. Il doutait que le rôdeur revienne ce soir, mais mieux valait faire comme si la maison était occupée.

Il ne se rappelait pas avoir vu Sloane porter un manteau, si bien qu'il fit halte devant le portemanteau dans l'entrée et prit une doudoune rose, des moufles et un bonnet à pompon assortis. Cela devrait la garder au chaud.

Il n'avait peut-être pas remarqué si elle était maquillée, mais il avait noté qu'elle portait un pyjama en flanelle et pas grand-chose d'autre. Il avait senti plus de courbes que dans son souvenir, mais elle n'était pas beaucoup plus grosse que par le passé.

Bien sûr, lui-même avait pris vingt kilos de muscles à l'université. C'était amusant qu'il soit finalement devenu un athlète après avoir souffert durant tout le lycée de son aspect maigrichon.

En sortant de l'allée, il jeta un regard à droite et à gauche, mais ne vit aucun mouvement. Il prit mentalement note de demander à une patrouille de passer devant chez Sloane durant les prochaines semaines.

En arrivant à l'hôpital, il se dirigea vers le poste des infirmières pour y laisser le sac. Au moment où il allait repartir, Sloane sortit de la chambre.

— Qu'est-ce que tu fais debout ? lui demanda-t-il, surpris.

— Tu n'as pas d'enfant, sinon tu ne poserais pas la question. Je suis trop inquiète pour Chloe pour pouvoir dormir.

Derrière lui, une infirmière intervint.

— Ça et le fait que nous prenons la température de Chloe toutes les dix minutes et que maman veut bien sûr savoir ce qu'il en est.

— Et quelle est-elle ? demanda Liam.

Sloane jeta un regard à sa fille, par-dessus son épaule.

— Toujours haute, mais elle n'a pas dépassé les 40°.

Ce n'était pas une bonne nouvelle. Mais il n'allait pas exprimer ses inquiétudes. Sloane avait déjà des cernes noirs sous les yeux et elle semblait sur le point de s'effondrer. Il pouvait attendre le lendemain pour lui parler des caméras.

— Tu devrais essayer de dormir, insista-t-il.

— Impossible.

— Alors vous devriez faire quelques pas, suggéra l'infirmière. Le mouvement aide à faire baisser le stress. Votre petit ami vous a apporté des vêtements aussi.

Liam ouvrit la bouche pour rectifier, mais Sloane fut la plus rapide.

— Je suis célibataire. C'est un...

Il la regarda, un sourcil haussé, attendant de savoir ce qu'elle allait dire.

— ... vieil ami de la famille.

Ça lui allait. Mais l'image d'une poitrine moulée dans de la dentelle rouge surgit dans sa tête.

Reprends-toi, mon vieux. C'est la sœur de ton meilleur ami.

Pouvait-on faire plus cliché ? Mais le code amical était clair à ce sujet : les sœurs étaient strictement interdites. Bien sûr, Liam n'avait ni frère ni sœur et il n'avait jamais eu à s'inquiéter de cela. Mais Fox s'était toujours montré férocement protecteur avec sa sœur. En outre, le fait que Sloane et lui aient perdu leurs parents avait sans doute aggravé cette tendance. Si Russ et Mara Colton ne les avaient pas recueillis, ils auraient été seuls au monde.

— Tu veux finir notre petit tour de l'hôpital ? offrit-il.

Sloane fronça les sourcils.

— Il est 2 heures du matin. Tu ferais mieux d'aller te coucher.

Oui. Avec elle... Non, non, non.

Un « vieil ami de la famille » voilà c'était ce qu'il était.

— Je ne suis pas fatigué. Tu veux t'habiller ou y aller comme ça ?

Elle considéra son pyjama.

— Quoi ? Tu n'aimes pas mon pyjama de grand-mère ?

Il lui adressa un grand sourire.

— Ma grand-mère à moi avait bien meilleur goût que ça.

Sloane lui tira brièvement la langue, puis, pivotant sur elle-même, disparut dans la chambre de Chloe. Elle bougeait toujours comme une gazelle, vive et gracieuse. Il la regarda à travers la vitre jusqu'à ce qu'elle disparaisse dans la salle de bains et referme la porte.

Non, il n'était pas en train de penser aux sous-vêtements rouges. Ça n'aurait pas l'air super-sexy contre sa peau pâle avec ses cheveux bruns. Rien à imaginer par là. *Arrête, vieux chien en chaleur !*

Il se tourna vers l'infirmière.

— À quel point Chloe est-elle malade ?

— Je ne suis pas autorisée à donner des informations à quelqu'un qui n'est pas membre de la famille.

— Je vous le demande en tant que policier. J'ai des informations à donner à la mère qui peuvent la perturber. Si l'enfant est gravement malade, il faudra attendre.

L'infirmière tourna un regard candide vers lui et déclara :

— Attendez.

Il sentit son estomac se serrer brusquement.

— Elle va très mal ? murmura-t-il.

— L'Hôpital des Enfants de Denver a traité une dizaine d'enfants avec ce virus. Le traitement a échoué pour deux d'entre eux.

— Vous voulez dire qu'ils sont morts ? demanda-t-il, abasourdi.

L'infirmière hocha sobrement la tête.

Pivotant sur lui-même, il considéra la petite fille blottie dans le berceau. Il n'avait pas vu Sloane depuis le lycée, mais il ne lui avait fallu que deux secondes pour comprendre qu'elle adorait sa fille. Si quelque chose lui arrivait, Sloane en mourrait.

— Ça empire avant de s'améliorer, ajouta l'infirmière. Et elle est très jeune. Elle va devoir se battre. Plusieurs dizaines d'enfants sont morts de ce virus au niveau national.

Doux Jésus.

Sloane sortit de la chambre, à présent tout à fait habillée et avec un sourire d'espoir. Sans aucun doute, elle ignorait la gravité de l'état de Chloe, sinon elle n'aurait pas pu sourire ainsi. Il avait l'impression d'avoir reçu une enclume sur la poitrine.

C'était atrocement difficile à faire, mais il plaqua un sourire sur son visage et lui tendit galamment son avant-bras.

— Irons-nous nous promener, madame ?

— Tu n'es pas obligé de faire ça, Liam.

— Je suis d'astreinte de nuit.

— Alors tu ne devrais pas être en train de résoudre des crimes ?

C'était le cas. Il voulait savoir pourquoi on l'espionnait et pourquoi on rôdait autour de sa maison. Ces deux choses étaient-elles liées ?

— Parle-moi de ta vie dans ton quartier, dit-il d'un ton désinvolte.

— Tu l'as vu. Une jolie rue tranquille. Plein de jeunes parents. Chloe aura tous les amis voulus, plus tard.

— Fox était déçu que tu quittes le Crooked C. Il aimait vous avoir là-bas.

Elle haussa les épaules.

— C'était sympa à eux de nous héberger pendant que je prenais mes repères. Mais Fox est célibataire. Il n'a pas besoin que Chloe et moi soyons dans ses jambes.

— Pourquoi n'as-tu pas choisi d'aller vivre chez tes parents ? Dieu sait qu'ils ont assez de place dans leur maison.

— Tu veux dire leur mausolée ?

— Ce n'est pas aussi affreux que ça.

— Tu n'y as jamais vécu, rétorqua-t-elle.

— J'y ai passé beaucoup de temps avec Fox.

— Alors tu sais que Russ et Mara ne sont jamais à la maison.

Elle leva les yeux au ciel.

— Je suis sûre qu'ils font un concours pour savoir qui est le plus accro au travail.

— Et toi ? Tu es devenue accro au travail comme eux ? Si je me rappelle bien, tu étais une élève plutôt studieuse.

— Je voulais seulement aller dans une bonne université pour pouvoir m'échapper.

— Et as-tu réussi ?

Elle leva vers lui de grands yeux troublés.

— Tu dois être un fameux interrogateur, Liam. Tu vas droit au cœur du sujet. Comme un laser.

— C'est moi, Laser Man, plaisanta-t-il. Je tranche dans les mensonges et les ambiguïtés pour mettre la vérité à nu. C'est mon superpouvoir. Quel est le tien ?

— Ces jours-ci, c'est faire des sandwichs au fromage grillé et connaître par cœur les paroles de toutes les chansons de princesse.

— Et avant que Chloe n'arrive ?

— Il y a eu un avant Chloe ? dit-elle avec ironie.

Il rit.

— Je ne sais pas. C'est à toi de me le dire.

— Ne te méprends pas. Chloe est le soleil de ma vie. Je ne savais pas qu'il était possible d'aimer autant.

— C'est évident au premier coup d'œil. La façon dont tu la regardes...

Il chercha ses mots.

— C'est magique.

Sloane haussa les épaules.

— Je suis maman, c'est tout.

— Tu es une maman formidable.

— Et pourtant, mon bébé est à l'hôpital avec une horrible maladie que j'aurais dû voir venir. J'ai forcément manqué quelque chose...

— Tu ne peux pas tout contrôler tout le temps. Parfois, les choses arrivent par surprise.

Elle ricana comme un boxeur professionnel à qui l'on dit qu'il ne peut pas se servir de ses poings.

Liam fronça les sourcils et tourna le coin de la cafétéria.

— Comment pouvais-tu prévoir qu'elle attraperait ce mauvais virus ? Tu es extralucide ? Tu es trop dure avec toi-même. Chloe est tombée malade et tu l'as amenée à l'hôpital à temps. Il n'y a rien d'autre que tu pouvais faire.

— Continue de me le dire, peut-être que j'arriverai à te croire.

Il s'arrêta pour la regarder.

— Je suis sérieux, Sloane. Cesse de te torturer. Ta petite fille a besoin que tu sois calme et confiante, pas dévastée par une culpabilité inutile.

Sloane prit une grande inspiration et souffla lentement.

— Merci de me le rappeler.

— Pas de problème. Je te le dis comme je le pense.

Elle lui adressa un regard timide et sourit. Il eut l'impression que tous les alentours en étaient illuminés. Son sourire fit rayonner son joli visage en forme de cœur. Ses magnifiques yeux noisette étaient remplis de chaleur et de gratitude.

— Nous y voilà, murmura-t-il. Les étincelles de l'ancienne Sloane Colton. J'ai cru t'avoir perdue un moment.

— Je suis toujours la même, toute simple. Juste un peu plus vieille et un peu plus sage, j'espère.

Il gloussa.

— Tu n'as jamais été simple. As-tu idée de tous les types que Fox et moi avons dû écarter de ton chemin ?

— Non, je ne sais pas, dit-elle d'un ton sérieux. Dis-moi.

Il lui adressa un grand sourire.

— Je ne te le dirai jamais. Fais-moi confiance, c'est tout. Aucun d'eux ne t'arrivait à la cheville.

Elle mit les mains sur les hanches dans une parodie d'indignation.

— Je croyais que j'étais une espèce de laideron parce qu'aucun garçon ne me regardait ni ne m'adressait la parole. Et tu es en train de me dire que c'était votre faute à vous, Fox et toi ?

— Je plaide coupable pour nous deux.

— Je vais le tuer. La prochaine fois que je le vois, je le trucide.

Liam sourit.

— Sois indulgente. Il t'adore. À l'entendre, tu es capable de marcher sur les eaux.

— Ça, c'est sûr que non.

La tristesse s'empara visiblement d'elle. Que lui était-il arrivé pour laisser tant de douleur dans son âme ? Quelle sorte d'abruti était donc son ex-mari ?

— Raconte-moi comment tu as fait pour devenir plus vieille et plus sage, demanda Liam en reprenant sa marche le long du couloir, dont les fenêtres donnaient sur le jardin.

Pour l'instant les plates-bandes ne montraient que de la terre nue, avec des plaques de neige. Sloane frissonna un peu, sans doute à cause du froid émanant des fenêtres.

Il fut submergé par l'envie de poser un bras sur ses épaules et de l'attirer contre lui. *Non, non, non*, il ne fallait pas.

— J'ai épousé un homme charmant qui s'est avéré être un vrai salopard.

— Comment ça ?

— Disons juste qu'il avait un problème avec la vérité.

— Par exemple ?

Elle réfléchit une seconde.

— Eh bien, il m'a dit qu'il aimait les enfants, qu'il voulait en avoir. En réalité, ce qu'il aimait c'était les photos de Noël en pulls assortis mais pas grand-chose d'autre.

— Je vois.

— Oh ! ce n'était pas le pire. J'ai aussi compris qu'il ne pouvait résister à aucune femelle en chaleur et qu'il était accro aux paris. Un vrai gagnant que j'ai choisi, non ?

Liam haussa les épaules.

— Je suis sûr qu'il avait quand même des qualités.

— Tu es bien trop optimiste quant à l'humanité en général.

Ce fut au tour de Liam de ricaner.

— Je suis policier, tu sais. J'ai vu le pire de ce que l'humanité a à offrir. En fait, je pense que la plupart des gens recèlent au moins un bon gros secret.

— Ah oui ? Quel est le tien ?

— En fait, je suis un super-héros, et personne ne connaît ma véritable identité. Je garde ma cape sous mes vêtements.

— Oh, c'est vrai. Tu es Laser Man, j'avais oublié.

— C'est ça.

Sloane fit la grimace.

— Mais où étais-tu quand j'ai rencontré Ivan ? Je me suis laissé complètement avoir par lui.

— Désolé. Je serais venu le chasser si Fox m'avait dit que tu sortais avec un abruti. Exactement comme au lycée.

— C'est pour ça que tu tourmentais les garçons qui flirtaient avec moi ? s'exclama-t-elle. C'est Fox qui t'a demandé de faire ça ? Je vais avoir une sérieuse discussion avec lui...

Il l'interrompit en riant.

— Je te jure que nous ne pensions qu'à ton intérêt. Nous les entendions bavarder au vestiaire et nous savions qu'ils ne t'auraient pas bien traitée.

— Et de quel droit t'es-tu institué gardien de ma vertu ?

Elle n'avait pas l'air en colère, mais il sentit le danger dans cette question formulée avec légèreté. Ce n'était pas pour rien qu'elle était avocate. Il répondit prudemment :

— Tu étais la petite sœur de mon meilleur ami, et Fox

se mettait facilement en colère à l'époque. Je ne voulais pas qu'il ait des ennuis en essayant de te protéger.

— Ah ! Donc ce n'est pas parce que tu m'aimais. C'était juste pour Fox. J'ai compris.

Ce n'était pas du tout ce qu'il avait voulu dire, mais il ne savait comment corriger le malentendu. Cette Sloane était plus susceptible et plus prompte à sauter aux conclusions que la fille dont il se souvenait.

— Tu aimes ton métier ? lui demanda-t-il pour changer de sujet.

— Oui.

Il voyait bien que cela correspondait à sa personnalité très directe.

— Tu vas ouvrir un cabinet ici, à Roaring Springs ?

— En fait, j'ai créé une association avec une part du règlement de mon divorce. Je rouvre les affaires de prisonniers qui pensent avoir été injustement condamnés.

Ce sujet la passionnait, visiblement.

— Je peux travailler à la maison et faire un peu de bien.

Son visage brillait d'excitation quand elle lui expliqua comment elle avait découvert une grosse erreur dans une affaire qu'elle venait de revoir. Une femme injustement condamnée allait être libérée grâce à sa découverte.

Sloane avait toujours eu bon cœur. Elle aimait aider les gens et secourir les opprimés.

— Et qui s'occupe de toi ? demanda-t-il.

— Je te demande pardon ?

Surpris, il se rendit compte qu'il avait exprimé ses pensées à voix haute.

— Rien. Juste une pensée. Mara doit être ravie d'avoir sa première petite-fille à Roaring Springs, ajouta-t-il pour détourner la conversation.

Sloane haussa les épaules.

— Je ne sais pas. Je veux dire, bien sûr, Mara adore

Chloe, mais ce n'est pas la personne la plus maternelle que je connaisse.

— C'est vrai.

Pas comme sa propre mère, affectueuse et attentive. Fox avait toujours préféré la modeste maison des Kastor au luxueux domaine de sa famille. Quant à lui, il avait aimé la demeure des Colton pour son élégance et sa proximité avec les pistes de ski. Et pour la présence de Sloane.

— Est-ce que les avocats de la défense se font des ennemis en exerçant leur métier ? se risqua à demander Liam.

Sloane fronça les sourcils.

— C'est une question étrange.

— Je me disais que tes clients doivent bien t'aimer, dans la mesure où tu te bats pour eux.

— C'est le cas, à moins qu'ils soient coupables et qu'ils veuillent que je fasse un miracle. En tant qu'avocate de la défense, c'est mon travail de leur donner la meilleure défense légale possible, pas d'inventer comme par magie des trucs télévisés pour pousser les jurés à relâcher un coupable.

Liam hocha la tête tristement.

— La télévision donne aux gens une image déformée du travail de la police. Ils pensent qu'on peut résoudre un crime en cinquante minutes avant les publicités.

— Il y a beaucoup de crimes ces temps-ci à Roaring Springs ? demanda-t-elle avec curiosité.

— Pas assez.

— Je te demande pardon ?

Il baissa les yeux sur elle.

— Je me fais mal comprendre. Une criminalité en baisse, c'est parfait. Mais, pour un inspecteur, cela peut être un peu... ennuyeux.

— Et cet horrible meurtre d'il y a quelques semaines ? Liam hocha la tête.

— Le bureau du shérif du comté a enquêté, et l'équipe a fait du bon travail.

— Pauvre chéri, le taquina-t-elle. Tu n'as pas pu y participer, c'est ça ? Je ne peux pas dire que j'aimerais qu'il y ait un autre meurtre pour te donner du boulot.

Il fit la grimace.

— Moi non plus. Je me console en lisant des enquêtes légales.

— Les Sherlock Holmes, ça ne compte pas, dit-elle d'un ton pince-sans-rire.

Se souvenait-elle qu'il avait lu tous les Sherlock Holmes quand il était au lycée ? C'était pourtant si loin. Elle ne s'intéressait pas à lui à ce point, à l'époque...

Il soupira. Elle ne serait même pas souvenue de lui s'ils ne s'étaient pas rencontrés. Mieux valait rester sur le plan amical et professionnel. En parlant de cela... Aussi tenté qu'il fût de lui demander si elle avait un système de sécurité, il se refréna. Elle était avocate et elle sentirait une intention derrière sa question. Et, aussi sûr qu'elle se tenait près de lui, elle le cuisinerait pour savoir pourquoi. Mieux valait éviter tout à fait le sujet pour l'instant. En outre, il pouvait embrayer sur l'ex-mari.

— J'ai un service à te demander, Liam. Je suis désolée de te demander ça, parce que tu as déjà tellement fait pour moi...

— Tout ce que tu veux, l'interrompit-il. Demande.

— Est-ce que cela t'ennuierait de m'apporter d'autres vêtements ? Les infirmières m'ont dit qu'il faudrait encore quelques jours avant que Chloe puisse sortir de l'hôpital.

Parfait. Cela lui donnerait un prétexte pour retourner chez elle et enquêter plus avant.

— Bien sûr, je passerai chez toi prendre tout ce dont tu as besoin.

— Merci.

La note de timidité qu'il perçut dans sa voix faillit le mettre à genoux. Qui aurait cru qu'une femme aussi forte et intelligente aurait tant de peine à demander une chose aussi simple ?

Ils tournèrent dans le couloir où se trouvait la chambre de Chloe, et il sentit l'attention de Sloane se fixer à nouveau sur sa fille. Il l'accompagna silencieusement jusqu'à la porte.

— Dors un peu, Sloane. Chloe va se réveiller demain matin fraîche et dispose, et il te faudra être au meilleur de ta forme.

— Seigneur, je l'espère.

Pris d'une impulsion, il l'attira contre lui pour lui donner une accolade. Elle était chaude et douce, parfumée à la bergamote et à l'orange. Tout à la fois familière et inconnue. Une femme qui avait pris la place de l'adolescente qu'il connaissait autrefois.

Elle lui rendit son étreinte, sa joue chaude pressée contre sa poitrine, s'accrochant étroitement à lui comme s'il était sa seule bouée de sauvetage. Puis elle le relâcha.

Il l'imita et recula d'un pas.

— Je dirai une prière pour Chloe, ce soir.

3

Voyant l'aube percer par la fenêtre, Sloane renonça à dormir. Durant la dernière heure, la fièvre avait lentement rétrocédé, mais Chloe avait commencé à vomir. Elle s'assit près du berceau, et la fillette s'accrocha à sa main.

Le cœur de Sloane se brisait devant la souffrance de sa fille. Heureusement, le médecin passa la voir un peu avant 8 heures.

— Elle va plus mal, lui murmura Sloane.

— En fait, les vomissements constituent la seconde étape de l'infection, donc elle progresse à travers la maladie, lui répondit le praticien.

— Est-ce que ça veut dire qu'elle va mieux ? demanda Sloane avec espoir.

— Si la progression de la maladie ressemble à celle des autres enfants, la prochaine étape sera une congestion pulmonaire, et ce sera le stade le plus... délicat.

Sloane fronça les sourcils. « Délicat » n'était pas le mot auquel il avait pensé en premier. Elle était certaine qu'il avait été sur le point de dire « critique ».

— Il doit y avoir quelque chose que nous pouvons faire pour elle, docteur.

— Nous la surveillons de près. Elle reçoit des sirops et des antibiotiques pour alléger la charge qui pèse sur son système immunitaire. Tout ce qu'on peut faire dans le cas d'un virus comme celui-là, c'est fournir un soutien palliatif, c'est-à-dire traiter les symptômes.

— Il n'y a pas d'antiviral à lui donner ?

— Aucun qui ait une efficacité sur cette souche de virus, répondit-il.

— Est-ce une espèce de grippe ?

— Cela ressemble à une grippe, mais les tests sont négatifs concernant l'influenza. C'est quelque chose d'autre avec des symptômes similaires. Soyez patiente et donnez du temps au temps, madame Durant.

— Colton. Je n'ai pas gardé le nom de mon ex-mari.

— Désolé. Une Colton, hein ?

Elle tressaillit sous le regard du médecin. Quand il eut tourné les talons, une aide-soignante lui apporta un petit déjeuner, et elle mordilla un morceau de pain grillé sans appétit. Elle engloutit le jus d'orange, mais ignora les flocons d'avoine. L'infirmière n'avait pas plutôt retiré le plateau que Mara Colton fit irruption dans la chambre.

Zut. Le médecin l'avait trahie et avait appelé la matriarche du clan Colton.

— Sloane chérie, pourquoi ne m'as-tu pas appelée hier soir ? Nous aurions pu faire venir un spécialiste de Denver pour examiner notre petite chérie. Comment va-t-elle ?

Chloe, qui venait de se rendormir après avoir vomi une fois de plus, remua et gémit dans son sommeil. Sloane fit signe à sa mère de sortir et, se penchant sur sa fille, embrassa son front brûlant et lui murmura son amour.

Chloe se calma et referma les yeux. Doucement, Sloane retira sa main de la menotte de sa fille, et plaça dans ses bras Snuffles, son éléphant bien-aimé. Elle avait l'air si vulnérable, blottie au milieu de tous ces tubes et de tous ces câbles. Sloane sortit précipitamment de la chambre, luttant contre ses larmes. Il fallait qu'elle soit forte pour son bébé.

— Comment tiens-tu le coup, chérie ?

Mara n'était pas la femme la plus maternelle du monde,

mais cette brève démonstration d'inquiétude était suffisante pour mettre à l'épreuve la maîtrise de Sloane. Non, elle ne s'effondrerait pas !

Elle prit une profonde inspiration. Les avocats ne pleuraient jamais au tribunal. C'était aussi simple que ça. Elle remarqua les infirmières et les aides-soignantes à proximité, un médecin qui marchait dans le couloir, un visiteur qui examinait les numéros des chambres. Elle était en public. Elle avait un métier. Ses années d'expérience au tribunal lui revinrent et elle sentit son émotion reculer. Elle s'entendit répondre :

— Je vais bien, merci maman. Je suis inquiète, bien sûr, mais Chloe reçoit les meilleurs soins. Ils la surveillent étroitement et ils connaissent ce virus. Ils savent à quoi s'attendre.

Menteuse, menteuse. Elle était dévastée et dire le contraire était un mensonge flagrant.

— Tu as mangé, chérie ?

— Je viens de prendre le petit déjeuner, répondit-elle.

— Y a-t-il autre chose que je puisse faire pour toi ?

Sur une impulsion, Sloane avança et prit sa mère dans ses bras. Mara se raidit puis lui rendit son étreinte brièvement avant de reculer et de tirer sur son tailleur.

— Je ne savais pas qu'être mère était aussi effrayant. Comment as-tu survécu à l'éducation de cinq enfants, plus Fox et moi ?

— J'ai élevé sept enfants. Fox et toi êtes autant à moi que les autres. Et c'était parfois une épreuve.

— Est-ce que tu avais peur que quelque chose d'horrible nous arrive ?

Mara lui sourit gentiment, avec une lueur d'affection et de compréhension au fond de ses yeux bleus.

— Tout le temps. La terreur est l'état permanent de la maternité.

— J'ai si peur de tout rater et que Chloe en paye le prix.

— Oh chérie ! Aucun parent n'est parfait. Tu feras de ton

mieux et tu feras des erreurs. Mais, au bout du compte, Chloe saura combien tu l'aimes et elle te pardonnera.

Elle soupira.

— Dieu sait que j'ai fait ma part d'erreurs moi-même.

— Vraiment ?

Sloane aurait adoré entendre quelles erreurs Mara pensait avoir commises, mais Chloe pleura à cet instant, et elle courut au chevet de sa fille.

— Maman est là, chérie. Je ne te quitte pas. Je t'aime, ma puce...

Liam franchit la porte du commissariat à la première heure. On avait tenté de donner une meilleure allure aux chaises en plastique et aux parois en métal avec des lambris et une frise vert foncé, mais l'endroit restait froid et impersonnel.

Quand il avait reçu son badge, il avait savouré l'ambiance provinciale des bureaux. Mais, depuis quelque temps, il aspirait à quelque chose de plus intéressant dans sa carrière.

Il pouvait aussi bien creuser un peu cette histoire de caméras. De toute façon, il n'avait pas fermé l'œil de la nuit, inquiet pour Sloane et sa fille.

Il commença par appeler toutes les sociétés de sécurité de Roaring Springs et des villes environnantes. Aucune d'elle n'avait installé un système de sécurité à cette adresse. Néanmoins, il eut la chance d'apprendre que, quelques mois auparavant, l'une d'elles avait posé des équerres de blocage aux fenêtres de la maison. Cette société portait le nom de l'entrepreneur qui avait fait les travaux. Un rapide coup de téléphone à ce monsieur lui confirma qu'aucun système de sécurité n'était présent quand Sloane avait acheté la maison et s'y était installée. Intéressant.

Liam reprit son téléphone et composa le numéro de l'antenne du FBI à Denver.

— Agent spécial Roberts. Que puis-je pour vous ?

— Liam Kastor, de la police de Roaring Springs. J'aimerais un conseil.

— Est-ce que cela a à voir avec le meurtre au ranch Colton ? Je n'étais pas l'agent consultant dans cette affaire, mais je peux vous passer le...

— Ce n'est pas pour cela que j'appelle. Une habitante de notre ville semble être surveillée par un dispositif de caméras chez elle.

— Vous savez pourquoi ?

— Non, pas du tout. Elle était avocate à Denver, mais cela fait un petit moment qu'elle s'est installée ici. Il y a un ex-mari, mais le divorce est terminé.

— Vous avez examiné les caméras ? demanda Roberts.

— Non. J'ai fait mine de ne pas les remarquer, et la propriétaire n'était pas chez elle hier soir. Son enfant est malade, et elles ont toutes deux dormi à l'hôpital.

— Désolé de l'apprendre, monsieur. Eh bien, nous avons un technicien avec lequel je peux vous mettre en contact. Il pourrait regarder ce qui a été installé. Mais vous aurez besoin d'un mandat pour examiner le matériel.

— J'ai la permission d'entrer dans la maison.

— C'est plus pratique. Laissez-moi chercher le numéro de ce technicien...

Peu après, Liam s'entretint avec un homme nommé Rahm Zogby, qui accepta de venir à Roaring Springs jeter un coup d'œil à la maison de Sloane. Mais il n'arriverait qu'après le déjeuner, si bien que Liam avait du temps à perdre.

Une recherche Internet sur Ivan Durant lui apprit bien des choses. L'homme était le fils unique d'un couple fortuné et avait grandi avec la proverbiale cuillère en argent dans la bouche. Écoles privées, université chic, faculté de droit, engagement dans un grand cabinet juridique, promotion rapide à la position d'associé. Aucun doute, la considérable clientèle du papa n'avait pas fait de mal à la carrière d'Ivan.

C'était un bel homme à la mâchoire carrée, de type nordique.

Mais Liam trouva ses yeux trop froids, la ligne de ses épaules trop arrogante, et le pli de sa bouche trop dédaigneux.

Durant ferait bien de ne pas faire de peine à Sloane, sinon tous deux allaient avoir des mots.

Liam explora ensuite les finances d'Ivan et se rendit compte qu'il était sur le point de faire faillite. Les paris mentionnés par Sloane devaient sérieusement nuire à son portefeuille. C'était cela ou bien le gars avait un train de vie luxueux. À moins que ce ne soient les deux.

Liam tomba ensuite sur une interview dans un magazine, dans laquelle Ivan se plaignait des contrats de mariage. Il sous-entendait que son ex l'avait laissé sur la paille. Tant mieux pour Sloane. Au moins, elle l'avait quitté avec une certaine sécurité financière. Cela pouvait néanmoins constituer un motif plausible de vengeance.

Sloane était tout de même la mère de son enfant. Ivan lui aurait-il fait du mal au risque de nuire à sa propre fille ? Était-il pourri à ce point ?

— Hé, Liam !

Il leva les yeux sur sa patronne, Tegan Howard.

— Oui, madame ?

Elle détestait qu'on l'appelle ainsi et leva les yeux au ciel.

— Vous êtes occupé ?

— Pas spécialement.

— Vous pourriez aller chercher le prisonnier que vous avez déposé à l'hôpital hier soir ? Il a une audition cet après-midi, à supposer qu'il tienne debout.

— J'y vais tout de suite.

Il pourrait prendre des nouvelles de Sloane et Chloe du même coup. Il prit son manteau et sortit.

La porte de l'ascenseur s'ouvrit au troisième étage de l'hôpital, et Liam ouvrit de grands yeux devant ce qui avait l'air d'une fête de quartier. Le couloir était rempli de gens en grande conversation. Il reconnut Russ Colton, puis Wyatt et sa fiancée, et enfin Fox.

Seigneur, le clan Colton avait appris que Chloe était là et avait convergé vers Sloane. Il se fraya un chemin dans la foule jusqu'à son meilleur ami.

— Salut, Fox. Comment va Chloe ?

— Aucune idée. Je n'arrive pas à obtenir une réponse franche de qui que ce soit ici. Qu'est-ce que tu fais là ?

— Je suis venu chercher un prisonnier. Sloane est-elle là ? J'aimerais la saluer.

— Oui, elle est dans la chambre avec Chloe. Elle a chassé tout le monde il y a quelques minutes, pour que la petite puisse se reposer.

— Avec cette foule ? Un mort ne pourrait pas dormir.

Fox grimaça en contemplant sa famille.

— Tu as raison. Tu m'aides à me débarrasser d'eux ?

— Bien sûr.

Liam s'avança vers Mara Colton, qu'il avait depuis longtemps identifiée comme le véritable pouvoir dans la famille, tandis que Fox se dirigeait vers son père, Russ.

— Comment allez-vous, madame Colton ? J'ai été désolé d'apprendre que votre petite-fille était malade.

— Oh merci, Liam. C'est très gentil de ta part.

— Je n'y connais pas grand-chose, mais pensez-vous que toute cette agitation est bonne pour Chloe ? Peut-être qu'un peu plus de silence l'aiderait à se reposer ?

Mara lança un regard d'exaspération attendrie à la foule.

— Je pense que tu as raison. Je vais en parler à mon mari.

Mission accomplie. À eux deux, Russ et Mara allaient vider rapidement l'endroit. Et, de fait, il ne fallut que trois minutes pour que le couloir redevienne désert et silencieux.

Liam pointa la tête dans la chambre de Chloe. La petite fille jouait avec l'éléphant qu'il lui avait apporté et un dessin animé passait à la télévision, mais elle avait l'air léthargique.

— J'espère que ça ne t'ennuie pas que j'aie chassé ta famille, murmura-t-il à Sloane.

— C'est à cause de toi qu'ils sont partis ? Merci du fond du cœur, répondit sincèrement Sloane.

Elle s'éloigna du lit de Chloe pour venir vers lui.

— Comment va-t-elle ?

— La fièvre a baissé, mais elle a beaucoup vomi et elle a commencé à tousser. Le médecin dit que l'infection respiratoire est la phase la plus difficile de ce virus. Alors nous ne sommes pas encore sortis d'affaire.

— Elle a des soins constants et le meilleur soutien possible. Elle s'en sortira, murmura-t-il.

— Pourvu que tu aies raison.

— Comment tiens-tu le coup ? demanda-t-il doucement.

— Ça va.

— Non, sérieusement. Comment vas-tu ?

Elle lui jeta un regard absent et, durant un instant, la peur brilla dans ses yeux noisette.

— C'est ce que je pensais, marmonna-t-il en la prenant dans ses bras.

Elle frémit contre lui, un long frisson de terreur.

— Je...

Son téléphone sonna, interrompant ce qu'elle allait dire. Les sourcils froncés, elle se dégagea et prit l'appareil. Jurant doucement, elle sortit dans le couloir. Liam lui emboîta le pas.

— Quel est le problème ?

— C'est Ivan. Je n'ai pas envie de lui parler, mais je suppose qu'il faut que je lui dise que Chloe est malade.

— Pourquoi ? Tu ne lui dois rien.

Sloane le fixa tandis que l'appel passait sur la boîte vocale.

— On dirait que tu ne l'aimes pas.

— Je ne l'aime pas.

— Mais tu ne l'as jamais rencontré.

— Il t'a fait du mal.

Les yeux de Sloane s'agrandirent. Elle ouvrit la bouche pour parler, mais son téléphone recommença à sonner.

— Zut. C'est encore Ivan. Il va continuer d'appeler jusqu'à ce que je réponde. Je peux te demander une faveur... en tant que policier ?

— Bien sûr, répondit Liam, surpris.

— Écoute la conversation. Comme ça – elle reprit son souffle et continua d'un air sombre – tu pourras témoigner de ce que tu as entendu au tribunal si on en vient là.

Alarmé, il prit le bras de Sloane, la poussa dans une chambre vide et referma la porte derrière eux.

— Pourquoi as-tu besoin d'un témoin ? Il te menace ?

— Pas exactement.

— Alors, de quoi s'agit-il au juste ? questionna-t-il d'un ton tranchant.

Les poils sur sa nuque s'étaient hérissés, et il se rendit compte qu'il serrait les poings. Il se força à les desserrer et à poser son regard sur Sloane. Elle respirait vite et transpirait. Son regard sautait d'un objet à l'autre. Elle avait peur.

— Crois-moi, je vais écouter cet appel, grogna-t-il.

Le téléphone sonna une troisième fois, et elle prit une profonde inspiration. Les yeux plissés, il la regarda décrocher.

— Bonjour Ivan.

— Pourquoi ne réponds-tu pas ? hurla une voix masculine.

— Je suis occupée. Et je ne suis pas obligée de prendre tes appels. Nous ne sommes plus mariés. Tu peux parler à mon avocat si tu as quelque chose à me dire. Tu as son numéro.

Ivan jura avec méchanceté à cette suggestion, et Liam haussa les sourcils. Un caractère violent ?

— Je ne plaisante pas, Sloane, cracha Ivan. Je vais raconter ce que tu as fait. Je veux Chloe. Je vais te la prendre.

— Tu ne veux pas Chloe, tu veux seulement me punir.

Jurons supplémentaires.

— Écoute, Ivan. Chloe est malade. Elle est à l'hôpital avec

une grave infection virale. Si tu veux venir la voir, je ne t'en empêcherai pas.

— Je suis occupé. En outre, je n'ai pas envie d'attraper un fichu microbe.

— C'est ta fille.

— Je t'ai dit que j'étais occupé.

— Alors dis-moi ce que tu veux. À moins que tu n'appelles juste pour me menacer ? lança froidement Sloane.

Liam devait lui reconnaître ça. Sous la pression, elle était glaciale.

— Mes parents veulent te rappeler que Chloe doit leur rendre visite la semaine prochaine.

— Je n'ai pas oublié. Mais tu m'as bien entendue dire qu'elle était à l'hôpital, n'est-ce pas ? Je ne sais si elle sera assez en forme pour aller...

Ivan lui coupa la parole.

— Peu m'importe que tu doives l'arracher à son lit et la mettre dans une ambulance. Je t'attaquerai pour violation de la convention de garde si tu n'obéis pas à la lettre.

— C'est un bébé. Elle est très malade.

— Je m'en fous.

— Ivan. C'est ta chair et ton sang. Sois un peu compatissant...

Ivan l'interrompit avec une autre bordée de jurons. Un muscle se mit à tressauter sur la mâchoire de Liam.

Puis Durant lança :

— Je vais te traîner en justice tellement vite que tu n'auras pas le temps de te retourner. Et je vais faire modifier cette fichue ordonnance de garde. J'aurai Chloe, même si c'est la dernière chose que je...

— Un policier écoute cet appel, Ivan, déclara Sloane d'un ton glacial. Alors, avant que tu te répandes en menaces contre moi, sache que tu es écouté.

— Ce sont des balivernes. Tu ne pouvais pas savoir que j'allais t'appeler et tu n'as sûrement pas eu le temps de demander à un flic d'écouter. Ta toute-puissance, tu peux te la fourrer dans le gosier, ma chère et tendre.

Son ton devint encore plus menaçant.

— Tu vas regretter d'avoir étalé ma vie. Quand j'en aurai fini avec toi, tu te traîneras à genoux pour implorer ma pitié. Tu ne reverras jamais ta fille. Je détruirai ta vie, je...

Sloane était toute pâle, et le téléphone dans sa main tremblait violemment.

Liam le lui prit et déconnecta l'appel. Il était douloureusement tenté de dire deux mots à Ivan, mais une intervention l'obligerait à laisser tomber son enquête sur ce qui se passait chez Sloane. En outre, elle était assez secouée sans qu'il ajoute quoi que ce soit à la violence hystérique que Durant venait de déverser sur elle.

Le téléphone sonna à nouveau. Liam jeta un coup d'œil à l'écran et bloqua le numéro.

— Tu ne peux pas le bloquer ! s'exclama Sloane. Et s'il y avait une urgence et...

— Et quoi ? l'interrompit Liam avec fermeté. Tu peux toujours le débloquer et l'appeler. Mais pourquoi ferais-tu appel à cet abruti, de toute façon ? Il n'a pas fait montre d'une once d'inquiétude à propos de Chloe. Tu veux vraiment exposer ta fille à un homme pareil ?

— Non. Bien sûr que non. Mais s'il a besoin de me parler ?

— Tu as un avocat. Il peut l'appeler.

Sloane le contempla d'un air perdu. Elle semblait si vulnérable et effrayée à cet instant que Liam jura silencieusement. Aussi attiré qu'il fût par elle, il n'avait pas le droit d'envisager une relation romantique entre eux. Elle était déstabilisée, terrifiée, et elle tentait de reprendre pied après ce divorce hideux. Elle n'était pas en état d'entamer une relation avec quiconque. Au bout du compte, cela ne servirait qu'à leur faire du mal à tous deux.

— Tu devrais songer sérieusement à enregistrer ses appels.

S'il te menace encore, il nous sera très utile d'en avoir un enregistrement.

— Bonne idée, répondit Sloane d'une voix atone.

Il lui rendit le téléphone.

— Tu as plein de parents et d'amis autour de toi. Tu n'as pas besoin d'Ivan Durant. Nous sommes là.

Sloane poussa un soupir tremblant. Se redressant, elle écrasa les larmes qui brillaient dans ses yeux.

L'admiration gagna Liam. Quelle force lui fallait-il pour se draper dans son courage, écarter Ivan et retourner au chevet de sa fille le sourire aux lèvres ? Sloane était une femme incroyable.

La dernière chose dont elle avait besoin, c'était un homme comme lui pour compliquer sa vie.

4

Liam les avait débarrassées de la famille au bon moment car, durant l'heure suivante, l'état de la petite fille s'aggrava. Des quintes de toux secouaient son petit corps, et sa respiration sifflante terrifiait Sloane.

Un nouveau médecin apparut à l'heure du déjeuner et se présenta comme une spécialiste en pneumologie. Elle écouta la poitrine de Chloe avec son stéthoscope, fronça les sourcils et tourna la tête vers le couloir.

Sloane sentit son cerveau se figer. C'étaient de mauvaises nouvelles. Une petite voix au fond de son esprit hurlait *non, non, non !*

— Madame Colton, votre fille est très malade. Nous allons faire tout ce que nous pouvons pour elle. Il faut qu'elle passe périodiquement des radios pour vérifier le volume de liquide dans ses poumons, et je vais mettre en place une assistance respiratoire. Elle pourra respirer seule, mais je veux lui donner un peu plus d'oxygène.

Sloane réussit à se reprendre assez pour demander :

— Combien de temps dure cette phase du virus ?

— Les prochaines vingt-quatre heures seront déterminantes. Si l'on peut juguler la pneumonie, elle sera tirée d'affaire après cela.

— Que puis-je faire pour elle ?

— Aidez-la à rester calme. Maintenez le masque à oxygène

sur son nez. Si elle ne le supporte pas, il faudra lui donner un sédatif. Du reste, je vais peut-être le faire tout de suite...

— Non, s'il vous plaît. Je préfère éviter les sédatifs. Je l'aiderai à absorber l'oxygène. Je ne la quitterai pas des yeux.

Le médecin hocha la tête et rédigea une ordonnance.

— Je reviendrai voir Chloe dans quelques heures. Les infirmières m'appelleront s'il y a un changement significatif d'ici là.

Sloane acquiesça. Mais elle surprit le regard sombre qu'échangeaient le médecin et l'infirmière en chef.

S'il y avait une chose au monde qu'elle ne pouvait supporter, c'était l'impuissance. Et, à cet instant, elle ne pouvait absolument rien faire pour aider son bébé.

Liam avait accepté de rencontrer le technicien du FBI au commissariat et il était ravi de l'avoir fait. Il aurait arrêté Rahm Zogby s'il l'avait vu rôder autour de chez Sloane. L'homme avait une barbe qui lui descendait jusqu'au milieu de la poitrine, et un bandana déchiré retenait ses longs cheveux. Sa camionnette avait l'air aussi peu reluisante que son propriétaire.

— Liam Kastor ? demanda Rahm en sortant de son véhicule.

— C'est moi. Agent Zogby ?

— Juste Zog. Je ne suis pas du genre à arborer un badge.

Ils partirent ensemble pour la maison de Sloane, Zog au volant et Liam sur le siège en vinyle déchiré. Liam lui indiqua le chemin, et l'homme se gara devant la maison.

— Quel est le plan... Zog ?

— Vous avez les clés et la permission du propriétaire, n'est-ce pas ? C'est ce que m'a dit Roberts.

— Tout à fait.

— Alors je vais entrer et faire semblant de réparer la climatisation. Vous allez mettre cette combinaison.

Zog tendit à Liam une combinaison marron bon marché.

— Dans l'idéal, il faudrait que vous ayez des chaussures de sécurité, mais on va prendre le risque. Tirez sur les jambes le plus possible pour qu'elles couvrent vos chaussures.

Liam passa à l'arrière de la camionnette, s'assit sur le plancher métallique ondulé et se mit en devoir de passer le vêtement de travail.

Zog le contempla d'un œil critique.

— Tirez la casquette plus bas. Bon. Essayez de ne pas regarder les caméras, sans avoir l'air pour autant de les éviter. Et faites attention à ce que vous dites. Elles enregistrent peut-être aussi les paroles.

Liam acquiesça d'un signe de tête et tira la visière de la casquette sur son front.

— Voilà. Prenez ça.

Zog lui passa un seau plein d'outils.

Ils sortirent du véhicule et prirent la direction de la cuisine, à l'arrière de la maison. Liam les fit entrer et Zog fila vers le thermostat, fixé sur le mur. Il retira le couvercle et farfouilla dans les fils.

— Il faut que je regarde l'unité de base, annonça-t-il.

Ils gravirent l'escalier jusqu'au bureau sous les combles. Au fond de la pièce, une petite porte donnait accès à un grenier en partie aménagé.

— Parfait, souffla Zog.

Les sourcils froncés, Liam le regarda se mettre à quatre pattes et ramper dans un coin, au-dessus de la porte d'entrée. Des flashs lui indiquèrent que Zog prenait des photos. Quand il revint auprès de lui et se dirigea vers l'autre côté du grenier, Liam estima qu'il se trouvait au-dessus de la caméra de la chambre de Chloe. Encore des flashs.

— Passez-moi la trousse au fond du seau, marmonna Zog.

Liam s'exécuta et fut stupéfait de voir le technicien attacher des fils à quelque chose dans un coin.

— Bon, c'est fait, annonça Zog.

Liam ouvrit la bouche pour lui demander ce qu'il avait

trouvé, mais Zog lui intima le silence par geste. Ils redescendirent l'escalier. Zog replaça le couvercle du thermostat en marmonnant qu'il était heureux que ce ne soit qu'un fusible à remplacer. Puis ils s'empilèrent dans la camionnette et s'éloignèrent du bungalow.

— Eh bien ? demanda Liam.

Le masque impassible de Rahm tomba et il déclara vivement :

— Un système de surveillance et de transmission dernier cri. Soit quelqu'un surveille les images depuis la caméra, soit il y a une unité à proximité qui collecte les données et les envoie ailleurs. Dans tous les cas, votre petite maman a un sacré matériel dans son grenier. Des trucs de niveau militaire.

— Mais pourquoi ? lâcha Liam, exaspéré. Ce n'est qu'une mère isolée, bon sang.

— Vous en êtes sûr ? Il y en a au bas mot pour vingt mille dollars de matériel dans cette maison. On parle d'une société de sécurité de haut vol ou du FBI lui-même. Il n'y a qu'eux qui ont accès à ce genre de technologie.

Soudain, Liam n'était plus certain de rien à propos de Sloane. Qui avait pu utiliser ce genre de choses pour l'espionner ? Et pourquoi ?

La camionnette s'arrêta près de son pick-up, devant le commissariat.

— Voilà, dit Zog en lui tendant une clé USB et une boîte de la taille d'une boîte de cigares avec une antenne. Vous allez avoir besoin de ça.

— Qu'est-ce que c'est ?

— Branchez l'antenne dans la prise électrique et mettez cette clé USB dans votre ordinateur et vous verrez exactement la même chose que les caméras. J'ai cloné tout le système pour vous.

Liam vacilla. Il n'avait pas l'intention d'épier Sloane ! Il voulait seulement savoir qui le faisait.

— Il y a moyen de repérer celui qui capte le signal ?

— J'ai posé un traceur dans la maison, mais je vais devoir

retourner au labo pour capter un flux de données avant de pouvoir le localiser. Donnez-moi douze heures, d'accord ?

— Naturellement. Merci pour votre aide, mon vieux.

— J'espère que vous trouverez les réponses que vous cherchez, commenta sobrement Zog.

Lui aussi. Ça le tuerait de devoir arrêter Sloane si elle était mêlée à une affaire louche. Et Chloe – cette enfant ne pouvait pas être remise dans les griffes de son père. Pourrait-il convaincre les Colton de demander la garde… ?

Calme-toi, idiot.

Sloane n'était accusée de rien pour l'instant. Elle était innocente jusqu'à preuve du contraire.

5

Il y avait panique et panique. Quand la pneumologue ordonna le transfert de Chloe en soins intensifs, Sloane comprit le véritable sens du mot. À peine consciente, sa petite fille était raccordée à tant d'écrans et de machines qu'elle n'avait plus figure humaine.

Une infirmière de soins intensifs se présenta à elle et lui expliqua rapidement le fonctionnement de tous ces dispositifs de contrôle. Celui qui retint l'attention de Sloane était le bouton d'urgence. Elle devait le presser si Chloe cessait de respirer.

L'infirmière conclut ses explications en demandant :

— Y a-t-il un membre de la famille que je peux appeler ? Quelqu'un qui devrait être avec vous. Au cas où.

Au cas où Chloe mourrait.

Sloane sentit les jambes lui manquer.

— Mon frère, murmura-t-elle. Fox Colton.

— Bien. Vous avez son numéro de téléphone ?

Sloane n'était pas en état de se rappeler son propre nom, alors le numéro de Fox... Les mains engourdies, elle tendit son téléphone à la femme. L'infirmière fit défiler ses contacts d'une main experte, puis composa le numéro. Sloane écouta l'appel dans une sorte de brouillard.

— Ici Joanne Carter, infirmière à l'hôpital. Votre sœur

m'a demandé de vous prévenir que sa fille avait été admise aux soins intensifs...

Voyant l'infirmière se tourner vers elle après avoir raccroché, Sloane déclara :

— J'ai compris l'essentiel. Merci.

Elle ne voulait parler à personne, elle voulait un miracle. Un remède instantané pour les poumons de Chloe. Pour que ce cauchemar finisse.

Fox avait l'air presque aussi perdu qu'elle quand il fit irruption dix minutes plus tard. Il la serra contre lui.

— Est-ce que ça va aller ?

Elle secoua la tête.

— Si elle ne s'en sort pas, je...

Elle haussa les épaules et dit d'une voix rauque :

— Je m'en irai avec elle.

— Ouh là, ne parle pas comme ça.

Mais c'était aussi simple que ça. Elle ne pouvait pas vivre sans Chloe. Sa décision prise, un calme étrange se fit en elle.

Fox la contempla d'un œil circonspect et prit son téléphone dans sa poche.

— Ne t'avise pas d'appeler Mara, le prévint-elle.

— Je n'ai pas l'intention de lâcher tout le cirque sur toi.

Fox marmonna un instant dans son téléphone, puis leva les yeux vers elle.

— Je vais tout de même dire à maman ce qui se passe. Elle nous tuerait tous les deux si nous ne le faisions pas. Mais je lui ferai clairement comprendre que tu ne veux pas de compagnie pour l'instant. D'accord ?

Sloane hocha la tête à contrecœur. Fox finit par passer deux coups de fil.

Debout près du lit de Chloe, tenant le masque à oxygène, Sloane sentit la présence de Liam avant même de le voir.

Était-ce lui que Fox avait appelé en premier ? Qu'est-ce qui l'avait donc poussé à faire ça ? À moins que Fox, ait demandé à son ami de le soutenir moralement.

Ce fut comme si un morceau des Rocheuses entrait avec Liam : grand, calme et solide. Il salua Fox et les deux hommes sortirent pour une brève conversation.

Un seul d'entre eux revint. Sloane le sentit dans son dos.

Des bras l'entourèrent, et une poitrine dure comme le roc se pressa contre son dos. Une senteur de pin et d'air froid lui apprit qu'elle ne s'était pas trompée en identifiant Liam. Elle s'appuya contre lui et, durant un instant, le laissa porter son fardeau pour elle. Le soulagement était impressionnant. Elle aspira une longue bouffée d'air frais.

Si Chloe avait seulement pu respirer comme ça.

Le poids écrasant de son impuissance redescendit sur ses épaules. Mais elle avait eu cet instant. Cela lui donnait la force de supporter quelques minutes de plus en enfer.

Il resta longtemps derrière elle, se contentant de la tenir gentiment par la taille. Le sommet de sa tête passait juste en dessous de son menton, et elle se sentait enveloppée par ses larges épaules. Elle contempla Chloe, immobile et si petite dans ce lit, et intima l'ordre à sa poitrine de se soulever. Elle se mit à compter les respirations. Quand elle atteignit cent, elle recommença.

— Elle a la même force que toi, elle s'en sortira, assura Liam.

— Tu n'en sais rien, rétorqua-t-elle sèchement.

Elle voulut s'excuser, mais Liam l'interrompit :

— Tu es excusée d'emblée pour tout ce que tu diras dans les prochaines vingt-quatre heures. Laisse sortir tout ce que tu veux, d'accord ? Je peux encaisser.

— Comment sais-tu ce que je ressens ? demanda-t-elle.

— Mon père est mort l'année dernière. Lentement et douloureusement. C'était vraiment difficile par moments. De temps en temps, j'avais besoin de hurler, de laisser la rage et le chagrin sortir.

— Je ne suis pas encore prête pour le chagrin, gronda-t-elle.

— Et tu n'as pas à l'être. Chloe est en train de se battre. Elle dispose des meilleurs médecins et toute sa famille lui envoie de l'énergie. Et elle t'a toi, Sloane. Si l'amour d'une maman compte pour quelque chose, alors Chloe va s'en sortir.

Sloane pressa étroitement les paupières, car les larmes lui brûlaient les yeux. Elle pouvait tout supporter dans la vie, sauf la compassion.

Liam finit par la lâcher et sortit dans le couloir pour dire un mot à l'infirmière qui surveillait Chloe sur un écran.

— Combien de temps avant qu'on sache ? l'entendit demander Sloane.

La voix de l'infirmière flotta par la porte ouverte.

— Il faut qu'elle passe la nuit. Les enfants qui ont eu ce virus ont tendance à récupérer ou à décliner au bout de vingt-quatre heures.

— Y a-t-il quelque chose, quelqu'un, quelque part, qui pourrait aider Chloe ? questionna Liam.

— Non, monsieur. Notre pneumologue est une des meilleures du pays. Vous ne pouvez pas avoir un meilleur médecin aux côtés de votre fille.

Liam ne corrigea pas l'erreur de l'infirmière.

Ce fut une longue nuit. Plus longue que celle où elle avait accouché. Au moins, elle n'était pas seule, cette fois. Liam ne la quitta pas une seconde, sauf pour aller lui chercher de l'eau ou du café.

D'autres membres de la famille arrivèrent et repartirent tour à tour, ce qui en disait long sur les capacités d'organisation de Mara. Mais Liam demeura une présence constante.

De même que la respiration laborieuse de Chloe, qui faisait des efforts monumentaux pour absorber de l'air.

La pneumologue passait toutes les heures, voire toutes les demi-heures. Quand l'infection atteignit un pic, le médecin resta dans la chambre, assise sur un tabouret, de l'autre côté du lit, le regard braqué sur les écrans affichant le taux d'oxygène et le rythme de respiration.

Liam ne dit pas grand-chose. Il suggéra à Sloane d'aller s'asperger le visage d'eau fraîche. De faire le tour du service pour se dégourdir les jambes. Il lui donna peut-être à manger, mais Sloane n'avait pas le souvenir de s'être alimentée.

Elle avait envie de hurler et de frapper les murs, de passer sa rage contre ce qui arrivait à son enfant. Elle se sentait si impuissante...

Au bout d'un moment, Liam l'entraîna dans une des pièces réservées aux familles.

— Qu'est-ce que tu fais ? protesta-t-elle. Je veux retourner auprès de Chloe.

— Tu veux me donner un coup de poing ? Vas-y. Je suis grand et fort. Tu ne me feras pas mal.

Même si c'était bien ce dont elle avait envie, le fait que Liam le dise à haute voix la surprit tant qu'elle s'immobilisa.

— Vas-y. Serre le poing et donne-moi un coup dans le ventre. Je te défie de le faire.

Elle hoqueta comme si c'était elle qui venait de recevoir ce coup et réussit à reprendre sa voix.

— Qu'est-ce que je vais faire ?

— Tu vas faire ce que tu fais toujours. Tu vas foncer et faire tout ce que tu peux pour ta fille. Tu vas être son roc et l'encourager à lutter. C'est ton enfant. Elle a la même volonté de vivre que toi. Crois-y.

Cela lui fit du bien d'entendre ces mots. On pouvait faire confiance à Liam pour aller directement au cœur des choses. Le but était simple : la vie ou la mort. Elle se serait damnée plutôt que de laisser succomber sa fille sans livrer sa plus grande bataille. Rassérénée par la clarté de Liam, elle prit une grande inspiration, enfila son armure émotionnelle, prit sa grande épée et marcha vers son bébé.

Elle s'assit au chevet de Chloe et prit une de ses mains

dans les siennes. Les petits doigts se resserrèrent autour de son index. Faiblement, certes, mais Chloe s'accrochait à elle.

Elle insuffla toute la force, tout l'entêtement, tout l'amour dont elle était capable dans cette petite main.

Le monde se rétrécit autour de minuscules respirations laborieuses.

Inspiration. Hoquet. Expiration. Râle. Pause.

L'univers se rétrécit encore.

Inspiration. Expiration. Inspiration. Deux. Trois.

Sloane ne voyait plus le temps passer. Cette nuit ne semblait jamais devoir finir.

D'un côté, elle priait pour que l'horloge accélère. D'un autre côté, elle voulait qu'elle s'arrête. Parce que, à cette seconde, Chloe était toujours en vie. Sloane aurait été heureuse de vivre cette unique seconde pour toujours, sachant que son bébé était encore de ce monde.

Mais l'aiguille des secondes bougeait. Et le temps passait. Allant vers quelle issue, elle l'ignorait.

Liam avait déjà fait l'expérience de situations difficiles dans sa carrière – des accidents de voiture mortels, des annonces de décès – mais rien ne l'avait préparé à attendre qu'un petit enfant vive ou meure. Comment Sloane faisait-elle pour ne pas s'effondrer, il l'ignorait.

Fox partit informer Russ et Mara et leur demander de ne pas venir. C'était la seule manière de s'assurer qu'ils n'arrivent pas en courant et perturbent encore plus Sloane.

La seule chose que Liam pouvait faire, c'était veiller avec elle et lui offrir un soutien silencieux. Même si elle semblait à peine consciente de sa présence, tant elle était concentrée sur sa fille et leur lutte commune contre la maladie.

Chaque fois qu'il sortait et revenait avec un verre d'eau ou un café, Sloane lui serrait convulsivement l'autre main avant de prendre la boisson. C'était le seul signe de sa torture.

Les heures passèrent.

Enfin, au point du jour, Chloe toussa faiblement. C'était à peine un souffle, une minuscule exhalaison. Mais la pneumologue sauta sur ses pieds et écouta attentivement sa poitrine avec le stéthoscope. Liam se rendit compte qu'il retenait son souffle.

— Elle respire un peu mieux, annonça le médecin.

Sloane prit la main de Liam sans détacher les yeux de Chloe et pressa douloureusement ses doigts.

— C'est une bonne nouvelle, docteur ? demanda Liam, énonçant tout haut ce que Sloane était incapable d'articuler.

— Si elle continue à tousser et que ses bronches commencent à se dégager, elle sera en bonne voie.

Ce fut à cet instant que Sloane s'effondra. Ses jambes se dérobèrent sous elle, et elle chuta purement et simplement. Liam se baissa vivement pour la relever.

— Appuie-toi sur moi, lui murmura-t-il.

Ce qu'elle fit. Elle était si menue qu'il remarqua à peine son poids au creux de son bras.

L'heure suivante passa plus rapidement, et il devint évident que Chloe avait franchi un seuil. Son souffle se fit moins laborieux, et même l'équipe de soins parut plus détendue.

En milieu de matinée, la pneumologue déclara Chloe hors de danger. Il fallait encore la garder aux soins intensifs pour être sûr, mais le système immunitaire de la petite fille s'était mis en route à temps pour combattre l'infection.

À midi, Liam passa la tête hors de la chambre pour demander s'il était raisonnable que Sloane fasse une pause. Quand l'infirmière eut répondu par l'affirmative, il revint au chevet de l'enfant.

— Sloane, je vais rester avec Chloe. Pourquoi ne pas prendre une douche et dormir un peu ? Tu es restée debout toute la nuit.

— Toi aussi.

— Oui, mais je suis habitué aux longues veilles.

Il ne dit pas tout haut combien le stress de la nuit était visible sur elle. Elle avait des cernes profonds et sa peau avait pris une tonalité transparente. La crise l'avait poussée à la limite de ses forces.

— Tu me réveilles dans une demi-heure ?

— Une heure. Et prends une douche rapide pour dormir le plus possible.

Heureusement, elle ne protesta pas et sortit de la chambre d'un pas las.

Il laissa passer une heure et dix minutes, dans l'espoir qu'elle dormirait une heure complète. Quand il entra doucement dans la salle de repos, Sloane était recroquevillée au milieu du lit, agrippant Snuffles aussi étroitement que s'il s'était agi de Chloe. Avec un petit sourire, il s'assit au bord du lit et lui caressa doucement la main.

— Hé, la Belle au bois dormant, murmura-t-il quand elle ouvrit les yeux.

Elle cilla, en pleine confusion.

— Tu es à l'hôpital, lui rappela-t-il. Chloe va mieux et je t'ai envoyée prendre une douche et dormir un peu.

Elle leva la main et toucha ses cheveux humides.

— C'est vrai, marmonna-t-elle. J'ai l'impression qu'un camion m'est passé dessus.

— J'imagine. La nuit a été dure.

— Pour toi aussi.

Il haussa les épaules.

— Je suis content d'avoir été là pour toi.

Elle leva les yeux.

— Moi aussi. Vraiment. Je ne sais pas comment je serais venue à bout de cette nuit sans toi.

— Tu t'en serais très bien sortie...

Elle l'interrompit.

— Ne sous-estime pas la valeur de ton aide, Liam. Quand je ne voyais plus d'issue, tu m'as montré le chemin.

Il fronça les sourcils.

— Je t'ai juste dit la vérité.

— Et j'avais besoin de l'entendre.

Il sourit gentiment.

— Bonne chance à toi si Chloe acquiert ne serait-ce que la moitié de ta volonté en grandissant.

— Je serai heureuse d'avoir ce problème.

— Tu me rediras ça dans une quinzaine d'années, quand elle sortira en douce, exigera d'être libre et te rendra folle ?

— Oui. Absolument.

Leurs regards se croisèrent, et il fut stupéfait de la voir aussi ahurie que lui. Était-ce possible ? Sloane le voyait-elle comme quelqu'un qui pouvait encore faire partie de sa vie dans dix ans ? Impossible.

Sauf qu'il aurait juré qu'elle avait conscience de lui comme... homme. Une douce chaleur enveloppa son cœur. C'était intime, un lien forgé entre eux par cette nuit.

Un téléphone sonna, et il sursauta aussi fort que Sloane. Elle prit son appareil sur la table de chevet et considéra l'écran les sourcils froncés.

— Je ne reconnais pas le numéro. Mais c'est peut-être un membre de la famille.

Elle posa le téléphone contre son oreille.

— Allô ?

Une expression atterrée s'inscrivit sur son visage, et Liam n'eut même pas à demander qui était au bout du fil.

— Mets-le sur haut-parleur, articula-t-il.

Sloane tâtonna un peu, trouva l'icône nécessaire et la voix coléreuse d'Ivan remplit la pièce.

— Comment oses-tu bloquer mon numéro ? J'ai dû acheter un autre téléphone pour pouvoir te parler.

Liam fit le geste de se couper la gorge et dit tout bas :

— Raccroche.

Elle leva les yeux au ciel et répondit :

— Chloe a passé la nuit en soins intensifs.

— Quoi ? Pourquoi ?

Liam haussa les sourcils de surprise. Était-ce un brin d'inquiétude paternelle de la part de ce salopard ?

— Je te l'ai dit, elle a une grave infection virale. Mais elle semble avoir passé le cap. Ils espèrent la transférer dans une chambre normale ce soir.

— Et combien ça va me coûter une nuit en soins intensifs ? lança Ivan.

Liam en resta bouche bée. Sa fille avait failli mourir et il pensait à l'argent ?

— C'est mon assurance qui couvre Chloe. Merci beaucoup de t'inquiéter, répliqua Sloane.

— Pas la peine d'être hargneuse avec moi.

— Ivan. Ne me parle plus jamais sur ce ton, tu m'entends ?

Liam hocha la tête d'un air encourageant. Il n'était que temps qu'elle se révolte contre son ex-mari.

Ivan avait une autre vision de la chose et il explosa. On ne pouvait employer un autre mot pour l'avalanche de jurons et de menaces qui plut sur la ligne. Ce fut assez long pour que Liam sorte un petit calepin et prenne note des menaces les plus saillantes.

Ivan s'arrêta enfin et raccrocha brutalement. Apparemment, il avait simplement jeté l'appareil par terre.

— Si tu insistes pour parler à Ivan, dis-moi au moins que tu as enregistré la conversation.

Sloane sourit faiblement.

— Oui, je l'ai fait.

— Dans ce cas, j'adorerais avoir cette petite scène comme preuve.

— Je n'ai rien contre.

— Ça t'ennuierait que j'emporte ton téléphone au commissariat pour transférer l'enregistrement et le classer ?

— Pas le moins du monde, inspecteur.

Liam tendit la main, puis se ravisa.

— Je ne veux pas te laisser sans téléphone, au cas où tu

devrais entrer en contact avec moi… Ou avec ta famille, bien sûr, se corrigea-t-il vivement.

Il sortit son propre téléphone et le lui tendit.

— Prends le mien.

Il lui communiqua le mot de passe et empocha l'appareil de Sloane.

— Rentre chez toi et dors, Liam. Tu es allé bien au-delà de ton devoir envers Chloe… et moi.

Il lui sourit.

— Ce n'était pas un plaisir de passer une nuit pareille. Mais je suis heureux d'avoir été là pour vous deux.

Leurs regards se croisèrent à nouveau, et le sentiment de lien revint. Ils avaient traversé l'enfer ensemble et ils s'en étaient sortis. Sloane tendit la main et la posa sur sa joue.

— Qu'aurais-je fait sans toi ? murmura-t-elle.

— Tu aurais survécu et tu aurais été là pour ta fille.

— Je ne sais pas. C'est ton soutien qui m'a aidée à traverser ces heures.

— Appelle-moi chaque fois que tu as besoin de moi.

Elle se pencha un peu en avant, le menton levé et les lèvres légèrement entrouvertes.

Il n'hésita pas. Penchant la tête de côté, il embrassa la fille de ses rêves.

La bouche de Sloane était douce, fraîche et accueillante. Tout ce qu'il avait imaginé. Il se sentit ramené à son désir d'elle des années auparavant.

Vingt années de désir se ruèrent sur lui dans une vague d'émerveillement et de… soulagement. Il voulait cette femme depuis toujours. Et elle était là, enfin. C'était comme rentrer à la maison après avoir fait des milliers de kilomètres.

Il continua de l'embrasser avec révérence. C'était doux et hésitant, et il n'eut pas envie d'en faire davantage. C'était un début. Une promesse.

Elle recula la première et posa son front contre le sien.

— Je suis désolée, souffla-t-elle.

— Ne sois pas désolée. Je ne le suis pas.

Il aurait dû, mais il ne l'était pas. Pas du tout.

— D'accord. Alors pas de regrets, dit-elle lentement.

— Promis ?

— Promis.

— Super. Je t'apporterai le dîner ici à 18 heures. Je veux que tu me promettes de dormir encore cet après-midi, quand ta mère sera là pour prendre le relais.

— D'accord.

Une pause.

— Et merci d'avoir pris soin de moi.

— Merci de m'avoir autorisé à le faire.

Il déposa un baiser léger sur sa bouche, ravi de la fermeté de ses lèvres, de sa petite inspiration. Pour un deuxième baiser, il était proche de la perfection.

Il avait de grands projets pour le troisième. Bientôt. Quand Chloe serait tout à fait rétablie et que Sloane aurait assez d'énergie pour prêter attention au baiser monumental qu'il allait la persuader de lui donner.

Il sortit de l'hôpital sur un petit nuage et rentra en voiture au commissariat pour transférer l'enregistrement et enfoncer un clou supplémentaire dans le cercueil d'Ivan Durant.

6

Chloe sortit des soins intensifs en fin d'après-midi. La petite fille paraissait aussi épuisée que Sloane et n'avait qu'une envie : dormir.

Une infirmière murmura à Sloane que, si elle voulait rentrer pour se doucher, manger et se reposer, c'était le moment idéal. Mara, dont c'était le tour de tenir compagnie à Sloane, promit de ne pas quitter le chevet de sa petite fille.

Sloane considéra tour à tour sa mère et l'infirmière d'un air de doute.

— Vas-y, chérie et occupe-toi de toi. Chloe a besoin d'une maman forte et reposée.

— D'accord, maman. Je ne serai pas longue.

— Prends ton temps. J'ai un bon livre, et Chloe a l'air épuisée.

Cela lui parut étrange de quitter le chevet de sa fille après la crise qu'elles venaient de traverser. En marchant jusqu'au parking, Sloane se répéta qu'elle ne devait devenir surprotectrice. Il fallait laisser Chloe vivre une vie normale. Mais comment allait-elle faire pour ne pas devenir totalement phobique des microbes ?

Elle venait de monter dans sa voiture quand le téléphone de Liam se mit à sonner. Sans doute valait-il mieux ne pas prendre l'appel. Mais s'il y avait une urgence ? Elle décida de répondre brièvement.

— Bonjour. Ici Sloane Colton, sur le téléphone de Liam Kastor.

— Oh ! parfait ! J'ai les résultats de l'analyse de vos caméras de surveillance, madame Colton, dites-le à Liam s'il vous plaît. Elles sont toutes opérationnelles. Les images sont envoyées dans la banlieue de Denver. Je peux vous envoyer l'adresse par texto.

Des caméras de surveillance ? Chez elle ?

— Hum, oui. Bien sûr, marmonna-t-elle.

Que fichait donc Liam ? Il l'espionnait ?

Tout projet de douche évanoui, elle prit la direction du commissariat, répétant la tirade qu'elle allait lui assener. Quiconque l'aurait vue en train de fulminer toute seule l'aurait prise pour une folle. Tant pis. Liam ferait moins le fier quand elle en aurait fini avec lui.

Elle entra comme une furie au commissariat et aperçut Liam dans un petit bureau à cloisons, au fond d'une grande pièce contenant une dizaine de postes de travail. Prête à exploser, elle se fraya un chemin entre les tables.

Assise devant Liam, une femme d'âge moyen parlait doucement. Liam tapait sur son clavier, puis s'interrompait pour lui poser une question. En s'approchant, Sloane entendit ce que disait la femme.

— Je me suis inquiétée quand elle n'a répondu à aucun de mes textos. Je n'arrêtais pas de lui en envoyer, en vain. Puis le mois dernier j'ai vu au journal TV cette fille qui avait été assassinée, et mon cœur s'est glacé. Mon April lui ressemblait tellement... Mince, avec de grands yeux sombres, un teint clair, de longs cheveux bruns...

La femme s'interrompit, comme incapable de poursuivre, et sortit une photo d'une jolie jeune femme, qui ressemblait en effet comme deux gouttes d'eau à Bianca Rouge, la fille que l'on avait trouvée morte au ranch de Wyatt.

Sloane se sentit soudainement dégrisée quand Liam dit avec douceur :

— Bien sûr que je vais enquêter sur la disparition de votre fille, madame Thomas. Elle vous avait dit qu'elle allait à Roaring Springs pour un entretien d'embauche, c'est cela ? Vous êtes certaine qu'elle ne vous a pas précisé dans quelle entreprise ?

— Certaine, répondit la femme avec une frustration et un désespoir évidents.

— Et tout cela s'est passé...

Il regarda son écran.

— ... il y a un an ?

— Presque jour pour jour. J'ai signalé sa disparition à la police de Denver, et ils ont appelé ici. Mais la police locale a dit qu'on ne l'avait pas vue à Roaring Springs. Ils pensent qu'elle n'est jamais venue ici.

— Savez-vous si la police de Denver s'est adressée à la police d'ici ou au bureau du shérif ? demanda Liam.

— Je l'ignore.

Des larmes roulèrent sur les joues de la femme, et Sloane sentit son cœur se fendre. Elle savait exactement comment elle se sentirait si Chloe disparaissait sans laisser de traces. Elle aurait envie de mourir.

La détermination se lisait sur le visage de Liam, mais sa voix était bienveillante.

— Je ne peux pas vous promettre de retrouver votre fille, mais je vous promets de retourner chaque pierre de Roaring Springs et de déterminer au moins si elle est venue ici.

— Merci de ne pas me traiter de folle, marmonna madame Thomas.

Liam lui remit sa carte de visite.

— Vous n'avez rien d'une folle, madame. Vous êtes une mère inquiète. Je ferai de mon mieux pour vous aider. Voici mon numéro de téléphone si vous vous rappelez un détail ou si voulez vous informer de l'avancement de l'enquête. Appelez-moi à n'importe quel moment.

C'était généreux de sa part. Quant à elle, Sloane aurait

réfléchi à deux fois avant d'inviter un client à l'appeler n'importe quand. La femme se leva, et Liam l'imita. Sur une impulsion Mme Thomas le serra dans ses bras, et il répondit chaleureusement à son geste. Il la raccompagna même à la porte d'entrée. Sloane l'entendit dire :

— Merci d'être venus nous voir, madame Thomas. Nous ferons de notre mieux pour résoudre ce mystère.

Il revint à son bureau, où attendait Sloane.

— À quoi dois-je le plaisir de cette visite surprise ?

— J'ai reçu un appel intéressant. Sur ton téléphone, commença-t-elle d'un ton acide.

Visiblement alarmé par son ton, il l'entraîna dans une salle de réunion derrière son bureau. Malin de sa part. Mais elle allait faire de la chair à pâté de lui.

Liam ferma la porte et se tourna vers elle, croisant les bras sur sa poitrine musclée. Elle oubliait parfois combien il était grand et fort mais sa posture imposante lui rappela son insignifiance comparée à lui.

— Qui a appelé ? demanda-t-il d'un ton égal.

— Un type avec un nom bizarre. Ziggy, Zigby.

Il soupira, comme s'il connaissait la suite.

— Zogby. Rahm Zogby.

Un muscle se mit à tressauter sur sa mâchoire. *C'est ça, mon vieux. Prépare-toi.* En habituée des salles de justice, elle demeura silencieuse, laissant monter l'anxiété de Liam. Quand il parut ne plus pouvoir supporter le suspens, il balbutia :

— Que voulait Zog ?

Quittant son calme apparent, elle articula avec le tranchant d'une lame affûtée :

— Te prévenir que les caméras de surveillance étaient opérationnelles et que le signal était transféré à une adresse à Denver.

— Il t'a donné l'adresse ? questionna vivement Liam.

— Il a dit qu'il l'enverrait par texto.

— Parfait.

— Parfait ? répéta-t-elle d'un ton proche du hurlement. Tu m'espionnes dans ma propre maison et tout ce que tu as à dire, c'est : « parfait » ?

— Ouh là là !

Liam leva les mains en signe de reddition.

— Je te jure que je ne t'espionne pas, Sloane. Mais quelqu'un le fait. Et j'essaie de comprendre qui c'est.

— Que veux-tu dire : tu ne m'espionnes pas ? lança-t-elle.

— Il y a deux nuits, quand je suis allé chez toi prendre tes affaires, j'ai remarqué une caméra dans ta chambre. J'ai fouillé discrètement le reste de la maison, et j'en ai trouvé deux autres… Une dans la chambre de Chloe et une dans le salon. En supposant que ce n'est pas toi qui les as fait installer…

— Certainement pas ! coupa-t-elle.

Liam hocha la tête, comme s'il s'y attendait, et poursuivit :

— J'ai appelé le FBI et je leur ai demandé de m'envoyer un technicien pour inspecter ta maison. C'était Zog. Il a constaté en effet la présence de caméras et m'a dit qu'il analyserait leur fonctionnement.

Sloane ouvrit et referma la bouche plusieurs fois. Qui avait mis des caméras chez elle, au nom du ciel ?

Malheureusement, la réponse était évidente. C'était tout à fait le genre de choses que ferait Ivan. Ce type ne pouvait tout simplement pas supporter de perdre. Il ne voulait pas la garde de Chloe, mais il était fou de rage que ce soit elle qui l'ait. Il avait triché autant qu'il avait pu mais, heureusement, elle avait si peu à se reprocher qu'il n'avait pas trouvé grand-chose contre elle. Surveiller discrètement son ex-femme ? C'était du Ivan tout craché.

Sloane arpenta la salle de réunion, fit demi-tour et revint se planter devant Liam.

— Zut. J'allais te passer un fantastique savon.

Le coin de la bouche de Liam tressaillit, mais il eut le bon sens de garder un ton grave.

— Je t'aurais parlé des caméras en temps normal. Mais

Chloe était tellement malade que je me suis dit que cela pouvait attendre.

— Eh bien... J'étais vraiment impatiente de t'arracher les yeux.

— Tu peux encore exercer ta rhétorique cinglante sur moi, si tu veux, offrit-il galamment.

— Non. Ça perd de son mordant quand la colère n'est plus là.

Il hocha la tête avec commisération.

— Quand Zog m'aura envoyé cette adresse, j'imagine que tu voudras savoir qui y habite ?

— Oh oui !

— Écoute, Sloane. C'est une enquête de police. Tu es avocate, alors tu sais ce que ça veut dire. Je veux que tu te tiennes à l'écart de cela, au risque de compromettre les preuves.

Elle se hérissa.

— Je connais la chanson. Mais ça ne signifie pas que ça me plaît.

Liam fit la grimace.

— Tu vas devoir choisir. Tu veux que je demande à Zog d'ôter les caméras, ou tu es prête à les laisser tourner pour que nous puissions découvrir qui les a installées ?

— Tu me montreras où elles sont ?

— Bien sûr, mais tu dois me promettre de ne pas les examiner de près. De ne rien faire qui puisse renseigner celui qui t'observe.

Elle le fixa, indécise. Elle détestait l'idée qu'on les espionne, Chloe et elle. Honnêtement, cela lui donnait la chair de poule. C'était une telle intrusion dans son intimité !

— Il n'y a pas de caméra dans la salle de bains et les toilettes, ajouta Liam. J'ai bien inspecté la maison. Tu n'as pas à t'inquiéter de cela.

— Combien de temps doivent-elles rester en place ?

— Le temps qu'il nous faudra pour découvrir qui les a fait

installer. Nous l'arrêterons et nous l'interrogerons jusqu'à ce qu'il nous dise pourquoi.

— Ce n'est pas un voyeur, c'est une surveillance ciblée, ajouta-t-elle sombrement.

— Tu as des soupçons ?

Elle lui jeta un regard sobre.

— Ivan est le candidat le plus évident, mais ses parents ont pu le pousser à faire ça.

— S'ils l'ont aidé d'une manière ou d'une autre, ils sont complices de ce délit.

— Mais on ne sait pas encore avec certitude si c'est Ivan. Il reste une chance que ce soit quelqu'un d'autre.

— C'est à toi de le dire. Tu as d'autres ennemis ?

Elle haussa les épaules.

— J'ai presque toujours réussi à défendre mes clients. J'ai fait acquitter les innocents et, quand j'ai perdu, c'est qu'ils étaient coupables. Mais même eux savent que je me bats pour les peines les plus justes. Peut-être un membre de la famille qui s'attendait à ce que je fasse libérer son parent ?

— Ce serait un peu tiré par les cheveux.

— Ça ne me paraît pas crédible non plus. Je n'ai pas plaidé depuis la naissance de Chloe. Un ennemi éventuel aurait eu deux ans pour régler ses comptes avec moi et cela n'aurait aucun sens qu'il ait attendu si longtemps pour exercer sa vengeance.

Liam hocha la tête.

— J'ai fait quelques recherches sur ton ex-mari. Il ne m'a pas semblé blanc comme neige.

— C'est un sacré numéro, hein ?

— En effet.

Liam n'en savait pas la moitié. Elle le mit au courant.

— Quand nous avons divorcé, Ivan a payé un psychologue pour certifier que je n'étais pas une bonne mère, parce que j'avais continué à travailler après la naissance de Chloe. Peu importait que je sois descendue à vingt heures de travail par semaine, que j'aie engagé une nourrice à mi-temps et que je passe plusieurs heures par jour avec Chloe.

Elle ajouta amèrement :

— Contrairement à lui. C'est à peine s'il la touchait, et il ne passait jamais plus de quelques minutes avec elle. Il lui en voulait d'être là et il ne s'en cachait pas. Mais cela ne l'a pas empêché de tirer des ficelles pour faire attribuer notre affaire à un juge notoirement connu pour sa partialité à l'égard des pères.

Elle reprit ses allées et venues, agitée à cette seule pensée.

— Quand il est apparu que le juge envisageait effectivement de donner la garde à Ivan, j'ai montré à mon ex-mari les preuves qu'un détective privé avait rassemblées sur ses activités extraconjugales.

— Comment a-t-il réagi ? demanda Liam, les sourcils froncés.

— Il a failli avoir une attaque. Je ne les ai pas montrées au juge, juste à Ivan. Je lui ai rappelé que, si je déposais ces photos et ces reçus comme éléments à charge, tout le monde pourrait les consulter, y compris ses parents et ses associés.

— C'est là qu'il a retiré sa demande de garde ? questionna Liam.

Sloane acquiesça.

— Je n'étais pas fière de moi. Mais il s'agissait de Chloe. Et il n'a pas une once d'instinct paternel. Je ne pouvais pas prendre le risque de jouer selon les règles.

— Tu ne les as pas enfreintes. Légalement, tu avais tout à fait le droit de produire des éléments attestant de son manque d'aptitude à être père. Tu as fait preuve d'une admirable retenue en ne cherchant pas à le détruire.

Sloane sourit légèrement, comme si, pour la première fois, son sentiment de culpabilité s'allégeait un peu.

— Disons qu'Ivan ne le voit pas de cette façon.

— J'imagine ! dit Liam en ricanant.

— Selon lui, c'est pour qu'il puisse continuer de payer la pension que je n'ai pas ruiné sa réputation.

Liam leva les yeux au ciel.

— Il voulait le beurre et l'argent du beurre. Une femme, un enfant, mais aussi des liaisons, des fêtes et du jeu. Mais ce n'est pas comme ça que la vie fonctionne. Quand on a la chance d'avoir une famille formidable, on se débrouille pour prendre soin d'elle.

— Euh, je ne voyais pas les choses ainsi.

— Tu te sous-estimes, Sloane. Tu l'as toujours fait.

Elle le dévisagea, sourcils froncés.

— Tu es une femme extraordinaire, et n'importe quel homme aurait de la chance de t'avoir. Crois-moi, tu mérites beaucoup mieux que ce qu'Ivan t'a fait vivre.

Le rouge lui monta aux joues.

— Merci, marmonna-t-elle.

— Alors, à propos de ces caméras. Que décides-tu ?

— Je préférerais qu'on les enlève. Mais je peux les supporter un petit moment si c'est utile à ton enquête.

— Tant mieux, approuva Liam. Si elles te rendent dingue, dis-le-moi. Je viendrai à ton secours.

Il lui semblait que, chaque fois qu'elle avait besoin d'aide, Liam Kastor était là pour la tirer d'affaire. Si elle n'y prenait pas garde, elle allait finir par le dégoûter.

Liam regarda la mince silhouette de Sloane sortir du commissariat et s'effondra dans son fauteuil avec soulagement. Ouf, il avait eu chaud. Si elle ne l'avait pas laissé expliquer l'affaire des caméras, cela aurait été un sacré bazar.

Mais elle avait toujours été raisonnable. Elle réfléchissait avant de se former une opinion. Une fois décidée, cependant, elle n'hésitait pas à presser la gâchette.

Il baissa les yeux sur la photo de la fille de Ruth Thomas. Non seulement la jeune femme ressemblait à la victime du meurtre, mais elle avait aussi des traits communs avec Sloane – mince, la peau claire, les cheveux bruns, les yeux noisette...

Il jura tout bas. Et s'il y avait un lien entre le meurtre de Bianca Rouge et la disparition de cette fille ? Cela signifiait-il que Sloane était aussi en danger ?

Sentant un vent de panique monter en lui, il se réprimanda intérieurement. Il était policier. S'il y avait un lien, il le trouverait et remonterait jusqu'au meurtrier.

April Thomas avait disparu depuis un an. La piste était froide, difficile à suivre. Cela ne présageait pas non plus une fin heureuse. Il y avait trop de jolies jeunes femmes enlevées dont on n'entendait plus parler. Il espérait que l'histoire d'April ne finirait pas tragiquement, mais son instinct lui soufflait de se préparer au pire.

Il prit son téléphone et appela l'adjointe du shérif.

— Salut Daria. C'est Liam Kastor. Un café, ça te dirait ?

— Pour le boulot ou le plaisir ?

Il sourit jusqu'aux oreilles.

— Boulot, j'en ai peur.

— Alors je laisse mes souliers de danse au placard. On se retrouve au No Doze Café dans une demi-heure ?

— Parfait. À tout à l'heure.

Le No Doze était situé un peu plus bas dans la rue, si bien que Liam eut le temps d'écrire un bref rapport sur April Thomas. Elle était déjà dans la base des personnes disparues, mais il constitua un petit dossier avec sa photo pour le distribuer aux membres des forces locales.

Quelques minutes avant son rendez-vous, il reçut l'adresse envoyée par Zog. C'était dans la banlieue est de Denver. Une agence immobilière était répertoriée à cette adresse. Liam composa le numéro.

— Ici l'inspecteur Kastor de la police de Roaring Springs. Pourriez-vous me dire qui loue la maison de San Marcos Street, à Denver ?

Un jeune homme à l'air ennuyé répondit :
— Nous ne donnons pas d'informations sur nos locataires.
— Je fais partie des forces de police.
— Désolé, mon vieux. Je ne peux rien faire.
Liam grinça des dents. Parfait. Il allait se procurer un mandat et se faire un plaisir de l'enfoncer dans la gorge de ce gamin.
— Quelle est l'adresse de votre agence ?
— Pourquoi voulez-vous le savoir ? demanda le jeune homme d'un air soupçonneux.
— Pour déposer un mandat qui vous forcera à dire qui loue cette maison.
— Oh bon sang. Écoutez, donnez-moi une seconde. San Marcos Street, vous m'avez dit ?
— C'est ça.
Il entendit le grincement métallique d'un tiroir, un bruit de papier remué, puis l'agent immobilier revint en ligne.
— C'est une société. DFE Holdings.
— Le contrat porte une signature ?
— Oui, mais je n'arrive pas à la lire. C'est un gribouillis.
— Il y a un numéro de téléphone ? Une adresse ?
— Ouais...
Le jeune homme lui lut un numéro et un numéro de poste restante dans la banlieue de Denver.
— Merci pour votre aide, dit Liam quand il eut fini de noter ces informations.
— Ça veut dire que vous n'allez pas venir avec un mandat ?
— Exactement.
— Ouf. Génial, mon vieux !
Liam raccrocha en souriant. Il allait être en retard au café, mais il ne put résister à la tentation d'appeler immédiatement DFE Holdings. Une sonnerie électronique retentit, puis une voix automatique féminine annonça que le numéro n'était plus en service.
Rien de surprenant. En revenant au bureau, il chercherait

la fameuse DFE Holdings. Dix contre un qu'il découvrirait une société écran, enregistrée quelque part où on n'exigeait aucune information concernant les propriétaires.

Apparemment, il allait devoir se déplacer pour inspecter la maison lui-même. Cela lui permettrait d'échanger en même temps avec le service des personnes disparues à Denver.

Il prit son manteau et se rendit au petit trot au No Doze Café.

Daria, une beauté afro-américaine à l'intelligence affûtée, avait déjà commandé un café et le sirotait à petites gorgées. Il demanda un café noir et se glissa sur une chaise face à elle.

— Quoi de neuf, inspecteur ?

C'était une femme avisée, et elle savait qu'il ne l'aurait pas dérangée en plein travail s'il n'avait pas eu quelque chose d'important à lui dire.

Il lui montra la photo d'April Thomas.

— La mère de cette jeune femme est venue ce matin à mon bureau. Elle cherche sa fille depuis un an. Sa dernière destination connue était Roaring Springs. Elle ressemble à quelqu'un qu'on connaît ?

Daria jura en fixant la photo.

— Il faut que je passe un appel.

Liam attendit tandis qu'elle mettait rapidement au courant le shérif Trey Colton.

Daria acheva la conversation et, se penchant vers lui, dit tout doucement :

— Je n'ai jamais été convaincue que Nolan Sharpe avait étranglé Bianca Rouge.

— Pourquoi ? demanda Liam, surpris. Je pensais que Sharpe avait laissé une lettre avouant sa culpabilité.

— Il l'a fait. Sauf que ça colle un peu trop bien qu'un petit malfrat avoue le crime dans une lettre de suicide.

— Alors pourquoi penses-tu qu'il aurait avoué ? questionna Liam.

Daria haussa les sourcils.

— Il voulait peut-être être célèbre après sa mort. Ou bien

on l'a payé pour le faire. À moins qu'il n'ait jamais écrit cette lettre. Je n'ai jamais pu faire correspondre l'écriture de la lettre avec un autre échantillon à lui. À ce stade, je ne suis même pas sûre qu'il se soit suicidé. Il n'y a tout simplement pas assez de preuves pour conclure dans le meurtre Rouge et le suicide Sharpe.

— Mais ces affaires ont été classées.

— Russ Colton a déclaré publiquement que les affaires étaient classées. Trey pouvait difficilement faire le contraire.

Trey était l'un des cousins Colton, et il s'était retiré de l'enquête sur le meurtre de Bianca Rouge parce que le corps avait été découvert dans le ranch de son cousin. C'était dommage, mais il n'avait pas eu le choix. Liam eut un petit sursaut intérieur. Lui-même s'approchait dangereusement d'un problème éthique en enquêtant sur l'ex-mari de Sloane.

La porte du café s'ouvrit, et une grande silhouette apparut sur le seuil. Trey Colton, en personne.

— Tu as fait vite, commenta Daria.

— J'étais dans le quartier, répondit Trey en s'asseyant à côté de son adjointe. J'ai entendu dire que tu avais des informations pour nous sur le meurtre Rouge, dit-il à Liam.

— J'ai enregistré une disparition qui pourrait avoir un lien, répondit Liam.

— Ce serait l'affaire de mon service, alors, déclara Trey.

— Non. Vous avez classé le dossier Rouge. C'est une mère qui est venue me demander de l'aider à retrouver sa fille ce matin. C'est *mon* affaire.

Trey lui jeta un regard noir, que Liam lui rendit. Ils se connaissaient depuis assez longtemps pour ne pas s'embarrasser de protocole. Liam mit finalement fin à l'impasse en murmurant :

— Vois-le comme ça : si tu laisses la police gérer la disparition de Thomas, cela détournera l'attention de Russ. Il devra aussi nous poursuivre. En outre, nos deux agences peuvent mettre leurs forces en commun et couvrir plus de terrain.

J'aurais un prétexte pour fouiner autour du meurtre Rouge et vous pourrez vous intéresser à la disparition Thomas.

Trey hésita un instant, puis acquiesça.

— D'accord. Mais Daria garde la direction de l'affaire Rouge.

— Absolument, répondit Liam avec fermeté.

— C'est April Thomas ? demanda Trey en désignant la photo posée entre eux.

— Oui. Elle ressemble à Bianca, non ? dit sombrement Liam.

— Oui, reconnut Trey d'un air tout aussi préoccupé. Je vous ai interrompus. De quoi parliez-vous ?

Liam revint à sa conversation avec Daria.

— Si quelqu'un a tué Sharpe et a laissé une lettre le désignant comme le meurtrier de Bianca, alors il a pu aussi tuer Bianca. On pourrait avoir affaire à de multiples homicides.

— Pire que ça, murmura Daria, on pourrait avoir affaire à un tueur en série.

Tous les regards se posèrent sur la jeune et jolie April. La ressemblance entre elle et la fille découverte au ranch de Wyatt était vraiment frappante.

— Et on vient peut-être de comprendre de quoi ont l'air les victimes préférées du tueur, ajouta Daria.

Liam sentit ses entrailles se nouer. C'était exactement le genre d'affaire auquel il s'était préparé toute sa vie mais, maintenant qu'elle était là, il ne ressentait que de la peur. Non la peur de ne pas être à la hauteur, mais la crainte que d'autres jolies brunettes meurent avant qu'ils n'attrapent le meurtrier. Il n'y avait rien d'excitant là-dedans. Cette affaire allait être une course mortelle contre le temps. Aucun de ses manuels de criminologie ne parlait de cela.

Le pire était que Sloane elle-même était une jolie brune avec de grands yeux sombres et de longs cheveux. Il se rappela hâtivement que c'était le cas d'une demi-douzaine de femmes à Roaring Springs. Elles étaient également en danger.

— Ne devrions-nous pas recommander aux jeunes

femmes qui ressemblent à Bianca et April d'être prudentes ? marmonna-t-il.

Daria regarda Trey, qui déclara :

— Je me suis retiré de cette affaire. C'est à toi de décider.

Daria se mordit la lèvre, réfléchissant. Les yeux encore plus noirs que d'habitude, elle s'adressa à Liam d'un ton contraint :

— Avant de rendre ça public, il nous faut d'autres éléments. Les Colton piqueraient une crise si la presse parlait d'un tueur en série en liberté au plus fort de la saison de ski.

— Ce n'est pas une question d'argent, intervint vivement Trey, c'est une question de sécurité.

— Je le sais, rétorqua Daria.

Elle souffla et reprit plus calmement.

— Mais la politique compte dans cette ville. Et, quand les Colton sont concernés, il s'agit de politique.

Liam tressaillit. Elle n'avait pas tort.

— Je vais te dire, continua Daria, je vais faire passer le mot au bureau du shérif si tu fais la même chose discrètement au commissariat. Si vous avez besoin de renforts pour étoffer vos patrouilles et surveiller les résidences des femmes célibataires, fais-le-moi savoir.

— Je n'y manquerai pas, répondit Liam.

Une serveuse vint poser devant lui une tasse de café noir. Il but une longue gorgée du breuvage. Quand elle fut hors de portée d'oreille, il poursuivit :

— Il faut que j'aille à Denver pour une autre affaire. Je me suis dit que je passerai au commissariat pour leur demander de me communiquer leur dossier sur April Thomas. Je leur demanderai aussi ce qu'il n'y a *pas* dans le dossier.

Daria lui fit un clin d'œil.

— Comme le fait qu'elle soit peut-être devenue une escorte, comme Bianca ?

Il soupira.

— Oui.

Il ne reprochait pas aux femmes de vendre leurs charmes si c'était leur seul moyen de vivre. Mais, même dans les meilleures circonstances, c'était un métier dangereux.

— Tu me tiendras au courant ? demanda Daria.

— Bien sûr.

— Et merci pour le tuyau, Liam.

— Je t'en prie. Le café est pour moi, cette fois.

— Le prochain sera pour moi alors, dit Daria.

— Espérons que tu auras de meilleures nouvelles.

Ils échangèrent un regard entendu. Ils avaient le même pressentiment. Un tueur en série sévissait à Roaring Springs.

7

Sloane ne savait pas qui était la plus heureuse de rentrer à la maison, Chloe ou elle. La fillette était épuisée et affaiblie par son épreuve, mais elle courut se jeter sur le lit, riant du bonheur de retrouver ses amis en peluche. Sloane l'écouta en souriant dire bonjour à chacun d'entre eux.

Liam lui avait dit que la caméra était placée au-dessus de la porte dans la chambre de Chloe. Sloane faillit y jeter un coup d'œil en mettant Chloe au lit, mais à la dernière seconde elle se força à regarder dans le couloir.

En se dirigeant vers sa propre chambre, elle s'ordonna de ne pas regarder au-dessus de la commode. Elle se pencha dans son placard pour prendre des vêtements, puis entra dans la salle de bains pour un bain longtemps différé. Même sachant qu'il n'y avait pas de caméra dans cette pièce, elle se sentit vulnérable en se déshabillant.

Elle versa une bonne dose de bain moussant dans la baignoire à l'ancienne et fit couler de l'eau jusqu'à ce qu'elle soit recouverte de bulles. Ouf, vivre sous surveillance était plus difficile qu'elle ne l'avait imaginé.

Dans l'eau chaude, elle sentit ses muscles las et ses nerfs survoltés se détendre et s'attarda jusqu'à ce que l'eau devienne tiède.

Enfin, frissonnant dans l'eau presque froide, elle se força à sortir de la baignoire et s'enveloppa dans une grande serviette. Il fallait qu'elle maîtrise sa paranoïa. Elle était en sécurité et n'avait rien à cacher. Et, si cela permettait à Liam d'inculper Ivan, elle irait jusqu'à parader nue dans la maison.

Les jours suivants passèrent rapidement. Chloe devint de plus en plus irritable, et Sloane prit conscience qu'elle étouffait son enfant. C'était en partie dû à la crainte que Chloe ne rechute et en partie au fait que ces fichues caméras surveillaient chacun de leurs gestes.

Finalement, elle appela Bailey et lui demanda si Chloe pouvait venir passer la nuit au ranch. Elle adorait jouer dehors et rendre visite aux chevaux. Bailey, avide de s'exercer à la maternité, accepta avec plaisir.

Sloane et Chloe partirent donc pour le ranch par une journée tiède et ensoleillée qui sentait le printemps. Une fois là-bas, Sloane emmena la petite fille à l'écurie. Elle voulut donner une carotte à tous les chevaux, sans oublier de leur gratter le cou et de caresser leur nez velouté.

Pour dîner, Bailey avait fait un gratin de macaroni au fromage, un des plats préférés de la petite fille. Après le repas, toutes trois s'installèrent devant un dessin animé.

Chloe somnolait mais, quand les adultes firent mine d'arrêter le film, elle se réveilla et exigea de regarder la fin. Sloane et Bailey échangèrent un sourire indulgent. Sloane n'était que trop heureuse que sa fille insiste pour regarder un film qu'elles avaient toutes vu une centaine de fois.

Elle caressa avec affection ses cheveux. Elle ne pouvait tout simplement pas imaginer la vie sans elle. Ni à cet instant ni dans quinze ans. Elle repensa à cette pauvre femme dont la fille avait disparu et frissonna rien que d'imaginer son désespoir.

— Ça va ? murmura Bailey par-dessus la tête de Chloe.

— Oui. Je pensais seulement combien j'aime cette petite.

Bailey posa une main sur son ventre, où son bébé grandissait à vue d'œil.

— J'aime déjà celui-là, alors que je ne l'ai jamais rencontré.

Sloane sourit d'un air entendu.

— Dans quelques mois, ton bébé commencera à manifester sa personnalité, même dans ton ventre. Cette petite chipie adorait sauter sur ma vessie, et plus il y avait de bruit autour de moi, plus elle était active. Il était clair depuis le début qu'elle allait être un boute-en-train.

— J'ai vraiment hâte, lui dit Bailey. Tu as déjà pensé à avoir un autre enfant ?

Sloane fronça le nez.

— Un autre enfant, ce serait super. Mais pas l'homme qui irait avec.

— Tu n'as pas besoin d'avoir une relation pour avoir un bébé, tu sais.

— Ah bon ? Alors pourquoi as-tu renoué avec Wyatt pour lui demander de t'aider à avoir un bébé ?

Les joues de Bailey rosirent.

— C'était compliqué.

— Apparemment !

Sloane sourit à son amie.

— Mais tu es heureuse, maintenant ?

— Je nage dans le bonheur. Je ne peux pas imaginer une meilleure vie que celle que j'ai.

Sloane rit doucement.

— Attends que le bébé soit né. Tu n'as pas encore découvert la somme d'amour que cela implique.

— Wyatt et moi sommes impatients qu'il ou elle arrive.

Le sourire de Sloane s'évanouit. À quoi cela aurait-il ressemblé de partager l'excitation de sa grossesse avec Ivan ? Ou plutôt avec un homme qui l'aurait aimée et aurait aimé l'enfant qu'ils avaient conçu ?

— Je suis vraiment heureuse pour vous deux.

— Il faut que tu trouves un type bien, Sloane. Quelqu'un qui prendra soin de toi.

— Je n'ai besoin de personne pour m'occuper de moi.

Bailey haussa les épaules.

— Moi non plus, mais c'est agréable d'avoir quelqu'un qui en a envie et qui me laisse m'occuper de lui de temps en temps.

Oui, bien sûr. Mais la priorité absolue de Sloane était Chloe. En outre, trouver un type bien en qui elle puisse avoir confiance, cela n'arriverait pas tout de suite.

Le visage de Liam apparut en contrepoint dans son esprit. Ce n'était pas qu'elle ne lui faisait pas confiance, mais il ne comptait pas. C'était un ami d'autrefois, bien avant qu'elle ne découvre que les hommes pouvaient se montrer traîtres sous leurs dehors charmeurs.

Rectification : Liam était un ami d'autrefois qui l'avait embrassée. Et elle avait répondu à son baiser.

Cela voulait-il dire que ce n'était plus un ami ? Ou allaient-ils s'installer dans une sorte d'entre-deux, parce qu'elle était incapable de s'engager dans une relation ? Liam était un homme formidable et il méritait mieux que ça.

La maladie de Chloe terminée, elle voyait les choses plus clairement. Elle aimait beaucoup Liam. Elle le trouvait séduisant. C'était un sacré beau gosse, après tout. Et c'était un type bien. Elle aimait sa droiture et ses manières directes.

Mais, si elle avait vraiment de l'affection pour lui, elle devait le repousser. Lui laisser une chance de trouver l'amour auprès d'une femme qui pourrait lui rendre ses sentiments.

La vérité était qu'elle était trop anéantie intérieurement pour pouvoir aimer. Le seul amour qui lui restait était pour Chloe, et elle avait décidé d'y mettre tout son cœur et toute son âme.

Bailey prit Chloe dans ses bras, et la petite fille s'anima immédiatement, alerte et intéressée. Sloane et Bailey sourirent et secouèrent la tête.

— Ça te dirait un bain moussant, ma puce ? demanda Bailey ?

— Bulles ? questionna avidement Chloe.

— Bien sûr. Beaucoup de bulles.

Chloe poussa un cri de ravissement. Sloane avait vu le résultat d'un bain moussant avec tante Bailey, et cela signifiait une véritable inondation dans la salle de bains.

— C'est là que je vais quitter la scène de crime, plaisanta-t-elle.

Bailey et Chloe lui dirent en riant qu'elle pouvait s'en aller et, faisant sautiller la petite fille dans ses bras, Bailey trotta vers la salle de bains. Chloe gloussait de ravissement.

Souriante, Sloane reprit le chemin de chez elle. Elle avait de grands projets pour cette première soirée solitaire depuis son emménagement. D'abord elle allait prendre un bain, elle aussi, avec des sels de bain, des bougies et de la musique. Puis elle irait au lit. Si elle ne trempait pas trop longtemps dans son bain, elle serait couchée à 21 heures. Cela lui paraissait le paradis après la semaine qui venait de s'écouler.

Mais, en franchissant la porte d'entrée, elle se souvint qu'elle était espionnée et un poids lui retomba sur les épaules. Qu'elle serait heureuse quand la police aurait découvert l'auteur de cette surveillance !

La police de Denver surveillait la maison où aboutissait le signal. Liam lui avait dit que personne n'était entré depuis le début de la planque. Soit l'homme transférait le signal dans un autre lieu, soit il ne regardait les vidéos que très occasionnellement. Liam avait demandé un mandat de perquisition et il devait arriver sous peu.

Avec un sourire attendri, Sloane se mit en devoir de ramasser les jouets et replier les couvertures qui jonchaient le salon. Elle venait de refermer le coffre à jouets quand un mouvement lui fit lever les yeux vers la fenêtre. Un homme la fixait à travers la vitre.

Poussant un hurlement, Sloane tomba à la renverse. Elle sauta sur ses pieds immédiatement, en pleine panique. Mais l'homme avait disparu. Allait-il entrer chez elle ? Elle avait si peur qu'elle n'arrivait plus à respirer. Elle prit son téléphone et composa tant bien que mal le 911.

— Quelle est la raison de votre appel ?

— Il y a un... homme qui regarde... par la fenêtre. J'habite au 217, Maple Street...

— La police est en route, madame. Un patrouilleur sera là dans dix minutes. Enfermez-vous dans la salle de bains dans l'intervalle.

Pas question ! Il y avait aussi une fenêtre à la salle de bains !

— Je m'en vais, bégaya-t-elle.

Son envie de fuir était si puissante que, tout en parlant, elle avait déjà pris ses clés de voiture et son manteau.

— Madame. Cette personne sera toujours dehors...

La panique l'emporta sur la raison. Elle ne voulait pas rester une minute de plus dans cette maison. Heurtant au passage le comptoir de la cuisine, elle fonça vers le garage.

Après avoir ouvert la portière de son SUV, elle inspecta frénétiquement le siège arrière et le coffre. Puis elle monta en voiture, verrouilla les portières et démarra tout en pressant la télécommande. Dès que la porte du garage fut assez relevée, elle fit marche arrière en faisant rugir le moteur et s'éloigna aussi vite que possible dans la rue.

Son cœur battait si fort que c'en était douloureux, et son cerveau semblait incapable de former une pensée cohérente. Elle vira dans une rue adjacente, puis tourna de nouveau à droite, sans mettre son clignotant ni freiner.

Elle reconnut avec un sursaut la rue où elle se trouvait. Il n'était pas facile de voir dans le noir, mais elle repéra la maison de Liam.

Le bungalow était modeste, mais doté d'un porche aussi large que le sien. Liam lui avait dit qu'il vivait dans l'appartement au-dessus du garage.

Elle aperçut un grand garage séparé de la maison et roula jusqu'à lui avant de s'arrêter. Un escalier extérieur menait au premier étage, et elle le gravit quatre à quatre avant de frapper de toutes ses forces à la porte.

Sois à la maison, sois à la maison, sois à la maison...

La porte s'ouvrit, et elle se précipita dans les bras de Liam, le faisant reculer sous son poids.

— Que se passe-t-il ? s'écria-t-il. C'est Chloe ?

— Non. Elle est au ranch. Il y avait un homme qui regardait par la fenêtre chez moi...

Il tenta de se dégager.

— Il faut appeler la police...

— J'ai déjà appelé le 911. Mais je ne pouvais pas rester à l'attendre. C'était horrible ! J'ai levé les yeux et il était de l'autre côté de la vitre, dans le noir.

Frissonnante, elle pressa son visage contre la poitrine de Liam. Ce fut à cet instant qu'elle s'aperçut que cette poitrine était nue. Musclée et chaude. Des poils lui chatouillèrent le nez. Sa peau sentait bon et était légèrement humide, comme s'il venait de prendre une douche.

— Qu'a dit l'opératrice ? demanda Liam.

— Qu'une voiture de patrouille allait arriver.

— Tu as laissé la maison ouverte ?

— Bien sûr que non ! s'exclama Sloane.

Liam fléchit légèrement les genoux, et elle sentit soudain un bras passer sous ses genoux et la soulever dans les airs. En quelques enjambées, il traversa la pièce et la déposa sur le sofa. Puis, prenant un épais plaid en laine, il le drapa sur elle et posa la télécommande de la télévision sur le bras du sofa.

— Reste ici, tu seras en sécurité. Je vais aller chez toi aider les collègues. Tu as tes clés ? Tu nous donnes l'autorisation d'entrer et de fouiller la maison ?

— Oui, et oui.

Sloane lui tendit son trousseau.

— La clé de la maison est la jaune.

— Je reviens dès que possible. Mais cela peut prendre un

peu de temps. Il faudra sans doute faire un rapport. Et, si on l'attrape, il y aura beaucoup de paperasse.

Elle acquiesça en silence, frissonnante sous la couverture, tandis qu'il prenait une chemise dans son placard, l'enfilait et la boutonnait rapidement.

— Sers-toi dans la cuisine si tu as faim ou soif.

Puis il partit, verrouillant la porte derrière lui, et le silence retomba.

Son appartement était tel qu'elle l'avait imaginé : propre et fonctionnel. Face au sofa, il y avait un grand écran plat. Sur la droite, à côté de la porte d'entrée, une petite kitchenette qui n'aurait pas déparé dans un yacht. À gauche, une porte qui menait visiblement à la salle de bains. Dans le coin opposé, un grand lit, avec un placard au fond. À droite de la porte d'entrée, un petit bureau et, dans le coin, deux paires de ski et de bâtons appuyés au mur.

Il skiait donc toujours. Au collège, il était champion de ski, mais il avait choisi de poursuivre ses études au lieu de passer professionnel et de s'engager dans une carrière incertaine.

Le parquet était en bois sombre, les meubles crème avec des touches de bleu ici et là. Même s'il était petit, l'appartement donnait une sensation d'espace et de confort. Le plafond haut y était peut-être pour quelque chose.

On pouvait se fier à Liam pour transformer un vieux grenier en joli appartement. Il semblait apporter de l'ordre et de l'harmonie à tout ce qu'il touchait. Rassurée par cette atmosphère, elle finit par se calmer : sa respiration ralentit et son cerveau se remit à fonctionner. Elle se rappela le visage de l'homme à la fenêtre et se concentra pour le mémoriser.

Puis, rejetant la couverture, elle alla au petit bureau placé sous la fenêtre. Elle fouilla quelques tiroirs avant de trouver des feuilles de papier blanc et un crayon. Se rasseyant, elle se mit en devoir d'esquisser le visage de l'homme. Il portait une casquette noire, mais elle était presque sûre d'avoir vu des favoris. Ses sourcils étaient épais mais plats. Elle eut du mal à reproduire le nez et dut effacer son travail plusieurs fois avant d'y arriver. Elle réussit la bouche du premier coup.

Les yeux...

Elle eut un nouvel accès de panique au souvenir de ces yeux menaçants fixés sur elle. La tête lui tournait. Qui lui faisait cela ? C'était sûrement Ivan qui essayait de la terroriser. La fureur se fraya un chemin au milieu de sa frayeur.

Qu'elle soit damnée si elle le laissait encore approcher de sa fille. Si seulement Liam et ses collègues arrivaient à arrêter l'espion, il désignerait sans doute Ivan comme son commanditaire. Il serait alors facile d'obtenir une injonction d'éloignement contre lui, et ce serait la fin de ses plans pour lui prendre Chloe.

Elle revint à son dessin, ajoutant des ombres et modifiant quelques détails jusqu'à ce qu'elle soit satisfaite. Elle posa le dessin sur la petite table, où il lui rendit son regard avec une expression cruelle.

La peur revint. Elle s'était surpassée et avait réussi à s'effrayer elle-même. Sortant une main de la couverture, elle retourna le dessin. C'était mieux. Mais des larmes coulaient de ses yeux et tout son corps tremblait de peur.

C'est à ce moment-là que Liam revint. Alors qu'elle pleurnichait comme une pauvre petite fille. Ivan avait toujours montré le plus grand mépris pour ces démonstrations de vulnérabilité.

Dès qu'il aperçut ses larmes, Liam pressa le pas. Elle se prépara à subir ses railleries. Sans dire un mot, il la prit dans ses bras, se retourna et s'assit avec elle sur les genoux.

Surprise, elle resta immobile. Pourquoi faisait-il cela ?

Liam replaça la couverture autour d'elle, pressa légèrement sa tête contre son épaule et l'entoura gentiment de ses bras. Apparemment, il avait l'intention de la laisser pleurer tout son soûl.

Cela ouvrit les vannes. Sauf que ce n'était pas la peur ou le stress qui la faisait pleurer, mais la gratitude. Il lui avait silencieusement donné la permission de se laisser aller et ne semblait pas vouloir la juger. C'était aussi bien, car elle se jugeait suffisamment pour deux. Elle s'était précipitée chez lui et l'avait entraîné dans ce bazar sans même lui demander son accord.

Quand ses sanglots se calmèrent, il prit un mouchoir en papier et le lui tendit. Elle le prit et s'essuya le visage.

— Je suis…, hoqueta-t-elle…, je suis désolée.

— Pour quoi ?

Elle le regarda. Il semblait sincèrement surpris.

— Pour avoir frappé à ta porte en pleine nuit et t'avoir forcé à pourchasser ce type.

— Sloane, arrête.

— Arrêter quoi ? bafouilla-t-elle, craignant d'avoir enfreint une limite dont elle n'avait pas conscience.

— Arrête de t'excuser de faire appel à moi. Je suis vraiment heureux que tu me fasses confiance.

Fronçant les sourcils, elle essaya de déchiffrer le sens de ces paroles.

Allons, Sloane. Tu es intelligente et cultivée. La première interprétation est la bonne. Tu lui plais.

Son estomac se serra nerveusement. Cela faisait si longtemps qu'elle n'avait pas flirté. Oserait-elle faire cela avec Liam ? Ou allait-elle gâcher l'amitié qui grandissait entre eux ?

Ne sachant pas comment se comporter, elle marmonna :

— Je dois vraiment être affreuse. Quand je pleure, j'ai des taches sur la peau et mon nez devient tout rouge.

— Tu es ravissante. Et tu as de la chance, je suis fan de Rudolph, le petit renne au nez rouge.

Elle moucha son nez rouge.

— Tu as eu une semaine infernale, chérie, murmura-t-il. D'abord ta peur pour Chloe, et maintenant ça. Je suis content que tu sois venue te réfugier chez moi.

Elle lui sourit, sentant d'autres larmes monter.

— Je suis vraiment désolée de m'être jetée sur toi. J'étais

dans une panique totale, et j'ai roulé sans réfléchir. Tout à coup, je me suis aperçue que j'étais devant chez toi.

Liam lui rendit son sourire, ses yeux verts brillant de mille feux. Elle avait oublié combien ils étaient beaux. Il avait aussi des cils épais, une combinaison dévastatrice.

De près, sa mâchoire semblait plus carrée que dans son souvenir. Ses pommettes étaient aussi plus marquées. La douceur de la jeunesse avait laissé place à un homme d'une beauté époustouflante.

Si le bronzage de ses bras avait pâli, son visage était toujours tanné par le grand air et des mèches dorées éclairaient ses cheveux bruns. Son métier l'obligeait sans doute à passer beaucoup de temps dehors. Et, apparemment, il continuait à skier.

En parlant de cela, elle sentait ses cuisses dures et musclées sous ses jambes. Liam Kastor avait grandi et était devenu un homme. Il avait toujours été beau, d'une manière enfantine et charmante. Mais, maintenant qu'il avait mûri, il était plus fort. Plus sûr de lui. Plus sexy. Bien sûr, il avait le côté dur d'un policier. La sensation de flottement dans le ventre de Sloane s'intensifia. Elle était de plus en plus consciente de l'homme qui la tenait dans ses bras.

— Ça va ? demanda-t-il d'une voix de basse réconfortante.

— Pourquoi me demandes-tu ça ?

— Parce que ta respiration est plus rapide.

Prise sur le fait. Il était hors de question qu'elle lui avoue qu'elle respirait fort parce qu'elle était assise sur ses genoux. Elle se rappelait encore comme il la taquinait sans merci au collège... Encore que cela avait pu changer aussi.

— Je..., commença-t-elle. Tu...

Elle s'interrompit à nouveau.

— Merci.

— Merci pour quoi ? demanda-t-il, un pli entre les sourcils.

— Pour m'avoir laissée entrer et m'écrouler sur ton sofa.

Et pour être allé chez moi pendant que je me terrais ici. En parlant de ça, tu as découvert quelque chose ?

— Des empreintes. Semblables à celles que j'avais déjà trouvées. Des bottes d'homme de la même taille que la première fois. Celui qui rôde autour de chez toi vient et repart par le parc. Je vais passer au peigne fin les bois et le sentier pour voir si je peux attraper ce salopard.

— Tu n'es pas obligé de faire ça, répondit-elle vivement. Je ne veux pas te donner autant de travail.

L'expression de Liam se fit un peu plus sévère.

— Depuis quand dis-tu des choses stupides, Sloane Colton ? Tu étais la fille la plus intelligente de l'école.

Elle lâcha un petit rire sans humour.

— C'était avant que je rencontre Ivan. Il a anéanti ma confiance en moi.

— Si je peux me permettre, qu'est-ce qui t'a attirée chez lui ?

— J'ai payé des sommes astronomiques à un thérapeute pour répondre à cette question, dit-elle pensivement.

— Et tu as trouvé la réponse ?

Elle considéra ses doigts, qu'elle tordait nerveusement.

— Oui.

Bien élevé comme il l'était, Liam ne posa pas la question. Elle lui répondit tout de même. Après tout, il se montrait d'une extrême gentillesse avec elle.

— Apparemment, j'ai un gros problème d'abandon depuis la mort de mes parents. Ivan n'avait rien de spécial, en dehors du fait que c'était le premier à me proposer le mariage, ce qui représentait la sécurité pour moi. J'avais soif de permanence.

— Le mariage est censé être permanent, murmura Liam.

— Oui, n'est-ce pas ? répondit-elle tristement. Mon thérapeute pensait que j'étais tellement assoiffée de sécurité que j'ai sauté sur le premier qui me promettait de rester avec moi. À dire vrai, je ne suis pas sûre d'avoir jamais aimé Ivan. J'aimais juste l'idée d'un foyer et d'une famille à moi.

— Et maintenant que tu les as sans lui, es-tu heureuse ?

Elle leva les yeux au ciel.

— Tu n'es pas obligé de jouer toujours les Laser Man, tu sais.

— Désolé. Mais je reste curieux. Es-tu heureuse ici, à Roaring Springs ? Cela semble... si petit pour toi.

— Après cet échec avec Ivan, j'ai compris que c'était important pour moi de revenir ici. J'avais fui à cause de la perte de mes parents, mais j'ai fini par comprendre que j'ai quand même une famille.

Il sourit d'un air un peu triste.

— Une famille immense.

— Pour le meilleur et pour le pire, marmonna-t-elle.

— Tu n'as toujours pas répondu à ma question, reprit Liam. Es-tu heureuse maintenant que tu as un foyer et une famille ?

— Mon foyer a été envahi et j'ai failli perdre mon enfant il y a moins d'une semaine. Je ne peux pas dire que je me sens particulièrement en sécurité en ce moment.

— Es-tu heureuse d'être ici, oui ou non ? insista-t-il.

Après une dernière hésitation, elle lui fit une réponse franche.

— Je suis plus heureuse que je ne croyais.

Les yeux de Liam prirent une expression de plaisir féroce. Il supposait à juste titre qu'il avait quelque chose à voir avec cette réponse.

Mais une ombre passa alors dans son regard, et il resserra les bras autour d'elle, prêt, semblait-il, à se lever et à la remettre sur ses pieds. Elle lui noua les bras autour du cou.

— Ne bouge pas, le supplia-t-elle.

— Sloane, je refuse de profiter de ton trouble et ta vulnérabilité émotionnelle.

— Tu m'as déjà servi ce discours noble. Tu ne profites pas de moi si je veux être avec toi.

Il se détendit sous elle.

— Tu es sûre ? demanda-t-il tranquillement.

— Oui. Je me sens en sécurité comme ça, assise sur toi.

— En sécurité. Bien sûr.

Sa voix était un peu sèche, et elle crut discerner la déception dans son ton. Était-il vraiment attiré par elle de cette manière ? Les papillonnements s'accentuèrent dans son ventre. Elle posa la tête sur son épaule, réfléchissant à ce qu'elle voulait de lui. Les possibilités étaient faramineuses. Finalement, elle murmura contre son cou :

— Liam ?

— Hum ?

— Ça t'ennuierait de m'embrasser ?

Il s'écarta brusquement pour la regarder.

— Tu es sûre que ce n'est pas une erreur ? Comprends-moi bien, j'adorerais t'embrasser à nouveau. Mais je ne veux pas que tu le regrettes plus tard.

— Et si je te promets que je n'aurai aucun regret ? répondit-elle.

— Tu peux me le répéter ?

— Embrasse-moi. S'il te plaît.

Il pencha la tête vers elle, puis s'immobilisa, les lèvres à moins d'un centimètre des siennes.

— Sloane ?

— Oui ? murmura-t-elle dans un souffle.

— Tu n'as pas besoin de me dire « s'il te plaît » pour que je t'embrasse. Tu n'as même pas à demander, en fait. Tu peux m'embrasser quand tu veux.

— Eh bien, dans ce cas...

Elle leva le menton et captura ses lèvres. Elles étaient aussi chaudes et délicieuses que dans son souvenir. Sauf que, cette fois, il l'enveloppait de tout son corps massif et musclé.

Elle approfondit le baiser, et il ouvrit la bouche à sa demande. Elle effleura le bout de sa langue, puis recula, étonnée. Était-ce un rire qui secouait sa poitrine ?

— Tu as peur, pas vrai ? murmura-t-il avec humour contre ses lèvres.

— Moi ? Ha ! Défi relevé, monsieur !

S'écartant, elle changea de position pour le chevaucher. Ainsi elle était plus à son niveau. Il lui sourit, les yeux assombris par une lueur d'audace.

Leurs regards se croisèrent, et l'humour quitta ses yeux, laissant derrière lui une flamme qui aurait été intimidante si ce n'avait pas été Liam, qu'elle connaissait depuis toujours. Avec qui elle avait grandi. Qui faisait pratiquement partie de la famille.

— Sérieusement, Sloane, gronda-t-il. Si demain tu te dis que c'était une erreur, il faut t'arrêter tout de suite.

8

Pour la première fois de sa vie, elle se fichait de savoir si elle avait tort ou non. La semaine avait été affreuse, et son seul rayon de soleil – en dehors de la guérison de Chloe – était cet homme. Elle était prête à porter la responsabilité d'une grosse erreur.

— On ne s'arrête pas, murmura-t-elle.

Elle plongea les doigts dans l'épaisse chevelure de Liam, ravie de sentir sa texture soyeuse. Puis, inclinant la tête pour mieux accorder leurs bouches, elle l'embrassa comme elle avait imaginé le faire toute la semaine.

Sa bouche était aussi ferme que douce, aussi chaude qu'accueillante, et elle savoura son goût et sa texture comme s'il s'agissait d'une bouchée de son mets préféré.

Pour sa part, il était comme figé sous elle, ne voulant sans doute pas l'effrayer en bougeant trop brusquement. Mais le désir le tenaillait aussi, et elle sentit soudain les muscles de ses cuisses et de ses bras se tendre. Elle hésita, et il s'immobilisa immédiatement.

— Un doute ? chuchota-t-il contre ses lèvres.

— Non. Pas du tout.

— Je suis heureux de l'entendre.

Il glissa une main sous ses cheveux à l'arrière de sa tête et l'attira pour reprendre le baiser. Mais il le fit doucement, sans essayer de la dominer. Elle lui en était immensément reconnaissante. Elle avait besoin de lenteur.

Comme il la laissait imprimer le rythme, elle se détendit et se souvint pourquoi elle avait tant fantasmé sur ce baiser. Il était terriblement sexy.

Sans parler du fait que c'était Liam. Un Liam prévenant, honorable et bienveillant. Le meilleur ami de Fox, et son frère savait bien jauger les caractères. Elle laissa glisser ses mains le long de son cou et de ses larges épaules. Ses muscles saillants proclamaient sa force physique. Et pourtant, pas une fois elle n'avait eu peur de cet homme.

Ses doigts rencontrèrent les boutons de sa chemise, et le désir de sentir sa peau la poussa à les défaire. Sa poitrine était aussi chaude et dure qu'avant. Ces délicieuses étendues de muscles n'étaient donc pas le produit de son imagination.

Le désir de goûter sa peau lui vint. Elle hésita, se souvint qu'il lui avait dit qu'elle n'avait pas besoin de demander. Baissant le menton, elle effleura des lèvres le creux à la base de son cou. Des tendons se tendirent, des muscles saillirent et un pouls accéléra sous ses lèvres.

Elle embrassa toute la longueur de sa clavicule et sentit son corps se tendre d'anticipation. Reculant un peu, elle embrassa le creux de son sternum entre ses pectoraux. Puis elle se déplaça vers la droite et l'entendit reprendre brusquement son souffle.

L'ivresse du pouvoir la saisit. N'était-ce pas étonnant ? Elle le faisait réagir rien qu'en l'embrassant. C'était une première pour elle.

Elle continua d'explorer sa poitrine, retroussant sa chemise au fur et à mesure. Puis elle s'interrompit assez longtemps pour se redresser, le regarder, allongé sous elle, les yeux brillants d'intensité mais le corps détendu. Son jeans moulait ses hanches, et elle vit qu'il réagissait à sa compagnie.

— Tu aimes ce que tu vois ? demanda-t-il avec un petit sourire.

La question la secoua. Quand l'adolescent effacé était-il devenu cet homme audacieux qui la défiait d'aller plus loin ?

— Oui, j'aime ce que je vois, murmura-t-elle. Beaucoup même. Tu as joliment mûri, inspecteur Kastor.

— Toi aussi, maître.

Elle secoua la tête.

— Où sont passées toutes ces années ? J'ai l'impression que c'était hier, et nous voilà devenus adultes.

— Dieu merci. Je détestais l'adolescence.

— Pourquoi ? demanda-t-elle avec curiosité.

— En dehors du fait que j'étais constamment excité, je n'avais aucune idée de la manière dont il fallait parler aux filles.

— Tu plaisantes ? Tu étais super sociable et tu avais plein d'amies.

— Oui. Mais pas celle que je voulais.

Il la fixa d'un air entendu. Elle fronça les sourcils d'étonnement.

— Vraiment ? Tu ne savais pas comment me parler ? Mais nous discutions tout le temps.

— Oui bien sûr, de trucs idiots. Je ne savais pas comment te dire ce que je ressentais pour toi.

— Tu avais des sentiments pour moi ? s'écria-t-elle en ouvrant de grands yeux.

Il prit une expression peinée.

— Tu vois ? C'est exactement ce dont je parle. J'étais fou de toi et j'ignorais comment te le dire. C'était épouvantable.

— Mais tu sais le dire maintenant, conclut-elle doucement.

Il tendit la main et repoussa une mèche de cheveux qui pendait sur sa joue. Du bout des doigts, il effleura son oreille. Elle sentit un frisson la parcourir tout entière.

— En réalité, j'ignore ce que tu as envie d'entendre.

Elle le considéra d'un air sérieux.

— Je ne sais pas. Je ne m'attendais pas à... toi.

— Je ne m'attendais pas à toi non plus.

Elle plaqua ses paumes sur sa poitrine.

— Mais je suis heureuse de t'avoir croisé, et que tu ne te sois pas effrayé de la folie de ma vie.

Elle se rapprocha de lui, sentant la chaleur irradier de son torse.

— Je veux que tu me dises tout ce que tu as à dire, Liam, dit-elle à quelques millimètres de sa bouche. Si je n'ai pas besoin de ta permission pour t'embrasser, alors tu n'en as pas besoin non plus pour dire ce que tu veux. D'accord ?

— D'accord.

Il captura ses lèvres avec passion. Sa tête s'inclina et sa langue effleura la sienne. Surprise, elle ouvrit la bouche. Elle ne se rappelait pas qu'un homme l'ait embrassée ainsi.

Les bras de Liam se resserrèrent autour d'elle. Puis, la renversant juste assez pour que la pointe de ses seins vienne caresser sa peau nue, il l'embrassa vraiment.

Et elle aima cela.

Elle se corrigea mentalement. Liam ne l'embrassait pas seulement, il lui faisait l'amour avec sa bouche. Il déposa des baisers sur ses joues et sa mâchoire, mordilla son oreille, puis glissa sa langue sur sa gorge, envoyant des frissons dans tout son corps. Elle se rendit compte que ses mains pétrissaient doucement sa colonne, dissipant des tensions dont elle n'avait pas conscience.

Il faisait fondre toutes ses défenses. Et l'envie qu'elle avait eue de forcer la situation, de tendre vers un but quelconque, s'évanouit.

Elle se sentait douce et molle dans ses bras, et une sorte d'étrange chaleur liquide se répandit dans son ventre. Elle n'avait pas été aussi attirée par un homme depuis sa grossesse. Cela avait été une longue sécheresse, mais elle était apparemment finie.

Elle lui rendit timidement ses baisers et sentit sa bouche s'incurver en un sourire.

— Bienvenue à la fête, Sloane, plaisanta-t-il d'une voix rauque.

Elle sourit contre ses lèvres.

— Je suis peut-être lente à la détente mais, une fois arrivée, je suis un vrai boute-en-train !

— Ah oui ? J'aimerais bien voir ça, mademoiselle Je sauve le monde mais je ne m'occupe pas de moi.

— Je ne sauve..., commença-t-elle avec indignation. Bon d'accord, j'ai tendance à m'occuper de tout le monde sauf de moi. Mais je ne suis pas mauvaise pour autant.

— Loin de là. Mais, de temps en temps, tu dois laisser quelqu'un d'autre s'occuper de toi.

Il lissa d'un baiser un pli entre ses sourcils, et elle se rendit compte qu'elle ignorait ce que cela voulait dire. Comme s'il avait lu dans son esprit, il murmura :

— Comme ce soir. Laisse-moi m'occuper de toi.

Elle recula pour le dévisager. À cette distance, ses yeux arboraient un mélange de vert et d'argent. Son regard était intense. Il attendait. Attendait quoi ?

Oh.

Il n'irait pas plus loin sans sa permission. C'était donc à cela que ressemblait le consentement. Ivan n'avait jamais pris la peine de demander. Comme ils étaient mariés, il s'imaginait qu'il pouvait exiger n'importe quelle faveur sexuelle de sa part. Plus souvent qu'à son tour, elle n'en avait pas eu envie, mais il était inutile d'entamer une dispute.

Elle s'aperçut qu'elle pressait étroitement les paupières comme elle avait l'habitude de le faire avec Ivan. Stupéfaite, elle rouvrit les yeux et vit Liam qui l'observait d'un air perplexe.

— Désolée, marmonna-t-elle.

— Tu n'as pas besoin de t'excuser. Où étais-tu ?

— Je pensais au fait que c'était étrange qu'on me demande la permission de continuer à faire... ce que nous faisons.

— Eh bien, premièrement, je ne suis pas ton ex. Et deuxièmement, pourquoi voudrais-je te faire quelque chose que tu n'aimes pas ? Le but est de nous donner mutuellement du plaisir, non ?

— Je note.

Sauf qu'il ne faisait rien. Il la regardait, sans bouger.

— Quoi ? demanda-t-elle finalement.

— Ça fait vingt ans que je t'attends, mais tout cela est neuf pour toi. En outre, c'est toi qui as une vie compliquée et qui as été le plus blessée.

Il lui prit gentiment le menton.

— Je ne prétends pas savoir ce que tu veux ou ne veux pas faire ce soir. Si tu préfères que je te ramène chez toi, je le ferai. Si tu veux que je te tienne seulement dans mes bras, c'est parfait. Si tu veux plus que ça, il faut me le dire.

Elle avala sa salive. Elle était sans doute audacieuse quand il était question de son métier, mais elle aurait eu du mal à dire la même chose concernant sa vie amoureuse. Elle n'était sortie qu'avec un seul homme et l'avait épousé. Ce qui avait été, bien sûr, une erreur colossale. Elle aurait dû fréquenter d'autres hommes. Elle aurait ainsi compris qu'il existait de meilleurs partenaires qu'Ivan. Elle n'aurait jamais dû s'engager dans le mariage avec le premier venu.

— Pour être honnête, j'ai très peur, avoua-t-elle enfin.

— De moi ? s'exclama Liam.

Il se redressa, visiblement prêt à la faire descendre de ses genoux.

— Non ! s'écria-t-elle vivement. Reste comme tu es. J'aime que tu me tiennes comme ça.

Liam s'immobilisa, mais la tension ne quitta pas son corps. Elle appréciait qu'il ne prenne pas à la légère le fait de coucher avec elle. Cela voulait dire qu'il ne voulait pas profiter d'elle après la frayeur qu'elle avait eue. Mais…

Elle prit une profonde inspiration.

— Je veux rester avec toi cette nuit, Liam.

— Tu n'as pas encore surmonté ton divorce et tu as eu une semaine terrible. Je ne veux pas être une roue de secours que tu abandonneras plus tard. Si tu n'es pas prête pour une vraie relation, je préfère attendre.

— Je ne suis pas sûre de savoir ce qu'est une vraie relation, reconnut-elle.

— Raison de plus pour prendre notre temps.

— Ou raison de plus, rétorqua-t-elle, pour que tu me montres ce qu'est une vraie relation. Je crois que j'aimerais le savoir, ajouta-t-elle lentement.

Liam fronça les sourcils.

— Tu en es sûre ? Les relations, c'est compliqué et ça demande un engagement.

Elle connaissait bien tout ça. Et elle avait eu sa part de sentiments blessés et de décisions difficiles. Le problème était que ce besoin de sécurité et d'appartenance qui l'avait toujours tenaillée, ce vide qui l'avait poussée à épouser Ivan, bâillait toujours au fond d'elle.

Et elle sentait que Liam était le genre d'homme à pouvoir le combler. Aurait-elle le courage de faire une nouvelle tentative ? Au fil de sa vie, elle avait pris des tournants dont elle savait qu'ils façonneraient son avenir. Son inscription à la faculté de droit, la proposition de mariage d'Ivan, la naissance de sa fille...

Et cet instant. À califourchon sur les genoux de Liam, les yeux dans ses yeux magnifiques, elle sut que, si elle allait vers lui, il n'y aurait pas de retour. Sa vie en serait changée à jamais.

Le désir profond qui l'étreignait lui soufflait que la vie ne serait pas seulement différente, elle serait meilleure. Plus riche. Cet homme était peut-être la réponse à tous ses rêves. Bien sûr, si elle se trompait, la déception serait écrasante. Aurait-elle le courage de s'aventurer hors de ses limites ?

Le regard de Liam ne fléchissait pas. Il la voyait clairement. Il écartait le superflu et allait directement au cœur de son dilemme. Il n'y aurait pas de coucherie temporaire entre eux, pas de demi-relation, pas d'amitié amoureuse. Être avec lui, c'était tout ou rien.

Elle sonda son cœur et se posa la question une dernière fois. Allait-elle tout risquer pour trouver l'amour ?

9

La réponse émergea doucement de son cœur, portée par une vague de chaleur. De tous les hommes qu'elle aurait pu choisir, Liam était celui qu'elle voulait.

— Oui, souffla-t-elle.

— Oui quoi ? demanda prudemment Liam.

— Oui, je veux être avec toi. Oui, je comprends que ce n'est pas une passade. Oui, je suis prête à prendre le risque d'une vraie relation avec toi.

Liam la fixa d'un regard sévère, jaugeant manifestement de la sincérité de ses paroles. Au bout d'un instant, il demanda :

— Tu en es sûre ?

— Oui.

Un sourire s'épanouit sur son visage, et ses yeux s'illuminèrent d'une exultation, une joie qui réchauffa Sloane.

Il la serra contre lui et pressa son visage dans son cou si longtemps qu'elle craignit qu'il n'ait changé d'avis. Mais, relevant la tête, il fit pleuvoir des baisers sur son visage.

Être adorée à ce point… C'était nouveau et étrange. Mais agréable. Plus qu'agréable. C'était fantastique.

Le plus drôle, c'est qu'elle avait aussi envie de l'adorer. Elle vint à sa rencontre, l'embrassant à son tour, lui caressant la poitrine et les épaules, glissant ses doigts dans ses cheveux.

— Je n'arrive pas à me rassasier de toi, murmura-t-elle, choquée de la vérité de ces mots.

— Je suis ravi de l'entendre, chérie. C'est réciproque, je t'assure.

Elle croisa timidement son regard, ne sachant que faire ensuite. C'était toujours Ivan qui avait pris l'initiative entre eux, qui décidait de ce qu'ils devaient faire, quand et comment. C'était un amant égoïste, qui ne s'intéressait pas le moins du monde à elle. Mais Liam semblait attendre qu'elle lui dise ou lui montre ce qu'elle voulait.

— Je...

Pour une avocate connue pour ses talents oratoires, elle avait beaucoup de mal à exprimer ce qu'elle désirait.

— Je, heu...

Liam eut pitié d'elle.

— Tu es mignonne quand tu es à court de mots.

Elle lui tira la langue et il éclata de rire.

— Laisse-moi deviner, la taquina-t-il. Tu voudrais davantage, mais tu es gênée de le dire à voix haute. Ce que tu veux, c'est que je t'emporte au lit, que je t'embrasse encore et que nous voyons où aller à partir de là.

— Quand es-tu devenu si habile avec les femmes ? lâcha-t-elle.

— Que crois-tu que j'ai fait de mes années d'université ? J'ai appris à connaître les filles et leurs désirs.

— Un homme à femmes, hein ?

— Oh ! je ne couchais pas à droite et à gauche. Je leur parlais, seulement. Quand on veut connaître une femme, il faut l'écouter.

— Waouh. Tu es sans doute le premier mâle de l'espèce à découvrir ça.

Il déposa un baiser sur le bout de son nez.

— Allons, allons. Nous ne sommes pas tous si mauvais.

Sloane leva les yeux au ciel.

— Tu ne peux même pas imaginer.

Son cœur battit à toute allure en le voyant esquisser un sourire modeste. Où était ce type quand elle était devenue adulte ? Non seulement il écoutait les femmes, mais il savait aussi les mettre à l'aise. Il savait quand taquiner, quand être sérieux, quand attendre et quand agir.

— Viens, allons nous installer plus confortablement.

Il se leva d'un seul mouvement, comme si cela ne lui coûtait aucun effort.

— Et quand es-tu devenu si fort ? souffla-t-elle tandis qu'il traversait la petite pièce pour rejoindre son lit.

— Je fais des haltères, je boxe un peu et je cours quand le temps le permet. Et, à cette époque de l'année, j'essaie de skier au moins une fois par semaine.

— Eh bien, ça a donné de bons résultats.

Liam rit tout en la faisant descendre un peu pour qu'elle puisse écarter l'édredon.

— Si j'avais su que j'utiliserais un jour ma force pour te mettre dans mon lit, je serais devenu un bodybuilder de classe internationale.

Il la déposa sur les draps. L'avait-il vraiment aimée toutes ces années ? C'était si beau. Si seulement elle avait su... Il s'allongea à côté d'elle, pas pressé, semblait-il, qu'elle se déshabille. Ce dont elle lui serait éternellement reconnaissante. Ivan s'était moqué de son corps après sa grossesse, et elle avait honte de ses vergetures et de ses rondeurs. Même si elle ne les aurait échangées pour rien au monde contre sa précieuse petite fille.

Liam se redressa sur un coude à côté d'elle et la regarda comme s'il essayait de mémoriser son image.

Avide de le distraire, elle demanda :

— Tu avais vraiment le béguin pour moi au collège ?

— Non. Depuis le primaire. Quand tu es arrivée le premier jour d'école, avec ta robe en dentelle, un nœud rose dans le dos et un ruban assorti dans tes cheveux, je suis tombé amoureux de toi. Tu avais l'air d'une princesse de conte de fées. J'étais convaincu que tu étais la plus belle créature que j'avais jamais vue.

Elle se rappelait la tenue qu'il mentionnait, mais elle était abasourdie qu'il s'en souvienne lui aussi.

— Liam. Je suis désolée de te décevoir, mais je suis une personne assez ordinaire. Je ne peux pas être à la hauteur de l'image idéale que tu te fais de moi.

Il plissa le nez.

— Je suis policier, tu sais. Je m'occupe de faits, et je vois ce qui est devant moi, sans jugement ou opinion. Je te vois, Sloane.

— Et tu me veux toujours ? demanda-t-elle.

— Oui.

Sa réponse fut ferme, sans hésitation. Comment pouvait-on résister à cela ? Il la voyait telle qu'elle était. Alors...

— Viens là, Liam. Je crois que j'ai envie que tu m'embrasses encore. Et peut-être que tu pourrais enlever un peu tes vêtements.

Il se dressa au-dessus d'elle, un grand sourire sur le visage.

— Je sais comment on fait, tu sais.

— Je n'en étais pas sûre. Parce que tu prends tellement de temps...

— Je ne voulais pas t'effrayer. Tu as eu assez peur pour la soirée.

— C'est toi qui vas peut-être avoir peur, lui rétorqua-t-elle.

— Pourquoi dis-tu ça ? demanda-t-il en s'approchant.

— Parce que je ne suis plus une skieuse de vingt-deux ans. J'ai eu un bébé.

Elle ajouta avec hésitation :

— Et je n'ai pas fait ça, eh bien, depuis très longtemps.

Il fronça les sourcils.

— C'est vrai ?

La gêne lui fit monter le rouge aux joues.

— Je savais que ton ex était un imbécile, mais je ne me représentais pas à quel point, déclara Liam.

Il se pencha et l'embrassa tendrement.

— N'importe quel homme...

Un autre baiser.

— ... qui s'est débrouillé pour se faire aimer de toi et ne t'adore le restant de tes jours...

Un baiser plus appuyé.

— ... ne te fait pas l'amour matin, midi et soir...

Un baiser très long, qui lui coupa le souffle et l'excita à un point incroyable.

— ... ne mérite pas de vivre, moins encore de t'avoir à lui.

Même s'il les prononçait lentement, ses paroles étaient intenses. Totalement sincères.

Quelque chose se déplia dans son cœur, comme un bourgeon laissant place à une fleur sous la neige. Qui eût cru qu'un cœur pouvait effectivement fondre ? Avait-elle été tout à fait gelée intérieurement ? Apparemment oui, parce que la chaleur qui courait en elle lui était inconnue.

Elle tendit la main vers la braguette de Liam, déterminée à aller au bout de cette étrange et merveilleuse sensation.

Comment serait-ce de faire l'amour avec un homme qui la désirait autant ? Qui la respectait et la trouvait belle en dépit de ses nombreux défauts ?

Il glissa les mains sous son sweat-shirt et le fit passer par-dessus sa tête, avant de lui donner un baiser sonore quand son visage émergea du pull. Il rit en voyant ses cheveux tout ébouriffés et prit son temps pour les lisser.

Elle se souleva pour venir à sa rencontre, avide d'enlever le reste de ses vêtements, mais il lui murmura :

— On va faire ça doucement. Si à un moment donné, tu n'aimes pas quelque chose, dis-le-moi, d'accord ?

Elle encadra son visage entre ses mains et regarda dans ses beaux yeux, laissant paraître sa gratitude.

— D'accord.

— Arrête avec ça.

Surprise, elle demanda :

— Arrête quoi ?

— Ta gratitude. C'est moi qui suis à genoux, submergé de gratitude parce que tu as choisi d'être avec moi.

— J'imagine que nous allons devoir constituer une société de gratitude réciproque, alors. Tu es un homme bien, Liam.

Il fit la grimace.

— Je ne suis pas sûr que ce soit un compliment, venant de toi.

Elle recula pour le contempler. C'était une observation vraiment fine de sa part. Peu de gens voyaient la risque-tout en elle. Elle maintenait cet aspect d'elle soigneusement caché. Elle avait été une fille obéissante, une élève studieuse et une femme dévouée. Jusqu'à ce qu'Ivan la rejette, elle et le foyer qu'elle avait essayé de bâtir pour eux deux.

— Je l'entends comme un compliment.

Et elle fut un peu surprise de comprendre que c'était vrai.

— Tu es un homme bien, insista-t-elle. Et je commence à comprendre combien c'est rare.

Il lui adressa un large sourire.

— Tu ne sais pas encore à quel point je suis bien. Mais j'ai l'intention de te le démontrer.

Elle le gratifia d'un sourire moqueur et se débarrassa de son jean à coups de pied, tandis qu'il faisait de même avec le sien. Ils s'effondrèrent l'un sur l'autre, emmêlèrent bras et jambes et finirent en riant de s'arracher leurs vêtements.

C'était exactement ce dont elle avait besoin pour dissiper sa nervosité. La douceur, la drôlerie et le charme de Liam. Il avait toujours été à elle : elle ne s'en était pas rendu compte jusque-là. De même, elle n'avait pas compris à quel point un type bien pouvait être merveilleux – et sexy. C'était une révélation pour elle. Liam lui tendit les bras, et elle se donna à lui avec joie, le cœur grand ouvert.

Liam sentit quelque chose changer sur le plan émotionnel quand Sloane aboutit à une décision finale. Il ignorait ce qu'elle s'était dit, mais soudain ses dernières réticences volèrent en éclat, et il eut une femme avide et affectueuse dans ses bras.

Le paradis.

Sloane Colton le désirait. Et elle était dans son lit, nue et féminine, sa cuisse passée en travers de ses jambes, ses petits seins pressés contre sa poitrine, un sourire aux lèvres.

— Qu'est-ce que tu aimes ? parvint-il à lui demander.

— Je n'en sais rien, avoua-t-elle.

Dieu tout-puissant. Son ex-mari était vraiment un monstre. Il ne s'était même pas donné la peine de procurer du plaisir à sa femme ? Lui n'allait sûrement pas faire cette erreur.

— On va le découvrir ensemble.

Il la fit rouler sur le dos et commença à embrasser son corps. D'un œil, il surveillait les mouvements de ses mains, et évitait soigneusement ses hanches et ses flancs, même s'il ignorait pourquoi elle s'en inquiétait. Les fines vergetures sur sa peau, témoins de sa maternité, lui paraissaient magnifiques. Sa peau était claire, et les marques étaient à peine visibles.

Il entreprit d'embrasser son ventre et fit tourner sa langue dans son nombril jusqu'à ce qu'elle glousse. Elle avait toujours été chatouilleuse. Fox et lui avaient l'habitude de se jeter sur elle et de la chatouiller jusqu'à ce qu'elle hurle de rire.

— Tes côtes sont toujours ton talon d'Achille ? questionna-t-il d'une voix rauque contre son ventre.

— Ne fais pas ça !

Il sourit d'un air diabolique et remua les doigts sur sa cage thoracique, la sentant gigoter. Mais, au lieu de la chatouiller, il prit ses seins dans ses mains et caressa doucement ses mamelons du pouce. Elle haleta et arqua son corps. Il se pencha pour capturer un des petits pics roses dans sa bouche, et fit tourner sa langue autour. Un autre halètement. Il sourit contre sa peau veloutée.

Elle était si sensible. Honnête. Directe. Tellement... Sloane.

— C'est meilleur que les chatouilles ? murmura-t-il.

— Bien meilleur.

Empoignant les courts cheveux de Liam, elle l'attira vers elle pour l'embrasser. Dans le même temps, elle noua ses jambes autour de ses hanches et planta ses talons dans ses fesses, le pressant de se mettre au travail.

Son impatience était contagieuse, et toute la retenue à laquelle il s'était appliqué disparut. Il avait besoin d'être en elle, de faire partie d'elle, de s'unir à elle. Il avait attendu ce moment si longtemps. Il fouilla dans le tiroir de sa table de chevet pour trouver un préservatif.

Puis il introduisit une main entre leurs corps, conscient qu'elle n'avait pas fait ça depuis très longtemps. Il ne voulait surtout pas lui faire mal. Heureusement, elle était déjà humide et prête. Cette preuve qu'elle le désirait redoubla son propre désir. Combien de temps avait-il rêvé de cet instant ? Il s'adjura de le savourer et de s'en souvenir toujours.

Appuyé sur un coude, il contempla Sloane, qui le fixait avec de grands yeux, le souffle court. Elle avait l'air d'une fée, trop belle pour ce monde. Il ne comprenait pas ce qu'elle voyait en lui, mais il n'allait sûrement pas le remettre en question. Il se positionna doucement entre ses jambes.

— Tu es bien sûre ? murmura-t-il une dernière fois.

— Tout à fait.

Sloane Colton le voulait. La joie inonda son cœur et illumina son visage. Pour un peu, il se serait pris pour un grand conquérant. Résolu à se comporter comme il fallait, il la pénétra aussi doucement que possible.

C'était une torture. Elle était si serrée, si chaude autour de lui qu'il eut l'impression de se consumer sur place. Centimètre par centimètre, il s'enfonça en elle, avec l'impression de vivre un moment éternel.

Elle gigota impatiemment contre lui, ce qui l'aspira plus profondément en elle. Il bougea un peu les hanches pour voir ce qui se passait.

— Refais ça ! s'exclama Sloane d'une voix essoufflée.

— Ça t'a plu, hein ? grogna-t-il entre ses dents serrées.

— Oui. Encore.

Infiniment reconnaissant de pouvoir lâcher les rênes, il lui obéit. Le gémissement que son mouvement arracha à Sloane était si sexy qu'il put à peine se retenir.

— Ne ralentis pas, haleta-t-elle.

— Tu me tues, Sloane. J'essaie de ne pas te faire mal.

— Je ne vais pas me casser en deux. Et je te veux. Maintenant.

Douce et impatiente Sloane ! Elle était tout simplement parfaite. Il adopta un rythme plus rapide, qui allait sûrement le rendre fou. Il l'observa de près, espérant que cela lui ferait la même chose. Ses yeux se fermèrent et un sourire béat éclaira son visage.

Sloane haleta, gémit, puis cria en se plaquant contre lui, tandis qu'il enchaînait les coups de reins.

Il la regarda, elle le regarda et leurs regards s'accrochèrent l'un à l'autre, émerveillés et aveuglés par le plaisir.

Mais elle était toujours là, son adorable visage illuminé par une extase reflétant la sienne.

C'était incroyable. Le lien entre eux était si intense. Ils partageaient ce qu'ils éprouvaient l'un pour l'autre.

Il s'abandonna totalement et sentit qu'elle faisait de même. Aussi exquises que soient ses sensations, il ne s'agissait pas seulement de plaisir physique. Il trouvait en elle le havre qu'il avait toujours désiré. Et il lui vouait une gratitude profonde pour cet amour miraculeux.

Quand ils atteignirent tous deux l'orgasme et retombèrent sur le matelas, à bout de souffle, des larmes coulèrent sur les joues de Sloane. Il les embrassa, la remerciant en silence pour le cadeau qu'elle lui avait fait.

Il espéra qu'elle était consciente d'avoir également son cœur entre ses mains. Bien sûr, il était trop tôt pour le dire à voix haute. Aujourd'hui, il disposait de mots pour exprimer ses sentiments, mais il avait appris à ne pas trop se dévoiler.

Il roula sur le dos, et Sloane le suivit de son plein gré, l'oreille plaquée sur sa poitrine, son bras mince reposant paresseusement en travers de son ventre. Ses épais cheveux bruns lui chatouillaient la main, aussi chauds et soyeux qu'elle.

Sloane, qui n'était jamais à court de mots, somnolait contre sa poitrine, apparemment satisfaite d'écouter les battements de son cœur. Un calme profond descendit en lui, tandis qu'ils reposaient tranquillement. Pour une fois dans leurs vies, il n'y avait rien à dire.

Pourquoi donc leur avait-il fallu tant d'années pour y arriver, il n'en avait aucune idée. Mais il était vraiment heureux qu'ils y soient parvenus.

Le son de son portable le réveilla un peu plus tard. Le réveil indiquait deux heures du matin. Il fouilla frénétiquement le tas de vêtements pour retrouver son jean. Enfin, il trouva l'appareil et le plaqua contre son oreille.

— Inspecteur Kastor.

— Stan Palichek, police de Denver. Votre homme est arrivé en voiture. Nous avons identifié sa plaque d'immatriculation.

Liam s'assit, nu, au bord du lit. Un corps féminin vint se coller à lui, et il sourit à Sloane dans le clair de lune. Seigneur, il était si tentant de retourner se perdre dans ses bras.

— Qui est-ce ? réussit-il à demander au policier en ligne.

— Un détective privé. William Gunther. Il travaille en solo et s'occupe essentiellement d'infidélités conjugales.

— Merci pour votre appel. Je viendrai à Denver demain matin et j'essaierai d'accélérer la délivrance du mandat de perquisition.

— À plus tard, alors.

Palichek raccrocha, et Liam posa pensivement son téléphone.

Gunther semblait être le genre de type qu'Ivan avait pu

engager pour surveiller son ex-femme. Si on obtenait de lui qu'il dénonce Durant comme étant son employeur, Sloane pourrait alors demander une injonction d'éloignement au tribunal et se débarrasser d'Ivan une bonne fois pour toutes.

10

Une odeur de bacon frit réveilla Sloane. Elle s'étira langoureusement et aperçut Liam, debout devant la cuisinière, torse nu, le jean tombant sur les hanches. Les muscles de son dos jouèrent un joli ballet d'ombres quand il retourna les tranches de bacon. Quel spectacle délicieux, songea-t-elle. De toute sa vie, elle ne s'était jamais réveillée aussi satisfaite. Elle s'étira à nouveau avec paresse.

Liam jeta un coup d'œil derrière lui et sourit.

— Bonjour, beauté. Ça te dirait un petit déjeuner ?

— Absolument.

— Comment aimes-tu tes œufs ? demanda-t-il.

— Cuits sur le dessus s'ils sont au plat. Avec du fromage s'ils sont brouillés. Avec des légumes s'ils sont en omelette. À la coque si tu veux aller vite. Et de n'importe quelle manière si je n'ai pas à les cuire moi-même.

Il se mit à rire.

— C'est toujours aussi facile de te faire plaisir ?

Elle lui sourit en retour.

— Je ne sais pas. À toi de me le dire.

Il fit glisser deux œufs au plat sur une assiette, ajouta du bacon et une tranche de pain grillée et la lui apporta.

Elle ne se lasserait jamais d'admirer ses longues jambes musclées et sa démarche pleine d'assurance. Comment avait-elle pu ne pas le remarquer plus tôt ?

— Sérieusement, Liam, comment se fait-il que toutes les filles ne se jetaient pas sur toi au lycée ?

— Une seule fille m'intéressait, et elle remarquait à peine mon existence.

— Oh ! je savais très bien que tu existais.

Elle lui décocha un clin d'œil faussement timide.

— Tu étais le meilleur ami de mon frère, qui me torturait sans cesse.

— Oui, en parlant de cela…

Il s'assit au bord du lit et attendit, pour lui tendre son assiette, qu'elle ait empilé les oreillers derrière elle.

— Je suis désolé d'avoir fait fuir les autres garçons et de t'avoir rendue malheureuse.

— Fox et toi, vous me protégiez. Je ne vous en veux pas pour ça. Vous m'avez sans doute évité bien des déceptions, et ma moyenne de notes de l'époque vous remercie.

Il se pencha pour l'embrasser avant de lui tendre un verre de jus d'orange.

— Quels sont tes plans aujourd'hui ?

Elle soupira.

— Il faut que j'aille chercher Chloe au ranch et que je l'emmène à Denver. Elle doit passer la nuit chez ses grands-parents par ordre du tribunal.

Liam jeta un coup d'œil par la fenêtre et revint à elle, l'air préoccupé.

— Je croyais que tu n'aimais pas conduire par mauvais temps.

— Non, je n'aime pas ça, dit-elle, soudain alarmée. Quel temps fait-il ?

— De grosses chutes de neige sont prévues pour ce soir.

Elle jura tout bas. Dans un monde normal et raisonnable, elle aurait pu appeler les parents d'Ivan et reporter la visite de Chloe. Mais les Durant n'étaient ni normaux ni raisonnables.

— Pourquoi cet air exaspéré ? s'enquit Liam.

— Ivan m'a menacée de me poursuivre si je ne me conforme pas strictement aux jours de visite.

— Il peut faire ça ?

— Techniquement, oui. Il s'est débrouillé pour que notre divorce soit jugé par le pire juge de tout le Colorado. Je ne veux vraiment pas retourner devant un tribunal. Chaque fois que la garde est remise en cause, il y a une part de hasard.

Liam hocha la tête avec sympathie. Puis il la surprit en annonçant :

— Il faut que j'aille à Denver pour le boulot, aujourd'hui. Tu veux que je vous emmène, Chloe et toi, dans mon pick-up ? Il tient très bien la route par temps de neige.

— Et tu es sûr que tu veux passer quatre heures avec une petite gamine agitée ? répondit-elle d'un ton dubitatif.

— Pourquoi pas ?

Sloane lâcha un petit rire.

— Tu ne sais pas à quoi tu t'engages.

— Je suis partant pour le découvrir.

Il sourit et l'embrassa.

— À quelle heure dois-tu la déposer chez les Durant ?

— N'importe quand dans la journée. L'ordonnance du tribunal ne précise pas d'heure.

— Va prendre une douche, si tu veux. Je vais passer en vitesse au commissariat pour prendre des papiers. Ensuite je repasserai ici, je t'emmènerai chez toi pour que tu prennes ce dont tu as besoin, et nous irons au Crooked C.

Elle ne rappelait pas un jour où Ivan et elle s'étaient entendus sans heurt à propos de quelque chose. De toute façon, son mari s'attendait toujours à ce qu'elle organise sa vie en fonction de la sienne. Tout en se douchant et en s'habillant, elle essaya de se rappeler un bon souvenir de son mariage. Était-ce vraiment aussi horrible ? Probablement pas. Mais sa vie fût-elle en jeu, elle aurait été incapable d'évoquer un moment, durant ces quatre années, où elle avait été véritablement heureuse.

Pourtant, elle était là, après une nuit avec Liam, détendue et à l'aise, souriant sans raison et impatiente de le revoir, même s'il était parti pour moins d'une heure. Bizarre.

Quand il s'arrêta dans l'allée devant chez elle, il lui jeta un regard entendu et dit :

— Je vais rester dans le pick-up pendant que tu prends tes affaires. Mieux vaut que je n'apparaisse pas trop souvent sur les vidéos de surveillance. Ça pourrait leur mettre la puce à l'oreille.

C'était plus raisonnable. Elle entra dans la maison, prépara un sac pour elle et un pour Chloe, en veillant à y inclure la couverture préférée de sa fille, son pyjama et quelques jouets.

Cela lui semblait bizarre d'aider ses ex-beaux-parents à créer des liens avec Chloe. Mais il n'y avait aucune raison pour qu'elle les rende plus malheureux que nécessaire. Et Niall et Carol étaient, de fait, sa famille. Ils avaient le droit d'avoir une bonne relation avec leur petite-fille.

Liam avait déjà installé le siège auto de Chloe sur le siège arrière quand elle le rejoignit. En montant en voiture, elle commenta :

— Ce siège bébé a l'air incongru dans ton gros pick-up.

Il lui sourit.

— Personnellement, j'aime ça.

— Vraiment ?

— Oui, Sloane, vraiment. J'ai toujours su que, Chloe et toi, vous alliez ensemble.

Elle n'avait même pas pensé à cet aspect de leur relation. Ses propres réactions l'avaient tellement étonnée qu'elle n'avait pas encore inclus sa fille dans l'équation.

— Tu es sûr que tu aimes les enfants ?

— Je les adore. Je veux une grande maison pleine d'enfants. Et toi ?

Elle se mit à rire.

— Chloe est le centre de mon univers. Je donnerais ma vie pour elle.

Il acquiesça.

— Je comprends. Moi aussi.

— Mais ce n'est pas ta fille.

— Elle fait partie de toi et ça me suffit.

Voyant que Sloane le dévisageait, il ajouta avec légèreté :

— Sans parler du fait qu'elle est adorable. Elle a les grands yeux et le visage de princesse de sa maman.

Sloane détourna vivement le regard pour qu'il ne voie pas les larmes s'accumuler dans ses yeux. Le propre père de Chloe n'avait jamais rien dit d'aussi gentil à son sujet.

Quand ils arrivèrent au Crooked C, Fox leur jeta un regard incisif. Sloane fit de son mieux pour garder une expression neutre. Elle n'était pas encore prête à parler de sa toute nouvelle relation avec Liam, et elle pria pour qu'il saisisse l'allusion et se comporte normalement lui aussi.

— Salut Fox, lança son compagnon. J'emmène ta sœur à Denver. Une tempête de neige est prévue pour ce soir et tu sais qu'elle n'aime pas conduire par mauvais temps.

Sloane reconnut l'ombre qui passait sur les traits de son frère. Tous deux devenaient nerveux quand il s'agissait de conduire sur des routes dangereuses.

— Merci, frangin, répliqua Fox.

Chloe sortit en courant à cet instant, sanglée dans une combinaison de ski bleue que Sloane n'avait jamais vue.

— Hé, ma puce ! Qui t'a donné cette jolie combinaison de ski ?

— Bai-li.

Sloane leva les yeux et vit sa future belle-sœur sur le seuil.

— Tu n'étais pas obligée de lui en acheter une, dit-elle.

— Mais si, répondit Bailey en souriant. Il paraît que les Colton sont de grands skieurs, et aucune princesse qui se respecte ne peut skier sans une tenue appropriée.

— Veux skier ! hurla Chloe.

— Tu as créé un monstre, grommela Sloane.

— Si Chloe veut apprendre à skier, intervint Liam, je serais heureux de lui apprendre. J'enseignais le ski à des classes de petits. Ma mère a probablement encore mes premiers skis. Je parie qu'ils seront à sa taille.

Chloe poussa un cri de ravissement et tapa dans ses mains. Liam la souleva dans les airs et la fit tourbillonner. Les cris se transformèrent en hurlements de rire. Puis il la ramena à sa hauteur et, nez contre nez, lui déclara solennellement :

— On va faire ça, ma petite. Toi et moi. On ira skier dès que tu rentreras de chez ton grand-père et ta grand-mère.

Chloe jeta les bras autour du cou de Liam et le serra très fort.

Sloane sentit une larme poindre sous sa paupière. Mais elle se retint. Pas devant son frère, ni devant sa future belle-sœur, qui n'hésiterait pas à annoncer à Wyatt que Sloane était amoureuse de Liam.

Liam installa Chloe dans son siège auto, et Sloane attacha sa ceinture. Puis elle lança un dessin animé sur une tablette fixée au bras du siège bébé, et ils se mirent en route.

Pour une fois, Chloe fut un ange en voiture. Elle finit de regarder le film, mangea un biscuit puis s'endormit et ne se réveilla pas avant qu'ils se garent devant la demeure des Durant, située dans un quartier huppé de Denver.

— Chouette maison, commenta Liam.

— Ne te laisse pas impressionner, répondit Sloane. Si tu trouves la maison de Russ et Mara froide, celle-ci, c'est l'Antarctique. Je préfère ton appartement n'importe quel jour de la semaine et deux fois le dimanche plutôt que cet endroit.

— Deux fois le dimanche, hein ? murmura-t-il. Ça peut s'arranger.

Riant de son sous-entendu, elle défit la ceinture de Chloe et la porta jusqu'au porche. Elle se pencha pour laisser Chloe tirer la sonnette. Un carillon résonna dans la maison, et la gouvernante, Anna, ouvrit la porte.

— Madame Durant. C'est un plaisir de vous revoir. Bonjour, mademoiselle Chloe.

Sloane ne la corrigea pas. Il était inutile de causer des frictions alors qu'elle allait laisser son enfant à ces gens.

Carol Durant traversa le grand hall d'un pas lent, aussi élégante et glaciale que d'habitude.

— Te voilà, Sloane. Tu es en retard. J'ai manqué mon rendez-vous avec ma manucure à cause de toi.

Elle tendit les bras pour prendre Chloe, qui se réfugia dans les bras de Sloane.

Sloane serra les dents. Elle détestait vraiment remettre sa fille à la mère d'Ivan. Et il était hors de question qu'elle s'excuse d'avoir contrarié son programme.

— Je ne sais pas si Ivan vous l'a dit, mais Chloe a été très malade, il y a quelques jours, dit-elle aussi poliment qu'elle put. Elle est restée à l'hôpital quarante-huit heures. Elle est encore en convalescence et il ne faut pas qu'elle se fatigue ou s'excite trop. J'ai mis des films qu'elle aime dans son sac, ainsi que quelques jouets. Mais n'en faites pas trop avec elle, s'il vous plaît.

Carol lui adressa un regard noir.

— Je suis aussi mère, tu sais. Je sais comment élever un enfant.

Sloane réprima un ricanement. Si Ivan était la démonstration de ses aptitudes maternelles, Carol n'avait pas de quoi se vanter. Carol tendit à nouveau les bras et la petite puce hurla :

— Non !

Sloane dissimula un sourire. Elle était fière de sa fille.

— Tu voudrais donner à manger aux poissons avec Anna ? demanda-t-elle avec diplomatie à sa fille.

Les Durant avaient un étang rempli de carpes koï dans leur jardin impeccablement tenu.

— Manger poissons ! s'exclama Chloe en gigotant avec vigueur dans les bras de Sloane.

Elle posa Chloe par terre, et la petite contourna Carol pour rejoindre la gouvernante, qui s'était effacée au fond du hall. Dans le dos de son employeur, Anna croisa le regard de Sloane et lui promit d'un hochement de tête silencieux de bien s'occuper de Chloe.

Sloane avait confiance en Anna. Cette dernière avait des enfants et des petits-enfants, et elle faisait preuve avec Chloe d'un mélange parfait d'indulgence, de fermeté et d'humour.

Tandis que toutes deux disparaissaient dans les entrailles de la demeure, Sloane donna le sac de Chloe à Carol, qui le posa sur un antique canapé Louis XV d'un air dégoûté.

— Eh bien, à demain, alors, dit Sloane.

Tournant les talons, elle retourna vivement au pick-up. Elle n'avait aucune envie de s'engager dans un match avec son ex-belle-mère. Leur relation avait toujours été glaciale, et il n'y avait aucune raison pour que cela s'arrange.

Elle pénétra dans la chaleur de l'habitacle, et Liam démarra immédiatement.

— Ça va ? lui demanda-t-il tranquillement.

Elle tendit une main à l'aveuglette et il la lui prit pour la presser avec compassion.

— Ce n'est que pour une nuit, chérie, murmura-t-il.

Elle hocha la tête. Il avait raison. Et il fallait qu'elle travaille ce jour-là. Elle avait des requêtes à déposer auprès de plusieurs tribunaux, et une pile de dossiers à étudier.

Liam se gara et, après un bref baiser d'au revoir, elle se dirigea vers un greffier tandis qu'il s'adressait à un autre pour obtenir le mandat de perquisition. Ils s'étaient mis d'accord pour qu'il vienne la chercher au tribunal à 17 heures.

Elle eut l'impression que son existence reprenait forme. Chloe était occupée, elle disposait de quelques heures devant elle et elle avait un homme formidable dans sa vie. Le bonheur pétillait en elle, remplissant un grand vide et réconfortant l'enfant qui pleurait encore la perte de ses parents.

La naissance de Chloe avait étouffé le mugissement de la solitude, mais Liam était le premier à le faire taire complètement.

Les choses ne pouvaient pas mieux se passer.

Une petite voix dans sa tête l'avertit de ne pas trop s'installer dans ce bonheur, mais elle la repoussa avec impatience. Que pouvait-il lui arriver de mal, après tout ?

11

Liam pénétra dans le commissariat qui s'était occupé de la disparition d'April Thomas. Il avait pris rendez-vous avec l'inspecteur chargé de l'enquête. Le policier aux cheveux gris lui expliqua en détail ce qu'ils avaient fait pour essayer de retrouver la jeune femme.

Son travail avait été méticuleux. Il fallut à Liam une heure et l'aide de deux policiers et une secrétaire pour photocopier tous les documents, interrogatoires et dépositions.

Il finit par emporter un gros carton dans son pick-up. La neige tombait dru désormais, s'accumulant sur le sol. Il dut épousseter la poignée de sa portière pour pouvoir l'ouvrir. Il venait de déposer le carton sur le siège arrière et s'apprêtait à passer derrière le volant quand un policier l'appela depuis le seuil du commissariat.

— Hé, c'est vous l'inspecteur Kastor de Roaring Springs ?

— Oui, c'est moi.

— La réception a appelé. Un mandat de perquisition vient d'arriver pour vous.

Liam retourna à l'intérieur, suivit le policier à travers le grand bâtiment et signa le reçu du coursier.

Parfait. Avec un peu de chance, il pourrait épingler Ivan dès aujourd'hui. Il empocha le mandat et repartit dans son pick-up, impatient d'arriver à la maison des quartiers est, avant que son occupant s'en aille.

Tout en conduisant, Liam appela l'opérateur de la police et lui demanda de lui passer les policiers en planque devant la maison de Gunther. Ils lui confirmèrent que l'occupant était toujours à l'intérieur.

Il se gara à une rue de la maison et s'approcha du véhicule de surveillance, parqué de l'autre côté de la rue. La neige tombait à gros flocons.

Il se glissa sur le siège arrière et se présenta. Les deux policiers en planque firent de même.

— Quand vous exécuterez la perquisition, nous viendrons avec vous, dit le chauffeur.

C'était le moment ou jamais de découvrir l'identité de ce type et, plus important encore, l'identité de celui pour qui il travaillait. Liam descendit de voiture et traversa la rue en courant.

La maison en question était un ranch en briques des années soixante. La porte-moustiquaire pendait sur ses gonds et la porte avait besoin d'un bon coup de peinture. Liam jeta un regard à travers un petit carreau à hauteur d'yeux et vit un couloir sombre et un étroit salon sur la gauche. Aucun signe de vie à l'intérieur.

Il frappa à la porte et entendit bouger au fond Il y avait sans doute une cuisine par là. Mais personne ne vint ouvrir. Il frappa de nouveau. Derrière lui, un des policiers hurla :

— Il s'échappe !

Liam contourna la façade de la maison en courant, glissant et patinant dans la neige. Il distança rapidement l'autre policier, qui s'était mis aussi à la poursuite du fuyard. Avisant une silhouette qui coupait par le jardin, Liam s'élança derrière l'homme. Ses empreintes étaient parfaitement dessinées dans la neige. À dire vrai, Liam aurait pu se contenter de suivre ces traces au pas. Mais, de crainte que l'homme n'ait une voiture garée à proximité, il continua à courir.

Il rattrapa l'homme assez vite et prit note de son crâne dégarni, de son ventre de buveur de bière et de sa démarche claudicante. Plutôt que se jeter sur lui, il se rapprocha suffisamment pour crier :

— Ne m'obligez pas à vous assommer. Je ne veux pas vous faire de mal, je veux vous parler.

Le coureur s'immobilisa et s'effondra contre le mur d'un garage, haletant comme un vieux chien.

— Ça va, mon vieux ? lui demanda Liam. Vous voulez vous asseoir ?

L'autre lâcha un juron coloré.

— Suis plus aussi jeune qu'autrefois. Faudrait sans doute que je fume moins.

Liam grimaça.

— Prenez votre temps, monsieur. Reprenez votre souffle.

— Ne soyez pas condescendant. J'étais flic, moi aussi.

Liam haussa les sourcils. Vraiment ? Comment passait-on de policier à détective privé à la petite semaine ? Avait-il commis une faute professionnelle ?

— Vous allez m'arrêter ? jeta l'homme avec agressivité.

— Non, sauf si vous tentez encore de fuir. Je veux juste vous parler. Vous vous appelez William Gunther ?

L'homme lui jeta un regard prudent.

— Il va falloir me montrer un badge avant que je réponde à cette question.

Liam sortit le sien.

— Roaring Springs ? Mince alors. Je sais pourquoi vous voulez me parler. Vous feriez mieux de revenir avec moi, inspecteur Kastor. Bill Gunther. Ravi de vous rencontrer.

Liam se maintint à la hauteur de l'homme tandis qu'ils revenaient sur leurs pas. Ils croisèrent en chemin les deux policiers, et tous quatre pataugèrent dans la neige jusqu'à la maison.

L'un d'eux tint la porte de derrière ouverte pour Gunther, qui les conduisit dans une pièce à l'arrière de la maison. Trois écrans d'ordinateur étaient installés sur une table. Liam serra les dents en voyant des images de la maison de Sloane.

— C'est vous qui avez installé ces caméras ? demanda-t-il d'un ton dégagé.

— Ouais. J'étais technicien dans une ancienne vie.

— C'est du beau matériel, lança-t-il pour voir quel genre de réaction il obtiendrait.

— Le client m'a dit de prendre ce qui se faisait de mieux. C'était son fric, alors je l'ai dépensé.

Gunther gloussa, et Liam s'empressa de l'imiter. Si le technicien du FBI avait raison, ce système de surveillance avait dû coûter des milliers de dollars à Durant.

Liam s'engouffra dans l'ouverture.

— Qui est votre client ?

— Je ne sais pas.

— Vous ne savez pas ou vous ne voulez pas le dire ?

— Honnêtement, j'ignore qui c'est. Il m'a fait des virements d'une banque offshore et il communique par e-mail crypté.

— Vous pouvez me donner le numéro de compte ? Je pourrai le retrouver.

— Vous croyez que je ne sais pas comment retrouver le détenteur d'un compte en banque ? rétorqua Gunther avec mauvaise humeur. J'étais flic. J'ai des contacts.

— Ah oui ? Et que vous ont dit vos contacts ?

— Que le détenteur se cache derrière une société écran infranchissable.

— Quelles sont vos hypothèses vis-à-vis de l'identité de votre client ? lança Liam.

— L'ex-mari, peut-être. La dame et lui ont eu quelques échanges téléphoniques assez méchants. Mais ce n'est qu'une supposition, je n'ai aucun élément pour le prouver.

— Quelles étaient vos instructions concernant Mme Colton ? demanda Liam.

— Je suis censé salir sa réputation. Trouver tout ce qui peut nuire à son image.

— Votre client vous a-t-il dit pourquoi il en veut à Mme Colton ?

— Non, il m'a seulement demandé de lui envoyer tout ce que je trouvais.

— Et vous avez découvert quelque chose ?

— Non. Cette femme est l'une des personnes les plus ennuyeuses que j'ai espionnées. Sa fille est mignonne, tout de même.

Liam serra les dents. Il fallait qu'il reste amical. Il désigna la rangée d'écrans.

— Alors comment ça marche ? Comment les caméras envoient-elles leurs signaux ? Par relais téléphonique mobile ? Par wi-fi ?

Zog lui avait déjà expliqué, mais il voulait continuer à faire parler Gunther.

— Non, dit le détective. Les caméras envoient un signal radio à ondes courtes en direction du récepteur et de l'amplificateur de signaux que j'ai installés dans les bois derrière la maison de la dame. Je les ai fixés à un poteau de téléphone et j'ai raccordé le récepteur à une ligne téléphonique. J'appelle un numéro, et les images enregistrées arrivent sur cet ordinateur grâce à un modem.

— Ça a l'air compliqué.

— C'est du bricolage à l'ancienne, mais ça a l'avantage de laisser peu de traces numériques. En parlant de ça, comment m'avez-vous trouvé ?

Liam haussa les épaules.

— Une fois que vos caméras ont été repérées dans la maison...

Gunther l'interrompit.

— Hé, ce n'est pas vous le type qui êtes venu tard le soir prendre des vêtements, il y a quelques semaines ? C'était quoi, ça ? Vous êtes aussi une sorte de voyeur ?

Les flics de Denver dressèrent soudain l'oreille, intéressés.

— La fille de Mme Colton était à l'hôpital, répondit Liam avec raideur. Je lui ai proposé de passer chez elle pour lui apporter des vêtements et une brosse à dents.

— La gosse va bien ?

— Je crois, répondit prudemment Liam. En tout cas, après avoir repéré vos caméras j'ai appelé le FBI. Ils ont cloné votre matériel, ont suivi le signal et vous ont découvert ici.

— Le FBI, hein ? D'accord. Si ce sont eux qui m'ont trouvé, je ne me sens plus si mal.

— Comme vous étiez policier, monsieur Gunther, vous saisissez que je peux vous arrêter pour toute une série de délits, n'est-ce pas ? Effraction, surveillance illégale, violation de la vie privée, résistance à l'arrestation. Vous connaissez la chanson.

— Oui, je connais la chanson.

Gunther lui jeta un regard rusé.

— Qu'est-ce qu'il faut pour que vous regardiez ailleurs ?

— Vous pourriez venir au commissariat faire une déposition en bonne et due forme, par exemple. Dites-nous tout ce que vous savez de votre client, et donnez-nous les numéros de virement et l'adresse e-mail du client.

— D'accord. Mais éclaircissons les choses. Je vous dis ce que je sais et vous, les gars, vous ne m'accusez de rien. Je m'en vais, et ma licence d'enquêteur reste intacte.

Les policiers de Denver se hérissèrent, visiblement contrariés. Mais Liam se fichait qu'ils aient envie ou non de coffrer Gunther. Tout ce qu'il voulait, c'était des informations sur le commanditaire.

— Exact. C'est le marché.

Tout en conduisant le détective au commissariat, Liam continua de plaisanter avec lui. Gunther était plus à l'aise sans la présence des policiers et se montra plus bavard.

— Dans un de ses e-mails, le client se plaignait que ce soit si long de trouver quelque chose sur la dame. Il m'a dit que si je pouvais prendre des photos d'elle avec n'importe quel homme, on pourrait les trafiquer sur Photoshop pour qu'elles aient l'air pires que ce qu'elles étaient en réalité.

Même si le type était habillé et qu'ils ne faisaient rien, je devais lui envoyer les images.

Liam serra le volant à s'en faire mal aux doigts.

— Et vous l'avez fait ?

— Non. Elle ne rencontre jamais personne. Elle vit comme un ermite.

— Le client vous a-t-il dit ce qu'il voulait faire de ces photos ?

— Oh ! il m'a dit qu'il voulait les montrer à un juge. Il voulait la faire radier du barreau et lui faire perdre la garde sa fille. Il est déterminé à la détruire pour de bon.

Liam sentit monter l'envie de faire mal à ce client sans nom.

— Comment savez-vous que c'est un homme ? demanda-t-il d'un ton bref.

Gunther haussa les épaules.

— Je n'en suis pas certain. Mais ça ressemble bien à un truc d'homme de gâcher la carrière d'une femme et de lui prendre son enfant. Les femmes ont plutôt tendance à s'en prendre à la personne elle-même. Elles veulent humilier leur mari ou leur petit ami, les prendre en flagrant délit de mensonge et les jeter dehors à grands cris.

Liam songea que c'était une observation férocement sexiste, mais il n'était pas là pour discuter avec Gunther. Il voulait simplement qu'il coopère.

— Vous avez demandé plus d'argent à votre client ?

— Il me paie le loyer et trois mille dollars plus les frais. Pourquoi voudrais-je faire tout capoter ?

— Seriez-vous d'accord pour exiger plus d'argent dans un e-mail, juste pour voir sa réaction ?

— Ça peut se faire, dit Gunther en haussant les épaules. Vous allez démonter les caméras maintenant que vous savez qui je suis, pas vrai ?

— Oh oui. Et merci de m'avoir aidé, Bill, ajouta Liam. Je vous en suis très reconnaissant.

— Eh bien, vous me devrez peut-être un service quand on en aura fini.

— Je vous dois déjà un service. Vous avez cessé de courir quand je vous ai crié de vous arrêter.

Gunther se mit à rire.

— Vous n'êtes pas si mauvais pour un policier.

Le détective prit son temps pour écrire sa déposition. Il semblait prendre plaisir au fait que la police ait besoin de son aide, et il savourait manifestement l'attention qu'on lui portait.

Liam surveillait anxieusement l'heure, et fut finalement forcé de prendre son téléphone pour passer un bref appel à Sloane. Elle lui répondit avec gaieté.

— Liam ! Je suis en train de tout boucler au tribunal. Je serai prête pour aller dîner dans quelques minutes.

— Je suis un peu en retard. Il me faut encore une demi-heure à peu près. Ça t'ennuie de prendre un taxi pour qu'on se rejoigne au restaurant ? Je suis vraiment désolé.

— Bien sûr que non, répondit Sloane. Comment il s'appelle déjà ?

— The Enchanted Plate. C'est dans la même rue que l'hôtel, à une dizaine de pâtés de maisons.

— Parfait. Je dépose mes cartons dans ma chambre, je me rafraîchis un peu et je te retrouve là-bas.

En raccrochant, Liam s'aperçut qu'il souriait tout seul.

— Un rendez-vous torride ? s'enquit Gunther avec perspicacité.

Liam haussa les épaules.

— Un dîner. Avec une collègue.

Il était hors de question de parler de Sloane à cet homme qui surveillait chacun de ses gestes depuis des semaines.

— Faut que je vous dise, fiston, je suis content que vous m'ayez pris sur le fait. J'allais devoir me rendre en personne à Roaring Springs pour suivre la dame à l'ancienne et je déteste la neige.

Liam rit pour masquer son horreur.

— Alors pourquoi vivez-vous dans le Colorado, Bill ?

— Peut-être que j'irai m'installer sur la côte Ouest après ça. Ou en Floride. Qu'est-ce que vous en pensez ? Y a plus de gens qui trompent leurs chers et tendres en Californie ou en Floride ?

— Du diable si je le sais, rétorqua Liam. Vous avez fini votre déposition ?

12

Sloane songea qu'elle aurait dû emporter une petite robe noire. Hélas, elle n'avait qu'un tailleur strict dans son sac. Tant pis. Si Liam ne la trouvait pas sexy après cette nuit torride, c'était une cause perdue de toute façon.

Elle se surprit à se sourire en se maquillant. C'était Liam qui lui faisait cet effet. Il la détendait. Il lui donnait le sentiment d'être bien dans sa peau.

Honnêtement, elle ne se rappelait pas la dernière fois où elle avait ressenti cela. C'était plus que du bonheur. Elle avait foi en l'avenir. Que Chloe et elle soient heureuses dans leur nouvelle maison. Que ça marche avec Liam.

Hum. Elle n'avait pas prévu un tel espoir. Mais il lui donnait envie de penser à une relation à long terme. Elle avait sérieusement cru que c'en était fini sur ce plan, mais il lui avait démontré qu'elle était toujours capable d'aimer.

Elle n'était jamais allée dans le restaurant choisi par Liam. Le décor était dans un style western décontracté, mais les nappes étaient en tissu amidonné, le menu élaboré et les serveurs impeccables.

Elle arriva la première et fut conduite à une table pour deux, placée à l'écart. Le serveur venait de lui verser un verre de vin offert par la maison quand Liam entra. Toutes les femmes présentes dans la salle tournèrent la tête sur son passage.

Sloane admira elle aussi la manière dont son jean moulait

ses cuisses et dont sa veste en tweed soulignait ses larges épaules. Oui, Liam Kastor était vraiment un bel homme.

Elle soupira rêveusement. Si elle faisait une liste de tout ce qu'elle cherchait chez un homme à ce stade de sa vie, Liam y correspondrait parfaitement.

Il se glissa sur le siège en face d'elle, et la première chose qu'elle remarqua fut son regard, qui faisait le tour de la pièce, examinant les autres clients. Devait-elle s'inquiéter de quelque chose ou de quelqu'un ? Elle regarda autour d'elle, mais ne vit que des dîneurs tranquillement attablés.

— Tu es superbe, ce soir. Comment s'est passée ta journée, Sloane ?

Elle reporta les yeux sur lui et lui sourit avec chaleur.

— Merci. Ma journée a été bien employée. Et la tienne ?

— Très productive.

— Ça signifie que tu as identifié l'homme qui m'espionnait ?

— J'ai fait mieux que ça, je lui ai parlé. Et il a fait une déposition.

— Vraiment ? Raconte-moi.

L'impatience la gagna. S'ils pouvaient inculper Ivan... Liam interrompit ses pensées.

— Son nom est Bill Gunther. C'est un détective privé. Malheureusement, il ignore qui l'a engagé.

— Alors on revient à la case zéro ? demanda-t-elle, déçue.

— Pas tout à fait. Bill nous a donné un numéro de compte dans les îles Caïman et une adresse e-mail cryptée appartenant à son employeur. Le FBI travaille à découvrir son identité.

— Combien de temps cela va-t-il prendre ? questionna-t-elle.

Le regard de Liam devint bizarrement encore plus sombre qu'auparavant.

— Je n'en ai aucune idée.

Elle allait lui demander ce qui n'allait pas, mais il la devança en déclarant qu'il était affamé, et il passa les minutes suivantes à parler des plats avec le serveur. Une sonnette d'alarme se déclencha dans la tête de Sloane. Que lui cachait-il ? Jusque-là il avait été comme un livre ouvert.

Enfin, Liam commanda une côte de bœuf et elle choisit un cassoulet.

Elle tenta plusieurs fois de lui demander ce qui n'allait pas durant le dîner, mais elle avait l'impression distincte qu'il évitait de parler de ce qui le perturbait.

Était-ce elle ? Avait-elle fait quelque chose pour le contrarier ? Il avait été tout à fait détendu durant leur trajet jusqu'à Denver. Cela avait forcément à voir avec son travail. Mais des années de vie commune avec Ivan l'avaient accoutumée à se faire des reproches. Son ex trouvait toujours un moyen de la rendre responsable de tout. Incapable de supporter plus longtemps cette incertitude, elle se pencha vers lui et lâcha :

— J'ai fait quelque chose qui t'a irrité ?

— Mais pourquoi me demandes-tu ça, au nom du ciel ?

Oh mon Dieu. C'était elle.

— Écoute, Liam. Je ne suis pas douée pour les devinettes. Si j'ai fait quelque chose qui ne t'a pas plu, dis-le-moi.

— Tu n'as rien fait de mal.

Il mentait. Le ton de sa voix était défensif, et il enfonçait la tête dans les épaules. La panique la prit. Le souffle court, elle chercha la sortie du regard. Il allait rompre. Elle avait déjà tout gâché. Qu'avait-elle fait ? Son esprit tournait frénétiquement en rond.

Elle prit alors conscience qu'elle était beaucoup plus amoureuse de lui qu'elle ne l'aurait cru. Elle ne put s'en empêcher de reprendre la parole :

— Liam, tu es un homme formidable. Je pensais que je n'aimerais plus jamais, mais tu m'as démontré le contraire. Je croyais que je ne me sentirais plus jamais comme une femme, et pourtant c'est le cas.

Arrête de supplier, Sloane !

— J'espère seulement que tu te sens à moitié aussi bien

avec moi que moi avec toi, poursuivit-elle. Je crois vraiment que nous avons un lien spécial.

Minable. Tais-toi.

— J'ai envie que tu connaisses Chloe et que tu fasses partie de notre vie. J'ai confiance en toi, comme jamais je n'ai eu confiance en quelqu'un. Je te suis tellement reconnaissante de ce que tu as fait pour moi. Pour nous.

Il ouvrit la bouche, mais le serveur arriva à cet instant avec leurs desserts.

Bon sang ! Qu'allait-il dire ?

Frustrée, elle attendit dans une terreur silencieuse la réponse de Liam. C'était un risque énorme d'étaler ses sentiments ainsi. Qu'est-ce qui lui avait pris ? Il devait penser qu'elle était désespérée. Elle fut saisie par une puissante envie de se cacher sous la table. Figée d'effroi, elle fixa l'énorme tranche de gâteau au chocolat devant elle.

Liam plongea sa cuillère dans sa crème brûlée et ne parut pas remarquer son comportement bizarre. Sloane prit sa fourchette et détacha un morceau de gâteau. Sans penser à mal, Liam prit la parole au moment exact où elle enfournait un gros morceau.

— On a un problème, annonça-t-il sombrement.

Elle ne put que hausser les sourcils en signe d'interrogation.

— Bill Gunther ne connaît pas son client, mais il m'a expliqué ses instructions. Son travail était de rassembler des preuves de ta turpitude morale pour ruiner ta réputation et te prendre Chloe.

Sloane s'étouffa et dut boire une gorgée d'eau pour faire descendre la bouchée de gâteau.

— Quoi ? Pourquoi ?

— Son client veut te détruire, dit Liam en soupirant.

— Mais je n'ai rien fait qui puisse me nuire !

Liam posa sa cuillère et déclara sobrement :

— Tu as passé la nuit chez moi.

— Je ne suis plus mariée. Je peux coucher avec qui je veux.

— Coucher pourrait quand même te valoir des ennuis devant un juge mal disposé.

— Je n'ai couché qu'avec toi. Et je n'ai pas l'intention de le faire avec quelqu'un d'autre.

— Je suis heureux de l'entendre. Mais, si on démontrait à un juge que nous avons une liaison, ça pourrait constituer un problème.

— Allons, nous sommes au XXIe siècle, Liam. Comment le fait de coucher avec toi pourrait-il me coûter Chloe ?

— Tu es prête à prendre ce risque ? demanda-t-il tranquillement.

Elle le dévisagea. Étaient-ils vraiment en train d'avoir cette conversation insensée ? On lui avait octroyé la garde de sa fille. Elle avait le droit d'avoir une vie à elle. Ivan ne faisait plus partie de leur vie.

Interrompant le fil de ses pensées, Liam ajouta :

— Bill Gunther ne peut plus faire le boulot. Il nous a dit tout ce qu'il savait sur son client. Et, si ce dernier est aussi riche et bien informé que je le pense, il découvrira très vite que nous nous sommes débarrassés de Bill et de ses caméras.

Il relâcha son souffle.

— Et il engagera quelqu'un d'autre pour te surveiller. Le prochain pourrait te filer en personne. Chacun de tes gestes serait épié.

— Pourquoi ? gémit-elle tout bas. Que me veut-il ?

— C'est à toi de me le dire, répliqua Liam avec assez de vivacité pour la pousser à lancer :

— Mais je n'ai d'importance pour personne. Je n'ai aucun ennemi, que je sache.

— Et ton ex ? Il te considère sûrement comme une ennemie.

— Ivan ? Je n'arrive pas à imaginer qu'il ait assez d'argent pour engager un détective privé et faire poser un système de surveillance chez moi.

— Il a peut-être eu de la chance au jeu.

— Ivan n'a pas ce genre de chance. C'est un joueur compulsif.

Quand il a de la veine, il continue de jouer jusqu'à ce qu'il perde tout. Crois-moi, j'ai vu ses reçus de casino.

Liam eut l'air sceptique.

— Franchement, je ne vois pas ce que ça pourrait être d'autre. Quoi qu'il en soit, il ne faut pas qu'on nous voie ensemble jusqu'à ce que nous découvrions qui t'en veut et pourquoi. Nous ne devrions pas nous voir du tout.

Elle le regarda, dévastée. Les mots sortirent de sa bouche avant qu'elle puisse les retenir :

— Tu veux rompre ?

— Non, ce n'est pas ce que je veux, répondit-il d'un ton tranchant. Mais je ne veux pas que tu perdes ta fille à cause de moi.

Il aurait aussi bien pu lui donner un coup de poing dans le plexus solaire. Elle n'avait pas oublié Chloe une seule seconde, mais elle avait commencé à jouer avec l'idée d'être à la fois mère et femme. Une femme adulte amoureuse d'un type formidable. Un type formidable qui ne disait pas n'importe quoi. Quand en aurait-elle fini avec ce cauchemar ?

— Tu as raison, bien sûr...

La voix lui manqua, et elle ne put continuer. Le reste du gâteau ressemblait soudain à une montagne de colle. Elle posa doucement sa fourchette, de crainte de s'effondrer.

— Je suis vraiment navré, Sloane. Si les choses se présentaient autrement... Crois-moi, je ferais n'importe quoi pour être avec toi. Mais nous ne pouvons pas prendre ce risque. C'est de Chloe que nous parlons. Comment accepter qu'Ivan mette la main sur elle ?

— Il n'aime même pas les enfants ! s'écria-t-elle.

— Si ta réputation est salie, Ivan obtiendra sa garde à coup sûr.

Le silence tomba entre eux, sombre et morose. Elle sentit ses larmes monter et fixa obstinément ses mains jusqu'à ce qu'elles reculent. Elle regarda alors Liam et le vit la contempler avec une expression déchirante. Il détourna vivement les yeux.

— Qu'est-ce qu'on va faire ? murmura-t-elle.

— On va garder nos distances. Pas d'appels, pas de textos, pas de rendez-vous. On ne va rien faire qui risquerait de te coûter la garde de Chloe.

— Pour combien de temps ? réussit-elle à demander.

— Jusqu'à ce que j'attrape celui qui te surveille.

— Attrape-le vite, alors.

Les yeux de Liam brillèrent comme des émeraudes.

— Compte là-dessus. Je vais y consacrer toutes mes heures de veille.

Aucun d'eux n'ayant envie de finir le dessert ou de s'attarder, Liam régla rapidement la note.

Il n'y avait aucun taxi en vue quand ils sortirent du restaurant quelques minutes plus tard. Liam appela une compagnie, qui l'informa qu'il y aurait une heure d'attente.

— Je peux te ramener à l'hôtel, proposa-t-il.

Sloane avait espéré qu'il partagerait son lit. Mais cela n'allait pas se produire, évidemment.

— Ce serait gentil, répondit-elle d'un air abattu.

— Je suis garé pas loin. Reste ici, je vais chercher le pick-up.

— Je préfère marcher, annonça-t-elle.

Stationner dans une rue noire et déserte n'avait rien d'agréable, et l'exercice lui ferait du bien. Elle avait besoin de marcher pour évacuer son stress.

— Tu vas y arriver dans ces chaussures ? demanda-t-il d'un ton sceptique.

Elle portait des talons hauts absolument pas adaptés à la marche, surtout dans la neige.

— Si tu me donnes le bras, tout ira bien.

Il tendit promptement son avant-bras. Cela avait un petit air démodé de s'appuyer ainsi sur lui.

— Tu as des gants, au moins ? demanda Liam.

— Mon manteau a des poches et tu me tiendras chaud.

Liam soupira.

— Je suis vraiment désolé...

— Ne le sois pas.

Elle ne pouvait pas plus supporter la moindre émotion, la moindre compassion. Sa seule envie était de se réfugier à l'abri des regards.

Ils avaient à peine progressé d'un pâté de maisons quand des phares aveuglants parurent foncer sur eux sans avertissement. Mordant sur le trottoir, un SUV se ruait dans leur direction. Impossible de l'éviter.

Sloane n'eut pas le temps de réagir. Déjà, Liam la poussait dans une encoignure de porte et se plaquait contre elle.

Le gros SUV noir les frôla en rugissant, les manquant de quelques centimètres. Une gerbe de neige fondue les gifla comme un million de piqûres glacées. Le véhicule fit une embardée et fonça dans la rue.

— Sloane ! Ça va ? s'exclama Liam.

Saisie de terreur, elle se cramponnait à lui. Elle n'avait pas vu sa vie défiler, mais une image de Chloe en pleurs, juxtaposée à une vision d'elle-même à l'enterrement de ses parents. Elle avait compris à l'époque que plus rien ne serait normal et elle avait eu raison. Toute sa vie avait été consacrée à sa quête de normalité, et elle avait échoué. Elle ne pouvait tout simplement pas faire ça à Chloe.

— Ça va. Et toi ? s'enquit-elle dans un hoquet.

— Il m'a manqué d'un cheveu. Tu es sûre que ça va ? Je t'ai poussée drôlement fort.

Elle s'examina en détail.

— Ma tête a cogné la porte et je me suis tordu la cheville. Mais, comparé à l'éventualité d'être écrasée, tout va bien.

Liam la remit gentiment d'aplomb.

— Tu as vu sa plaque d'immatriculation ? demanda-t-elle.

— En partie.

— Il a probablement perdu le contrôle de sa voiture et s'est fait une frayeur du diable. Il ne nous a sans doute même pas vus.

— Ou bien...

Il hésita, puis dit précipitamment :

— Il nous attendait et a fait exprès de nous foncer dessus.

— Ce n'est pas un peu paranoïaque ?

— Ce n'est pas de la paranoïa quand quelqu'un essaie vraiment de te tuer, dit-il en haussant les épaules.

— Mais, dans ce cas, ce serait toi qu'on essaierait de tuer, lança-t-elle. Puisque pour ma part on essaie de détruire ma réputation. Qui voudrait t'assassiner ?

Liam la contempla un long moment.

— J'ai posé des questions au commissariat aujourd'hui. À propos d'April Thomas, la fille de la femme qui m'a rendu visite. L'affaire est peut-être liée au meurtre qui a eu lieu au ranch de ton frère.

— Tu l'as fait discrètement ou... ?

— Le service où je suis allé était un bureau paysager. Je n'ai pas fait mystère de l'information que je cherchais. N'importe qui pouvait m'entendre.

— Alors c'était peut-être toi la cible. Mais je pense toujours que le conducteur a dérapé et perdu le contrôle.

— Son SUV avait des pneus neiges et des chaînes, dit Liam en secouant la tête. En plus, il venait de la direction opposée. Il a fallu qu'il traverse deux voies pour arriver jusqu'à nous. S'il avait perdu le contrôle, il aurait foncé tout droit et se serait écrasé contre le restaurant. Mais il maîtrisait assez sa voiture pour redescendre sur la chaussée et s'éloigner sans problème.

Elle le fixa, atterrée.

— Donc c'était intentionnel ?

— Je ne vois pas comment on pourrait l'interpréter autrement.

13

Liam oscillait entre stupeur et terreur. Quelqu'un avait failli les tuer, Sloane et lui. La question était : lequel d'entre eux était la cible ? Quelle que soit la réponse, cela ne lui plaisait pas.

Si c'était lui, il avait mis les pieds dans un guêpier plus important que prévu en posant des questions sur la disparition d'April. Cette hypothèse ne présageait rien de bon.

Et si c'était Sloane, était-ce une vengeance pour avoir débusqué Bill Gunther ? Si oui, c'était terriblement rapide. Cela voulait dire que le client disposait à tout moment d'un homme prêt à tuer. Encore une option peu réjouissante...

Et si le client était si dangereux, quelle était la probabilité que Bill Gunther se soit montré honnête avec lui ? Était-ce lui qui avait tenté de les renverser ? Il savait comment le découvrir. Gunther était toujours chez lui.

— Tu peux marcher ? demanda-t-il sombrement.

— Je ne crois pas que ma cheville soit vraiment tordue. La douleur diminue déjà.

Cela pouvait être dû à l'état de choc. Mais ils n'avaient pas le choix, il fallait qu'ils quittent la rue. Rien n'empêchait le SUV de faire demi-tour et de revenir.

— Appuie-toi sur moi. Nous ne pouvons pas rester là.

Inquiète, Sloane regarda derrière eux.

— Il ne va pas revenir, si ?

— J'en doute. Mais je sais où aller.

— On va signaler le délit de fuite ?

— Non. On va rendre visite à Bill Gunther.

— L'homme qui me surveillait ?

— Lui-même, déclara Liam.

Sloane cessa graduellement de boiter, mais ce fut tout de même une marche interminable jusqu'au pick-up de Liam, à quelques rues de là. Chaque fois qu'ils entendaient un moteur derrière eux, ils tournaient vivement la tête, et Liam se surprit à porter systématiquement la main à son arme.

Enfin, ils arrivèrent à son véhicule. Il aida Sloane à monter et l'entendit pousser un soupir de soulagement quand elle s'assit. Elle n'avait pas été franche avec lui, sa cheville lui faisait mal. Liam s'installa au volant et passa un appel sur le système Bluetooth en démarrant.

— Opérateur de la police de Denver, dit une voix.

— Liam Kastor, police de Roaring Springs. J'aurais besoin de comparer un numéro de plaque partiel et un nom.

— Allez-y.

Liam donna les chiffres qu'il avait relevés et ajouta :

— Je voudrais savoir si William Gunther est associé à ce numéro.

— Je vous mets en attente.

Liam conduisit dans un silence sinistre, surveillant le chauffage qui luttait pour réchauffer l'intérieur et dégeler les vitres.

La voix de l'opérateur résonna dans l'habitacle.

— Négatif. Aucune personne du nom de Gunther n'est associée à ce numéro de plaque dans l'État du Colorado.

— Merci.

Liam raccrocha, l'air pensif.

Si le chauffard n'était pas Gunther et n'essayait pas de tuer Sloane, cela voulait-il dire que c'était lui qui était visé ? Sûrement pas. Gunther et son client mystère devaient être impliqués d'une manière ou d'une autre.

Même si Gunther ne s'était pas servi de sa propre voiture, il pouvait l'avoir fait avec un autre véhicule. Après tout, qui d'autre savait où les trouver ? Il était possible que Sloane ait un ennemi, mais plusieurs ? Impossible.

Combien le client avait-il offert pour se débarrasser de Sloane ?

Le temps qu'ils arrivent chez Gunther, il dut faire appel à tout son self-control tant il était furieux.

— Reste dans la voiture, ordonna-t-il à Sloane.

— Pas question. Je veux rencontrer celui qui a fait de ma vie un enfer.

— Ce n'est pas une bonne idée. Et il ne te surveillera plus, maintenant qu'on l'a démasqué.

— Raison de plus pour le rencontrer, insista Sloane. Moi aussi, j'ai des démons à chasser, figure-toi.

Il fut tenté de lui demander lesquels, mais il était impatient d'interroger Gunther sur cette tentative de meurtre de la femme qu'il voulait… Voulait quoi ?

L'idée le figea, détournant sa fureur. Il la mit soigneusement de côté pour plus tard. Ce n'était pas le moment de penser à de telles choses.

Mais quand serait-ce le moment ? Combien d'années avait-il passé à la désirer secrètement ? Quinze ? Vingt ? Toute sa vie d'adulte, en tout cas.

Il était plus entiché de Sloane qu'il ne le croyait. Il secoua la tête mentalement. Il devait se concentrer.

— Je suis sérieux, Sloane. Reste dans le pick-up. Si les choses tournent mal, je ne veux pas que tu sois prise entre deux feux.

— Alors je veux encore plus aller avec toi, rétorqua-t-elle. Tu t'inquiéteras si tu ne m'as pas sous les yeux. Je te distrairai davantage en n'étant pas avec toi.

Elle avait raison, bien sûr.

— D'accord. Mais reste derrière moi et fais ce que je te dis.

Elle acquiesça, les yeux plus grands que d'habitude.

Il n'avait pas envie de l'entraîner là-dedans, mais quel autre choix avait-il ? Il descendit de voiture et s'approcha du perron, Sloane sur les talons.

Il frappa avec force à la porte. À l'intérieur, une voix cria de patienter. Quand la porte s'ouvrit enfin, Gunther apparut en chaussettes et peignoir de bain.

— Inspecteur ! Qu'est-ce qui vous amène au milieu de la nuit ?

— Êtes-vous sorti ce soir ? demanda Liam sans préambule.

— J'ai l'air d'être sorti ? rétorqua Gunther.

— Les apparences peuvent être trompeuses.

— Qu'est-ce qui vous démange, fiston ? Bon sang, il fait froid. Entrez donc que je referme la porte.

Gunther s'effaça pour laisser passer Liam, et ce fut alors qu'il vit Sloane.

— Ça alors, si ce n'est pas Sloane Durant ! Vous êtes encore plus jolie en vrai, si je puis me permettre, madame.

Liam n'eut pas besoin de se retourner pour sentir Sloane se raidir. Il savait que c'était une mauvaise idée d'avoir cette entrevue en sa présence.

— Ce n'est pas lui, lâcha Sloane.

Sans perdre de vue Gunther, Liam se tourna vers elle.

— Pardon ?

— Ce n'est pas l'homme qui regardait à travers la vitre.

— Je n'ai jamais regardé par votre fenêtre ! s'exclama Gunther. Je ne suis même pas allé à Roaring Springs, sauf pour installer les caméras. Et j'en suis désolé, madame Durant.

— Colton. J'ai abandonné le nom de mon ex-mari, déclara Sloane, fixant toujours Gunther.

— Tu es sûre que ce n'est pas lui ? questionna Liam.

— Tout à fait.

— Entrons pour que tu le voies en pleine lumière.

— Je n'en ai pas besoin. Il faisait noir quand j'ai aperçu le voyeur. Je te le dis, cet homme ne lui ressemble pas du tout.

Avançant de quelques pas, Liam toisa le détective privé.

— Dites-moi, Bill, votre client a-t-il embauché un deuxième homme pour filer Mme Colton ?

— Pas que je sache. Mais je suppose que c'est possible. Ça me paraît un peu poussé, si vous me demandez mon avis.

— Serait-il possible que cet homme hypothétique ait reçu l'ordre de tuer Mme Colton au cas où vous n'auriez rien trouvé sur elle ? poursuivit Liam.

— Euh oui, je suppose. Je veux dire, je n'ai jamais trempé dans ce genre de choses. C'est contraire à mon éthique. Je ne fais pas non plus le recouvrement de dettes pour la même raison. Et pourtant, croyez-moi, ça paye drôlement mieux que de pourchasser les épouses infidèles...

— Je n'ai jamais trompé Ivan ! s'écria Sloane. C'est lui qui me trompait !

Bill haussa les épaules.

— C'est ce que j'ai dit à mon client cet après-midi même. Je lui ai écrit pour lui dire que je n'avais pas trouvé l'ombre d'une preuve contre vous.

— C'est exactement le genre de message qui aurait pu motiver l'envoi d'un tueur à gages, gronda Liam.

— Un tueur à gages ? s'écria Sloane.

— Où est votre fille ? demanda Gunther, faisant sursauter Liam.

— Je vous demande pardon ?

— Je pose juste la question. Si un tueur à gages s'en est pris à Mme Dur... Colton, il pourrait aussi s'en prendre à sa fille.

— Oh mon Dieu ! haleta Sloane. Chloe ! Il faut que nous allions la chercher avant qu'on lui fasse du mal.

Liam pivota sur ses talons pour suivre Sloane, qui dévalait déjà les marches.

— Viens ! lui cria-t-elle par-dessus son épaule.

— Désolé de vous avoir dérangé, jeta hâtivement Liam à Bill, avant de la suivre.

— Bonne chance ! lui cria Gunther.

Pas Chloe. La pauvre petite en avait déjà vu de dures...

S'il avait conduit vite pour aller chez Gunther, cette fois il fonça à toute allure vers la maison des Durant. Avant même qu'il ne s'arrête dans l'allée, Sloane était descendue et courait vers le perron verglacé. Pour l'éviter, elle fit un détour par la pelouse couverte de neige et gagna la porte d'entrée. Liam tressaillit. Ses pieds allaient être trempés.

Il atteignit le porche au moment où la porte s'ouvrait. Des pleurs d'enfant furent la première chose qu'il enregistra. La deuxième fut l'expression indignée de la femme sur le pas de la porte. Une femme qu'il reconnut d'après ses recherches : Carol, la mère d'Ivan.

— Que faites-vous ici ? lâcha-t-elle d'un ton courroucé.

— C'est une urgence, il faut que je ramène Chloe à la maison. Je serai ravie de reporter cette visite quand cela vous conviendra, madame Durant…

— Nous avons des droits et ce n'est pas parce que vous êtes avocate que vous pouvez les piétiner, aboya Carol.

— Il ne s'agit pas de piétiner vos droits, répondit Sloane avec une irritation difficilement contenue. Quelqu'un a essayé de me faire du mal tout à l'heure, et nous avons des raisons de penser qu'il pourrait s'en prendre aussi à Chloe.

— Chloe n'est certainement pas en danger ! C'est ma petite-fille, pour l'amour du ciel…

Elle s'interrompit brusquement, et Liam sentit la méfiance le gagner. Qu'allait donc dire cette femme avant de se refermer comme une huître ? Pourquoi était-elle si sûre que Chloe n'était pas en danger ? Sloane venait d'annoncer qu'on avait tenté d'attenter à sa vie, et Carol n'avait pas remué un cil.

D'autres cris retentirent dans la maison, et une voix masculine hurla dans une autre pièce :

— Personne ne va faire taire cette sale mioche ? Elle me donne mal à la tête !

— Anna ! appela Carol à voix haute.

La gouvernante apparut immédiatement, comme si elle se tenait à proximité.

— Allez fermer la porte de la chambre de Chloe pour que nous ne l'entendions plus.

Sloane la fixa bouche bée, et Liam fit de même. Il n'en savait pas beaucoup sur les enfants, mais cela ne pouvait pas être bon pour Chloe d'être ainsi grondée si peu de temps après une maladie grave.

— Donnez-moi ma fille, demanda froidement Sloane.

— Je vous demande pardon ? rétorqua Carol.

— Tout de suite. Rendez-moi Chloe.

— Il n'en est pas question. Elle passe la nuit chez nous. Vous pourrez venir la chercher demain matin.

— C'est mon enfant et vous ne vous occupez pas convenablement d'elle. N'en faites pas un drame, Carol, parce que vous n'aurez pas le dernier mot. Je suis sa mère et j'ai le droit de garde.

Liam crut entendre Carol marmonner quelque chose comme :

— Eh bien, c'est ce qu'on va voir.

Elle tendit le bras pour attraper la poignée de la porte derrière elle. Pressentant ce qu'elle allait faire, Liam s'avança vivement et mit son pied en travers du seuil.

— Je ne ferais pas ça à votre place, madame.

— Sortez de chez moi ! hurla Carol. Et emmenez cette femme.

— Cette femme est la mère de votre petite-fille, dit calmement Liam. Et elle a la garde de Chloe. Je vais devoir insister pour que vous lui remettiez l'enfant.

— Qui êtes-vous ? La police ? lança Carol.

Liam prit son badge dans sa poche de manteau.

— Exactement, madame. Inspecteur Liam Kastor.

Carol fit un pas en arrière, et il profita de sa surprise pour pousser la porte. Il aperçut une femme en uniforme qui se tordait les mains dans l'ombre.

— Vous êtes Anna ? demanda-t-il.

La femme acquiesça.

— Amenez Chloe à Mme Colton, s'il vous plaît. Avec ses affaires.

La gouvernante se hâta de gravir l'escalier, tandis que Carol hurlait :

— Niall ! Viens ici !

Un homme aux cheveux gris que Liam reconnut comme étant le père d'Ivan s'avança dans le hall, une expression d'irritation sur le visage. Dès qu'il vit Sloane, son comportement changea du tout au tout. Il s'immobilisa et la fixa comme s'il voyait un fantôme.

Que se passait-il donc ? Le vieil homme connaissait forcément Sloane. Étant donné que sa fille était chez lui, il n'était pas déraisonnable qu'elle soit là. Bien sûr, elle n'était censée la récupérer que le lendemain mais cela ne justifiait pas l'expression de stupéfaction de Niall.

Liam observa tour à tour Niall et Carol et surprit le regard lourd de sens qu'ils échangeaient. Tous deux réagissaient de manière disproportionnée.

Le fil de ses pensées fut toutefois interrompu par l'arrivée de Chloe, qui sanglotait irrépressiblement. En voyant Sloane, la petite fille tendit les bras vers sa mère, manquant tomber des bras d'Anna.

— Maman ! cria-t-elle d'un ton désespéré.

Son visage était gonflé et ses yeux rouges. De toute évidence, cela faisait un long moment qu'elle pleurait.

Sloane arracha sa fille des bras d'Anna et la serra contre elle en lui murmurant des mots d'apaisement. Chloe se calma immédiatement et noua ses petits bras autour de son cou en hoquetant.

Liam aperçut l'expression de Sloane et fit un pas vers elle. D'une voix mortellement calme, elle se tourna vers Anna et articula soigneusement :

— Depuis combien de temps Chloe pleure-t-elle ?

— Plusieurs heures, madame.

— Des heures ? fit écho Sloane en tournant un regard meurtrier vers Carol.

Cette dernière agita la main d'un air évasif.

— Tu as toujours trop gâté cette enfant. Il faut la laisser pleurer pour lui apprendre à s'assagir.

— Ça explique sans doute l'état de mon ex-mari, répondit Sloane d'un ton acide. Et quelle partie de : « elle a failli mourir la semaine dernière et est toujours en convalescence » n'avez-vous pas comprise Carol ?

La mère d'Ivan eut le bon sens de reculer d'un pas. Liam décolla les talons du sol, prêt à intervenir si Sloane devenait violente. Par bonheur, la présence de Chloe dans ses bras parut la dissuader de faire un geste malavisé.

Chloe semblait épuisée par son accès de larmes, et aucun des Durant n'avait l'air de regretter ce traumatisme infligé à leur petite-fille.

Plutôt que laisser la situation s'envenimer, Liam s'interposa entre Sloane et les Durant et annonça à ces derniers :

— Je vais déposer une plainte concernant l'état de cette enfant quand sa mère l'a reprise. J'imagine que vous aurez rapidement des nouvelles de l'avocat de Mme Colton. Dans l'intervalle, l'enfant restera avec sa mère. Est-ce clair ?

Carol et Niall hochèrent vivement la tête. Trop vivement. Ils se comportaient comme des coupables. Mais de quoi ? Avaient-ils quelque chose à voir avec le SUV qui avait failli les tuer, Sloane et lui ?

Il suivit Sloane au-dehors et lui prit fermement le coude pour la soutenir sur le trottoir glissant. Elle monta dans le pick-up, Chloe toujours dans les bras.

— Tu ne veux pas la mettre dans son siège ? murmura-t-il, surpris.

— Contente-toi de démarrer, répondit-elle dans un souffle.

Il lui obéit et, quand ils furent à plusieurs rues de la propriété des Durant, Sloane lui dit :

— Bon, tu peux t'arrêter maintenant. Je vais la mettre dans son siège auto.

Bien sûr. Sloane ne voulait pas que les Durant s'aperçoivent que le siège bébé était installé dans son pick-up, ce qui aurait trahi le fait qu'ils étaient venus ensemble à Denver. C'était prudent. Au mieux, les Durant n'étaient pas des gens sympathiques. Au pire, ils étaient impliqués d'une façon ou d'une autre dans un complot autour de Sloane.

Elle monta sur le siège arrière avec sa fille et la sangla rapidement dans son siège.

— Je vais rester derrière avec elle. Elle ne veut pas me lâcher.

— Je ne le lui reproche pas, dit sombrement Liam. Où va-t-on ? On peut passer la nuit à Denver, ou alors on rentre et je demande à l'hôtel d'envoyer tes affaires à Roaring Springs.

— Allons chez nous, s'il te plaît, répondit Sloane.

Elle semblait presque aussi épuisée que sa fille. La confrontation avec les Durant avait été stressante pour elle.

Mère et fille s'endormirent rapidement, et Liam conduisit doucement, conscient de sa précieuse charge.

Aux abords des Rocheuses, l'état des routes se dégrada sensiblement. Au bout d'une heure de conduite à une allure d'escargot, il s'arrêta sur une aire de repos pour installer des chaînes sur ses pneus.

Quand il remonta en voiture, il fut surpris de voir Sloane éveillée et assise à l'avant.

— Hé, Belle au bois dormant, murmura-t-il.

Elle lui sourit d'un air somnolent, et il sentit son cœur se serrer douloureusement. Avec ses cheveux en bataille, ses yeux lourds de sommeil, elle lui donnait envie de la prendre dans ses bras, de l'embrasser à perdre haleine, de l'installer sur ses genoux et...

Non, non, non. Il devait bannir ces pensées de son esprit. Ils devaient rester sages jusqu'à ce que celui qui la faisait surveiller soit arrêté. De plus, il devait fixer toute son attention sur sa conduite.

— Comment va Chloe ? demanda-t-il.

L'expression de Sloane durcit.

— Elle est lessivée. Elle va dormir comme une bûche après avoir autant pleuré.

— Pauvre chou.

— Je suis à moitié décidée à demander la révocation de leur droit de visite, marmonna-t-elle.

— Fais-le. J'étais sérieux quand j'ai dit que je ferais un rapport sur l'incident.

— Merci. Mais ne t'expose pas à des critiques en te battant pour moi.

— D'où la nécessité de prendre nos distances jusqu'à ce que cette affaire soit résolue.

C'était attentionné de la part de Sloane de penser à sa carrière, mais il était déterminé à mettre Ivan et ses cinglés de parents hors d'état de nuire. Il démarra et avança doucement sur la bretelle recouverte de neige.

— Je pensais qu'Ivan et moi en avions fini l'un avec l'autre, maugréa Sloane quand il déboucha sur l'autoroute pratiquement déserte. Ce cauchemar ne va-t-il donc jamais se terminer ?

— Sois patiente. Tout s'arrangera tôt ou tard, lui dit Liam d'un ton encourageant.

Ils ne roulaient que depuis quelques minutes quand elle dit nerveusement :

— Tu es sûr que tu devrais conduire par ce temps ?

— J'ai posé des chaînes sur les pneus. Je ne peux pas rouler vite, mais ils adhèrent bien à la chaussée.

— Je ne sais pas. Quand on gagnera en altitude, la neige et la visibilité vont empirer. On devrait peut-être chercher un endroit où dormir cette nuit.

Il lui lança un regard étonné.

— Ça va, Sloane, tu n'as pas besoin d'avoir peur...

Il s'interrompit et se maudit mentalement. Bien sûr. Ses

parents étaient morts dans un accident en hiver. Elle devait être terrifiée.

— Je suis désolé. J'avais oublié. Je m'arrêterai dans la prochaine ville, et on prendra une chambre de motel.

— Je suis tellement trouillarde, avoua Sloane.

Il rit sans joie :

— Tu es beaucoup de choses, mais certainement pas trouillarde.

Elle secoua la tête pour manifester son désaccord. Dans ce geste, ses cheveux bruns flottèrent autour de son visage. Elle avait l'air d'une fée, nerveusement perchée sur son siège, scrutant les tombereaux de neige qui tombaient devant eux.

Il leur fallut rouler plus d'une demi-heure, mais un panneau sortit brusquement de l'obscurité, annonçant une petite ville à deux kilomètres. Liam quitta l'autoroute par une bretelle tout à fait verglacée. Après une longue glissade, il eut du mal à stopper avant le carrefour.

Sloane haletait à ses côtés, agrippant l'accoudoir comme si elle allait être aspirée dans le blizzard. Il lâcha un soupir de soulagement et lui dit :

— C'est bon, tu peux respirer.

— Ce dérapage... J'ai cru qu'on allait sortir de la route et tomber dans un précipice...

— Il n'y a pas de précipice ici, chérie. Nous sommes dans une vallée, et ça monte tout autour de nous. Nous sommes en sécurité, d'accord ?

Elle hocha la tête mais ne se détendit pas. Il roula doucement vers la petite ville, qui s'étendait sur un seul axe au fond de la vallée. Avisant un motel, il s'arrêta sur le parking et pria pour qu'il leur reste des chambres.

— Reste avec Chloe pendant que je vais me renseigner.

La neige lui arrivait aux genoux. Il pataugea jusqu'à la réception et fit sonner la clochette posée sur le comptoir. Un homme aux cheveux blancs sortit du bureau, cillant dans la lumière soudaine.

— Puis-je vous aider ? demanda-t-il.

— Je voudrais savoir s'il vous reste des chambres pour cette nuit. Deux, dans l'idéal.

— Malheureusement, il ne m'en reste qu'une.

— Et vous auriez un lit d'enfant ?

— Ça, oui.

Liam débattit rapidement en lui-même. Partager une chambre avec Sloane promettait de les exposer à toutes sortes de tentations. Mais il n'était pas question de repartir sur l'autoroute. Il tendit sa carte de crédit et, quelques instants plus tard, l'homme lui remit une clé munie d'un porte-clés en plastique.

— Je vais porter le petit lit tout de suite dans votre chambre. Si vous avez un enfant en bas âge, vous devez être épuisés de voyager à cette heure-ci.

— Je mentirais si je vous disais non.

Liam retourna au pick-up et les conduisit vers la chambre située au bout du bâtiment. Il aida l'hôtelier à porter un lit pliant et à le monter dans une petite chambre simple mais propre. Un coup de serviette pour essuyer la neige, et Sloane put y déposer doucement Chloe. Elle borda la petite et lui mit Snuffles dans les bras.

Le silence tomba autour d'eux. Le profond silence d'une nuit enneigée, sans voitures au-dehors, avec juste le petit bourdonnement du radiateur et les rafales de vent dans les pins.

Tous trois dans cette oasis au milieu de la tempête, c'était attendrissant. On aurait cru une famille. Une illusion séduisante pour Liam : la femme de ses rêves, l'enfant qu'il avait toujours rêvé d'avoir... Comme il aurait voulu que cela soit vrai !

— Je n'ai pas de pyjama, observa tristement Sloane.

— Mon sac est dans le coffre.

Liam sortit d'un pas pressé et revint avec son bagage, qu'il ouvrit vivement.

— Voilà. Prends un de mes T-shirts.

Timidement, Sloane prit le vêtement et disparut dans la salle de bains. Quand elle en sortit quelques instants plus tard, Liam déglutit. La pièce lui parut soudain excessivement chaude. Les jambes nues et lisses de Sloane étaient incroyablement sexy sous l'ourlet du T-shirt.

Quant à sa poitrine... Il déglutit à nouveau. Le tissu moulait les courbes de ses seins. Il fut submergé par l'envie de palper cette chair tendre, de titiller du pouce ces mamelons qu'il savait si réactifs au toucher.

Allait-il succomber à la tentation ?

Après tout, personne ne pouvait les avoir suivis jusque-là. Il n'y avait pas eu de phares derrière eux quand ils avaient quitté Denver et attaqué l'ascension des montagnes. Ils n'avaient croisé qu'un chasse-neige et quelques voitures. Personne ne les avait suivis à la sortie de l'autoroute, et personne ne pouvait les surveiller dans ce motel isolé.

Pour cette nuit, ils étaient en sécurité.

Sloane se mit au lit tandis qu'il retirait ses chaussures et se débarrassait de sa veste, sa cravate et sa chemise. Puis il retira son T-shirt en le faisant passer par-dessus sa tête. Quand il en émergea, il surprit un regard admiratif de Sloane.

— Continue à me regarder comme ça, l'avertit-il, et ce n'est pas dormir que nous allons faire cette nuit.

Elle lui adressa le sourire le plus sexy qu'il ait jamais vu. Parce qu'il lui était destiné. Bon sang, elle ne pensait pas non plus à dormir.

Avec des doigts soudain maladroits, il descendit la fermeture Éclair de sa braguette et repoussa son jean sur ses hanches et ses jambes avec impatience. Quand il effleura l'élastique de son caleçon, Sloane se pencha et éteignit la lampe de chevet. L'obscurité envahit la chambre. Seule passait entre les rideaux la clarté diffuse d'un réverbère, se reflétant sur la neige au-dehors.

Nu, il se glissa entre les draps froids et trouva les bras chauds et accueillants de Sloane.

— On ne devrait pas faire ça..., commença-t-il.

Elle roula contre lui, se plaqua contre lui et l'embrassa à pleine bouche pour faire taire ses molles protestations.

— Il ne faudra pas faire de bruit pour ne pas réveiller Chloe, murmura-t-elle contre ses lèvres.

Au temps pour ses grandes déclarations à propos de la nécessité de rester loin de l'autre. Il aurait pu prévoir qu'ils seraient incapables de ne pas se toucher. Ce qui était formidable... tant qu'ils ne se faisaient pas prendre.

— Je pense que j'arriverai à rester silencieux. Et toi ? demanda-t-il.

— Tu serais surpris de savoir tout ce que je peux faire pour t'avoir, répondit-elle dans un chuchotement à peine audible.

Il la prit dans ses bras et fit courir ses mains dans son dos jusqu'à ce qu'il trouve l'ourlet de son T-shirt. Alors, il le souleva, exposant les courbes satinées de son dos. Il posa les mains sur ses fesses, et elle grogna contre sa bouche.

— Chut ! souffla-t-il.

— Allumeur ! répliqua-t-elle.

Soudain, l'idée de voir jusqu'où il pourrait aller sans faire crier Sloane l'excita au plus haut point.

Beaucoup plus tard, il déclara :

— Je ne sais qui on doit déclarer vainqueur de ce concours.

— Hum. Moi non plus. On essaiera encore et on verra qui est le plus discret.

Sa poitrine vibra d'un rire silencieux. Il marmonna dans ses cheveux :

— J'aime ta manière de penser.

— J'aime ta manière de faire l'amour, répondit-elle.

Il inclina la tête pour l'embrasser, savourant la langueur satisfaite avec laquelle elle lui rendait son baiser. Aucune femme ne lui avait jamais donné ce sentiment. C'était comme s'il avait trouvé son autre moitié et, ensemble, ils étaient... chez eux. Comme une famille.

Voilà qu'il s'emballait à nouveau. La dernière chose dont Sloane voulait entendre parler, c'était de bonheur domestique, avec petite maison et clôture blanche en prime. Cela la ferait fuir, comme elle l'avait fait après le lycée.

En outre, ils ne pourraient pas se revoir à Roaring Springs, pas avant d'écarter légalement Ivan ou de le mettre à l'ombre pour une bonne période. Si cet abruti avait commandité le meurtre de Sloane...

Il ne put aller au bout de cette pensée. Les violences qu'il perpétrerait sur Ivan envahirent son esprit.

La bouche de Sloane glissa sur sa poitrine, et le bout de sa langue vint chatouiller sa peau de la manière la plus provocante qui soit. Cette diablesse l'excitait encore ! Elle croyait pouvoir gagner le deuxième round ? C'est ce qu'ils allaient voir...

14

Sloane s'éveilla brusquement, alertée par un bruit. Désorientée, elle regarda autour d'elle. Une lumière blafarde filtrait entre les rideaux, indiquant qu'il neigeait toujours. Elle se blottit dans la chaleur du lit. Elle nota un bras reposant sur ses épaules et une poitrine nue contre sa joue.

Liam. Tempête de neige.

Ils s'étaient arrêtés dans un motel parce qu'elle avait peur de rouler jusqu'à Roaring Springs. Il était toujours si attentionné. Enfin, pas toujours. C'était un amant doux, mais il se montrait parfois exigeant.

Après avoir fait l'amour une deuxième fois, ils avaient décidé d'un commun accord qu'il s'agissait de la revanche et qu'ils devaient faire la belle pour départager le gagnant. Elle était un peu courbatue, ce matin, mais de la meilleure façon possible.

Et il avait gagné le pari. Bien qu'elle fût convaincue d'avoir eu la meilleure part après le troisième orgasme qui l'avait laissée pantelante et…

Un froissement de draps lui fit tourner la tête. Chloe s'était retournée, repoussant les couvertures dans son sommeil. Pauvre puce. Elle en avait vraiment vu de toutes les couleurs chez les Durant. La rage la reprit à l'idée que ces gens l'avaient laissée s'époumoner sans aller la voir une seule fois pour la réconforter. Quels monstres ! Pas étonnant qu'Ivan soit si dénué de cœur.

Elle roula doucement sur elle-même, essayant de ne pas déranger Liam, et sortit du lit. Elle trouva son T-shirt sur le sol et le passa. Puis elle s'approcha à pas de loup du petit lit, et remonta doucement la couverture sur Chloe, étendue sur le ventre. Elle sourit à sa fille, le cœur débordant d'amour. Puis elle jeta un coup d'œil au lit et sursauta. Liam était éveillé et la regardait.

Il souleva silencieusement les couvertures pour l'inviter à se recoucher, et elle se glissa auprès de lui. Il la prit tendrement dans ses bras.

— Tu es une mère formidable. Chloe a beaucoup de chance de t'avoir.

Il repoussa une mèche de ses cheveux et la contempla, étudiant ses traits avec intensité.

— Quoi ? murmura-t-elle au bout d'un instant.

Elle n'avait pas l'habitude qu'on la scrute ainsi.

— Je mémorise ton visage. Tu es si belle que j'ai parfois l'impression que tu n'es pas réelle.

Elle ouvrit la bouche pour protester, mais il posa un doigt sur ses lèvres.

— Il faut que tu t'habitues à ce que je te dise que tu es belle. J'ai l'intention de te le répéter aussi longtemps que tu me le permettras.

Elle cilla, surprise. Combien de temps allait-elle effectivement le laisser entrer dans son lit ? Elle aimait l'idée de recommencer pendant très longtemps. Avec Chloe dans une autre pièce, pour que le bruit ne soit pas un problème.

Si seulement Ivan disparaissait pour de bon de leur vie…

Elle écarta cette pensée avant qu'elle ne fasse son chemin en elle. Elle méprisait son ex, mais elle ne lui souhaitait pas de mal. Après tout, c'était le père de Chloe. Et elle savait ce que c'était de grandir sans parents. Bien sûr, Russ et Mara les avaient aimés, Fox et elle, et avaient fait de leur mieux pour les élever comme leurs propres enfants. Mais Sloane avait toujours eu un vide dans le cœur. Son deuil n'était toujours pas fini. Rien n'avait réussi à l'effacer. Elle ne souhaiterait jamais cela à sa propre fille.

— À quoi penses-tu ? murmura Liam contre sa tempe. Tu es si sérieuse, tout à coup.

Elle ne pouvait pas non plus demander à Liam de remplacer Ivan. Il n'était pas responsable de Chloe, et elle n'imposerait sa fille, aussi adorable soit-elle, à personne. Chloe était sa responsabilité, à elle seule.

Elle haussa les épaules, esquivant la question de Liam, et leva la tête pour capturer sa bouche. Elle déversa toute la gratitude et la passion qu'elle ne pouvait exprimer à voix haute dans la pression de ses lèvres sur les siennes, dans les petits soupirs de plaisir qui s'échappaient de sa gorge.

Comprenant vite, Liam lui rendit son baiser, laissant le désir monter entre eux une fois de plus. Après avoir jeté un œil sur le lit d'enfant derrière eux, il la fit rouler sur le dos et lui fit lentement et tendrement l'amour une dernière fois avant de mettre fin à cet épisode volé.

Il était si doux, si tendre avec elle, que les larmes lui montèrent aux yeux avant qu'ils jouissent ensemble, leurs bouches plaquées sur l'épaule de l'autre pour étouffer leurs cris de plaisir.

Elle somnola dans les bras de Liam jusqu'au réveil de Chloe, un peu avant sept heures. Tandis que Liam s'habillait et sortait chercher quelque chose à manger, elle donna un bain à sa fille.

Liam revint avec ses emplettes et offrit de surveiller Chloe pendant que Sloane se douchait. L'eau chaude fit un bien fou à ses muscles las, et elle émergea de la douche avec le sentiment d'être une nouvelle femme.

Puis ce fut le tour de Liam, et ils se séchèrent soigneusement les cheveux avec le sèche-cheveux fixé au mur. Par temps froid, des cheveux mouillés pouvaient causer une dangereuse hypothermie en quelques secondes.

— Prête à continuer le voyage ? demanda-t-il enfin.

Sloane prit une profonde inspiration, effrayée à l'idée de reprendre les routes de montagne.

— Je te promets que j'irai lentement et que je serai aussi prudent qu'il est possible de l'être, dit doucement Liam. Je ne ferai jamais rien qui puisse vous mettre en danger, Chloe et toi. J'ai été bien entraîné à la conduite. Tout ira bien.

Sloane se surprit en essuyant des larmes au coin de ses yeux.

— Je suis désolée. Je ne suis pas aussi émotive, d'habitude.

Liam lui sourit et lui pinça le menton.

— Tu en as le droit après les vingt-quatre heures que tu viens de vivre. Rentrons chez toi pour ôter ces caméras.

— Amen.

Ils prirent la route, Chloe mâchonnant des flocons de céréales et des myrtilles. Il y avait toujours beaucoup de neige mais, à la lumière du jour, Liam voyait au moins où il allait. Et il gardait en effet une allure d'escargot.

Il leur fallut presque deux heures pour apercevoir Roaring Springs depuis le dernier col. Sloane soupira de soulagement quand Liam tourna enfin dans sa rue et se gara dans son allée.

Tandis qu'elle portait Chloe à l'intérieur et l'installait avec des jouets dans le salon, Liam monta à l'étage. Quelques minutes plus tard, il apparut au sommet de l'escalier, tenant des fils électriques dans son poing. Il descendit et lui tendit sa main, où reposaient trois petites caméras. Sloane les considéra avec dégoût.

— Elles sont plus petites que je ne croyais, remarqua-t-elle.

— Elles sont ultramodernes. Rahm Zogby m'a dit qu'elles coûtaient plusieurs milliers de dollars pièce.

Sloane fronça les sourcils.

— Comment Ivan pourrait-il se permettre une dépense pareille ? Il est fauché. Sur le point de faire faillite.

— Ses parents lui ont peut-être donné de l'argent ? suggéra Liam.

Elle secoua la tête.

— Niall lui a coupé les vivres, d'après ce que j'ai entendu dire. Autant que je sache, tous les bénéfices des actions des Durant au nom d'Ivan sont placés dans un fonds auquel il ne pourra pas accéder avant des années. Ivan était livide quand il l'a découvert.

Elle se rappelait très bien sa rage d'alors. C'était ce soir-là qu'il avait cassé toute la porcelaine qu'elle tenait de sa mère. Elle avait été certaine qu'il passerait ensuite sa fureur sur Chloe et elle.

— Pauvre petit garçon maltraité, ironisa Liam.

— Mais je me suis méfiée, continua Sloane. J'ai demandé le règlement du divorce en une seule fois, et j'ai investi cette somme. Chloe ne manquera de rien.

— Ivan a dû être furieux.

— Il a essayé de m'emprunter de l'argent à peine sorti du cabinet comptable. Comme si j'allais le laisser toucher à l'héritage de Chloe. Je lui ai dit non, bien sûr.

— Comment a-t-il réagi ? questionna Liam.

— Il a piqué une crise. Il m'a menacée et accusée de vouloir le ruiner. Comme à l'accoutumée.

— Des témoins de cet échange ? demanda-t-il avec espoir.

— Pas que je sache. Il a fait ça sur le parking, et il n'y avait que nous deux.

— Dommage. Faute d'autres qualités, je dois reconnaître qu'il est assez doué pour ne pas laisser de traces.

— Il est intelligent, répondit vivement Sloane. Tu ferais mieux de ne pas le sous-estimer.

— En parlant de ça, répondit Liam, il faut que j'aille rédiger mon rapport sur notre petite visite aux Durant.

— Je te suis très reconnaissante de ton aide, Liam...

Il lui prit la main et l'attira dans la salle de bains, refermant la porte derrière eux. Puis il la prit dans ses bras et l'embrassa avec fièvre. Elle se colla contre lui avec la même ardeur. C'était sans doute la dernière fois qu'ils faisaient cela avant que son ennemi ne soit identifié.

Comment ne pas toucher Liam ? Ne pas l'embrasser, ne pas se coller à lui, ne pas se réfugier dans ses bras ? Un sanglot étouffé lui échappa.

— Sois forte, chérie. Pense à Chloe. Il faut le faire pour elle. Pour vous deux.

— Mais ce n'est pas juste pour toi ! se plaignit-elle contre sa poitrine.

— Je t'ai attendue très longtemps. Je peux encore attendre un peu.

C'étaient des mots simples, mais ils résonnèrent jusqu'au fond de son âme.

— Tu es sûr ? murmura-t-elle.

— Absolument.

Il lui donna un dernier baiser et recula, comme si rester plus longtemps avec elle était trop douloureux. Elle partageait le même sentiment.

Tournant les talons, il sortit en trombe de la salle de bains. De sa maison. De sa vie.

Maudit soit celui qui voulait lui nuire, ainsi que son ou ses hommes de main. Si elle n'avait pas été dotée de morale, elle l'aurait volontiers abattu elle-même.

Sans Liam, la maison paraissait affreusement vide. Sa vie paraissait vide. Il était vif et drôle, il la mettait à l'aise comme personne d'autre. Russ et Mara étaient des parents surchargés de travail. Quant à elle, elle avait été une enfant silencieuse et facile à ignorer. Elle n'avait jamais créé de problème, avait toujours fait ses devoirs et s'était fondue dans l'arrière-plan du tumultueux clan Colton.

Dotés de fortes personnalités, ses cinq cousins – qui étaient davantage des frères et sœurs – ne comprenaient pas son désir de solitude et avaient fini par la pousser à se cuirasser sur le plan émotionnel.

Liam était différent. Il l'avait vue recroquevillée dans sa coquille et, sans pression, l'avait persuadée d'en sortir. Il lui donnait envie de vivre pleinement, de croire à l'amour, au rire, à la passion et à l'épanouissement auprès de lui.

Elle avait cru qu'elle trouverait cela avec Ivan. Mais il lui avait menti avant et après leur mariage. C'était plus tard, quand son addiction au jeu avait commencé à transparaître, quand elle lui avait annoncé sa grossesse, que sa façade s'était effritée.

Rétrospectivement, elle voyait en lui une sorte de sociopathe. Il veillait à se faire passer pour normal avec un ensemble de règles soigneusement mémorisées. Mais, en le côtoyant, elle avait découvert quelqu'un de vide. Il était fondamentalement malhonnête, violemment égocentrique, dépourvu de tout remords et de toute empathie.

Liam n'était rien de tout cela.

À la décharge d'Ivan, elle savait pourquoi il avait été attiré par elle. Elle était aussi renfermée que lui sur le plan émotionnel, sillonnant sa vie sans jamais s'engager. Il avait dû la trouver parfaite. Jusqu'à ce qu'elle ait un bébé et qu'elle découvre ce qu'était vraiment l'amour.

Dieu merci, Liam était arrivé et l'avait éveillée en tant que femme, comme Chloe l'avait éveillée en tant que mère. Que serait-elle devenue sans lui ?

Peut-être était-ce pour cette raison qu'elle ressentait aussi durement son absence. Pour la première fois de sa vie, elle éprouvait des sentiments intenses envers un homme. Le simple fait de s'imaginer en sa compagnie lui donnait le tournis. Elle aurait probablement dû passer par cette phase quand elle était en sixième, mais mieux valait tard que jamais.

Sauf qu'il s'agissait de beaucoup plus que d'un béguin d'écolière, elle le savait. C'était comme si tout son être tournait autour de Liam. Que faisait-il à présent ? Avait-il pris le temps de manger en arrivant chez lui ? Était-il en sécurité ? À qui parlait-il ?

Plus important, pensait-il à elle ? Lui manquait-elle ? L'aimait-il, au moins un peu…

Comme elle l'espérait !

15

Liam entra au No Doze Café et regarda autour de lui. Il avait devancé Daria, aussi commanda-t-il un café et alla-t-il s'asseoir pour l'attendre. Il ouvrit l'épais dossier qu'il avait copié à Denver. La pièce qui l'alarmait le plus était un ticket correspondant à un plein d'essence, fait le jour où April était censée se rendre à Roaring Springs. L'autoroute qu'elle avait prise menait de Denver à Roaring Springs sans autre ville sur le trajet. Apparemment la jeune femme était venue à Roaring Springs. Et on ne l'avait jamais revue.

Daria entra, accompagnée d'une rafale glaciale et d'un tourbillon de neige. Elle commanda un café et le rejoignit dans son box.

— Qu'est-ce que tu as pour moi ? demanda-t-elle sans préambule, les yeux braqués sur le dossier.

Il poussa ce dernier vers elle.

— C'est une copie que j'ai faite du dossier de la police de Denver sur April Thomas.

— Tu m'en fais un résumé ? demanda Daria en feuilletant l'épaisse liasse.

— Regarde ce reçu.

Il tira la copie du ticket d'essence. Daria le contempla un instant, puis leva les yeux vers lui d'un air sévère.

— Donc, elle est venue ici. Et elle a disparu. Doit-on en conclure que nous avons affaire à un tueur en série ?

Liam hocha sombrement la tête.

— Peut-être.

— Il faut garder ça sous le manteau pour l'instant. Laisse-moi en parler à Trey. Il va falloir rouvrir l'affaire Bianca Rouge, et j'aimerais le faire aussi discrètement que possible. Moins il y aura de gens au courant, mieux ce sera.

— Il ne faut pas effrayer le tueur s'il est encore dans les parages, approuva Liam. Nous devons garder l'avantage. Si ça se trouve, nous avons affaire à quelqu'un de méticuleux et de discipliné.

— C'est-à-dire le pire scénario possible.

Liam se pencha en avant pour lui murmurer :

— On devrait peut-être attendre avant d'appeler le FBI. S'il habite encore ici, il repérera tout de suite leurs agents et il se terrera.

Daria fit la grimace.

— Il faut que je les appelle pour les mettre au courant, mais je leur demanderai de ne pas faire de descente.

— Je vais encore relire le dossier, déclara Liam. Je t'appellerai si je vois une nouvelle piste ou si j'ai une idée géniale sur la façon de procéder.

— Marché conclu. Et merci.

Ils échangèrent un regard soucieux. C'était à eux d'empêcher que d'autres jeunes femmes meurent. S'ils avaient effectivement un tueur en série sur les bras, ce serait une course contre la montre pour l'identifier et l'arrêter.

Chloe avait passé une mauvaise journée. Les événements de la veille l'avaient épuisée, et Sloane ne voulait pas prendre de risque avec sa santé encore fragile. Elle insista pour la garder à la maison et la faire tenir tranquille, ce qui s'avéra un gigantesque défi.

Chloe s'endormit enfin vers 22 heures, assise sur ses genoux dans le grand fauteuil du salon. Épuisée elle-même,

Sloane préférait ne pas prendre le risque de la réveiller en la transportant dans son lit. Elle allait la laisser dormir un moment avant de la coucher.

Sans surprise, ses paupières s'alourdirent aussi.

Elle s'éveilla brusquement en entendant Chloe tousser.

Oh mon Dieu, faites qu'elle ne retombe pas malade.

La dernière chose dont elles avaient besoin était d'une récidive de ce maudit virus...

Sloane fronça les sourcils. Pourquoi le plafond était-il si noir ? Et pourquoi faisait-il si chaud soudain ? Se redressant doucement, elle posa la tête de Chloe contre son épaule.

De la fumée !

Avait-elle laissé le four allumé ou une casserole sur le feu ? Dieu savait qu'elle avait eu des absences dernièrement. Comprenant que le voile de fumée était épais de plusieurs centimètres, elle se leva. Combien de temps avait-elle dormi dans ce fauteuil ?

Quel était ce bruit ? On aurait dit une chaudière mal réglée. Cela pouvait expliquer qu'il fasse si chaud dans la maison. Le thermostat était peut-être tombé en panne ?

Elle alla dans la cuisine, mais la cuisinière était bien éteinte. Fronçant les sourcils, elle ressortit de la pièce et alla vérifier la chaudière entre la chambre de Chloe et la sienne.

À peine arrivée devant le réduit, la stupéfaction l'immobilisa. La fumée sortait de sa chambre, s'infiltrant sous la porte en épais rubans noirs. Elle se déversait aussi du sommet de la porte, alimentant un nuage dense au plafond.

Elle tendit machinalement la main pour ouvrir la porte, mais la retira vivement. La poignée était brûlante.

Un incendie !

Pivotant sur elle-même, elle s'élança dans le couloir avec Chloe. Le plafond s'embrasa d'un coup au-dessus de leurs têtes. Des langues de feu léchèrent la fumée en une explosion de chaleur presque insupportable.

Les flammes sur les talons, Sloane courut vers la porte d'entrée. Une bouffée d'air chaud la devança, puis une explosion assourdissante se répercuta dans la maison, accompagnée d'un éclair de chaleur.

Terrifiée, Chloe se mit à tousser et à crier.

Un fracas tonitruant retentit, mêlant éclatement du bois et grincement du métal. On aurait dit que la maison s'était déchirée en deux. Sloane jeta un coup d'œil ahuri par-dessus son épaule et vit le feu consumer le couloir jusqu'au salon, craquant et sifflant comme un dragon en furie.

Ouvrant la porte à toute volée, elle dévala le perron. Son voisin le plus proche était déjà dehors, au téléphone. Il se précipita vers elle.

— Les pompiers arrivent. Il y a encore quelqu'un ?

— Non ! cria Sloane par-dessus le bruit assourdissant.

— Je vais vous chercher des chaussures et des manteaux. Vous devez geler, toutes les deux.

À cet instant Sloane s'avisa qu'elle était pieds nus dans la neige, et que Chloe et elle étaient en pyjama. Elle serra sa fille contre elle et se retourna pour qu'elle ne puisse pas voir les flammes engloutir la maison.

Chloe pleurait pour de bon à présent, et Sloane s'aperçut que des larmes sillonnaient son propre visage. Elle n'oublierait jamais cette explosion au-dessus de sa tête. Sous le choc, elle tremblait si fort qu'elle avait du mal à tenir sa fille.

Son voisin revint avec une paire de bottes en caoutchouc fourrées, trop grandes mais sèches. Il drapa une épaisse couverture autour d'elle et de la fillette. Cela les protégea un peu du froid, mais ses tremblements ne cessèrent pas pour autant.

Une clameur de sirènes déchira la nuit et, en quelques secondes, quatre camions de pompiers, deux ambulances et plusieurs voitures de police se garèrent en désordre. Sloane chercha le visage de Liam dans la foule, en vain.

Quelqu'un les conduisit vers une ambulance. Un secouriste examina sa main, y étendit de la pommade, posa de la gaze et la banda.

Chloe reçut un peu d'oxygène, mais le masque lui déclencha de tels cris que le médecin déclara en riant que ses poumons étaient en parfait état.

Un pompier vint interroger Sloane, qui lui relata les circonstances de son réveil et la découverte de l'incendie. Il acquiesça et communiqua laconiquement dans sa radio.

Sloane était sur le point d'aller voir où en était l'incendie quand une grande silhouette se pencha vers elle.

— Dieu merci, tu es vivante, s'exclama Liam d'une voix rauque en l'entourant de ses bras. Est-ce que ça va ?

— J'ai une brûlure à la main, mais c'est tout.

— Quand j'ai entendu l'adresse de l'incendie à la radio, j'ai cru que mon cœur s'arrêtait, murmura Liam dans ses cheveux. Je suis venu aussi vite que j'ai pu.

Elle entendait effectivement son cœur battre la chamade contre son oreille.

— Laisse-moi t'emmener, dit-il d'un ton pressant. Il n'y a rien que tu puisses faire ici.

— Mais, ma maison, il ne faut pas que j'aille la voir ?

— Les pompiers ne te laisseront pas approcher. Quand l'incendie sera éteint, le chef des pompiers enquêtera sur son origine. Allons mettre Chloe au chaud. Ce froid n'est pas bon pour elle.

Cela décida Sloane à bouger. Un bras autour de ses épaules, Liam la guida dans un labyrinthe de tuyaux et de véhicules. Elle ne put résister pourtant à l'envie de regarder derrière elle. Le spectacle était ahurissant. La maison n'était plus qu'un gigantesque brasier.

— Ma maison ! haleta-t-elle.

Liam la détourna gentiment mais fermement de cette vision.

— Ce ne sont que des dégâts matériels. Chloe et toi, vous êtes saines et sauves, rien d'autre ne compte.

Il avait raison, mais c'était toute la vie de Sloane qui était partie en fumée. Elle n'avait plus rien. Juste Chloe. Sous le choc, elle sentit son corps s'engourdir.

Une seule pensée surnageait dans ce brouillard. *Dieu merci, Chloe est vivante.*

Elle serra très fort sa fille dans ses bras, reconnaissante que toutes deux se soient trouvées dans le salon quand l'incendie s'était déclaré. Et si elle s'était endormie dans sa chambre ? Aurait-elle été intoxiquée par la fumée ? Incapable d'aller chercher Chloe ? Elle avait eu tellement de chance de ne pas être couchée à ce moment-là... La maison était neuve. Comment avait-elle pu prendre feu ainsi ? Y avait-il un problème électrique ?

— Je ne comprends pas, marmonna-t-elle tandis que Liam la faisait monter dans son pick-up.

— Je crains de trop bien comprendre, répondit-il d'un ton sec, en prenant place à son tour derrière le volant.

— Que veux-tu dire ?

— Plus tard, répliqua-t-il. On va d'abord vous mettre en sécurité, Chloe et toi. Vous avez des vêtements chez ton frère ?

— Chloe, oui. Elle dort souvent chez Wyatt et Bailey, et nous avons laissé quelques affaires là-bas.

— Parfait.

Sloane le regarda avec perplexité. Il paraissait en colère. Suffisamment pour qu'elle rentre instinctivement dans sa coquille. Elle avait passé trop de temps auprès d'Ivan et de son tempérament coléreux.

Le trajet fut silencieux, et Chloe s'endormit dans ses bras avant qu'ils n'arrivent. Liam avait repris son calme habituel quand ils pénétrèrent dans le ranch et se garèrent devant la maison principale. Il lui dit de rester dans le pick-up pendant qu'il réveillait quelqu'un.

Il frappa plusieurs fois, et elle vit des lumières s'allumer puis la porte d'entrée s'ouvrir. Elle reconnut la haute stature de Wyatt sur le seuil. Liam et lui échangèrent quelques mots, et Wyatt disparut. D'autres lumières surgirent tandis que Liam venait les chercher, Chloe et elle.

Il prit la petite fille dans ses bras et la porta dans la maison. Sloane les conduisit dans une chambre d'amis et ouvrit le lit pour que Liam puisse déposer Chloe.

La petite fille se réveilla à moitié et tendit les bras vers Liam. Il lui rendit son étreinte et déposa un baiser sur son front avant de remonter les couvertures et de la border. Sloane réprima une envie de pleurer à cette vue. Ivan n'avait jamais bordé ni embrassé Chloé de cette manière.

— Peur des monstres, annonça Chloe.

— Je suis policier, tu sais ? J'attrape les monstres et je les mets en prison. Aucun monstre ne viendra pendant que je suis là. D'accord ?

— D'accord. Bonne nuit, marmonna Chloe.

— Bonne nuit, ma puce. Fais de beaux rêves.

Liam se redressa, souriant à Chloe, et Sloane lui passa un bras autour de la taille pour lui témoigner sa gratitude. Il posa à son tour un bras sur ses épaules, et ils attendirent que Chloe se rendorme tout à fait. Quand il fut clair que la petite fille dormait à poings fermés, Liam entraîna Sloane hors de la chambre et referma la porte derrière eux.

— Snuffles ! s'exclama Sloane à voix basse. Il était dans sa chambre. Elle sera anéantie de l'avoir perdu !

— Je l'emmènerai au magasin de jouets demain matin et je lui achèterai une autre peluche, promit Liam.

— Tu crois que Snuffles a pu survivre à l'incendie ? demanda Sloane avec espoir.

Elle avait du mal à accepter que toutes ses possessions aient disparu. Liam ne répondit pas. Il se contenta de la serrer contre lui. Comme s'il savait exactement ce dont elle avait besoin, il demeura immobile jusqu'à ce qu'elle commence à pleurer.

Chloe et elle avaient failli mourir. C'était uniquement par hasard qu'elle n'était pas dans sa chambre quand l'incendie s'était déclaré. Oui, elle avait tout perdu, mais elle avait une bonne assurance et pourrait racheter le nécessaire. Dieu merci, elle avait scanné les photos de famille l'année précédente et ses papiers importants étaient à la banque.

Le reste, c'étaient des souvenirs. Et elle s'en ferait de nouveaux. Mais devoir reconstruire sa vie en repartant de zéro lui paraissait accablant, si tôt après cette terrible frayeur.

Elle sanglota sur l'épaule de Liam jusqu'à ce qu'il la soulève dans ses bras et l'emmène dans le salon pour s'asseoir avec elle sur ses genoux. Elle prit conscience que Wyatt et Bailey jetaient un coup d'œil dans la pièce, mais ils se retirèrent discrètement. Elle devrait se souvenir de les remercier plus tard.

Quand elle eut fini de pleurer, Liam lui offrit silencieusement un mouchoir en tissu.

— Mais qui a encore de tels mouchoirs, de nos jours ? murmura-t-elle entre deux hoquets.

— Je suis un peu vieux jeu, dit Liam. Mais c'était bien utile, ce soir, non ?

Elle lui sourit en se tamponnant les yeux. Elle avait sûrement une figure affreuse, mais elle s'en fichait du moment que cela ne repoussait pas Liam. Et il la regardait avec une lueur de soulagement dans les yeux.

— Tu te sens capable d'avoir une conversation sérieuse ? demanda-t-il.

— Je crois.

— Je t'ai entendue raconter au chef des pompiers comment l'incendie avait démarré. C'était dans ta chambre ?

— Autant que je sache.

— Les premiers pompiers qui sont intervenus ont dit que ça brûlait comme si on avait versé un accélérateur de feu.

— Un accélérateur de feu ?

— Quelque chose comme de l'essence ou du kérosène.

— Tu veux dire que l'incendie était volontaire ? s'écria Sloane.

À peine eut-elle prononcé ces mots qu'elle comprit que c'était bien le cas. Elle n'eut pas besoin du hochement de tête de Liam pour en être certaine.

— Qui ? réussit-elle à articuler. Gunther n'aurait pas... n'est-ce pas ?

— J'en doute. Il se vante de ne rien faire de mal en tant que détective privé. Mais je demanderai à la police de Denver d'aller le voir et de lui demander ce qu'il faisait hier soir.

— Si ce n'est pas lui, qui alors ? insista Sloane.

Elle dévisagea Liam, et il fit de même.

Quelqu'un essayait de la tuer.

— Je commence à penser que ce SUV à Denver n'était pas un accident, dit-elle dans un chuchotement.

— Je ne l'ai jamais pensé, répliqua Liam. J'ai toujours cru qu'on te visait.

— Pourquoi moi ?

— C'est ce que j'ai l'intention de découvrir. Je vais arrêter celui qui a fait ça et le mettre à l'ombre pour très, très longtemps, je te le promets, Sloane.

Son ton sinistre n'augurait rien de bon pour le malfaiteur. Elle noua les bras autour du cou de Liam et le serra étroitement.

— Je ne te mérite pas, murmura-t-elle au bout d'un instant. Je suis tellement heureuse que tu sois arrivé dans ma vie.

— Arrête déjà avec ces histoires de ne pas me mériter.

Elle le lâcha et recula pour le regarder dans les yeux.

— Tu es toujours là quand j'ai besoin de toi. Tu l'as toujours été.

— Et je le serai toujours, ajouta-t-il.

Était-ce vrai... ? Cela voulait-il dire que... ?

— Hé vous deux, j'ai fait réchauffer un chili, si vous avez faim. Ma mère dit toujours qu'il n'y a rien que son chili ne peut pas guérir.

Sloane regarda Bailey et sourit.

— Qu'est-ce que je ferais sans toi ?

— Eh bien, tu serais beaucoup plus maigre, pour commencer, rétorqua Bailey, avant de s'adresser à Liam : amène ta femme dans la cuisine pour que je puisse la nourrir. Je te donnerai aussi un bol de chili, si tu as faim.

Sa femme ? Sloane s'apprêtait à protester, mais referma la bouche. Elle aimait l'idée d'être la femme de Liam. C'était le genre d'homme qui ne lui en voudrait jamais d'être forte et indépendante, qui ne se sentirait jamais menacé par sa carrière professionnelle. En outre, Chloe l'adorait et il semblait l'adorer, lui aussi.

Liam se leva et la remit sur ses pieds. En glissant le long de son corps, elle sentit comme toujours la chaleur se répandre en elle. Il la retint assez longtemps pour lui déposer un bref baiser sur les lèvres.

Mais elle captura sa bouche, demandant plus. Elle lui passa les bras autour du cou et se pressa contre lui avec avidité. Elle avait besoin de cela pour se convaincre qu'elle était bien vivante. Il transforma ce baiser en une fusion des cœurs et des âmes qui, en effet, la galvanisa.

L'ardeur sexuelle la gagna à son tour. Un désir brûlant lui remplit le ventre, et le baiser se chargea de passion et d'urgence.

Liam finit par rompre le contact, haletant.

— D'abord, nous n'avons pas de chambre. Ensuite, Bailey va bientôt revenir voir ce que nous faisons. Et, troisièmement, je n'arrive pas à penser quand tu m'embrasses comme ça. Et j'ai besoin de tous mes moyens.

— Pourquoi ?

— Je veux t'interroger en détail.

— Ça me plaît, dit-elle en flirtant, toujours taraudée par le désir.

— Arrête ça, la réprimanda-t-il. Je suis sérieux.

— Je sais, soupira-t-elle.

Fox fit interruption à cet instant dans la pièce.

— Ça va Sloane ? Et Chloe ?

— Nous allons bien toutes les deux. Mais ma maison a brûlé jusqu'aux fondations.

— Peu importe du moment que vous êtes saines et sauves.

Il l'enveloppa dans une étreinte affectueuse.

— Tu peux venir habiter chez moi jusqu'à ce que tu saches où aller.

Sloane sourit avec gratitude à son frère.

— Pour ce soir, Chloe dort déjà dans la chambre d'amis. Je ne veux pas la déplacer de nouveau. Et je ne sais vraiment pas ce que je vais faire ensuite. Je peux te répondre plus tard ?

— Bien sûr. N'oublie pas que je suis là, c'est tout.

Elle remercia mentalement le ciel pour sa famille. Qu'aurait-elle fait sans eux ?

Liam enregistra sa déposition avec son smartphone. Elle lui décrivit en détail la soirée. Il la questionna sur la chronologie des événements : à quelle heure s'était-elle endormie, quand s'était-elle réveillée, combien de temps lui avait-il fallu pour aller à la cuisine puis pour se diriger vers sa chambre, à quelle heure était arrivé le premier camion de pompiers, etc.

Fox, Wyatt et Bailey écoutèrent avec horreur Liam lui demander qui, selon elle, pouvait vouloir la tuer. Elle refusa de répondre à cette question, arguant que ce serait pure spéculation de sa part.

Puis Liam lui demanda :

— Crois-tu que ton ex-mari serait capable d'engager quelqu'un pour te tuer ou te faire du mal ?

Elle le regarda, le suppliant en silence de retirer cette question, mais il avait un air implacable. Finalement, elle répondit à contrecœur :

— Capable ? Oui. Je le crois absolument capable de faire ça.

— Pourquoi ? insista-t-il.

Elle soupira. Liam connaissait la réponse, mais il avait besoin qu'elle le dise tout haut. Pour sa déposition.

— Ivan veut la garde de notre fille. Je suis convaincue que

ce n'est pas parce qu'il l'aime. Pour lui, Chloe est un trophée. Il sait qu'elle signifie tout pour moi. Par conséquent, il veut me l'enlever. C'est de la méchanceté pure.

Liam éteignit l'enregistrement. Bailey sauta sur ses pieds et courut embrasser Sloane.

— Je suis vraiment désolée, ma chérie. J'ignorais que ton ex t'en faisait voir de toutes les couleurs. Tu aurais dû nous le dire.

— Je n'ai toujours pas la preuve que c'est lui qui s'en prend à moi, répondit Sloane.

— Oh ! allez frangine, intervint Fox, Ivan est un salopard vindicatif, tu le sais bien. Il l'a toujours été et il le sera toujours. Arrête de le protéger.

— Je ne le protège pas ! s'exclama-t-elle. Mais je ne l'accuse pas non plus tant que je n'ai pas de preuves solides.

Wyatt prit la parole :

— De toute façon, à partir de maintenant nous te protégerons. Chloe et toi allez rester au ranch jusqu'à ce que Liam et la police épinglent cet homme.

— Je ne veux pas vous déranger..., commença-t-elle.

Mais Liam lui coupa la parole.

— J'espérais que tu dirais ça, Wyatt. Et Sloane a raison. Son agresseur n'est peut-être pas Ivan. Il y a quelques mois, une jeune femme correspondant à la description de Sloane a disparu, et le mystère n'a pas été résolu. Je dois soupçonner tous ceux qui n'appartiennent pas au ranch ou qui se comportent bizarrement. Ça pourrait même être quelqu'un que vous connaissez.

— Que dis-tu, Liam ? demanda vivement Sloane, tous ses instincts en alerte. Tu penses que nous avons un kidnappeur ou un tueur en série ici ?

— Je n'ai pas dit ça... En tout cas, pas officiellement. Je demande seulement à Wyatt, Fox et Bailey d'être vigilants et de ne faire confiance à personne.

Sloane le contempla d'un air consterné. Un tueur en série

à Roaring Springs ? Cela ne pouvait pas être vrai. Leur ville était paisible, isolée dans les montagnes. Comment y aurait-il pu y avoir des kidnappings ou des meurtres ? C'était pour cette raison qu'elle était revenue y vivre avec Chloe.

Sans parler du fait qu'elle connaissait bien Liam. Il sous-entendait effectivement qu'un tueur en série se promenait en liberté. Était-ce lui qui avait mis le feu à sa maison ? Ou était-ce Ivan, qui avait finalement craqué et déchaîné la violence qu'elle avait toujours crainte ?

16

Les jours suivants, Liam fut soulagé de constater qu'un flot régulier de membres de la famille venait rendre visite à Sloane au ranch. Elle avait besoin de compagnie et, entre l'enquête sur l'incendie, la réouverture de l'affaire Bianca Rouge et la recherche d'April Thomas, lui-même ne savait plus où donner de la tête.

Il était difficile de croire qu'un tueur et un incendiaire sévissaient désormais à Roaring Springs. Quoi qu'il en soit, ces deux enquêtes l'occupaient dix-huit heures par jour.

Il s'arrêtait néanmoins chaque soir au Crooked C. Il avait été décidé que Sloane logerait avec Chloe chez Wyatt et Bailey, afin que cette dernière puisse lui prêter main-forte. En mangeant un morceau, il tenait Sloane informée de l'enquête sur le commanditaire de Bill Gunther. Enquête qui ne menait nulle part jusque-là.

On avait effectivement mis le feu à sa maison. Un inspecteur de Denver spécialisé dans les incendies criminels avait démontré qu'un trou avait été percé dans le mur extérieur, que de l'essence avait été versée pour inonder le plancher et y mettre le feu. C'était bien une tentative de meurtre.

Ivan serait-il allé jusqu'à tuer sa propre fille ? Ou bien la présence de Chloe dans la maison l'écartait-elle en tant qu'incendiaire ?

Si l'on supposait que c'était lui qui avait commandité

l'incendie, alors il avait peut-être cru que les pompiers arriveraient à temps pour contenir le feu avant qu'il ne gagne le réduit et la salle de bains. C'était un risque calculé, mais Sloane avait affirmé plus d'une fois qu'Ivan n'aimait pas particulièrement sa fille. Liam avait lui-même constaté qu'il n'était pas venu lui rendre visite à l'hôpital. Quel abruti !

Pour sa part, il fondait devant la petite fille. À n'en pas douter, c'était l'enfant la plus mignonne du monde. Elle avait les grands yeux de sa mère et d'adorables couettes blondes. C'était une bambine vive, aimable et drôle, un vrai rayon de soleil. Il n'y avait rien de meilleur qu'une étreinte de ses petits bras ou un baiser de ses lèvres collantes. Ivan Durant était un imbécile fini de ne pas voir tout cela.

Liam ne pouvait pas le rayer de sa liste de suspects incendiaires, pas plus que de celle des gens qui avaient pu engager Gunther pour épier Sloane.

Ce soir-là, ils se régalèrent d'une poitrine de bœuf que Bailey et Sloane avaient passé toute la journée à fumer. La viande était tendre et délicieuse.

— Des progrès dans l'affaire, aujourd'hui ? lui demanda Sloane.

— Quelle affaire ?

Elle leva au ciel ses beaux yeux.

— Nous avons passé la journée au Lodge pour savoir si un membre du personnel se rappelait avoir vu April Thomas, soit au restaurant soit pour un entretien d'embauche. En vain. Il y a tant de clients que personne ne se souviendrait d'elle si elle était venue la semaine dernière.

— Sans parler du fait qu'il y a beaucoup de jolies jeunes femmes, ajouta Sloane.

— Ça aussi.

— Et l'incendie ?

— Rien à signaler. J'ai parlé à plusieurs de tes voisins, et aucun d'eux n'a vu ou entendu quelque chose de particulier ce soir-là. Tu tiens le coup ?

Sloane acquiesça, mais son visage reflétait la déception.

— La vie a repris son cours normal. Le flot de visiteurs a ralenti, Dieu merci.

Liam lui sourit.

— C'est ça quand on est une Colton. On a une immense famille qui se mobilise en temps de crise.

— Et qui met son nez partout, rétorqua-t-elle.

— Oh allez, frangine, intervint Fox. Tu sais bien que tu nous adores.

Sloane sourit à son frère.

— C'est vrai. Je vous aime tous… la plupart du temps.

Cela déclencha une cascade de taquineries et de plaisanteries à laquelle Liam ne participa pas. Il se contenta d'observer Sloane tandis qu'elle se moquait de son frère.

Son teint paraissait plus transparent que d'habitude et elle avait des cernes violets sous les yeux. Elle ne dormait pas bien. Il avait envie de la prendre dans ses bras, lui murmurer qu'elle était en sécurité et la laisser dormir douze heures d'affilée sur son épaule. Mais il n'était pas question de dormir avec elle sous le toit de Wyatt et Bailey, ou sous le nez de Fox. Fox et lui étaient de grands amis, mais…

— Je vais dire bonne nuit à Chloe, annonça-t-il.

Comme c'était devenu son habitude, il pointa la tête dans la chambre de la petite fille. Elle l'attendait en faisant semblant de dormir. Un œil bleu s'ouvrit et se referma aussitôt.

— Je t'ai vue, la puce, annonça-t-il. Tu attendais que je vienne t'embrasser ?

— Hon-hon.

— Comment s'est passée ta journée ? Tu as fait quelque chose d'amusant ?

— Manger chevaux.

— Ça a l'air sympa. Qu'est-ce que tu leur as donné ?

— Des carottes.

— Les chevaux aiment les carottes ?

— Hon-hon.

Chloe avait l'air somnolente, et il avait appris à ne pas trop la réveiller, de peur qu'elle ne se rendorme pas avant une heure ou deux.

— Tu veux que je regarde sous le lit pour être sûr qu'il n'y a pas de monstres ?

— Hon-hon.

Chloe mit un pouce dans sa bouche, et il se mit dûment à genoux pour regarder sous le lit.

— Pas de monstre. Maintenant que je suis là, aucun n'osera t'embêter. Tu vas pouvoir dormir toute la nuit, petite.

Chloe lui tendit les bras, et il se pencha pour l'embrasser.

— T'aime, Liam.

Liam se figea. Il eut l'impression que son cœur allait exploser… Et il explosa de fait, dans un déversement de joie incroyable.

— Je t'aime aussi, Chloe. Tu es la petite fille la plus géniale du monde.

Il lui rendit doucement son étreinte – après tout, elle n'était qu'une toute petite chose – et l'embrassa gentiment. Chloe voulut lui faire aussi un baiser, et il lui tendit sa joue. Ce faisant, il avisa Sloane, appuyée contre l'encadrement de la porte, les bras croisés, un sourire aux lèvres.

Il remonta les couvertures et borda soigneusement la petite fille.

— Fais de beaux rêves, princesse.

Puis il sortit, et Sloane referma la porte derrière lui.

— Merci, murmura-t-elle.

— De quoi ?

— D'être un bon modèle paternel pour elle.

Il haussa les épaules modestement.

— Elle est adorable.

— Je trouve aussi.

Il déposa un léger baiser sur le bout de son nez.

— C'est normal, tu es sa mère. Mais, moi, je suis un étranger impartial. Et je trouve ta fille exceptionnelle.

Les lèvres de Sloane se recourbèrent de plaisir contre les siennes.

— On t'a déjà dit que tu étais assez exceptionnel toi-même ?

— Non. Personne.

— Eh bien, tu l'es.

— Ah ! Comme j'aimerais t'enlever, te jeter dans mon pick-up et t'emmener chez moi pour une longue nuit blanche.

— Ne me tente pas, grogna-t-elle. Ce serait génial.

— Bientôt. Je vais trouver celui qui t'en veut, et on se rattrapera, je te le promets.

— Marché conclu, inspecteur.

Ce fut à lui de grogner de frustration.

— Je vais te laisser maintenant, ou alors je vais faire quelque chose qui va tellement déplaire à ton frère qu'il va m'assommer.

— Il t'aime bien, tu sais.

Liam lui passa un bras autour des épaules et l'entraîna résolument vers la porte.

— Je sais que Fox m'aime bien. Nous sommes amis depuis vingt ans.

— Non, je veux dire qu'il t'aime bien comme partenaire pour moi.

Liam s'immobilisa devant la porte et abaissa sur regard sur elle.

— Vraiment ?

— Oui. Il me l'a dit hier soir. Il dit que tu me fais du bien.

— Ça alors ! Je ne pensais pas qu'il trouverait quiconque assez bien pour sa petite sœur.

— Apparemment, tu as passé le test.

— Je note. Maintenant je vais m'activer à trouver le coupable, afin que nous puissions mettre la retenue de ton frère à l'épreuve.

— Promets-moi que tu vas dormir au moins un peu cette nuit.

— Pas une minute. Je vais penser à toi jusqu'au matin.

En riant, elle l'embrassa une fois de plus et le mit dehors. Il faisait un froid de loup, et il ne s'attarda pas. Il se hâta vers son pick-up et sauta dedans. Malgré le froid, Sloane resta sur le pas de la porte, le regardant avec mélancolie tandis qu'il s'éloignait dans la nuit.

Oui, il savait ce qu'elle ressentait. Cela le tuait de ne pas pouvoir être avec elle. Bientôt, très bientôt, il arrêterait le ou les malfaiteurs qui s'en étaient pris à elle. Et alors ce serait un feu d'artifice d'amour dans la nuit.

Liam fut trop occupé pour venir au ranch le lendemain. Sloane fut à cran toute la journée. La gaieté et la solidité de Liam lui manquaient. Chloe était également grognon car elle n'avait pas pu lui donner une bise de bonne nuit et, l'un dans l'autre, ce fut une journée misérable.

Le jour suivant se leva dans un ciel gris et nuageux. La météo prévoyait une grosse tempête de neige. Wyatt et Fox sortirent à cheval pour compter le bétail et s'assurer que les bœufs et les chevaux étaient rassemblés à proximité des étables, au cas où le blizzard arriverait. Quelques têtes de bétail s'étaient éloignées du troupeau, et ils allaient passer la journée à les chercher.

La neige se mit à tomber en début d'après-midi. Il y eut d'abord quelques flocons, dérivant paresseusement, puis la neige commença à s'accumuler sur toutes les surfaces.

Debout près de l'évier, Bailey regardait d'un air inquiet par la fenêtre. La prenant en pitié, Sloane lui dit :

— Pourquoi ne prends-tu pas une motoneige pour aller voir si Wyatt et Fox ont besoin que tu leur frayes un chemin pour les chevaux ? Je garderai la maison jusqu'à ton retour.

— Je n'aime pas te laisser seule...

— Personne ne viendra s'en prendre à moi par ce temps. Tout va bien. Occupe-toi de ton homme et ramène mon frère.

Bailey acquiesça et fila hors de la cuisine pour passer des vêtements chauds avant de sortir.

Sloane prépara un grand ragoût et joua avec Chloe tout l'après-midi. Puis Chloe alla au lit pour une sieste tardive, et Sloane nota que la lumière du jour déclinait. Il était temps de nourrir les chevaux, mais il n'y avait aucun signe de Wyatt, Fox ou Bailey. Elle décida d'y aller elle-même pendant que Chloe dormait. Fourrant le babyphone dans la poche de son manteau, elle sortit et se dirigea vers l'écurie.

Des flocons de neige atterrirent sur ses joues et ses cils. Les Rocheuses étaient magnifiques, habillées de dentelle hivernale. Elle inspira profondément l'air froid, savourant sa brûlure dans ses poumons. Elle était chez elle. Et les choses allaient s'arranger. Liam identifierait celui qui la traquait, et tous deux auraient le loisir de voir où les menait leur passion réciproque.

Il était difficile de croire que, quelques semaines auparavant, elle était encore convaincue de ne plus jamais aimer...

Le fil de ses pensées s'interrompit brusquement, et elle fit halte dans la neige haute. Elle aimait Liam. Elle l'avait compris en le regardant border Chloe et lui sourire avec amour. Il se fichait qu'elle soit l'enfant d'un autre et semblait comprendre combien son amour et son innocence étaient précieux. Sloane avait entendu la sincérité dans sa voix quand il avait dit à Chloe qu'il l'aimait aussi.

En un mot, il était parfait.

Elle reprit sa marche, le cœur léger. Poussant la grande porte de l'écurie, elle se glissa à l'intérieur. À peine se fut-elle tournée vers la réserve à fourrage qu'une grande ombre se jeta sur elle. Ce fut la dernière chose dont elle se souvint.

De la fumée. Elle sentait la fumée. Elle se réveilla groggy. Elle devait avoir encore rêvé de l'incendie. C'était un cauchemar récurrent depuis cette nuit-là.

Elle cilla et vit des flammes lécher le plafond de bois à travers un épais voile de fumée noirâtre. Oui. C'était à cela que ressemblait le plafond de sa chambre. La chaleur suffocante sur son visage. La brûlure de ses poumons…

Elle s'assit et les murs autour d'elle parurent onduler. Une minute. Ce n'était pas sa chambre. C'était la réserve à fourrage. Et ce n'était pas un rêve.

Elle essaya de se lever, mais un violent élancement dans la tête la fit tituber, comme si on l'avait frappée avec un objet contondant. Elle avait tellement le vertige qu'elle pouvait à peine s'asseoir, moins encore sauter sur ses jambes et fuir. Mais elle pouvait toujours crier et hurla de toute la force de ses poumons.

Pas encore. Elle n'allait pas encore manquer de griller.

Il fallait qu'elle sorte de là, sur ses jambes ou non. Elle roula sur le ventre et se traîna sur le béton froid en plantant ses orteils dans le sol. Elle arriva ainsi presque jusqu'à la porte de la réserve et se mit à quatre pattes avec difficulté. Tendant la main, elle tourna la poignée et ouvrit la porte. Bouche bée, elle contempla l'allée centrale de l'écurie. Tout le plafond était en feu. De grandes flammes sortaient du grenier à foin. *Oh mon Dieu ! Les chevaux !*

Leurs hennissements et leurs ruades se répercutaient par-dessus le rugissement désormais familier des flammes.

Sloane se releva péniblement en s'appuyant à la porte. Tout tournait autour d'elle, et elle cilla plusieurs fois pour éclaircir sa vision. Il fallait qu'elle sorte de là.

Chloe.

Cette seule pensée suffit à la motiver. Elle tâtonna le long du mur, trébuchant vers la sortie. Une forme noire se précipita vers elle, et elle se recroquevilla. *Non !*

— Sloane ! rugit une voix masculine.

— Je suis là ! cria-t-elle faiblement en toussant.

La silhouette se précisa. Accourant vers elle, Fox lui passa un bras autour de la taille et l'entraîna vers la sortie.

— Les chevaux ! cria-t-elle.

— Wyatt ouvre les stalles. Je vais y retourner et l'aider à faire sortir les bêtes. Va à la maison. Bailey a la carabine.

Quoi ? Une carabine ? Oh ! le tueur ! Il était peut-être encore quelque part dans le ranch, attendant de voir si elle était bien morte cette fois.

Trébuchant dans la neige profonde, Sloane avança vers la maison. Une lueur sanglante jouait sur la neige.

Faites que les chevaux s'en sortent.

Si l'un des superbes chevaux de Wyatt mourait à cause d'elle, elle ne se le pardonnerait jamais. Elle s'arrêta, indécise. Mais, en se retournant, elle vit les animaux s'égailler dans la pâture. Puis Wyatt et Fox sortirent à leur tour de l'écurie, pliés en deux par des quintes de toux.

Elle regarda autour d'elle et se sentit tout à coup terriblement exposée au milieu de toute cette étendue blanche. L'envie lui vint de se coucher dans la neige et de s'y cacher, tant elle se sentait faible et instable.

Mais Chloe...

Le besoin désespéré de se rassurer sur le sort de sa fille la gagna. Elle reprit sa marche, d'abord à pas lents, puis de plus en plus vite. Enfin, elle pénétra dans la maison en courant, dépassa une Bailey à l'air sombre et s'élança dans le couloir où se trouvait la chambre de Chloe. Elle ouvrit la porte à toute volée, prête à se battre à mains nues avec le monstre qui menaçait son bébé.

Chloe leva les yeux. Sur l'écran de l'ordinateur passait un film de princesse. Le choc de voir sa fille saine, sauve et insouciante fut tel que Sloane s'arrêta brusquement et la dévisagea un long moment. Puis le temps reprit sa marche, et elle courut étreindre sa fille.

— Froid ! couina Chloe. Mouillée, maman.

— Je sais, ma puce. Je t'aime tant. Je t'aime tellement. Je ferais n'importe quoi pour toi.

— T'aime aussi, maman.

Chloe toléra son embrassade quelques secondes de plus, puis se tortilla impatiemment.

— Veux regarder la princesse danser avec le prince.

À contrecœur, Sloane déposa un baiser sur la tête de la petite fille et la réinstalla devant son film.

Elle ressortit dans le couloir et s'immobilisa à la vue de Bailey armée d'un fusil.

— Ça va ? lui demanda sa future belle-sœur.

Depuis qu'elle s'était réveillée, c'était la première fois qu'elle prenait le temps de s'interroger sur son état. Elle fit signe à Bailey de la suivre à la cuisine, envoyant par la même occasion un éclair de douleur dans son crâne. Elle parvint néanmoins à s'effondrer sur une chaise près de la table.

— Je crois qu'on m'a frappée à la tête.

Bailey lui passa le fusil et examina délicatement son crâne. Quand elle tâta sa nuque, la douleur explosa dans sa tête.

— Ouille ! cria-t-elle.

— C'est une belle bosse que tu as là, annonça Bailey. Reste tranquille. Il faut que je voie si tu as besoin de points de suture.

Ce n'était pas le cas, heureusement. Mais Bailey lui demanda de regarder ses doigts et de lui dire combien elle en voyait. Perdant patience, Sloane lança :

— Je vois très bien ! Oui, j'ai sûrement une commotion, et non, je ne vais pas courir dans tous les sens et faire des trucs stupides. Maintenant, arrête de me couver comme ça !

Bailey haussa les épaules.

— Liam me tuerait s'il t'arrivait quelque chose sous ma garde.

— En parlant de ça, est-ce que quelqu'un l'a appelé pour lui dire qu'on a essayé de me tuer… encore ?

— Je ne sais pas. Quand nous sommes arrivés sur la crête et que nous avons vu le feu, nous sommes descendus à toute vitesse. Wyatt m'a crié d'aller vous protéger, Chloe et toi, pendant que Fox et lui se rendaient à l'écurie. J'ai appelé le

911 pour demander aux pompiers de venir. Le temps qu'ils arrivent, l'écurie sera perdue. Heureusement c'est la vieille grange que Wyatt voulait remplacer.

Sloane prit son téléphone et appela Liam.

— Sloane ? Tu vas bien ? J'ai entendu à la radio qu'il y avait un incendie au Crooked C. Dis-moi que tu n'es pas blessée. Parle-moi.

— Laisse-moi parler ! Je vais bien. Quelqu'un m'a assommée et m'a laissée au milieu de l'incendie.

— Quoi ? Où es-tu ? Wyatt et Fox sont avec toi ?

— Ils sont toujours à l'écurie. Je pense qu'ils ont fait sortir tous les chevaux, mais il va falloir qu'ils déplacent aussi le bétail. Chloe et moi sommes à la maison avec Bailey et un fusil impressionnant.

— Je serai là dans vingt minutes. Ne va nulle part. J'appelle le shérif pour voir s'ils peuvent envoyer quelqu'un pour te protéger.

Liam raccrocha, et le silence tomba sur la cuisine, perturbé seulement par le rugissement de l'incendie au-dehors.

Bailey reprit le fusil et s'approcha de l'évier.

— Au moins, le vent ne s'est pas levé. Autrement, les braises auraient été emportées vers les autres granges ou même jusqu'à la maison.

— Seigneur, je suis désolée, Bailey. Tout est ma faute.

— Arrête, Sloane. Nous avons toutes les assurances nécessaires. Je suis juste soulagée que tu sois saine et sauve.

Quand le hurlement des sirènes se fit audible, il devint clair que Liam avait appelé toutes les forces des environs. Des camions de pompiers, des ambulances et une demi-douzaine de voitures de police pénétrèrent dans le ranch et roulèrent vers l'écurie dans la boue.

Le temps que les pompiers sortent de leurs véhicules, Sloane comprit que l'écurie était perdue. Tout ce qu'ils firent fut de surveiller les toits des bâtiments environnants pour qu'ils ne prennent pas feu à leur tour.

Debout près de Bailey, Sloane vit par la fenêtre une haute silhouette se détacher d'un groupe de policiers et courir vers la maison. Elle alla à la porte accueillir Liam.

Il se précipita à l'intérieur et la serra contre lui. Sa veste était froide et mouillée, mais elle n'en avait cure. Il l'écrasa contre sa poitrine et pressa sa bouche sur la sienne. Un long moment plus tard, ils reprirent leur souffle. En soupirant, elle posa sa tête sur l'épaule de Liam et sentit son cœur battre sauvagement.

— Il faut que tu arrêtes de me faire des peurs comme ça, chérie.

— Crois-moi, j'adorerais cesser de te faire peur.

Liam la contempla, et elle recula la tête pour croiser son regard.

— Cette fois-ci, annonça-t-il sombrement, nous allons découvrir qui c'est et le neutraliser.

17

Après s'être assuré que Sloane et Chloe étaient saines et sauves, Liam repartit dans la neige parler au shérif.

— Est-ce que Sloane va bien, Liam ? demanda Daria Bloom en le voyant approcher.

— Elles vont bien toutes les deux. Apparemment, Sloane a été assommée et laissée dans l'écurie.

Trey hocha la tête d'un air sombre.

— Le chef des pompiers dit que c'est aussi un incendie criminel. Il faut croire que c'est le même qui a mis le feu à la maison de Sloane.

Liam jura en entendant confirmer ses soupçons.

— Comment veux-tu procéder, Liam ? C'est ton affaire, après tout.

— Je veux des agents pour veiller sur Sloane et Chloe vingt-quatre heures sur vingt-quatre. Moi je vais à Denver chercher des réponses.

— Tu sais qui est à l'origine de cela ?

— Oui. Tout ce dont j'ai besoin, c'est de preuves.

— Sois prudent, Liam, l'avertit Daria. Il faut que ces preuves tiennent devant un tribunal. Agis en policier.

— Oui, oui, je sais. Crois-moi, j'ai envie d'éliminer ce salopard plus que quiconque, mais je m'en tiendrais aux règles.

Le reste de la nuit se passa à écrire un rapport sur l'incendie, à collecter des indices préliminaires auprès des pompiers et à mettre en place une protection armée pour Sloane et Chloe.

Le problème était qu'avec ces flics armés grouillant au ranch le tueur ne reparaîtrait pas de sitôt. Et, quel qu'il soit, il devait être très prudent. Une fois encore, les policiers n'avaient trouvé aucun indice sur les lieux pouvant indiquer l'identité de l'incendiaire.

Frustré, Liam rentra chez lui au petit matin pour fermer l'œil quelques heures avant de partir à Denver. Il allait avoir une petite conversation avec Bill Gunther. Si cela ne donnait pas de résultats, il en aurait une autre, autrement plus directe, avec Ivan Durant.

Le matin suivant le trouva dans une salle d'interrogatoire avec Bill Gunther.

— Donc vous me jurez que vous n'avez rien eu à faire avec Sloane Colton depuis notre dernier entretien ?

— Je vous le jure. J'ai complètement cessé de la surveiller, insista Gunther. Vous avez retiré les caméras et j'ai éteint les ordinateurs.

— Vous n'êtes pas allé à Roaring Springs ces deux dernières semaines ?

— Je ne suis pas allé à Roaring Springs ces deux dernières semaines. Vous pouvez vérifier le GPS de ma voiture ou mon portable, si vous ne me croyez pas.

Il plissa les yeux.

— Que se passe-t-il, inspecteur ?

— Quelqu'un essaie de tuer Sloane Colton. Il y a eu plusieurs tentatives pour attenter à sa vie récemment.

— Oh ! bon sang. C'est affreux. Elle m'a l'air d'une gentille dame.

— Votre client a-t-il pris contact avec vous depuis notre dernier entretien ? reprit Liam.

— Pas un mot. Il a disparu de la surface de la Terre.

Liam jura tout bas.

— Avez-vous fait protéger Mme Colton ? questionna Bill.

— Oui.

— Votre tueur ne va pas repointer le bout de son nez avant que les flics s'en aillent.

Liam soupira.

— Je sais. Mais je ne suis pas prêt à risquer sa vie en retirant la protection policière.

— Si j'étais vous, je lui tendrais un piège. Servez-vous de la dame comme appât. Il vous faudrait un lieu avec un accès limité, que vous pourriez cerner de caméras et de rayons infrarouges. Armez-vous jusqu'aux dents et tenez-vous prêt à abattre ce salopard.

Bill ponctua sa déclaration d'un geste de l'index en travers de la gorge.

Liam ricana.

— Oh ! je suis prêt à l'abattre, faites-moi confiance. Il faut juste qu'il se montre à un moment ou un autre.

— Le seul appât qui puisse le faire sortir du bois est sa cible première. Et, pour le meilleur ou le pire, c'est Sloane Colton.

Gunther avait absolument raison. Même si cela ne plaisait pas à Liam, il disait la vérité.

— Vous m'avez dit que vous étiez technicien quand vous apparteniez à la police. Quel genre de caméras utiliseriez-vous pour surveiller une maison du dehors ?

Bill commença à parler, et Liam l'écouta attentivement. Au bout d'une heure, il était considérablement plus avancé dans sa connaissance des techniques de surveillance dernier cri. Ils quittèrent la salle d'interrogatoire.

— Inspecteur Kastor ! cria quelqu'un à l'autre bout de la salle de contrôle.

Liam leva les yeux et vit un de ses collègues de Denver venir vers lui.

— Que puis-je faire pour vous ? lui demanda-t-il.

— C'est plutôt l'inverse. C'est vous qui vous occupez de la tentative de meurtre au ranch Colton, n'est-ce pas ?

— C'est exact.

— Après votre rapport sur Carol et Niall Durant, nous avons pu obtenir un mandat pour les mettre sur écoute.

— Vraiment ? Comment avez-vous fait ? questionna Liam, surpris.

— Niall Durant est suspecté d'autres délits : irrégularités financières, détournement de fonds publics et tentative de corruption d'un juge. Le FBI allait de toute façon demander la même chose. Nous avons combiné nos dossiers.

— Waouh. Quel est le juge qu'il a essayé d'acheter ?

— Un juge du tribunal de la famille qui s'occupait du divorce de son fils. Il nous a signalé que les Durant l'avaient approché pour lui offrir une grosse somme en échange de l'attribution de la garde de leur petite-fille à leur fils.

— Il y a des preuves ? Une proposition de pot-de-vin enregistrée ou écrite ? demanda vivement Liam. Et Ivan Durant était-il impliqué ?

— Ce n'est que la parole du juge, bien qu'il fasse un témoin impeccable. Et, non, le fils n'a pas participé à cela, du moins selon le juge.

Zut.

— En tout cas, nous avons relevé quelque chose sur les écoutes. Je me suis dit que ça concernait votre affaire. Nous avions l'intention d'en faire une copie et de vous l'envoyer. Mais, comme vous êtes ici, ça tombe bien.

Liam suivit l'inspecteur dans une petite pièce remplie de matériel audio sophistiqué. Il s'adressa à un technicien assis devant un ordinateur.

— Repasse la bande que je t'ai demandé de copier pour l'inspecteur Kastor. Le voici, en chair et en os, à propos.

— Vous tombez à pic, inspecteur, dit le technicien à Liam. Vous allez adorer ça.

Il pressa une touche et une voix masculine préenregistrée dit simplement :

« Laissez un message. »

Il y eut un bip de répondeur. Puis une voix familière remplit la petite pièce. Liam reconnut l'accent snob de Carol Durant :

« Rappelez-nous de toute urgence. Nous voulons que vous arrêtiez tout. Vous m'entendez ? Arrêtez tout. Vous avez failli tuer notre petite-fille, espèce d'abruti ! »

Il y eut une pause, durant laquelle on entendit Carol respirer laborieusement, comme si elle était hors d'elle-même.

« Rappelez-moi. Immédiatement ! », ajouta-t-elle.

— Ça a été enregistré le lendemain de l'incendie de la maison de madame Colton, dit le technicien.

Il tapa sur quelques touches et dit :

— Et nous avons relevé ceci, il y a une heure.

Cette fois, ce fut la voix de Niall qui se fit entendre.

« Nous essayons de vous joindre depuis plus d'une semaine. Nous voulons que vous abandonniez immédiatement. Ma femme vous a dit clairement de tout arrêter. Vous pouvez garder l'argent que nous vous avons versé. Je vous paierai même le reste, si vous voulez. Mais cessez d'essayer de tuer Sloane Colton, vous m'entendez ? Vous allez tuer l'enfant aussi ! »

Liam reprit son souffle.

— On les tient.

— On dirait bien, confirma l'inspecteur. Mes hommes sont en train de rédiger un mandat d'arrêt pendant que nous parlons. Vous voulez attendre le temps qu'on aille leur présenter ?

— J'aimerais beaucoup voir ces deux-là menottés, mais je dois retourner tout de suite à Roaring Springs. Un tueur essaie d'éliminer Sloane Colton, et je dois absolument l'en empêcher.

Le trajet de retour lui parut interminable. De grosses chutes de neige et des conducteurs incompétents conspiraient pour le ralentir. À moins qu'il ne soit pris simplement d'un désir frénétique de retourner auprès de Sloane.

Il appela bien sûr à l'avance pour avertir les hommes chargés de sa sécurité de ce qu'ils devaient affronter. Ils promirent de la maintenir à l'écart des fenêtres et rajoutèrent un homme à pied autour de la maison de Wyatt et Bailey.

Sloane et Chloe ne pourraient pas vivre ainsi très longtemps. Tôt ou tard, il lui faudrait attirer le tueur à découvert et en finir avec lui.

Tout en conduisant, un plan se forma dans l'esprit de Liam. Ce serait un peu risqué mais, en se basant sur les informations données par Gunther, il était certain de pouvoir minimiser les risques pour Sloane.

Il allait s'inspirer de l'idée de Bill : choisir un lieu dont il pourrait contrôler l'accès, et se servir de Sloane comme appât. Il envisagea l'idée d'employer une doublure policière, mais ils avaient affaire à un professionnel, qui avait eu des semaines pour étudier Sloane et qui reconnaîtrait sa silhouette et ses gestes. Il doutait fortement qu'une autre qu'elle puisse le faire sortir du bois. Surtout après qu'ils avaient fait étalage de forces policières pour la protéger.

Et Liam savait où poser ce piège.

18

Sloane contempla le petit vallon et la cabane en rondins construite au bord d'une falaise à pic.

— Cet endroit appartient à ta famille ? demanda-t-elle.

— C'était le repaire de mon père, il s'en servait pour la chasse. J'en ai hérité quand il est mort, mais je n'ai pas beaucoup eu l'occasion d'y venir, répondit Liam en déchargeant un grand sac de matériel de son pick-up. J'avais envie de m'installer ici, mais l'hiver y est rude, et il fallait que je puisse aller au travail, ajouta-t-il.

— C'est magnifique, en tout cas. Très paisible.

Parmi la verdure sombre des pins, des trembles graciles semblaient attendre l'arrivée du printemps. Il devait y avoir au moins un mètre cinquante de neige à cette altitude. Quelqu'un avait déneigé le chemin, faute de quoi ils n'auraient pu approcher de la cabane.

— La maison n'a pas l'air d'être ignifugée. Tu es sûr que tu veux que je reste ici ? demanda-t-elle d'un air sceptique. Elle pourrait brûler en un clin d'œil.

— Je vais prendre le risque. J'ai fait installer des caméras et des fils-pièges tout autour. Personne ne peut approcher sans que nous le sachions.

Elle espérait bien que oui. C'était vraiment un endroit idyllique, et l'idée qu'il soit détruit à cause d'elle était affreuse.

Ils avaient laissé Chloe avec Wyatt, Bailey et quelques

policiers au Crooked C, et elle était montée ici avec Liam dans l'espoir d'attirer et de démasquer le tueur.

Elle suivit Liam sous le porche couvert, où deux rocking-chairs rustiques reposaient sous une grosse couche de neige. Elle s'imagina assise dans l'un d'eux, regardant le soleil se coucher de l'autre côté de la vallée.

Seul le bruit du vent murmurant dans les pins perçait le silence. Elle crut entendre la neige tomber de leurs aiguilles.

— Entre et fais comme chez toi, dit Liam. C'est modeste, mais chaud et sec.

L'intérieur était parfait. Depuis le plancher en pin aux parois en rondins à la cheminée en pierres de rivière, tout respirait le charme rustique. Le fond de la pièce donnait sur une petite cuisine ouverte et deux portes à droite promettaient une chambre et une salle de bains.

— Les tuyaux ne sont pas gelés à cette époque de l'année ? demanda-t-elle.

— Non, ils sont protégés. Mon père était du genre à veiller à ces détails.

Elle lui sourit.

— C'est de lui que tu tiens, non ?

Il eut l'air surpris durant une seconde.

— Euh oui, je suppose.

Puis, plus lentement, il ajouta :

— Ça ne me dérangerait pas de devenir comme lui. C'était un homme bien.

— Tu es déjà un homme bien, Liam Kastor.

Il se retourna, et elle avança entre ses bras avec naturel. C'était là où était sa place, de cela elle ne doutait plus. Elle devait seulement découvrir si Liam était prêt à entrer dans une famille déjà constituée et à élever l'enfant d'un autre. Si elle devait choisir entre le bien-être de Chloe et son propre bonheur, sa responsabilité irait évidemment à Chloe, quel qu'en soit le prix.

— Je vais vérifier les caméras et rentrer un peu plus de

bois. La chaudière marche, mais elle ne suffit pas tout à fait contre le froid. Si tu veux faire un feu de cheminée, vas-y.

Elle lui adressa un grand sourire.

— Comment sais-tu que j'adore faire des feux ?

— Je me souviens que tu avais appris quand tu étais chez les scouts.

Elle le fixa, étonnée.

— Vraiment ? Tu te souviens d'un détail pareil ?

— Je me rappelle tout de toi. Cela a toujours été ainsi.

Elle lui sourit, et il baissa la tête vers elle. Leurs lèvres se joignirent et, comme toujours, le monde s'évanouit, les laissant seuls l'un avec l'autre. Liam recula avec regret en riant.

— On va geler à mort si je ne rentre pas du bois.

— Je ne sais pas, le taquina-t-elle. On génère beaucoup de chaleur quand on est ensemble.

— Tu n'as encore rien vu, ma petite.

Il sortit, le sourire aux lèvres.

Sloane explora la maison, un sourire rêveur sur le visage. Un grand lit en rondins occupait la chambre, ne laissant que peu de place pour un petit placard et une table de chevet. La salle de bains était petite et passée de mode, mais d'une propreté impeccable. La cuisine était similaire.

Les meubles du salon étaient confortables, et elle eut du mal à s'extraire d'un énorme fauteuil. Liam devait avoir hérité de la taille et de la corpulence de son père.

S'agenouillant devant l'insert en fonte de la cheminée, elle ouvrit la porte et empila soigneusement du petit bois et des poignées d'herbes sèches sur des morceaux de bois gras. Avec une longue allumette, elle alluma le bois gras et le surveilla avec attention, soufflant dessus jusqu'à ce que les herbes et les brindilles s'enflamment.

Quand Liam revint, faisant entrer avec lui une bourrasque froide et des cristaux de neige, le feu crépitait joyeusement. Il laissa tomber une brassée de bois fendu à côté de la cheminée.

Sloane en profita pour ajouter quelques morceaux à son feu, puis ferma la porte et ouvrit les évents.

— Les caméras sont-elles en état de marche ? demanda-t-elle.

Il se rapprocha de la table basse et ouvrit son portable.

— Regarde toi-même.

Elle se déplaça près de lui et vit que l'écran était divisé en quatre vues, une pour le chemin, une pour le porche d'entrée, et deux couvrant les deux côtés du terrain. Liam pressa une touche et quatre autres vues apparurent sur l'écran.

— Il y a un cercle de fils-pièges autour de la maison. Je les ai posés hier et ils sont enterrés sous la neige. Il ne pourra jamais les voir.

— Je n'arrive pas à croire qu'un tueur à gages m'en veuille vraiment, marmonna Sloane. Encore moins que Niall et Carol aient pu l'engager.

— Ivan n'est pas devenu comme ça pour rien, commenta sèchement Liam.

Sloane lui sourit.

— Pourquoi ne me dis-tu pas ce que tu penses réellement de mon ex ?

Liam lui rendit son sourire.

— C'est le plus grand imbécile du monde pour ne pas avoir vu ce qu'il avait avec toi. Il aurait dû se cramponner à toi à deux mains. Mais bon...

Il haussa les épaules.

— Tant pis pour lui et tant mieux pour moi.

— Tu crois ça, hein ?

Le sourire de Liam s'élargit.

— Je le sais. Viens ici me réchauffer.

— Tu es incorrigible, tu sais.

— Pourquoi ? Parce que j'aime faire des câlins avec la plus jolie fille de ce côté de la ligne de partage des eaux ?

Il ne lui laissa pas la possibilité de répondre car, apparemment, ses lèvres aussi avaient besoin d'être réchauffées.

Non que cela la dérangeât. Liam était l'homme qui embrassait le mieux de ce côté de la ligne de partage des eaux.

Pour le dîner, ils firent griller des hot-dogs sur le feu, et pour le dessert, Liam sortit une boîte de biscuits, du chocolat et un sachet de guimauves.

Sloane poussa un cri de plaisir.

— Oh mon Dieu, je n'ai pas mangé de biscuits à la guimauve depuis une éternité !

Ils se délectèrent à se donner la becquée l'un l'autre. Liam prit sa main et la dirigea vers sa bouche, suçant tour à tour chacun de ses doigts jusqu'à ce qu'ils soient propres et qu'elle ait du mal à respirer.

Elle croisa son regard et lut dans ses yeux lourds de désir la promesse de délices sensuels à venir.

Liam se leva et revint avec une brassée de couvertures en laine qu'il étala devant la cheminée. Puis il dépouilla lentement Sloane de ses vêtements, en embrassant amoureusement chacune des parties de son corps. Bien sûr, elle lui rendit la pareille. Elle ne se lassait jamais de son grand corps musclé, de sa peau chaude, de sa manière d'inspirer quand elle découvrait une zone particulièrement érogène.

Ils firent l'amour lentement et paresseusement dans la chaleur du feu et le silence de la montagne. Sloane ne savait plus où finissait l'un et commençait l'autre. Liam faisait partie d'elle et elle faisait partie de lui. Leurs sourires se mêlaient dans leurs baisers, et leurs halètements se fondaient l'un dans l'autre à mesure que leurs ébats gagnaient en intensité.

Liam embrassa les larmes qui coulèrent de ses yeux après-coup. Elle n'avait jamais connu un homme qui l'ait traitée avec une telle tendresse. Cela fit monter d'autres larmes.

— Pourquoi pleures-tu ? demanda-t-il enfin.

— Tu me rends si heureuse, je ne peux pas m'en empêcher.

Il sourit, les lèvres pressées sur son front.

— D'accord. Du moment que ce sont des larmes de bonheur, je ne panique pas.

— Toi ? Paniquer ? Monsieur Calme et Maîtrise ? Jamais.

Il souleva la tête pour la regarder.

— Je perds l'esprit chaque fois que j'imagine qu'il pourrait vous arriver du mal à Chloe et à toi. Vous êtes mon talon d'Achille, toutes les deux.

— J'imagine que je peux m'y faire si tu es là pour nous protéger.

— À propos de ça..., commença-t-il d'un ton sérieux.

Si sérieux que Sloane en eut immédiatement l'estomac noué. Liam se lança dans ce qui semblait un discours soigneusement préparé.

— J'ai attendu très longtemps pour te dire ça...

À cet instant, l'ordinateur portable posé sur la petite table émit un bip. Liam jura et roula sur lui-même pour voir l'écran.

— Il y a du mouvement dehors, annonça-t-il.

Il enfila à la hâte son jean et son sweat-shirt et courut dans la chambre. Il en revint avec un manteau et deux fusils de chasse. Fourrant ses pieds dans ses bottes, il enfila son manteau et appuya un des fusils à côté de la porte d'entrée.

— Il est chargé.

Sloane considéra l'arme avec crainte.

— Referme le verrou derrière moi, ordonna-t-il.

Il se glissa silencieusement dans l'obscurité, la laissant seule avec le fusil et son imagination. Nue comme un ver, elle courut à la porte et ferma le verrou. Cela ne la rassura pas pour autant.

Elle s'habilla donc à la hâte en regardant l'ordinateur. Qu'avait-il vu pour sortir si vite ? Ce devait être une personne. Et la seule personne qui pouvait rôder autour de la cabane ne pouvait qu'être que le tueur.

Oh ! Seigneur.

La terreur lui tordit les entrailles, la faisant littéralement trembler de peur. L'envie de fuir la submergea. Mais elle était plus en sécurité à l'intérieur de ces murs épais. De plus, Liam savait où elle était et pouvait abattre le tueur sans s'inquiéter de lui tirer dessus par accident.

Elle prit le deuxième fusil. Enfant, elle avait tiré sur des canettes posées sur des clôtures mais elle n'était pas une tireuse d'élite. Et tirer par accident sur Liam l'aurait rendue malade. Pourtant, elle se sentit mieux avec le poids de l'acier froid dans les mains.

Elle s'approcha de la fenêtre et jeta un coup d'œil dans l'obscurité. La nuit tombait vite, et ce qu'il restait de lumière ne servait qu'à noircir les ombres et à faire paraître les bois encore plus menaçants.

Elle crut voir une silhouette bouger dans le noir, mais elle la perdit vite de vue. Liam était-il en sécurité ? Devait-elle l'appeler sur son portable pour le savoir ? Ou le vibreur allait-il révéler sa position ?

Elle tira l'ordinateur de son côté et regarda alternativement l'écran et la fenêtre. À chaque rafale de vent, elle entendait le murmure cristallin de la neige tombant des branches. C'était un son froid et sans vie. Comme la mort que le tueur avait prévue pour elle.

Soudain, des mouvements s'affichèrent sur une des images. Deux hommes se battaient. Ils étaient derrière la cabane. Elle élargit la fenêtre et vit avec horreur que l'un d'eux était Liam, luttant pour sa vie.

Il ne fallait pas qu'il meure !

D'un bond, elle gagna la porte, l'ouvrit et courut au-dehors. Momentanément désorientée, elle s'immobilisa sur le porche. Puis elle entendit un grognement de douleur sur sa droite.

Fusil braqué, elle dévala les marches et s'enfonça dans la neige jusqu'aux genoux. Mais elle persévéra. En tournant le coin de la cabane, elle vit des traces dans la neige. Elle les suivit à travers le bois, pratiquement sûre de marcher en parallèle avec le chemin. Sa vision s'adapta à la pénombre, et elle distingua deux séries d'empreintes.

Elle parcourut une centaine de mètres avant de repérer

Liam et son assaillant en contrebas. Liam lui faisait face et, même dans la pénombre, elle lut une sombre détermination sur son visage.

Elle voulut crier pour distraire son adversaire, mais à cet instant, un éclair et une détonation assourdissante déchirèrent la nuit. Liam tomba à la renverse et disparut dans la neige.

Le tueur se retourna et fonça vers elle. Avec un temps de retard, elle se souvint du fusil et l'épaula. Visant soigneusement le milieu de la poitrine de l'homme, elle pressa la détente. L'homme vola en arrière quand la décharge l'atteignit.

Décrivant un large cercle pour l'éviter, elle s'élança en direction de l'endroit où elle avait vu Liam tomber.

S'il te plaît, reste en vie. Reste en vie...

Elle venait juste d'obliquer vers les arbres et d'arriver à sa hauteur, du moins le pensait-elle, quand une voix émergea du noir.

— Je t'ai dans ma ligne de mire. Arrête-toi ou je t'abats.

Sloane s'immobilisa.

— Pose ton fusil et tourne-toi lentement, Sloane.

Elle connaissait cette voix.

— Toi ?

Elle se retourna et abaissa son fusil.

— C'est toi le tueur, Ivan ?

Son ex-mari se tenait devant elle, braquant un revolver.

— Je ne sais pas de quoi tu parles.

Si Ivan n'était pas le tueur, cela signifiait qu'un deuxième homme était dans les parages, menaçant la vie de Liam. La panique redoubla en elle.

— Tu viens avec moi, lança Ivan.

— Non, je ne viens pas. Liam a reçu un coup de feu, et je dois l'aider.

— Tu n'aideras personne sauf moi. Je te jure que je te tuerai sur place si tu ne viens pas avec moi.

L'indécision la figea sur place. Ivan lui tirerait certainement dessus si elle se détournait. À cette distance, il avait d'excellentes chances de la toucher. Peut-être de la tuer.

Dans le temps qu'il lui faudrait pour lever le fusil et lui tirer dessus, il aurait l'opportunité de faire feu plusieurs fois. Non, son seul espoir était de se rapprocher de lui, de lui prendre son arme ou de le convaincre de la baisser.

— Laisse tomber ton arme, ordonna Ivan.

Elle laissa tomber le fusil.

— Marche vers moi.

Elle avança à grandes enjambées.

— Stop ! cria Ivan.

Bon sang, elle n'était pas encore à portée de bras, et il avait reculé de quelques pas.

— Toi et moi allons faire une petite promenade, annonça-t-il.

— Où ça ?

Il fallait le faire parler. Le convaincre qu'elle n'allait pas résister.

— Chercher Chloe.

— Pourquoi ? Tu n'as pas envie d'élever un enfant tout seul, Ivan. Je sais que tu veux me punir d'avoir obtenu sa garde, mais il y a d'autres manières de le faire sans t'embarrasser d'une petite fille de deux ans.

— Avance, lui dit Ivan en indiquant le chemin avec son pistolet. Et mets les mains sur la tête.

Elle fit ce qu'il demandait et commença à marcher à contrecœur. Comment allait-elle se sortir de ce mauvais pas ? Quand ils seraient plus près de sa voiture, peut-être pourrait-elle s'abriter derrière et prendre la fuite.

Sauf qu'Ivan était juste derrière elle quand ils approchèrent d'une berline européenne de luxe.

— Monte.

Elle ouvrit la portière côté passager, s'assit et boucla sa ceinture. Ivan ne dévia pas une seconde l'arme d'elle.

— Tends tes mains, les poignets joints.

Elle obéit parce que cette arme stupide ne lui laissait pas

d'autre choix. D'une main, Ivan lui ligota les poignets avec un lien en plastique et serra fort.

De pire en pire.

Il referma sa portière et fit le tour de la voiture en courant pour se mettre au volant.

— Mains sur la poignée, lui ordonna-t-il.

Il se pencha au-dessus d'elle, le canon du pistolet collé à son flanc, et se servit d'un deuxième lien pour attacher ses poignets à l'accoudoir. C'était très inconfortable et cela limitait sérieusement ses options pour lui prendre son arme.

La panique s'empara d'elle. Ivan allait s'en sortir. Et Liam était couché dans la neige, peut-être gravement blessé. Elle ignorait si son coup de feu avait tué l'inconnu. Il avait peut-être survécu et achevé Liam.

L'idée que l'homme qu'elle aimait ait été tué était plus qu'elle n'en pouvait supporter. Si elle n'avait pas eu une arme pointée sur elle, elle se serait laissée aller. Mais ce petit canon noir clarifiait la situation comme rien d'autre. Elle se résumait à un seul objectif : survivre. À n'importe quel prix.

Une image de Chloe apparut dans son esprit, et elle s'accrocha au visage de sa fille. Il fallait qu'elle garde son sang-froid. Il fallait qu'elle trouve un moyen de s'en sortir.

Elle devait donc continuer à faire parler Ivan. Sur le ton de la conversation, elle demanda :

— Qui est cet homme qui est venu avec toi ?

— Quel homme ? Je suis venu seul.

— Le tueur à gages.

— Quel tueur à gages ?

— Celui que tes parents ont engagé pour me tuer.

Ivan émit un grognement de mépris.

— Mes parents ne feraient jamais une chose pareille.

Elle ouvrit la bouche pour lui dire que Liam avait un enregistrement qui démontrait le contraire mais elle se ravisa à la dernière seconde. Le but n'était pas de mettre Ivan en rage.

— Pourquoi veux-tu nous enlever, Chloe et moi ? Je suppose que tu as un plan.

— Un peu que j'ai un plan ! Ce n'est pas toi que j'enlève, seulement Chloe. Et je ne te dirai pas où je l'emmène. Quelque part où tu ne la retrouveras jamais.

Sloane sentit le cœur lui manquer. Elle réussit à articuler :

— C'est un kidnapping, Ivan. Tu ne pourras plus jamais rentrer chez toi. Tu es sûr que tu veux faire quelque chose d'aussi radical ?

— Je ferais n'importe quoi pour que ta vie soit un enfer.

Elle se retint de lui dire qu'il avait déjà réussi avec brio ces dernières années.

— En outre, ajouta Ivan, il faut que j'échappe à quelques créanciers.

Ah, c'était donc ça. Il allait quitter le pays avec Chloe et ne jamais revenir. Elle resta silencieuse, réfléchissant à toute allure. Il devait y avoir un moyen de l'arrêter, mais lequel ?

Soudain, elle se rendit compte qu'Ivan conduisait bien trop vite sur cette route verglacée.

— Il faut ralentir, Ivan. C'était une bonne voiture, mais elle a ses limites.

— Tu as toujours été une mégère, toujours à me dire ce qu'il fallait faire ou pas faire.

— S'il te plaît, Ivan, le supplia-t-elle. Ralentis un peu. Tu ne veux pas rendre Chloe orpheline de ses deux parents, n'est-ce pas ?

Pour toute réponse, il pressa l'accélérateur, et la voiture bondit en avant.

Bonté divine. Ils allaient mourir tous les deux. Était-ce ainsi que ses parents étaient morts ? Parce qu'ils se disputaient et que son père avait accéléré ? En tout cas, sa mère n'était pas attachée à la portière et n'avait pas un pistolet posé sur sa tempe...

Cela n'arrangeait rien qu'Ivan conduise en tenant son

arme toujours pointée dans sa direction. Elle le surveillait entre des coups d'œil circonspects à la chaussée.

Un virage serré se présenta soudain, et Ivan y engagea la voiture trop vite. Il dérapa sur la droite et braqua pour corriger le mouvement. Le pistolet fit une embardée, et Sloane ferma étroitement les yeux, sûre que le coup allait partir.

La voiture zigzagua, et Ivan pressa la pédale de frein.

— Non ! cria-t-elle par réflexe.

Le véhicule fit demi-tour et patina sur le verglas, complètement hors de contrôle. Ils allaient mourir. Exactement comme ses parents.

Quand il défonça la glissière de sécurité et glissa vers le bord de la falaise, Sloane hurla de toutes ses forces.

19

Allongé dans la neige, Liam essaya de respirer, en vain. La balle, qui l'avait touché sur son gilet pare-balles, lui avait coupé le souffle. Il sentait le froid l'envahir tout en essayant de se détendre et, plus important, d'écouter les mouvements de son adversaire. Il devait reprendre le contrôle de son corps avant que ce salopard ne vienne l'achever.

Il tenta de s'asseoir dans la neige qui le recouvrait à moitié pour prendre une inspiration normale.

Le bruit d'une détonation le fit sursauter violemment. C'était un fusil de chasse. Sloane était-elle sortie au-dehors pour se jeter dans la mêlée ? *Non, s'il vous plaît.* Il fallait qu'elle reste à l'abri tant que lui-même était hors de combat.

Il ouvrit la bouche et tenta de crier son nom. Tant pis s'il faisait ainsi connaître sa position au tueur. Il devait la faire rentrer, se barricader dans la cabane…

Il s'avéra qu'il lui était impossible d'expulser de l'air et de faire vibrer ses cordes vocales. Jurant tout ce qu'il savait dans sa tête, il força son corps récalcitrant à se redresser. Il fit une pause sur les genoux, scrutant désespérément l'obscurité. Aucun signe du tueur ou de Sloane.

Avec un spasme soudain de son diaphragme, ses poumons s'ouvrirent, et il put absorber une petite bouffée d'air. Sa vision s'élargit un peu. Une autre inspiration, et le brouillard gris à la périphérie de son champ visuel disparut.

Il essaya encore d'appeler Sloane, mais il n'avait pas assez d'air pour produire plus qu'un soupir.

Se cramponnant à un tronc d'arbre près de lui, il se remit debout. Il avait l'impression qu'on lui avait écrasé la cage thoracique, et chaque souffle lui donnait la sensation d'avoir une enclume sur la poitrine. Lentement, douloureusement, il gravit la colline dans la direction approximative où il avait vu son assaillant.

Il avait parcouru environ une dizaine de mètres quand il entendit un bruit sur sa droite. Il se figea, l'oreille aux aguets.

Était-ce une voix masculine ? Le tueur avait-il trouvé Sloane ?

Il faisait demi-tour pour courir sur le chemin quand il trébucha sur un corps couché face contre terre dans la neige.

S'il vous plaît. Pas Sloane.

Il fit rouler le corps. Le tueur. L'homme respirait, mais une demi-douzaine d'impacts se voyait sur son anorak. Aucun ne saignait au point de menacer sa vie. Mais il avait pris une bonne dose de plombs, à n'en pas douter.

Liam enjamba l'homme et courut aussi vite que possible en direction du chemin. Il y arriva à temps pour voir Ivan sauter dans une grosse berline. Les feux arrière s'allumèrent, et il vit une silhouette sur le siège avant. Était-ce Sloane ? Impossible qu'elle aille quelque part avec son ex de son plein gré. Le salopard était-il en train de l'enlever ? La grosse voiture s'éloigna et disparut derrière un tournant.

Il revint en courant vers le tueur qui, assis, examinait ses blessures. Tirant son arme, Liam s'approcha de lui.

— Venez avec moi, lui ordonna-t-il.

— Vous m'emmenez à l'hôpital ?

— Oui, on y va. Venez. Je suis pressé.

Il le fit avancer devant lui jusqu'à la cabane et ouvrit la porte.

— Sloane ! cria-t-il.

Pas de réponse.

— Entrez et allumez la lumière à droite de l'entrée, dit-il à l'homme. Je vous tiens en joue, alors pas de mauvais tours.

— On ne me paye pas assez pour que je me fasse tuer, mon vieux.

— Qui ça « on » ?

— Les Durant. Ils veulent que je tue la fille pour pouvoir enlever l'enfant.

La satisfaction envahit Liam. Les Durant étaient faits. Ils n'ennuieraient plus jamais Sloane ou Chloe.

Il pointa la tête dans la maison. Sloane était partie. De même que son manteau. Bon sang, c'était probablement elle qui avait tiré dehors.

— Venez. Je vais vous ramener en ville avant que vous ne perdiez tout votre sang.

Liam fit avancer l'homme de force jusqu'à son pick-up. Il lui tordit vivement les bras dans le dos et le menotta. Puis il l'assit à l'arrière de son véhicule et lui attacha aussi les chevilles.

— Hé, je ne vais pas me débattre si vous m'emmenez à l'hôpital, mon vieux.

Liam sauta en voiture et démarra en trombe. Il n'y avait qu'une seule route qui descendait de la montagne. Il fallait qu'il rattrape Ivan et Sloane avant la prochaine intersection. Il appela le bureau du shérif en conduisant. Ce fut Trey Colton qui répondit.

— Trey, c'est Liam. J'ai besoin d'un de tes gars pour bloquer la route de White Mountain à l'endroit où elle croise la Highway 192. Une berline noire en train de descendre la route avec Sloane Colton et son ex à bord. Il l'a enlevée.

— Tout de suite, répondit Trey.

Liam l'entendit donner des ordres par radio à l'unité la plus proche. Il raccrocha pour se concentrer sur sa conduite. La bonne nouvelle, c'était qu'il connaissait cette route comme sa poche. La mauvaise était qu'il ne voyait pas de phares devant lui, ce qui signifiait qu'Ivan avait roulé beaucoup plus vite qu'il n'était prudent de le faire sur une route verglacée.

En approchant de la gorge Kiowa, Liam ralentit. C'était

la portion la plus dangereuse de la descente. Au bord de la route débutait un à-pic de cent mètres, et seule la glissière de sécurité et de bons pneus empêchaient les véhicules de faire le grand plongeon dans la rivière en contrebas.

Il négocia le premier virage de la gorge et jura en voyant les dégâts causés à la glissière. Il effleura les freins, essayant de ralentir davantage.

Même son pick-up, pourtant équipé de chaînes, dérapa un peu sur le verglas, avant d'adhérer de nouveau à la chaussée.

La glissière était complètement enfoncée et les arbrisseaux qui s'accrochaient au bord de la falaise étaient tordus comme si on les avait écrasés.

Une voix se mit à hurler à l'arrière de son esprit. Il pressa la pédale de frein aussi fort qu'il l'osa, et le pick-up s'arrêta finalement à quelques mètres du lieu de la collision. En descendant de voiture, il faillit s'étaler. La route n'était plus qu'une vaste patinoire.

Il s'approcha prudemment du précipice et, se retenant à l'une des extrémités déchiquetées de la glissière, regarda au fond. Loin en dessous de lui, il distingua la forme cabossée d'une voiture gisant sur le toit, à moitié submergée par l'eau.

Personne n'avait pu survivre à cet accident.

Personne.

Sentant son monde s'effondrer, il tomba à genoux.

Sloane avait affreusement mal à l'épaule, et son bras droit ne pouvait pas bouger. Le plus léger déplacement lui causait des élancements insupportables dans l'articulation. Son flanc droit était gravement contusionné, et elle avait du mal à respirer.

La neige dans laquelle elle était enfoncée lui glaçait les joues. Elle ferma les yeux et laissa couler des larmes brûlantes, qui gelèrent presque aussitôt. À dire vrai, elle n'était pas sûre d'être vivante ou morte.

Quand Ivan avait freiné à fond, elle avait brisé ses liens grâce à la force surhumaine que donne une panique extrême et s'était jetée hors du véhicule. Heureusement, il avait roulé loin d'elle et ne l'avait pas écrasé.

Elle était tombée de tout son poids sur la route verglacée. Elle se souvenait vaguement d'avoir roulé sur elle-même et d'avoir entendu un horrible bruit métallique de torsion et de déchirement. Puis le silence.

Elle ignorait depuis combien de temps elle était couchée là. Le froid l'avait soulagée au début, puis lui avait fait tellement mal qu'elle pouvait à peine le supporter. Mais, à présent, cela allait mieux. Elle avait presque chaud.

Elle avait sommeil. Ce serait tellement bon de fermer les yeux, de dériver vers un lieu chaud et sûr, libéré de la douleur.

Non. Attends !

Le visage de Chloe apparut dans son esprit, et elle fit effort pour se concentrer. Et il y avait autre chose... Un autre visage se dessina dans son esprit, à côté de celui de sa fille. Un visage familier et bien-aimé. Un visage qui représentait la chaleur et la sécurité.

Liam.

Ce nom passa dans son esprit comme un soupir. Elle l'aimait aussi. Elle aimait Chloe. Elle aimait Liam. Elle ne voulait pas les quitter.

Il fallait lutter. Rester en vie. Rester éveillée. S'accrocher à la douleur.

Que cela faisait mal de vivre ! De respirer.

Une inspiration. Une autre.

Son monde se rétrécit autour de cet acte de défi. Juste respirer.

Liam se remit péniblement debout, accablé par le chagrin. Mais il devait signaler l'accident. Faire venir les secours.

Il fit maladroitement le tour de son véhicule pour ne pas

risquer de glisser dans le précipice. En contournant l'aile, il vit une tache étrange sur le verglas. Qu'est-ce que c'était ? Un pneu n'aurait pas laissé de trace sur la glace. Les sourcils froncés, il s'en approcha en patinant à moitié. Se saisissant de la petite torche LED accrochée à ses clés, il l'alluma et la dirigea vers la tache noirâtre. Il vit alors qu'elle était rouge.

Du sang. D'où cela venait-il ? Ivan avait-il heurté un daim ? Était-ce pour cela qu'il était tombé dans le précipice ?

Encore engourdi par le choc de sa découverte, Liam obéit à son instinct sans y penser. Il fallait résoudre ce mystère. Peut-être abattre un animal blessé pour qu'il cesse de souffrir.

Il suivit la traînée de sang du côté intérieur de la route. Un grand trou dans la neige indiquait l'endroit où le daim avait été projeté. Il pataugea dans la neige pour le chercher et avisa une forme sombre, recroquevillée en tas. Il fit un pas vers elle… et entendit un grognement. Un grognement humain.

Il se précipita pour toucher la forme. Une épaule humaine… Il la tira doucement, et le visage de Sloane se tourna vers lui.

— Sloane ! Sloane, tu m'entends ? s'écria-t-il agenouillé à côté d'elle. Réveille-toi, chérie. Ouvre les yeux, s'il te plaît.

— Trop fort, gémit-elle.

Son soulagement fut si grand qu'il n'aurait pu se relever s'il l'avait voulu. Doucement, très doucement, il la souleva dans ses bras. Elle cria de douleur, et il s'immobilisa.

— Liam ? murmura-t-elle. Je suis au ciel ?

Il lui fallut quelques secondes pour comprendre qu'elle se croyait morte.

— Je ne suis pas mort, chérie. Et toi non plus.

Elle cilla d'un air égaré, comme si elle ne comprenait pas.

— Tu es en vie, Sloane. Tu es couchée dans le fossé, tu es blessée. Mais tu es vivante. Tu m'entends ?

Ses yeux s'agrandirent de surprise.

— Tu vas avoir mal. Tu peux crier autant que tu veux, d'accord ? Je vais te porter jusqu'à la voiture.

Elle cria en effet mais, les dents serrées, il se releva et la porta aussi doucement que possible au pick-up. Elle cria encore quand il la bouscula par mégarde en ouvrant la portière.

— Je suis désolé, chérie, mais il faut tu te réchauffes. Le chauffage est à fond dans la voiture.

— Qu'est-ce qui lui est arrivé ? demanda le tueur quand il déposa Sloane sur le siège passager.

Le temps que Liam fasse le tour de la voiture, Sloane s'était effondrée et évanouie.

Il appela à nouveau le bureau du shérif.

— Shérif Colton. Parlez.

— C'est Liam. J'ai besoin d'une ambulance dans les meilleurs délais. Je descends la route de White Mountain vers Roaring Springs. Demande-leur de me faire signe. Je vais rouler vers l'hôpital jusqu'à ce qu'ils me rejoignent.

Trey revint sur la ligne en moins d'une minute.

— L'ambulance est en route. Elle te rejoindra environ cinq minutes après le croisement de la 192. Que s'est-il passé, Liam ?

— On a une voiture au fond du ravin de la Kiowa Gorge. Sloane était dans la voiture et s'est apparemment éjectée avant la chute. Elle est blessée, en hypothermie et inconsciente. J'ai aussi arrêté celui qui voulait la tuer, et il est à l'arrière de mon pick-up.

— La garce m'a tiré dessus, précisa l'homme.

— Il a reçu des plombs de fusil de chasse. Il saigne, mais il n'est pas gravement blessé.

— Vous m'avez dit que je faisais une hémorragie, mon vieux, se plaignit l'homme.

— Vous pouvez encore mourir si vous ne vous tenez pas tranquille, l'avertit Liam.

Il n'avait pas besoin que celui-là tente de s'échapper. Pas avec Sloane qui nécessitait des soins urgents.

Le reste de la descente fut un cauchemar. Liam devait lutter contre la tentation de vérifier sans cesse l'état de Sloane, mais il n'osait détacher son regard de la route. Le mieux qu'il pouvait faire était de l'amener aussi vite que possible à l'ambulance qui l'attendait.

Enfin, la pente déclina un peu, et l'intersection avec la route principale apparut. Il tourna à droite vers Roaring Springs, accéléra et rappela Trey.

— Où est l'ambulance ? Je suis sur la 192, maintenant.

Trey alla se renseigner et revint presque aussitôt.

— Ils sont à deux minutes de toi. Ils te disent de continuer, puis de t'arrêter au bord de la route et de mettre ton warning.

Liam fit ce qu'on lui disait et, au bout de quelques minutes, vit un gyrophare rouge illuminer la nuit.

Deux secouristes se précipitèrent vers son véhicule avec une civière et transférèrent rapidement Sloane dans l'ambulance. L'un des hommes la prit en charge, tandis que l'autre se mettait au volant et prenait la route de la ville.

Liam suivit l'ambulance dans son propre véhicule. En conduisant, il demanda par-dessus son épaule :

— C'est vous qui avez essayé de renverser Sloane Colton à Denver, il y a quelques semaines ?

— Ouais. J'ai failli l'avoir, mais son petit copain l'a sauvée au dernier moment.

Ledit petit copain fronça les sourcils dans le rétroviseur.

— Et c'est vous qui avez mis le feu à sa maison ?

— Ouais.

— Et à l'écurie du ranch Crooked C après l'avoir assommée ?

— Nan. Ça, c'est pas moi.

— Quoi ? balbutia Liam. Vous avez déjà avoué deux tentatives de meurtre. Pourquoi ne pas avouer l'incendie de l'écurie ?

— Parce que c'était pas moi, mon vieux.

Il avait l'air de dire la vérité. Liam fronça les sourcils. Qui d'autre pouvait l'avoir agressée au ranch et avoir mis le feu à l'écurie ? Ça ne pouvait être que lui.

— Et si vous me mettiez dans une ambulance, moi aussi ? Je saigne !

— Nous allons à l'hôpital, rétorqua sèchement Liam. Taisez-vous et peut-être que vous survivrez.

Le tueur resta aussi immobile qu'une statue le reste du trajet et ne se plaignit plus.

Tandis qu'on faisait entrer rapidement Sloane aux urgences, Liam escorta l'homme à l'intérieur de l'hôpital. Daria Bloom le rejoignit dans le hall, et ils le mirent sur un brancard et le menottèrent à la barre de contention.

— Je garde l'œil sur lui si tu veux aller voir comment va Sloane, lui dit gentiment Daria.

— Merci. Je te revaudrai ça.

— Vas-y.

On avait déjà emmené Sloane passer un scanner et une infirmière dit à Liam qu'un chirurgien orthopédique avait été appelé pour opérer son épaule. Le vrai danger, néanmoins, était l'hypothermie dont elle souffrait et la possibilité qu'elle soit en état de choc.

Quant à Ivan, Liam avait du mal à s'attrister de sa mort. Sa chute dans le ravin lui avait été sûrement fatale.

Une infirmière lui indiqua la salle d'attente, où il entama une longue veille. Il fallait que Sloane s'en sorte. Comment aurait-il pu la découvrir, après tout cela, juste pour s'entendre dire qu'il l'avait perdue ?

Fox et Wyatt furent les premiers à arriver. Bailey avait dû rester à la maison pour garder Chloe. Bientôt, la plus grande partie du clan Colton se rassembla dans la salle d'attente. Liam hésitait entre le soulagement d'avoir de la compagnie et l'irritation causée par toute cette agitation. Il n'avait qu'une envie, prier n'importe quel dieu d'épargner Sloane.

Il aurait volontiers échangé sa vie contre la sienne. Il aurait tout donné pour elle. N'importe quoi... Pourvu qu'elle vive.

20

Sloane contempla le salon de thé récemment refait du Château, l'élégant spa de The Lodge. Mara s'était vraiment surpassée. La pièce avait l'air d'un œuf de Pâques émaillé de tons pastel. C'était trop sophistiqué au goût de Sloane, mais elle devait admettre que l'endroit était magnifique.

Chloe était sage, gribouillant un livre de coloriage dans sa chaise haute avec bonne humeur. L'un de ses crayons tomba à terre, et Sloane se pencha pour le ramasser.

Un élancement lui perça l'épaule, toujours soutenue par une attelle. Il avait fallu l'opérer pour remettre l'articulation en place. Elle tressaillit en se redressant, et Mara la contempla avec inquiétude.

— Tu es sûre que tu n'es pas sortie trop tôt, chérie ?

— Je vais bien, maman. Je n'en pouvais plus d'être enfermée au ranch, et Chloe était impatiente de sortir.

— C'est délicieux d'avoir toutes mes filles ensemble, déclara Mara avec plus de chaleur que d'ordinaire.

Ses jumelles de vingt-cinq ans, Skye et Phoebe, s'étaient jointes à elles pour ce déjeuner de fête, de même que Bailey.

— C'est tout de même triste de devoir sortir entre filles le jour de la Saint-Valentin, déclara Skye.

— Ne sois pas rabat-joie, rétorqua Phoebe. Moi, j'aime être célibataire.

— Parle pour toi, intervint Bailey. Je ne serai plus célibataire dans peu de temps, et je parie que vous ne le resterez pas très longtemps non plus. Vous êtes des femmes belles et intelligentes. Des hommes dignes de vous vont se montrer tôt ou tard.

— C'est le tard qui m'inquiète, grogna Skye.

Sloane s'adossa à son siège et laissa les jumelles se taquiner par-dessus sa tête. Elles se ressemblaient comme deux gouttes d'eau, et il fallait bien les connaître pour les distinguer. Durant son enfance, elle les avait vues continuellement échanger leurs vêtements et se faire passer l'une pour l'autre. Elles avaient ainsi berné plein de professeurs et de garçons au fil des ans, mais Sloane ne s'y était jamais trompée.

Elle devait reconnaître que c'était formidable d'être réunie avec sa famille autour d'une table. Depuis quelques semaines, elle était devenue une grande adepte du calme, de la sécurité et même de l'ennui.

Elle avait à peine vu Liam depuis la nuit de l'accident. Il était à ses côtés quand elle s'était réveillée de l'opération, désorientée. Apparemment, elle l'avait encore pris pour un ange, et il avait dû lui expliquer une deuxième fois qu'elle n'était pas morte et qu'il n'était pas mort non plus.

Depuis ce moment, il avait passé ses journées à rédiger des rapports et à faire des allers-retours à Denver. Avec la police de là-bas, il avait participé à l'arrestation et la mise en accusation de Niall et Carol Durant, qui étaient désormais en prison, dans l'attente de leur jugement.

Quand le juge avait entendu parler de leurs tentatives pour corrompre un juge et tuer un avocat, Sloane en l'occurrence, il avait refusé la libération sous caution. Ce qui n'était pas plus mal. Ils pouvaient bien avoir un avant-goût de la prison qui les attendait.

Leur homme de main avait témoigné contre eux en échange d'une réduction de peine. Même s'il niait encore avoir mis le feu à l'écurie du Crooked C ou avoir assommée Sloane ce jour-là, il allait de toute façon rester longtemps derrière les barreaux pour ses tentatives de meurtre et pour l'incendie criminel. Chloe aurait terminé l'université avant qu'on lui propose une libération conditionnelle.

Sloane soupira. Liam lui manquait. Elle s'attendait à ce qu'il lui déclare son amour pour elle quand l'enfer s'était abattu sur eux. Mais, depuis, il n'avait pas fait mine de revenir sur le sujet de leur relation.

Le fait d'avoir failli mourir l'avait peut-être fait changer d'avis ? Cela la tracassait et elle était impatiente d'en parler avec lui, mais il ne restait jamais assez longtemps pour faire davantage qu'engloutir un repas rapide et embrasser Chloe avant de retourner en courant au commissariat.

Daria et lui travaillaient sur quelque chose de super secret, et, jusque-là, il n'avait pas dévoilé ce dont il s'agissait. Si elle n'avait pas été convaincue des sentiments de Liam, Sloane se serait demandé s'il n'était pas attiré par la belle adjointe du shérif. Mais Liam n'avait de temps pour personne, moins encore pour une autre femme.

— Pourquoi fais-tu cette tête, chérie ? demanda Mara.

Surprise, Sloane leva les yeux des petits gâteaux dont elle n'avait pas pris une bouchée.

— Pour rien. Je veux dire, je ne fais pas de mine particulière.

— Moi, je connais cet air, déclara Bailey. Elle l'a depuis qu'elle est rentrée de l'hôpital. Son homme lui manque.

Sloane adressa un regard appuyé à son amie. Bien sûr, les jumelles sautèrent sur l'occasion, et entreprirent de la taquiner sans merci.

— Nous ne sommes plus à l'école, se plaignit-elle.

Les jumelles se turent brusquement, ce qui étonna davantage Sloane que leurs piques.

— Excusez-moi, mesdames, fit une voix masculine derrière elle.

Liam.

Sloane voulut se retourner, mais son épaule protesta. Il

apparut alors dans son champ de vision, portant costume et cravate. On aurait dit une star de cinéma, grand, fort et soigné.

— Bonjour, beau gosse, dit-elle timidement.

Elle n'était toujours pas habituée à s'afficher avec lui en public, mais il n'avait apparemment pas fait mystère de ses sentiments pour elle auprès de la famille, à l'hôpital.

— Si cela ne te dérange pas, Sloane, je voudrais parler en tête à tête à Chloe.

— À Chloe ? s'étonna Sloane, perplexe.

Sa fille tendait déjà les bras impatiemment à Liam, qui l'enleva dans ses bras et la porta près des fenêtres ouvrant sur les montagnes.

Les sourcils froncés, Sloane les observa. Que voulait Liam ?

Chloe poussa un cri de joie assez fort pour que toutes les têtes se tournent dans la salle. Sloane tressaillit, puis haussa les épaules. C'était une idée de Mara d'inviter sa petite-fille à ce déjeuner.

Liam revint à leur table, portant Chloe qui souriait jusqu'aux oreilles et tressautait dans ses bras au point que même lui avait du mal à la tenir.

— Papa ! Papa ! Papa ! gazouilla Chloe.

Mais que se passait-il donc ?

Liam posa un genou à terre devant elle et dit à Chloe.

— Maintenant, donne-le à maman.

Chloe tendit un petit objet noir à sa mère. C'était un écrin recouvert de velours noir.

Oh mon Dieu.

Elle croisa le regard de Liam. Il souriait, et son expression lui alla droit au cœur, le serrant au point de lui faire mal.

— Sloane. J'ai déjà proposé à Chloe d'être son papa, et elle a accepté. Maintenant, je te le demande à toi : veux-tu faire de moi le plus heureux des hommes en me laissant être ton mari ? Je promets de faire de toi la plus heureuse des femmes.

Elle ouvrit la bouche mais, pour une fois, les mots lui manquaient.

— Dis oui, Sloane. S'il te plaît. Je t'aime et j'aime Chloe de tout mon cœur. Vous êtes toute ma vie.

Les jumelles laissèrent échapper un cri de joie dans un même élan, et Mara sourit avec bienveillance.

Le temps s'arrêta tandis que Sloane fixait Liam, distinguant en lui tout ce qu'elle avait toujours voulu. Il lui offrait son amour, un foyer, la sécurité et une famille à elle. Tout cela. Le vide au fond de son cœur se referma soudain. Comme s'il n'avait jamais existé. Oui, il laisserait une marque derrière lui. Elle n'oublierait jamais ses parents disparus. Mais, pour la première fois de sa vie, elle se sentait complète.

— Je t'aime aussi, Liam. De tout mon cœur.

— Ça veut dire oui ? demanda-t-il anxieusement.

— Oui. Oh ! oui !

Elle lui jeta les bras autour du cou et sentit le petit bras de Chloe se poser en travers de son cou. C'était leur première embrassade familiale officielle.

Et elle était parfaite.

Liam était parfait.

La vie était parfaite.

Et l'avenir promettait d'être meilleur encore.

NICOLE HELM

Mission en eaux troubles

Traduction française de
VÉRONIQUE MINDER

BLACK ROSE

HARLEQUIN

Titre original :
WYOMING COWBOY MARINE

Ce roman a déjà été publié en 2020.

© 2019, Nicole Helm.
© 2020, 2025, HarperCollins France pour la traduction française.

1

Cam Delaney détestait les ordres, sauf ceux que ses supérieurs lui donnaient chez les marines. Dans les armées, l'obéissance étant en effet un devoir, il se soumettait à sa hiérarchie sans discuter.

Une période de sa vie qui appartenait désormais au passé.

Depuis qu'il était de retour dans sa petite ville natale de Bent, Wyoming, Cam était avant tout un Delaney et un civil. Mais selon Cam, Laurel sa benjamine ne l'avait pas encore compris...

À peine garé dans le parking du bureau du shérif où Laurel officiait, il l'entendit le héler de sa voix autoritaire et impatiente.

Agacé, il ouvrit lentement la portière de son pick-up.

— Cam ! reprit Laurel sur le même ton. Dépêche-toi ! J'ai besoin de toi ! J'ai un sérieux problème !

— Je t'avais pourtant conseillé de ne pas épouser un Carson ! plaisanta Cam. Comme d'habitude, tu ne m'as pas...

— Il ne s'agit pas de cela ! coupa Laurel péremptoire. Une femme est venue signaler la disparition d'un homme.

Cam s'exhorta à la patience.

— Ah. Et en quoi ça me concerne ?

Laurel poussa un soupir exaspéré.

— Je crois que tu pourrais l'aider, dit-elle.

— Je dirige une société de sécurité et de protection privée, pas une agence de détectives, l'interrompit Cam.

— Écoute, Cam, cette affaire est vraiment bizarre, insista Laurel, jetant un coup d'œil vers le bureau du shérif.

— Laurel, je...

— As-tu des clients, actuellement ? Non ! Tu viens à peine d'arriver ! reprit Laurel à la hâte. Si j'en crois les dernières rumeurs, tu n'as pas grand-chose à te mettre sous la dent en ce moment. Tu as seulement été engagé pour assurer la surveillance des vaches de Frank Gainville !

— Un vol de bétail à grande échelle, précisa Cam.

Laurel gloussa.

— Non, des adolescents qui voulaient cacher leur herbe dans son étable !

Les petites villes, quelle plaie ! songea Cam vexé.

— Je suis lié par une clause de confidentialité et je ne peux rien divulguer, répondit-il sur le même ton.

Laurel haussa les épaules.

— Ne prends pas tes grands airs, et suis-moi, dit-elle avec un signe de la tête vers le bureau du shérif. J'ai vraiment besoin de toi. Imagine un peu, l'homme dont on vient de me signaler la disparition inquiétante *n'existe pas* !

— Précise un peu ?

— Il faut que je te fasse un dessin ? lâcha Laurel avec impatience. Nous n'avons retrouvé aucune trace de lui dans nos fichiers. Il n'a pas de carte d'identité. Ni de numéro de sécurité sociale ni de permis de conduire ou de travail, pas de passeport non plus.

— Vous n'avez strictement rien sur cet individu ? dit Cam dont l'intérêt s'éveillait.

Laurel ouvrit la porte et lui fit signe de la précéder.

— Rien. Il porte des nom et prénom assez courants. Nous avons effectué une recherche avec toutes les orthographes possibles et imaginables. En vain. Et la femme ne l'a pas non plus identifié sur les photos de ses homonymes. Conclusion, non seulement cet individu a disparu, mais il *n'existe* pas. De façon officielle. Ou administrativement parlant si tu préfères.

— C'est en effet étrange, mais je ne vois pas ce que je peux faire pour toi ?

— Eh bien cette femme n'est pas seulement inquiète, mais elle semble complètement dépassée par la situation, poursuivit Laurel. J'aimerais avoir ton aide. Ou ton éclairage. En ta qualité d'ex-marine.

Laurel soupira.

— De plus, comme tu n'es pas sans le savoir, j'ai un mariage à organiser qui, par-dessus le marché, fait déjà l'effet d'un véritable séisme à Bent.

Laurel hocha la tête.

— Cette affaire de disparition est très bizarre et cache sans doute quelque chose de grave. Question d'intuition, tu vois ce que je veux dire ?

Cam opina. Oui, il comprenait. Les militaires aguerris et les policiers expérimentés étaient dotés d'un sixième sens auquel ils se fiaient et qu'ils intégraient dans leur processus décisionnel.

Une seule fois il l'avait ignoré. Avec un résultat fatal.

Les échecs du passé étaient irréparables, il fallait tourner la page. Mais il avait beau faire, sa conscience continuait de le tourmenter, si bien qu'il avait quitté les marines, après quinze ans de bons et loyaux services, pour rentrer au pays. Il avait cherché une activité qui lui permette d'aider ses concitoyens de Bent et décidé d'ouvrir une société dédiée à la sécurité et à la protection rapprochée.

La voix de Laurel l'arracha à ses pensées. Il revint au présent et aux sollicitations de sa petite sœur.

— Parle-lui ! insista Laurel. Ça ne te prendra pas longtemps. Tu jugeras par toi-même. Ton avis, ensuite, peut m'éclairer.

Après tout, pourquoi pas ? Pourquoi ne pas écouter cette inconnue inquiète ? Voire l'aider ? N'était-ce pas dans ce but qu'il avait ouvert sa société ? Et Laurel avait raison : pour le moment, il n'avait pas de clients. Bent était une petite ville isolée, mais Cam espérait que ses références, à savoir son passé dans le corps des marines, attireraient les gens fortunés, propriétaires de grands ranchs qui vivaient à Fremont.

— Cam ?

Il cilla, frappé par l'inquiétude qui soudain perçait dans la voix de Laurel et s'exprimait sur ses traits. À moins que ça ne soit de la compassion ? Cam grimaça. De la compassion à la pitié, il n'y avait qu'un pas ! Il détestait ces regards soucieux qui l'enveloppaient depuis son retour à Bent, et les précautions que les gens prenaient parfois pour lui adresser la parole.

— Quel est le lien de cet homme avec la femme qui a signalé sa disparition ?

Laurel fronça les sourcils alors qu'elle ouvrait une autre porte et lui faisait signe d'entrer.

— C'est son père.

Si son père la voyait dans cet endroit, il ne serait pas content, pensa Hilly angoissée pendant qu'elle attendait dans le poste de police.

D'un autre côté, avait-elle le choix ? Non ! Il était parti depuis une semaine et jamais, au grand jamais, il ne s'était absenté aussi longtemps. En règle générale, il revenait au bout de deux ou trois jours. C'était la règle en quelque sorte, donc elle avait patienté. Mais le quatrième jour, l'inquiétude l'avait envahie et, au cinquième jour, elle s'était transformée en panique. Enfin, au cours de ces dernières quarante-huit heures, elle avait effectué ses propres recherches avant de se décider à demander de l'aide au « monde extérieur » avec lequel elle n'avait plus eu aucun contact depuis l'âge de quatre ou cinq ans.

Seul son père en avait. Quant à savoir ce qu'il y faisait et pourquoi... ?

Un jour, Hilly l'avait interrogé à ce sujet, et il était parti dans un de ses discours sur ses dangers : le consumérisme, l'omniprésence des systèmes de surveillance. Ce monde-là désormais lui répugnait et c'est à peine si elle manifestait de la curiosité envers ce qui s'étendait au-delà de sa clairière. De toute façon, son père n'aimait pas les questions. Quoi qu'il en soit, Hilly regrettait qu'il ne lui ait jamais expliqué la conduite à suivre, au cas où il ne reviendrait pas.

Où était-il maintenant ? Que lui était-il arrivé ? Et que faire ?

Hilly déglutit et engloba du regard la salle d'attente de ce poste de police à peu près vide et silencieux. Parfois, le téléphone de la réception sonnait, et le préposé répondait, murmurait quelques mots et raccrochait.

La policière avec qui elle venait de s'entretenir avait relevé son témoignage, consulté son ordinateur et l'avait informée que nulle part son père n'était fiché, suite à quoi cette représentante de l'ordre établi avait été déconcertée. Soudain elle avait quitté son bureau, lui demandant d'attendre dans le couloir avant d'entreprendre des recherches sur elle, sa fille, en espérant trouver un lien, quel qu'il soit, à partir de ses propres nom et prénom.

Saisie par l'échec de sa quête, Hilly l'avait à peine écoutée.

Son père *n'existait* pas dans le monde extérieur, pourtant, il y avait grandi, étudié, et y avait travaillé avant de s'en éloigner, ou de s'en retirer, avec elle, plusieurs décennies plus tôt. À l'évidence, il avait effacé ses traces. Et ses paroles lui revinrent en mémoire.

« Les données personnelles des citoyens sont utilisées, à leur insu, par les États et les entreprises dans tous les usages et services du quotidien ! C'est une grave atteinte aux droits fondamentaux et aux libertés individuelles ! »

Son père portait aux nues la Constitution américaine, qu'il respectait, admirait au point de la lui faire relire régulièrement à voix haute.

« Le monde extérieur est dangereux », répétait-il. Il faut

s'en méfier. S'en distancer ! S'en libérer ! La liberté, c'est le plus important Hilly ! »

Ce souvenir produisit sur elle l'effet d'un électrochoc. Et Hilly eut un sursaut de lucidité. Elle s'était jetée dans la gueule du loup en signalant la disparition de son père !

D'un autre côté, comment le retrouver, sans aide ? Et puis, comment continuer à vivre si...

Tant pis.

Elle devait immédiatement quitter cet endroit. Jamais elle n'aurait dû se montrer et faire appel à la police ! Quelle idée !

Son père avait assuré sa sécurité, *leur* sécurité, et elle venait de la mettre en péril parce qu'elle paniquait. Elle allait retourner dans ses bois, où elle avait toujours vécu. Disparaître.

Hilly se leva si brusquement que l'homme derrière le guichet alerté tourna la tête vers elle. Mais elle n'y prêta pas attention.

Vite. S'éloigner du monde extérieur. Prendre ses distances avec ces inconnus. Et si son père était rentré, entre-temps ? Peut-être s'était-elle déplacée pour rien ? Mais s'il...

Non. Elle devait repousser ces pensées défaitistes.

Hilly sortait à la hâte quand la policière qui l'avait reçue, tout à l'heure, revint. Cette dernière tenait la porte à un homme à qui elle faisait signe d'entrer. Celui-ci était de haute taille et avait les yeux couleur noisette. Il l'enveloppa d'un regard à la fois attentif et incisif.

Pourquoi cet intérêt de la part d'un inconnu ? se demanda Hilly mal à l'aise. Déjà, elle s'était interrogée sur la gentillesse et l'affabilité de la femme.

« Le monde extérieur ? Un univers de loups déguisés en moutons ! »

Voilà ce que son père disait aussi.

Dans ce cas, pourquoi quittait-il leur clairière, leur forêt une ou deux fois par an ?

— Vous partiez ? s'enquit la femme d'une voix douce.

Hilly ne se souvenait pas de son nom. Dès son arrivée dans ces bureaux, elle avait en effet été saisie par une terrible panique qui n'avait plus connu de bornes quand elle avait constaté les efforts, vains, de cette femme et de ses collègues pour retrouver la trace de son père dans leurs ordinateurs et leurs fichiers. C'est alors qu'elle avait eu un premier sursaut de lucidité, et regretté sa démarche, avant de temporiser. Par chance, à cet instant, son interlocutrice avait quitté le bureau.

— Oui ! Je crois que je me suis monté la tête, déclara Hilly en essayant de cacher sa nervosité. Je suis sincèrement désolée de vous avoir sollicitée et de vous avoir fait perdre votre temps. Mon père est un homme expérimenté. Il fait face à toutes les situations. Je n'aurais pas dû paniquer. Je ne sais pas ce qui m'a pris. Je suis confuse.

— Vous en êtes sûre ? Nous aimerions vous aider, continuer nos recherches d'une façon ou d'une autre, dit la femme, avec la même gentillesse.

Hilly tourna les yeux vers son compagnon resté silencieux, et dont le regard posé sur elle ne laissait rien transparaître.

— Je vous remercie, mais je n'ai pas besoin d'aide, dit-elle, reportant son attention sur la policière.

— Miss Adams, vous êtes venue nous signaler la disparition inquiétante de votre père, insista cette dernière. Celui-ci n'existe pas dans nos bases de données, mais cela ne signifie pas pour autant que nous ne pouvons rien faire.

— Non, vraiment, je vous remercie, dit Hilly avec la plus grande politesse. Je crois que j'ai réagi de façon excessive. Je vais rentrer. Merci encore.

Et, sur ces mots, elle sortit dans le parking, s'efforçant de ne pas courir pour ne pas retenir l'attention des deux inconnus plus longtemps. Qu'ils l'oublient, et oublient jusqu'à son existence ! Ça n'était pas leurs affaires ! Elle avait eu tort de venir ici.

Quelle idiote je fais ! se dit-elle, serrant les poings.

Si jamais son père apprenait ses agissements, il serait furieux ! Elle devait regagner la clairière au plus vite. Après tout, il était peut-être revenu et s'inquiétait à son tour de son absence. Portée par cette pensée, Hilly accéléra le pas, d'autant qu'elle avait une à deux heures de marche pour arriver jusqu'au chalet dans les bois. Eh bien, cela lui permettrait de réfléchir et de se ressaisir ! Pressée, elle fit le tour du bureau du shérif pour récupérer son sac à dos, qu'elle avait caché au préalable dans les buissons. Elle avait redouté qu'on ne la fouille et qu'on y trouve son pistolet.

Elle l'ouvrit, en vérifia le contenu. Parfait, tout y était. Elle sortit son arme, la coinça à la ceinture de son jean, dans le dos.

Autant être prévoyante.

Elle la remettrait dans son sac une fois qu'elle serait seule en montagne.

Elle regrettait son incursion dans ce monde-là. On y était surveillé, on y était privé de sa liberté et de ses droits fondamentaux. Combien de fois son père le lui avait-il répété !

Hilly allait prendre la route quand l'homme au regard noisette tourna l'autre coin du bureau du shérif et vint à sa rencontre.

— Madame, je peux vous parler une seconde ?

Hilly passa le bras derrière le dos pour s'emparer de son arme, mais se figea en constatant que l'inconnu suivait son geste et semblait deviner ses intentions.

— Vous avez des ennuis ? demanda-t-il d'une voix claire.

— Oui : un inconnu vient de m'accoster, répondit Hilly du tac au tac. Un harceleur ?

Un demi-sourire surgit sur le visage de l'homme. Hilly tressaillit. Une sensation étrange venait de lui zébrer le creux du ventre, lui coupant le souffle.

Était-ce de la peur ?

Cet individu était-il dangereux ?

Et les paroles de son père, de nouveau, lui revinrent à la mémoire.

« Le monde extérieur ? Un univers de loups déguisés en moutons... »

— Laissez-moi tranquille ! dit-elle avec force.

Il ne répondit pas.

Elle s'éloigna, s'assurant du coin de l'œil qu'il ne tentait pas de la rattraper. Immobile, il la suivait des yeux.

Elle le perdit de vue et s'éloigna en songeant qu'elle n'oublierait pas de sitôt ce regard noisette intense et attentif.

2

Cam avait suivi l'inconnue. Il l'avait vue récupérer son sac à dos caché dans les buissons, en sortir un pistolet et le coincer à sa ceinture.

Elle avait peur de quelque chose ? De quelqu'un ?

Comme le lui avait confié Laurel, elle semblait désorientée, dépassée par les événements.

Elle avait visiblement besoin d'aide, mais, de façon inexplicable, répugnait à en demander. Il ne pouvait la laisser s'éloigner et disparaître sans avoir tenté de nouer le dialogue et de lui faire entendre raison. Maintenant, elle prenait le sentier de montagne avec son seul sac à dos et une arme de poing. Où se rendait-elle au juste ?

Laurel ne s'était pas trompée. Cette affaire était très bizarre. De plus en plus intrigué, Cam attendit dix bonnes minutes avant d'emboîter le pas à cette mystérieuse jeune femme sans se faire remarquer.

Mais filer cette inconnue n'était pas facile. C'était comme si elle couvrait ses traces à dessein, car elle évitait de son mieux les endroits boueux et détrempés par la récente fonte des neiges. Pour autant, au fur et à mesure qu'ils gagnaient en altitude, elle devenait moins prudente. Se sentait-elle rassurée ? Car elle marchait parfois franchement sur les plaques de neige de plus en plus fréquentes.

Bientôt Cam faillit faire demi-tour, car il n'était pas équipé pour une telle randonnée. Ses tennis étaient complètement trempés, et il n'avait sur lui que son smartphone et ses clés de pick-up.

Cependant, il avait beau s'exhorter à la raison, se répéter qu'il devait regagner la vallée et oublier cette inconnue, il continua, concentré sur le sol enneigé pour ne pas perdre sa trace.

Après presque deux heures de marche, il s'arrêta, hésitant, et regarda autour de lui. Il était au milieu de nulle part. Mais où cette femme se rendait-elle ? Et pourquoi ?

Toujours plus curieux, Cam s'obstina en dépit de ses pieds mouillés. Mais la suivre devenait de plus en plus facile ; à l'évidence, l'inconnue s'était départie d'une méfiance pour le moins inexplicable et ne cherchait plus à se dissimuler.

Bientôt, Cam atteignit une clairière et repéra, au travers des arbres, le modeste chalet construit dans son centre. C'était le genre de cabane qu'un berger ou un mineur aurait pu habiter, mais pas une jeune femme au XXIe siècle.

Le mystère s'épaississait.

D'abord, le père « n'existait pas », du moins dans les fichiers administratifs, ce qui rendait le personnage douteux. Ensuite, sa fille, une toute jeune femme dont l'identité était certainement sujette à caution, vivait cachée dans un chalet de montagne, loin de tout.

De l'avis de Cam, celle-ci ignorait la situation de son père. Dans le cas contraire, en effet, elle n'aurait pas signalé, avec cette naïveté et cette spontanéité, sa disparition.

Cam observa la clairière, le modeste chalet, essayant de comprendre, puis de construire un scénario. C'était agréable d'activer ses méninges, même s'il n'avait aucun élément tangible en main. Depuis qu'il avait quitté les marines, l'année dernière, il avait un sentiment grandissant d'inutilité – l'affaire du bétail de Frank Gainville n'ayant été qu'une broutille. Enfin, il avait l'impression qu'il pourrait se rendre utile.

Il se raidit lorsqu'il vit la jeune femme ressortir du chalet avec un chien. Elle avait enroulé sa laisse autour de son poignet et portait un fusil qu'elle braqua dans sa direction. Le chien quant à lui se mit à grogner.

Cam resta immobile.

— D'abord un pistolet, puis un fusil ? lâcha-t-il.

Manifestement, le chien, un croisement de berger allemand et de golden retriever, n'attendait qu'un ordre de sa maîtresse pour lui sauter à la gorge.

Cette dernière ne daigna pas lui répondre.

Soudain, Cam se sentit en terrain familier. Gérer une situation périlleuse. Parlementer. Se fier à son intuition. C'était son quotidien, autrefois.

Bon sang, comme ça lui avait manqué !

Il contint un petit sourire de jubilation, certain que la jeune femme, qui n'avait pas apprécié qu'il la suive à son insu, n'apprécierait pas non plus de le voir afficher cet entrain.

— Je n'ai pas saisi votre nom tout à l'heure, prétendit-il, regrettant de ne pas l'avoir demandé à Laurel.

Elle ne souffla mot ni ne bougea.

Dans une certaine mesure, elle correspondait au paysage, se dit-il. Intemporelle. Ses cheveux blond vénitien étaient nattés et quelques mèches indisciplinées s'en échappaient. Elle avait un nez droit constellé de taches de rousseur, un regard fier. Elle portait un jean fatigué et un long manteau patiné par les intempéries, ainsi que des bottes éculées. Une vraie pionnière ! songea-t-il, impressionné.

— Avancez jusqu'au milieu de la clairière, ordonna-t-elle d'une voix basse et calme, dépourvue de cette nervosité fébrile qu'elle avait manifestée tout à l'heure dans le bureau du shérif. Mains en l'air, précisa-t-elle.

Il obéit.

— Je ne suis pas armé. Je ne vous veux aucun mal.

— Vous m'avez suivie à mon insu. Pourquoi ?

— Pour découvrir la vérité.

— La vérité ne vous regarde pas.

— J'aimerais vous aider.

Cam était sincère, mais il était conscient d'avoir agi avec la plus grande maladresse. Comment pouvait-elle croire qu'il était animé des meilleures intentions alors qu'il l'avait filée comme si elle était une criminelle ?

— Je ne vous veux aucun mal ! répéta-t-il avec conviction.

— Vous ne savez pas ce qui pourrait me faire du mal. Ne bougez plus ! ordonna-t-elle ensuite lorsqu'il s'approcha.

— Je veux vous aider à retrouver votre père, enchaîna-t-il.

Elle plissa les yeux.

— Pourquoi ?

— Posez votre fusil, et nous pourrons parler.

— Parlez ou partez ! Un pas de plus et je tire, ajouta-t-elle très vite tandis qu'il tentait de se rapprocher subrepticement.

— Vous n'oserez pas, dit-il calmement, les bras toujours levés, tout en continuant sa prudente avancée.

Garder son calme pour qu'elle garde le sien, voilà ce qu'il fallait faire. De toute façon, il était certain qu'elle ne tirerait pas.

Au même moment, un coup de feu déchira le silence. Cam sentit, presque simultanément, une douleur cuisante sur son bras. Incrédule, il baissa les yeux sur la déchirure de son blouson, et vit, dessous, sa chemise s'imbiber de sang.

— Vous avez tiré, maugréa-t-il, regardant sa blessure fort heureusement superficielle.

— Je vous avais prévenu. La prochaine fois, ça sera pire, l'avertit-elle.

Il n'en doutait plus.

Hilly affolée essayait de se ressaisir. Son père lui avait souvent reproché sa trop grande émotivité, selon lui sa principale faiblesse. Si elle allait vivre dans le monde extérieur, elle serait une proie facile, lui avait-il prédit. Un monde dont il la protégeait pour sa sécurité, pour son bien.

Aujourd'hui, par deux fois elle avait cédé à la panique, à deux impulsions dangereuses : d'abord en se rendant chez le shérif, puis en tirant sur cet inconnu qui la harcelait. Le coup était parti tout seul. Elle avait voulu le tenir en respect et seulement l'effrayer, mais elle avait tiré et l'avait touché, ne le blessant que superficiellement, par chance. Au moins, elle voyait désormais dans l'attitude de cet homme plus de prudence, de circonspection et aussi, un mélange d'incrédulité. En elle c'était le chaos, mais elle savait qu'elle donnait l'apparence du calme.

Cet individu faisait-il partie des forces de l'ordre ? Allait-il porter plainte ? L'arrêter ? L'emprisonner ? OK, elle avait eu tort, mais elle avait agi en état de légitime défense, non ?

Et elle se posait toujours cette question lancinante : où était son père ? Pourquoi n'était-il pas revenu au chalet ? Lui était-il arrivé malheur ? Que faire ? Sans lui, comment gérer cette situation inédite ? Et comment se comporter face à cet individu qu'elle avait blessé ? Ça aurait pu être pire... Elle aurait pu toucher un organe vital. C'était la faute de cet idiot, aussi, se dit-elle. Il s'était avancé en dépit de ses injonctions et...

— Vous devriez vous faire examiner, lâcha-t-elle.

Malgré les battements trop rapides de son cœur, elle avait réussi à parler avec calme et elle s'en félicita.

Puis elle s'assombrit. Cet inconnu, une fois de retour dans la vallée, allait sans doute raconter à tout le monde que, là-haut dans la montagne, vivait une inconnue armée et dangereuse.

Il ne manquait plus que ça.

— Maintenant que vous m'avez tiré dessus, vous pouvez me dire comment vous vous appelez ?

Hilly hocha la tête, car soudain, elle ne se fiait plus à sa voix.

— Pourquoi tant de méfiance ? De quoi avez-vous peur ? reprit-il.

De tout ! songea-t-elle en un éclair. *De vous.*

Et de son désir de lui faire confiance, alors que toute sa vie son père lui avait répété que le monde extérieur était pétri de mauvaises intentions. Aujourd'hui, l'inquiétude avait été plus forte que la peur de ce qui existait au-delà de sa clairière, et l'avait poussée à s'aventurer dans la vallée.

Hilly fixait l'homme qu'elle avait blessé. Il voulait l'aider à retrouver son père, pourquoi ? Pourquoi lui faire confiance ? C'était un inconnu. Ou un policier ?

Et pourquoi pas ? se ravisa-t-elle soudain, se souvenant des propos de son père. Celui-ci lui avait en effet un jour révélé que seul l'argent intéressait les gens du monde extérieur. Alors si elle lui en offrait beaucoup… ?

Après l'avoir blessé ?

Free continuait de grogner. Hilly réfléchissait.

— Allez-vous-en ! lança-t-elle subitement.

— Vous pensez que je vais regagner la vallée, à presque deux heures de marche de cette forêt, avec un bras blessé par votre faute ? répliqua-t-il.

Il voulait la culpabiliser ? Il n'avait qu'une égratignure ! Et il n'avait pas volé ce qui lui arrivait : il l'avait harcelée et avait ignoré ses avertissements. Enfin cet homme paraissait en pleine forme et n'aurait aucun mal à faire le trajet jusque dans la vallée.

Mais quand même, elle se sentait coupable.

— Je vais vous chercher des compresses. Ensuite, vous partirez, dit-elle.

Elle s'accroupit et gratta sa chienne derrière les oreilles.

— Surveille-le, Free. Je te fais confiance, ma belle.

La chienne grogna, sans quitter l'homme des yeux.

Hilly rentra dans le chalet pour prendre la trousse de premiers soins.

Les questions resurgirent, le doute la saisit. Et si elle payait l'inconnu pour qu'il retrouve son père ? se demanda-t-elle de nouveau. Non, elle ne lui faisait pas confiance ! Ceci dit, c'était une option. « L'argent a tous les pouvoirs », répétait souvent son père. Et ils en avaient. Beaucoup. Caché dans les tiroirs. Cousu dans les matelas.

Mais quand même elle ne pouvait faire confiance à un *harceleur* ! Alors à qui ? Elle n'avait que Free.

Telle était sa réalité.

Elle devait l'accepter une bonne fois pour toutes ; en clair, elle devait prendre seule des décisions et faire ses choix. Elle n'avait pas l'habitude.

Elle ferma les yeux, prit une grande inspiration et récapitula les faits.

Son père avait disparu. Elle était seule et livrée à elle-même. Un inconnu l'avait suivie chez elle pour lui proposer son aide.

Son père l'aurait exhorté à décamper, au besoin avec plusieurs coups de fusil.

Là-dessus, Hilly repensa à la policière. Sûre d'elle. Responsable. Indépendante. Autonome. Avec une autorité naturelle qui avait fait son admiration.

Docile et soumise, Hilly avait été impressionnée par sa forte personnalité. Son père ne l'écoutait pas, ne la consultait jamais.

Le moment était venu de faire les choix qui s'imposaient et qu'il devrait accepter quand elle le retrouverait. C'était sa faute s'il ne lui avait laissé aucune instruction au cas où pareille situation se présenterait. Elle ne lui en avait jamais demandé. À quelque chose malheur était bon. À son retour, ils devraient repartir sur de nouvelles bases.

Encore fallait-il qu'il soit vivant et qu'il revienne.

Hilly refoula cette pensée. Elle sortit des compresses de la trousse de premiers soins, sans ensuite la ranger, contrevenant ainsi à un principe de son père. « Chaque chose à sa place. » Mais déroger aux règles qu'il avait édictées était pour le moins excitant. Elle ne put s'empêcher d'en sourire. Sur ces entrefaites, elle sortit, et se figea à la vue de Free. Couchée sur le dos, elle était en train de se laisser caresser par l'inconnu.

Traîtresse ! songea-t-elle.

L'homme releva la tête et lui sourit. Et, de nouveau, Hilly eut l'impression que quelque chose se serrait, se décrochait au creux de son ventre – une espèce de bulle qui descendait, et rebondissait jusque dans sa gorge. Elle n'aurait su dire si elle appréciait ou non cette sensation inédite.

Elle n'avait plus que son fusil pour se protéger, puisque l'inconnu avait gagné l'affection de Free.

Elle le braqua donc sur lui et lui tendit les compresses du bout des doigts.

— Voilà. Maintenant, partez.

Il regarda le fusil, cessa de sourire et se leva lentement. Free geignit. Hilly le suivit des yeux pendant qu'il se redressait et se rendit compte qu'il était grand. Vraiment très grand. Vigoureux. Il aurait le dessus facilement, le cas échéant. Mais elle avait un avantage. Son arme.

— Vous allez de nouveau tirer si je m'approche ?

— Pas si vous ne prenez que les compresses.

La bouche de l'inconnu s'incurva. Une lueur amusée dansa au fond de ses yeux noisette. Hilly se sentit rougir, tandis qu'il s'emparait des compresses avec des gestes précautionneux.

Là-dessus, il enleva son blouson et, d'un geste vif, déchira le tissu de sa chemise, révélant son biceps blessé.

Hilly l'observait tandis qu'il se soignait. Elle était fascinée par la précision de ses gestes. Et consternée par sa propre réaction.

— Je pourrais vraiment vous aider, vous savez, lâcha-t-il comme s'il parlait de la pluie et du beau temps, tandis qu'il pressait des compresses sur sa blessure, puis la pansait.

Elle détacha les yeux de son bras.

— Dans ce cas, il faudrait que je vous fasse confiance, lâcha-t-elle d'une voix incertaine. Et ça n'est pas le cas, reprit-elle plus fermement.

Il acquiesça, l'air pensif, et reporta sur elle son regard noisette.

— Que dois-je faire pour gagner votre confiance ?

Hilly réfléchit.

Son père lui avait souvent reproché sa naïveté, sa faiblesse inqualifiable et sa lâcheté, eh bien elle allait lui prouver qu'elle était une femme de tête et de raison, autonome.

Même si, pour cela, elle devait accorder sa confiance à un inconnu.

3

Le visage de la jeune femme avait exprimé tour à tour la confusion, la peur et l'hésitation. Et maintenant, il y lisait la détermination.

Cam maintint les compresses en place, et remit son blouson, refrénant un frisson. Le silence persistant, il décida d'aborder le sujet sous un autre angle.

— Votre père s'absente souvent ?

— Oui, mais jamais aussi longtemps, dit-elle en levant le menton.

— Vous savez où il va ?

Silence.

Ce n'était pas un silence hésitant qui laissait présager le mensonge. C'était un silence où dominaient le trouble et cette vulnérabilité que, déjà, Cam avait perçus au bureau du shérif. Elle était vraiment jeune, se dit-il l'observant à son aise. La vingtaine. Habile au maniement des armes, assez obligeante pour lui donner des compresses et assez intelligente, ou méfiante, pour lui cacher son identité.

Il avait fait face à de nombreuses situations compliquées chez les marines, mais aucune ne ressemblait à celle-ci.

— Je n'avais pas l'intention de tirer, vous savez, confia-t-elle soudain.

Ce n'était pas une excuse pour autant.

— Je le savais.

— Comment ça ?

— Si vous aviez vraiment voulu me blesser, vous auriez mieux visé. Vous vouliez seulement m'intimider. J'ai l'habitude.

— L'habitude ? reprit-elle après un temps.

— Oui.

— Comment voulez-vous que je vous fasse confiance si vous restez aussi évasif ? lâcha-t-elle avec une vigueur qui l'étonna.

Manifestement, la confiance était un sujet sensible.

Mais pourquoi cette jeune femme et son père vivaient-ils cachés dans cette clairière ? À en juger par le fusil et le pistolet, ils avaient de l'argent. Ces armes avaient-elles été obtenues illégalement ?

Trop de questions. Pas assez de réponses.

S'il voulait l'aider – il ne pouvait lui expliquer les raisons de son insistance, et pire, se les expliquer à lui –, il devait au préalable se présenter. C'est d'ailleurs par là qu'il aurait dû commencer au lieu de faire pression sur elle.

— Je m'appelle Cameron Delaney, dit-il calmement. On m'appelle Cam. J'ai grandi à Bent, Wyoming. Si vous êtes de la région, vous avez sûrement entendu parler de la famille Delaney ? J'ai une sœur, et c'est l'adjointe du shérif : c'est avec elle que vous vous êtes entretenue. J'ai passé quinze ans chez les marines. D'où ma connaissance des armes à feu. Je suis revenu à Bent l'année dernière. J'y ai ouvert une société de sécurité. Y a-t-il autre chose que vous aimeriez savoir ?

— Pourquoi ?

— Eh bien, la sécurité est un...

— Non, je veux dire, pourquoi avez-vous quitté les marines ?

Cam avait souvent entendu cette question. Si à sa famille il avait dit la vérité, pour les autres il tenait une réponse toute prête et plutôt banale.

— Parce que le moment était venu.

— Pourquoi ?

— C'était éreintant, je n'étais plus...

Motivé.

Il se tut, chercha ses mots.

— J'étais...

Déprimé après le suicide d'un de mes hommes. Il s'appelait Aaron. J'ai échoué à reconnaître les signes de sa dépression. J'ai remis en question toute ma carrière et mon investissement chez les marines.

Il avait échoué à l'aider. « Toujours fidèle » disait la devise des marines. Dévouement et loyauté. Il avait failli à sa mission. Il ne l'acceptait pas.

— Vous n'étiez pas quoi ? Vous étiez quoi ? insista la jeune femme avec impatience.

Il se ravisa. Après tout, il ne lui devait aucune explication. Il ne lui restait qu'à faire demi-tour et rentrer à Bent. Oui, mais quand même... Il avait le sentiment qu'en aidant cette inconnue, il compenserait son échec avec Aaron.

— Un homme de mon unité s'est suicidé, lâcha-t-il d'un coup, d'une voix tendue.

L'inconnue cilla, et eut un léger soubresaut.

— Par votre faute ?

— Oui et non.

— Oui ou non ?

— Oui parce qu'il était sous mes ordres et que j'aurais dû m'apercevoir qu'il allait *vraiment* mal. Non, parce que... On m'a répété que ça n'était pas ma faute. Quoi qu'il en soit, je n'ai pas surmonté l'épreuve, confia-t-il.

— On vous a fait démissionner ?

— Non, décharge militaire : j'ai été libéré de l'obligation de servir avec un certificat de bonne conduite.

Un certificat de décharge honorable. Quelle blague.

— Si j'accepte votre aide, qu'allez-vous y gagner ? reprit-elle.

— La satisfaction du service rendu, répondit-il, sincère.

— Ah. C'est tout ?

Il n'était ni déconcerté ni contrarié par sa méfiance. Quelle raison avait-elle de le croire ?

— N'avez-vous jamais fait preuve d'empathie ? Ou aidé quelqu'un dans le besoin seulement parce que c'était juste ? Normal. Humainement possible.

— Non.

— C'est un sentiment satisfaisant. Qui procure de la fierté. On est en paix avec soi et sa conscience.

— Je vois. Bon, vous allez m'aider à retrouver mon père. Et après ?

— Après, je reprendrai le cours de ma vie et vous le vôtre.

En supposant que son père ait seulement disparu, se dit-il. Au pire, il avait peut-être perdu la vie, ou décidé de disparaître. Cam n'avait pas besoin de le dire à sa fille. Sans doute avait-elle déjà tiré ces conclusions, dans le cas contraire, il ne voulait pas l'inquiéter davantage.

— Et vous allez m'aider parce que vous en avez le désir, reprit-elle d'un ton dubitatif. Parce que, selon vos propres mots, ça fait du bien. Vous êtes un homme désintéressé.

— Vous ne me croyez pas ?

— Comment allez-vous m'aider ? biaisa-t-elle.

— Eh bien, dans un premier temps, j'aurai besoin d'informations sur...

— Non.

— Non. Comment ça, non ?

— Pas d'informations.

De plus en plus bizarre, songea Cam déconcerté par cette réserve. Pourquoi tant de mystère ? À cause de cet isolement ? Volontaire ? Les gens se coupaient du monde pour prôner un retour à la nature. Était-ce le cas ici ? Pas sûr. Cette jeune femme refusait de lui divulguer son identité, entretenait le secret et manifestait une méfiance presque maladive. Quel secret cachait-elle ? Que cachait son père ?

— Sans information, comment puis-je retrouver votre père ?

Elle haussa les épaules et revint vers le chalet.

— Laissez tomber.

— Non ! Soyez logique, il me faut, au minimum, une photo,

lui rappela Cam. Son vrai nom. Le lieu où il a pu se rendre. Ses fréquentations. Sans cela, personne ne pourra vous aider.

Elle se figea et, gardant le dos tourné, prit la parole.

— Son nom ? La police vous le donnera. Le lieu ? *Là-bas*, dit-elle doucement.

— Là-bas ?

Elle poussa un soupir énervé, fit volte-face et, d'un geste vaste, impatient, engloba les environs.

— Au-delà de la forêt...

Cam fut saisi par un frisson.

— Mais encore ?

— Le monde extérieur, répondit-elle avec simplicité.

Aussitôt après, elle fronça les sourcils. En signe de confusion et d'inquiétude ? Quoi qu'il se passe, Cam avait l'intuition qu'elle l'ignorait. Elle avait dit « monde extérieur » ? Qui parlait de la sorte ?

— Vous n'allez pas dans le... le monde extérieur ? demanda-t-il d'un ton feutré.

Elle haussa les sourcils.

— Si : aujourd'hui.

— Sinon vous y allez souvent ?

— Non, jamais.

Un silence tomba.

— Vous n'avez pas de moyen de transport ?

— Un cheval.

— Ah. Je vois, dit Cameron, de plus en plus intrigué.

Il ne comprenait pas la raison de ses réticences. Craignait-elle quelque chose ? Elle était calme, parlait de sang-froid, et cependant, il décelait sa peur.

— Vous vivez ici depuis longtemps ?

Elle riva son regard au sien.

— Notre vie ici ne vous concerne pas. Vous êtes indiscret, *Cameron*.

— Personne ne m'appelle Cameron, riposta-t-il.

— Moi si.

Et, sur ces mots, elle carra les épaules et prit un air soudain plus impérieux.

— Je paierai pour..., commença-t-elle.

— Je ne..., coupa-t-il.

— Je vous paierai pour votre aide, reprit-elle posément. Mais je ne suis pas obligée de répondre à des questions déplaisantes. Vous faites ce que je vous dis pour retrouver mon père, un point c'est tout.

— Je ne veux pas d'argent.

— Ce sont mes conditions. Ne bougez pas, je reviens.

La présence, le regard et l'insistance de Cameron causaient à Hilly une espèce de douleur incompréhensible qui ne la saisissait que lorsqu'elle était souffrante et souhaitait que son père reste à son chevet toute la journée. Cette langueur s'accompagnait d'une inexplicable nostalgie, d'un désir. Enfin, de quelque chose d'indéfinissable, qu'elle n'avait jamais connu ou vécu, mais dont elle savait l'existence pour en avoir lu la description dans les romans que son père lui rapportait de ses échappées.

Son père qui avait disparu.

Il serait furieux qu'elle accepte l'aide d'un inconnu. Avait-elle le choix ?

Non.

Elle rentra dans le chalet, Free sur ses talons.

Nostalgie.

Le mot de nouveau s'imposa à son esprit parce que, finalement, c'était ce qui traduisait le mieux son état d'esprit actuel.

Mais nostalgie de quoi ?

Hilly s'efforça de refouler cette pensée dérangeante en se rendant dans la chambre de son père. Celui-ci n'aimait pas qu'elle y vienne en son absence. Hilly avait sa propre chambre, où il n'entrait qu'en de rares occasions et chaque fois en sa présence. Il avait toujours respecté sa sphère privée, et elle, la sienne. Elle n'avait le droit d'entrer dans sa chambre que pour vérifier le système de sécurité ou le réparer lorsqu'il ne fonctionnait plus. Mais quant à y faire irruption pour fouiller dans ses affaires ? Impensable !

Jusqu'à aujourd'hui.

La donne avait en effet changé. Elle devait désormais composer avec les événements Sortir de ses habitudes. Se réinventer.

Choisir.

Décider.

En as-tu envie ?

La question fusa, la figea.

Choisir ta vie ? Tous les possibles ?

Comment ? Elle n'avait jamais vécu que dans cette clairière. Du monde extérieur elle ne connaissait rien sauf ce qu'elle en avait lu, ou ce que son père lui en avait dit.

Elle s'approcha du bureau et prit l'un des deux grands registres qu'il tenait à jour. Il s'installait à la cuisine, elle le regardait y noter leurs dépenses, leurs stocks et, parfois, y glisser des billets de banque.

Elle le feuilleta et sortit d'entre ses pages quelques centaines de dollars. Combien devait-elle donner à Cam ? Elle n'en avait aucune idée et en conclut que, dans un premier temps, elle les lui remettrait en guise d'avance. S'il se moquait d'elle, ou s'il exprimait discrètement son étonnement, elle augmenterait la somme.

Hilly jeta ensuite un coup d'œil aux écrans de surveillance qui enregistraient les alentours du chalet.

Hilly avait déjà visionné les séquences datant du jour où son père était parti, pour voir quelle direction il avait prise. Ça ne l'avait pas avancée à grand-chose. Il avait en effet emprunté le sentier habituel.

Devait-elle montrer ces séquences à Cam ?

Peut-être qu'il... ?

Elle se figea soudain en repérant deux hommes qui approchaient du chalet.

Ceux-ci étaient armés.

Simultanément, la porte d'entrée s'ouvrit avec un faible grincement qu'elle n'entendit que parce qu'elle retenait son souffle.

— Free, en garde, chuchota-t-elle, mais la chienne sortit de la chambre à coucher en agitant joyeusement la queue.

Pourquoi fallait-il que Free lui désobéisse aujourd'hui précisément ?

C'était Cam. Il la rejoignit à la hâte.

— Deux hommes en vue, annonça-t-il à voix basse.

Hilly reporta son attention sur les écrans de surveillance. Ces individus se rapprochaient toujours.

— Ils vous ont vu ? demanda-t-elle sur le même ton.

— Je ne crois pas. Quand je les ai entendus, j'ai pensé que c'était peut-être votre père, mais ils sont armés et clairement animés de mauvaises intentions.

Hilly pointa le doigt sur l'écran.

— Vous les avez déjà vus ? interrogea-t-elle.

Cam fronça les sourcils et secoua la tête.

— Non. Pourtant, je connais presque tout le monde à Bent.

Il se ravisa avec un soupir.

— Du moins, je connaissais tout le monde.

Depuis que Hilly et son père vivaient ici, et en dépit de la méfiance presque maladive de ce dernier, jamais ils n'avaient reçu de visites indésirables. Son père avait manifestement de bonnes raisons d'être prudent, mais lesquelles ?

— Et vous ? Vous les connaissez ? demanda Cam à voix basse.

Non. Parce qu'elle ne connaissait personne, songea Hilly. Elle se remit à observer les deux intrus essayant de comprendre ce qu'ils cherchaient.

— Mon père les a envoyés pour me passer un message ?

— J'en doute. Dans ce cas, en effet, ils ne seraient pas armés, et ne se faufileraient pas furtivement dans ces bois.

— Comme vous.

— Pas tout à fait.

Il lui sourit. Elle tourna la tête à la hâte et reporta son attention sur l'écran. Soudain, Free se mit à grogner.

— Chut, Free, murmura Hilly.

— Qu'allez-vous faire ? s'enquit Cam.

— Rien.

Sur ces mots, Hilly concentra son attention sur les écrans avec une inquiétude grandissante. Les deux inconnus maintenant tout proches se séparaient. Elle songea que son petit monde, son cocon, avait été bouleversé en l'espace de quelques heures. Elle était allée à la police, se trouvait dans la chambre de son père avec un inconnu, tandis que deux intrus armés s'approchaient avec détermination de son chalet.

Elle arracha son regard des écrans, reprit son fusil et tendit son pistolet à Cameron. Puis elle se dirigea vers l'armoire forte où son père rangeait ses fusils de chasse. Le panneau du fond était amovible et donnait sur un espace exigu, autrement dit, une cachette. Son père ne savait pas qu'elle en connaissait l'existence.

Qu'importe. Il n'était pas là et elle était en danger. Hilly tourna les yeux vers Cam.

Était-il digne de sa confiance ?

Puis elle entendit du bruit devant la porte d'entrée. Les intrus essayaient d'entrer.

— Cette armoire comporte un panneau amovible qui donne sur une cachette. On va se cacher là, murmura-t-elle.

4

Dès le départ, Cam avait compris qu'il s'engageait dans quelque chose de particulier, mais c'était encore plus intrigant qu'il ne l'avait pensé. Il était mal à l'aise par le tour que prenaient ces événements incompréhensibles. Il ne voulait pas le laisser paraître. De toute façon en tant qu'ancien marine, il savait gérer les imprévus.

— Vous avez une idée de qui pourrait être à vos trousses ? demanda-t-il, mettant le revolver dans la ceinture de son pantalon.

— Non, dit la jeune femme d'un ton catégorique.

Il fit un geste vers les écrans de sécurité.

— Les gens qui possèdent un tel système de surveillance, un véritable arsenal d'armes, des cachettes et qui refusent de donner leur identité ne sont pas complètement innocents.

Hilly lui adressa un regard rempli de confusion, comme si elle n'avait jamais songé au sens du dispositif de protection de ce chalet. Mais vite, elle reprit son air déterminé.

— Et cependant, vous êtes avec moi, et non dehors avec eux, répliqua-t-elle.

Si elle avait eu la moindre idée des activités de son père, elle aurait surtout éprouvé de l'agressivité, et été sur la défensive, conclut Cam. Elle ne serait pas non plus allée signaler sa disparition et n'aurait certainement pas accepté sa présence dans le chalet.

Elle éteignit les écrans et les recouvrit d'une bâche.

— Nous sommes armés, nous pouvons affronter ces individus, dit-il.

— Je n'en ai pas l'intention.

— Vous m'avez affronté. Vous avez tiré sur moi, fit-il observer.

— Mais c'était un accident, dit-elle en se dirigeant vers l'armoire à fusils. Bon écoutez, ça n'est pas le moment de discuter. Venez dans cette cachette. Et vite !

Elle appela Free, qui s'approcha. Puis elle dévisagea Cam avec espoir.

— À votre avis, que va-t-il se passer maintenant ? demanda-t-elle.

— Rien s'ils ne nous découvrent pas. Peut-être aurons-nous la chance de les entendre parler et de comprendre ce qu'ils veulent ou cherchent ?

Le bruit, derrière la porte d'entrée, était de plus en plus audible. Puis un craquement s'éleva. Les intrus, à l'évidence, avaient enfin réussi à la déverrouiller.

Cam sortit rapidement son smartphone et sélectionna l'application d'enregistrement vocal, puis il le posa sous le bureau. L'appareil ne capterait peut-être rien, mais ça valait la peine d'essayer. Il entendit le grincement d'une porte qu'on ouvre avec précaution, et vite se glissa derrière le panneau amovible de l'armoire à fusils avec la jeune femme et Free.

Il se retrouva dans un espace très exigu, mais sûr.

Cam allait de surprise en surprise. L'inconnue lui paraissait tout ignorer des activités de son père, mais elle maniait aisément les armes, avait à sa disposition un système de surveillance sophistiqué dans un modeste chalet de montagne. Elle vivait seule avec son père dont elle venait de signaler la disparition et qui n'avait ni permis de conduire, ni numéro de sécurité sociale, ni passeport. *Qui n'existait pas.* Et maintenant, des cambrioleurs faisaient irruption chez eux. Drôle de coïncidence. Elle semblait avoir peur et, paradoxalement, manifestait un étonnant sang-froid.

De leur cachette, Cam n'entendait plus que des bruits étouffés. Combien de temps devraient-ils rester là ? Chez les marines, il avait appris à patienter, dans le silence et l'immobilité, quelles que soient les circonstances. Il avait aussi appris à contrôler sa respiration et à gérer la panique, la fatigue.

Mais la situation était inédite ; il était avec une civile, une inconnue sur laquelle il n'avait de cesse de s'interroger et n'avait aucun élément qui lui permette de donner un sens à cette situation inexplicable.

Il ne pouvait distinguer les traits de la jeune femme, dans cet espace confiné, sombre et exigu, mais il entendait son souffle. Parfois, il effleurait son bras, sa jambe, ou le pelage du chien.

Cela sentait le bois sec, le pelage de Free qui, à l'évidence, n'avait pas été toilettée depuis un certain temps. Malgré tout, c'était l'odeur de la jeune femme qui dominait. Forêt et cuir.

Des odeurs de la nature.

Ses cheveux, très doux, ne cessaient de frôler sa joue.

Cam éprouvait un étrange malaise. Face à la situation certes. Mais aussi face à cette femme mystérieuse et fascinante.

Il était certain d'avoir pris la bonne décision en rentrant dans le chalet pour l'avertir de l'arrivée de deux intrus au lieu d'aller à leur rencontre. Peu importait ce qu'elle lui cachait ou quelle était la vérité, il ne pouvait s'empêcher de penser qu'elle était avant tout une victime. C'était en tout cas ce que son intuition lui soufflait.

Pourtant, elle refusait toujours de lui dévoiler son nom. Il avait insisté puis renoncé. Maintenant, c'était différent. Ils étaient, disons, dans le même bateau, et elle lui avait donné une arme. En clair, elle l'avait doté d'un certain pouvoir, ce qui signifiait qu'elle commençait à lui faire confiance. *Tu pourrais au moins me dire ton nom*, pensa-t-il.

Soudain, des murmures lui parvinrent. La jeune femme s'accroupit et Cam comprit qu'elle s'efforçait d'empêcher le chien de grogner ou d'aboyer, et de révéler ainsi leur présence.

Cam resta quant à lui immobile, cherchant à saisir les propos des intrus. Ce fut vain. Il espéra que son portable effectuerait un enregistrement à peu près audible.

Il soupira. Il n'aurait su dire depuis combien de temps ils étaient cachés, osant à peine bouger, respirer quand soudain, les voix s'éloignèrent. L'inconnue, comme lui, resta coite. Ils ne quitteraient pas cette cachette tant qu'ils n'auraient pas la certitude que ces individus étaient définitivement partis. À plusieurs reprises Cam fut sur le point de lui proposer de sortir mais à chaque fois, des bruits signalaient que les hommes étaient toujours là.

Tout à coup un craquement inédit, inquiétant lui parvint. Comme si quelqu'un marchait sur des brindilles sèches par intermittence. Peu après une odeur âcre lui parvint. Très vite il l'identifia.

Il jura.

— Que se passe-t-il ? chuchota-t-elle.

— Vous sentez ?

— Oui, c'est de la fumée, mais... Oh mon Dieu. Vous ne pensez tout de même pas... ?

— Qu'il y a un incendie. Si, justement ! coupa Cam en tâtonnant pour trouver l'ouverture dans le noir. Nous devons sortir d'ici. Immédiatement !

Cameron ouvrit la porte de l'armoire forte et Hilly vit avec horreur des flammes, immenses et rougeoyantes, qui léchaient les murs de la chambre de son père.

Sidérée, elle se figea face à l'horrible spectacle. La fumée lui piquait les yeux et le nez, l'empêchait de bien respirer. Malgré tout, elle restait immobile, consciente que le bourdonnement dans ses oreilles n'était pas seulement dû au choc, mais au crépitement du feu rongeant le bois.

Elle se ressaisit en voyant Cameron traverser la chambre, sans se laisser impressionner par l'incendie, jusqu'à la petite fenêtre. À l'aide de la crosse du pistolet, il en brisa le carreau. Après quoi il retira le plus possible de verre du cadre. Enfin, il arracha un drap sur le lit pour le disposer dessus.

Il regarda derrière lui. Hilly sortit de son immobilité.

— Prenez votre chienne dans vos bras ! ordonna-t-il.

Ses yeux piquaient, les larmes coulaient, elle y voyait à peine, mais elle obéit. Elle s'accroupit et serra Free contre elle avant de la soulever. Elle lui chuchota ensuite des paroles rassurantes à l'oreille, et s'approcha de la fenêtre. Cameron l'aida à la lui faire franchir. Une fois de l'autre côté, la chienne se mit à aboyer.

— Maintenant, à votre tour, dit-il. Soyez prudente, surtout. J'ai retiré autant de verre que possible du cadre, le drap devrait vous empêcher de vous couper, mais on ne sait jamais.

Hilly acquiesça, enjamba la fenêtre maladroitement, puis toucha le sol sans se blesser. Free aussitôt se précipita vers elle, lui lécha les mains en gémissant. Hilly se releva, caressant et rassurant la chienne. Puis elle regarda dans la direction du chalet en feu. Elle avait encore du mal à concevoir ce qui se passait.

Constatant que Cameron était toujours à l'intérieur, elle s'alarma et courut à la fenêtre brisée.

— Qu'est-ce que vous faites ? s'écria-t-elle.

— Je veux récupérer mon téléphone ! s'écria-t-il à son tour.

— C'est stupide !

— Les incendiaires sont peut-être restés dans les parages. Soyez prudente.

Sur ces mots, Cameron se mit à genoux. Elle le perdit de vue, dans la fumée.

Free geignait, sans doute parce qu'elle s'inquiétait de la voir trop près de l'incendie. Hilly savait qu'elle devait reculer, vite s'éloigner. Sa gorge piquait, la nausée la soulevait. Elle avait de la peine à respirer.

En attendant, Cameron était à l'intérieur... Quel idiot ! se dit-elle. Mais un idiot qui venait de leur sauver la vie, à elle et à Free...

Elle n'allait pas risquer *sa* peau à cause d'un téléphone, et cependant, elle restait immobile devant la fenêtre d'où la fumée s'échappait. Pourquoi ne revenait-il pas ? Était-il blessé ? Évanoui ?

Soudain, elle le vit enjamber la fenêtre, sauter au sol puis la prendre par la main pour l'entraîner loin de l'incendie. La zone autour du chalet était totalement enfumée, de sorte qu'ils durent aller loin.

Cameron toussait. Sa toux était sifflante, mais il brandissait son téléphone comme s'il avait remporté un prix.

Une fois qu'ils furent assez loin, il le lui tendit.

— Composez le 911..., dit-il haletant. Vite.

Hilly cligna des yeux, regardant tout à tour Cameron et le petit appareil. Elle connaissait l'existence de ces gadgets ultra-perfectionnés mais pas leur usage. Cameron toussa de nouveau. Hilly continuait de fixer l'écran, impuissante.

Où appuyer ?

— Cam, je...

Le regard perplexe qu'il lui jeta lui donna la nausée. Et soudain, il se pencha, posa les mains sur les cuisses. Il avait du mal à respirer, et elle ne savait pas comment appeler les urgences. Enfin, il lui reprit le téléphone, appuya sur la touche du bas. L'écran s'illumina, il l'effleura à plusieurs reprises avec dextérité. Puis il se redressa et colla l'appareil contre son oreille.

— Incendie non maîtrisé, annonça-t-il d'un ton militaire à son interlocuteur, malgré sa voix rauque. Non, je n'ai pas d'adresse, mais je vais vous donner notre localisation.

Il l'expliqua entre deux quintes de toux, et enfin raccrocha.

— Vous ne savez pas vous servir d'un téléphone portable, lâcha-t-il.

— Nous ne croyons pas au téléphone ! répliqua-t-elle avec hauteur.

Et elle n'en avait jamais utilisé.

— Je vais appeler Laurel, reprit Cameron.

Il toussa de nouveau. Un son terrible, même si sa respiration était moins sifflante.

— Et on va attendre l'arrivée des secours, et celle des pompiers, acheva-t-il.

Hilly observait l'incendie qui détruisait le chalet, son petit monde depuis ces vingt dernières années. Provisions, argent, matériel… Tout ce qu'elle avait possédé, tout ce qu'elle avait connu partait en fumée.

La clairière était vaste, le sol, boueux, détrempé à cause du dégel printanier, mais un incendie de cette violence pouvait vite s'étendre à la forêt et devenir incontrôlable. Elle se rendit compte qu'elle tremblait lorsque Cameron lui prit le bras. Sa main était grande et douce.

Puis son tremblement s'intensifia. Elle claqua des dents, comme si elle sortait d'une eau glacée. Elle mourait de froid. Elle se sentait malade. De désespoir. D'impuissance. D'angoisse.

— Asseyez-vous.

Elle le dévisagea sans comprendre. Il la força à s'arracher à son immobilité et à plier les genoux. Elle faillit tomber, il la retint.

— Respirez. Votre réaction est normale. Vous êtes en état de choc.

— Choc…, répéta-t-elle.

Free posa ses pattes boueuses sur ses cuisses. Un simple contact ? Non. Un soulagement. Elle caressa la chienne et obéit à Cameron. Respira. Lui, pendant ce temps, parlait dans son téléphone avec cette voix toujours rauque. Elle n'écoutait pas ce qu'il disait.

Elle aurait dû être attentive.

Pour se protéger. Protéger son père.

Mais elle n'en avait pas la force…

Et après tout, quelle importance… Le chalet était en feu. Leur vie partait en fumée. Son père avait disparu. Elle n'avait plus que Free et les vêtements qu'elle avait sur le dos.

Elle avait même laissé les armes dans le chalet. Son père serait en colère, quand il saurait.

— Hey.

Cam s'accroupit devant elle. La compassion adoucissait ses traits et, contre toute attente, elle eut le sentiment déconcertant de le connaître depuis toujours. Comme s'il était un ami.

Ne sois pas stupide, Hilly.

— Ça m'aiderait beaucoup si vous me disiez comment vous vous appelez, reprit-il.

Elle hocha la tête. Il parut contrarié. Énervé ? Incapable de le supporter, elle serra les paupières.

Mais il n'insista pas.

— Pouvez-vous marcher ?

Elle déglutit, ouvrit les yeux et, enfin, osa le regarder. Il avait les bras croisés sur la poitrine, et une expression sérieuse et déterminée sur les traits. La colère ou l'irritation qu'elle y avait lues, un instant plus tôt, avaient disparu.

— Oui.

Aussitôt, elle se redressa et se leva. Il noua les doigts autour de son poignet au moment où elle vacilla.

C'était étrange… Ce contact, qui n'était même pas épidermique puisqu'elle portait une tunique à manches longues, provoquait une espèce de réaction chimique.

Bizarre.

Une fois qu'elle se sentit plus stable, il la lâcha et contourna le chalet qui finissait de se consumer. La sensation de picotement à son poignet persista.

— On va peut-être pouvoir relever des indices sur

l'identité des incendiaires. Peut-être des empreintes de pas ? Les pompiers ne devraient pas tarder. Une fois qu'on leur aura parlé et qu'on en aura le temps, on écoutera ce que j'ai enregistré.

— Vous croyez vraiment que votre téléphone a...

Il s'interrompit, pila net devant le chalet, et elle le heurta. Puis elle suivit son regard, et vit un seul mot peint dans l'herbe boueuse.

AVOUE.

À qui était destinée cette injonction ? Elle sentit la suspicion de Cam peser sur elle. *Avouer quoi ?* Elle n'avait jamais commis aucun crime. Elle n'avait jamais quitté ce chalet, cette clairière depuis qu'elle y avait emménagé quand elle était petite fille. Cette sommation ne pouvait s'adresser à elle.

— Je n'ai rien à avouer, dit-elle donc.

— Vous n'êtes pas seule à vivre ici, insinua Cameron.

— Vous pensez que c'est destiné à mon père ?

Quelle autre explication ?

Hilly aurait préféré croire que c'était une erreur, mais... son père avait disparu et maintenant, des inconnus voulaient lui extorquer un aveu.

— Ça doit être une erreur..., dit-elle cependant avec force. Ça n'est pas possible autrement.

Elle détesta l'expression de pitié qu'elle lut sur le visage de Cameron. Face à sa naïveté ? D'accord, ces mots ne pouvaient la concerner et par conséquent s'adressaient à son père. Mais ça ne signifiait pas pour autant que ce dernier avait quelque chose à avouer. À moins que...

— Croyez ce que vous voulez, reprit Cameron. Et faites ce que vous voulez. Vous refusez de me divulguer jusqu'à votre identité, donc je ne peux pas vous aider.

Aider.

Son père l'avait élevée, soutenue, écoutée, sermonnée. Mais aidée ? Non.

— Je m'appelle Hilly, chuchota-t-elle.

— Hilly.

Elle retint son souffle. Les mots de son père lui revinrent à l'esprit.

« Ne fais confiance à personne ! »

Mais elle n'avait d'autre solution que de s'en remettre à Cameron Delaney qui venait de lui sauver la vie et qui, à l'évidence, savait gérer une situation de crise.

— Je m'appelle Hilly Adams...

5

En raison de l'isolement des lieux et de leur accès difficile, les pompiers tardèrent à arriver. Ils éteignirent complètement l'incendie et sécurisèrent le périmètre du sinistre.

Cam s'entêtait à refuser tout examen médical, mais l'urgentiste revenait obstinément à la charge, sur les insistances de Laurel également présente pour les besoins de l'enquête.

— Je vais bien, grogna Cam pour la énième fois, lorsque Laurel, de nouveau, lui fit la morale, appuyée par le médecin.

— Je ne te crois pas ! Quand tu parles, on a l'impression que tu as avalé du verre ! riposta Laurel.

— Je vais bien !

Laurel soupira ostensiblement et adressa un petit signe d'intelligence à l'urgentiste qui se dirigea vers les pompiers rassemblés autour de la cabane incendiée.

Cam n'avait d'yeux que pour Hilly, assise un peu plus loin, une couverture de survie autour des épaules et Free blottie contre elle.

— Elle est mutique depuis notre arrivée, fit observer Laurel, qui avait suivi son regard.

— C'est normal, elle est en état de choc, mais elle m'a parlé. Cela dit, elle ne donne pas les réponses attendues. Elle a peur, mais c'est parce qu'elle ne sait rien. Ni sur la raison de l'incendie, ni sur cette injonction.

Laurel soupira.

— Récapitulons. Pour commencer, son père, James Adams, disparaît : un homme qui « n'existe » pas d'un point de vue purement administratif. Ensuite, Hilly Adams quitte brusquement le bureau du shérif, sans explication. Peu après, l'endroit où ils vivent, un lieu très isolé, mais gardé comme une forteresse, est incendié par deux inconnus, auteurs d'une sommation inscrite sur le sol. J'ajoute que ce chalet s'élève sur un terrain public, et n'est pas une propriété privée. Tu m'as décrit un équipement de surveillance complet et un impressionnant arsenal d'armes. Ça n'est pas possible qu'elle ignore les activités de son père !

— Pourtant j'en ai la conviction, dit Cam.

Il se fiait à son intuition.

Il avait eu le temps d'observer Hilly et de jauger ses réactions. Elle était perdue. Désorientée. Elle ne savait pas non plus se servir d'un smartphone et, par conséquent, était incapable d'établir un contact avec ce qu'elle appelait le « monde extérieur ».

— Ne te laisse pas troubler par son joli visage, Cam ! lâcha soudain Laurel.

Surpris par ces propos, il se rebiffa.

Certes, Hilly était très attirante, mais il savait garder la tête froide.

— Je vais la conduire chez nous, annonça-t-il, mû par une impulsion.

— Voyons, Cam ! s'exclama Laurel.

— C'est une victime, Laurel ! coupa-t-il. J'en suis certain. Je sais de quoi je parle, tu peux me croire !

Laurel soupira, signe qu'elle renonçait à discuter.

— Ça n'est pas elle qui a incendié cette cabane, ajouta Cam. Mais les deux hommes dont je t'ai donné la description.

— Des descriptions si vagues qu'elles pourraient convenir à n'importe qui.

Après avoir dit cela, Laurel posa les yeux sur le mot tracé

à la peinture. L'un de ses adjoints l'avait photographié sous tous les angles.

— Hilly Adams affirme ne pas connaître la véritable identité de son père. Et tout ayant brûlé, on ne retrouvera plus aucun indice, dit-elle à mi-voix.

— Écoute l'enregistrement sur mon smartphone : qui sait si tu ne repéreras pas quelque chose ? De mon côté, je n'ai malheureusement rien entendu de concluant.

— Oui…, murmura Laurel sans conviction. Contacte-moi si quelque chose te revient en mémoire ? Ou si Hilly Adams te donne de nouvelles informations ? Quelle qu'en soit la nature, on est bien d'accord, Cam ?

— Je te dis que Hilly ne sait rien. Elle ne sait même pas se servir d'un smartphone, reprit-il. À mon avis, elle a toujours vécu dans ce chalet, isolée du monde.

— Son père serait membre d'une secte ?

— J'en doute : dans ce cas, ils seraient au sein d'une communauté.

— Et si James Adams était un de ces « Patriotes américains » ?

— Tu veux parler de ces groupes antigouvernementaux ?

— Oui, lâcha Laurel.

Cam réfléchit.

Ces milices prenaient leurs racines dans les vieilles traditions américaines de liberté, lesquelles remontaient aux fondements de la Constitution américaine, qui garantissait la pleine liberté d'expression dans le premier amendement et le droit de porter des armes à feu, dans le deuxième amendement.

Les membres de cette mouvance se disaient « patriotes ». Ils exigeaient que le gouvernement fédéral respecte en tout point la Constitution des États-Unis, mette fin à ce qu'ils estimaient être des abus systématiques de leurs droits fonciers, de leur droit au port d'armes et à la liberté d'expression. Ils étaient farouchement opposés à toute ingérence de l'État fédéral dans leur existence. C'était des solitaires. Armés jusqu'aux dents. Paranoïaques.

— C'est une possibilité, insista-t-elle.

Laurel se tut, pensive, avant de poursuivre.

— Je ne sais pas jusqu'à quel point il y a des luttes internes au sein de ces groupes, mais son père pourrait y avoir un ou plusieurs ennemis ? En tout cas, c'est une piste sérieuse. Je vais me pencher sur la question et me renseigner sur les récentes affaires d'incendie avec la collaboration des pompiers. Ensuite, je m'intéresserai aux « Patriotes américains » du Wyoming.

Elle marqua un nouveau silence puis soupira.

— Mais nous aurons les pires difficultés à obtenir des noms et des renseignements. Pour preuve, « James Adams » est invisible. Inconnu. Inexistant. Nous n'avons rien sur lui. Et nous ne trouverons rien sur Hilly Adams.

Laurel jeta un nouveau regard à Hilly et hocha la tête.

— Honnêtement, je n'arrive pas à croire qu'elle ne sache rien sur son père ou sur ses activités.

Son regard revint sur lui.

— Essaie de la convaincre qu'elle n'a pas de meilleure solution que de collaborer avec nous.

— Si elle sait quelque chose... Et, comme j'en doute, l'acculer ne sert à rien.

— Écoute, Cam, mon travail c'est de trouver les criminels, pas de faire du sentiment.

— Tu me confies une mission, mais tu oublies que je ne fais pas partie des forces de l'ordre et que je ne suis pas sous tes ordres, riposta Cam.

— Je n'arrive pas à le croire ! s'exclama Laurel, se départant de son flegme de policier.

— Tu voulais que je l'aide, n'est-ce pas ? Alors oui, je vais l'aider, répliqua Cam. En clair : la protéger, et protéger ses intérêts.

— Comme un avocat ? persifla Laurel. J'espère pour

toi qu'elle ignore les activités de James Adams, qu'elle est innocente, sinon ta réputation ou tes affaires qui, entre parenthèses, démarrent à peine vont en pâtir.

Cam sourit.

— Je prends le risque. J'ai confiance.

Laurel haussa les épaules, lui tourna le dos et s'approcha des pompiers. Cam soupira. L'obstination de Laurel à faire œuvre de justice lui faisait parfois oublier que derrière les dossiers et les affaires il y avait des femmes et des hommes de chair et de sang, sensibles et éprouvés.

Cam revint auprès de Hilly, qui gardait le regard fixé sur les ruines calcinées. À sa vue, elle s'arracha à sa triste contemplation.

— Vous vous disputiez avec votre sœur ?

— Des chamailleries. C'est normal entre frères et sœurs, vous savez.

Hilly fronça les sourcils.

— Non, justement, je ne sais pas.

— Je suis l'aîné de quatre frère et sœurs. Je vous assure que vous avez beaucoup de chance !

Il avait voulu plaisanter, il se tut soudain en la voyant tourner les yeux vers les restes calcinés et fumants du chalet.

De la chance ? Pas tant que ça...

— On y va ? dit-t-il, hochant la tête vers la voiture de patrouille. On va nous reconduire dans la vallée.

Il lui tendit la main. De son côté, Free se leva et, du museau, lui donna une bourrade dans la paume.

Cam rit, caressa la chienne avant de tendre de nouveau la main à Hilly. Mais cette dernière ne lui prêtait pas attention. Elle ne pouvait détacher les yeux des restes calcinés.

— C'est que je n'ai nulle part où aller..., murmura-t-elle, son regard doré devenant soudain plus brillant.

— Justement. Vous allez venir avec moi ! dit Cam d'une voix ferme. Chez moi.

Hilly écarquilla les yeux.

— Avec vous ? Chez vous ? répéta-t-elle incrédule.

— Que vous le vouliez ou non, cette affaire désormais me concerne. Et, mon boulot, c'est la sécurité. Considérez dès à présent que vous êtes sous ma protection et en sécurité.

Hilly déglutit.

— Je n'ai pas le choix, de toute façon, prononça-t-elle d'une voix étranglée. Je n'ai plus rien. Je ne...

Il lui saisit sa main d'autorité et l'obligea à se relever. Puis il soutint son regard.

— Quand ce sera fini, vous pourrez choisir ce que vous voulez faire. Je vous le promets, Hilly.

Ce fut étrange de faire la route dans cette voiture de patrouille...

Hilly n'était pas montée dans un véhicule depuis des années. Le vieux pick-up dans lequel ils s'étaient rendus dans la clairière, autrefois, était tombé en panne lorsqu'elle avait eu dix ans, et son père n'avait pas ressenti la nécessité de le remplacer.

Pour autant qu'elle sache.

Elle ferma les yeux, refoulant cette petite voix insidieuse et inconnue qui semblait faire écho aux dires des personnes qu'elle avait rencontrées, aujourd'hui, ou traduire leur perplexité muette. Il y avait d'abord Laurel Delaney, l'adjoint du shérif. Et ce jeune homme sérieux qui portait le même uniforme qu'elle. Puis Cam. Les pompiers. L'urgentiste.

Tous lui avaient posé des questions précises. Souvent elle s'était sentie jugée, évaluée. Sauf par Cam, le seul à la croire, même s'il la regardait parfois, comme si elle avait été une créature féerique qu'il redoutait d'exposer à la lumière, de peur qu'elle ne disparaisse.

Et maintenant elle était seule avec lui dans son pick-up. Il conduisait en silence. C'était encore plus bizarre que le trajet qu'elle venait d'effectuer dans la voiture de patrouille.

Avait-elle eu raison d'accepter qu'il l'héberge ?

Ils traversaient la ville dont la vue raviva de très lointains souvenirs.

L'avait-elle parcourue avec son père lorsqu'ils étaient venus s'installer dans la région ? Hilly avait tout oublié des villes précédentes où ils avaient pu habiter, avant d'emménager dans ce chalet isolé. Et son père répétait sans cesse que les souvenirs mentaient.

Mais lui avait-il toujours dit la vérité ?

Hilly ferma les yeux et posa le front contre la vitre de la portière. Douter de la seule personne qu'elle connaissait l'obligeait à faire face à un vide à peine supportable. Mais les derniers événements la contraignaient à remettre sa vie en perspective.

« Avoue ».

Avouer quoi ?

— On arrive bientôt, murmura soudain Cam.

Arrachée à ses pensées, Hilly ouvrit les yeux d'un seul coup. Ils roulaient maintenant sur une route pavée et sinueuse qui aboutissait à une demeure… absolument… magnifique. Tel fut le premier mot qui s'imposa à l'esprit de Hilly. Immense, pensa-t-elle ensuite. Entourée par des hectares et des hectares de grands espaces et les montagnes.

Enfin, elle aperçut non loin de là un modeste chalet qui lui rappela celui où elle avait vécu.

— Vous habitez là ? demanda-t-elle seulement.

Elle n'avait qu'une connaissance théorique du monde extérieur, mais elle comprenait que pour habiter une si belle maison, Cam devait être un homme important.

— Oui. C'est le ranch familial. Laurel vit dans le petit chalet que vous voyez là, à proximité. Mon frère et moi occupons la maison principale avec notre père. Mon autre sœur habite en ville, mais elle vient souvent préparer nos repas.

— Écoutez, Cam…

Elle se tut. Elle ne trouvait pas les mots pour expliquer

son malaise et ses réticences à l'idée de passer la nuit dans cette maison avec des inconnus.

— Il y a assez de place pour une invitée, comme vous pouvez le constater. Il s'agit d'une solution simple et temporaire. Sinon, où iriez-vous ?

Dans un endroit plus petit. Plus isolé. Et plus sûr…

Elle n'en connaissait pas.

— Je sais que vous restez sur vos gardes, Hilly…

C'était étrange d'entendre quelqu'un d'autre que son père prononcer son prénom.

— Mais je ne m'en formalise pas, reprit Cam à la hâte. Je comprends votre malaise et votre tristesse, mais je ne pouvais vous abandonner à votre sort.

— Je n'ai jamais vécu qu'avec mon père…, murmura Hilly. Je ne sais pas… Je ne…

Elle avala sa salive.

— Je ne vous connais pas…

— Vous serez en sécurité chez nous, vous avez ma parole. Nous avons plusieurs chambres d'amis et, si cela vous rassure, Jen ou Laurel passeront la nuit sous ce toit.

— D'accord, dit-elle sans conviction.

Cam se gara. Hilly était de plus en plus oppressée. Elle ne pourrait pas…

Elle sentit la main de Cam sur la sienne.

— Respirez fort, ordonna-t-il. Détendez-vous.

Elle obéit.

— Voilà. Maintenant, inspirez, continua-t-il.

De nouveau elle fit ce qu'il lui demandait. Elle eut l'impression que c'était finalement le seul acte sensé de toute cette journée. *Inspirer. Expirer.*

Le reste n'avait aucun sens.

— Vous aurez tout l'espace ou, si vous préférez, l'isolement nécessaire, enchaîna Cam. Allons-y. Je vais vous faire visiter. Ensuite, vous pourrez vous enfermer dans votre chambre si vous en ressentez le besoin. Ou, si vous préférez, nous travaillerons sur la disparition de votre père.

— Je préfère m'y mettre tout de suite.

— Laurel, le shérif et les pompiers vont ouvrir une enquête sur cet incendie criminel, qui n'est pas directement lié à la disparition de votre père.

— Mon père est un criminel aux yeux des incendiaires, lâcha Hilly. Et pour la police et les pompiers également.

Elle l'avait compris aux questions qu'on lui avait posées, et à la façon dont on l'avait observée. Surtout, et c'est ce qu'elle passait sous silence, elle savait que dans une certaine mesure, on la considérait comme sa complice.

— Oui. Les faits ne parlent pas en sa faveur. Il occupait un chalet dont il n'était pas propriétaire ni même locataire. Il n'existe nulle part dans les bases de données : il n'a pas de numéro de sécurité sociale ou de permis de conduire, les deux pièces d'identité principales dans notre pays. Rien. Et par une curieuse coïncidence, le chalet est brûlé et on découvre une mystérieuse injonction de la part des incendiaires. Admettez que tout porte à croire à une responsabilité, ou à une culpabilité de sa part dans une affaire dont on ne sait encore rien. C'est du moins les conclusions qu'ont tirées les personnes que vous avez rencontrées aujourd'hui.

Des inconnus, corrigea Hilly dans son for intérieur. Elle n'avait pour ainsi dire jamais eu de contact avec des personnes autres que son père. Peut-être avaient-ils rencontré des gens avant qu'ils ne s'installent dans le chalet, mais Hilly n'en avait pas le souvenir.

Du plus loin qu'elle se souvienne, il n'y avait jamais eu qu'elle, son père et les animaux.

Seulement ? En es-tu sûre ?

Elle tressaillit en entendant cette petite voix insidieuse. Et l'injonction, de nouveau, surgit dans son esprit.

« Avoue ».

— Tout bien réfléchi, j'ai été bien inspiré de vous suivre jusque chez vous, Hilly ! conclut Cam.

Il avait gardé sa main sur la sienne. Hilly se rendit compte qu'elle respirait mieux, plus régulièrement.

— Je ne suis ni policier ni juge. Tout ce que je veux, c'est vous aider à retrouver votre père.

— Mais je... Je ne peux pas vous payer... Je n'ai plus d'argent.

Cam haussa les épaules, comme si c'était un détail qui, de plus, l'indifférait. Hilly s'en étonna. Son père ne lui avait-il pas répété que l'argent comptait beaucoup dans le monde extérieur ? Autrefois, quand elle se rebellait contre son autorité, elle menaçait de s'enfuir, mais il lui rétorquait que, sans un dollar en poche, elle n'irait nulle part. À cette époque, il cachait toujours l'argent. Le temps passant, elle s'était assagie, la confiance était revenue et son père n'avait plus pris autant de précautions. Hilly n'avait plus eu envie de quitter la clairière pour ce monde dont il se méfiait autant et dont il lui faisait de si sombres descriptions.

Les personnes qu'elle avait rencontrées aujourd'hui avaient instillé le doute sur lui, ses intentions et son passé. Et en vérité, elle ne savait rien de lui.

— Venez, maintenant, lui dit doucement Cam. Nous allons manger quelque chose. Et trouver un endroit pour Free.

— Elle reste avec moi !

Cam haussa les sourcils, mais il hocha la tête.

— D'accord.

Il ouvrit sa portière, sortit, et rabattit le siège vers l'avant pour faire sortir Free. Hilly, à son tour, descendit du pick-up.

L'air était froid, l'espace immense et dégagé. Les montagnes s'élevaient majestueusement sur la ligne d'horizon.

Hilly était fascinée par ce spectacle qui lui évitait de tourner les yeux vers la somptueuse maison de famille qui, d'emblée, l'avait pourtant séduite et si favorablement impressionnée. À présent, sa taille, sa splendeur, presque féerique dans le couchant, l'intimidaient. Elle l'attirait comme la maison de pain d'épices habitée par une sorcière. Et justement, comme dans le conte, quels dangers recelait-elle ?

Elle se ressaisit. Dans son malheur, elle avait de la chance ! Sans Cam, elle serait livrée à elle-même, dans le dénuement le plus complet. Elle ne lui accordait pas encore toute sa confiance, mais au moins, il n'était pas l'auteur de l'incendie et l'en avait sauvée. Ça n'était pas lui qui avait tracé le mot sur le sol. Cam était étranger à ces événements troublants qui se succédaient et bouleversaient son existence jusque-là si tranquille.

Enfin, Cam était le seul à ne pas porter de jugement sur son père. Hilly soupira. Elle était trop fatiguée, trop affamée et trop déboussolée pour réfléchir, donner du sens à ce qui lui arrivait.

Et pour le moment, elle n'avait pas le choix...

Cam lui avait promis qu'elle l'aurait, quand tout serait fini. C'était son plus cher désir. Avec celui de retrouver son père. Elle avait besoin de se projeter dans l'avenir au lieu de s'appesantir sur les derniers événements.

Cam déjà sous le porche l'attendait avec Free. Sans insister ni la presser.

Elle fut touchée par sa délicatesse.

— Que vous faut-il pour commencer vos recherches ? lui demanda-t-elle quand elle l'eut rejoint.

— Une description physique. Sans photo ce sera difficile.

— Je vais vous le dessiner. Donnez-moi du papier et un crayon.

Et, sur ces mots, elle riva son regard au sien.

— Vous allez m'aider. Sans vous, Cam, je n'y arriverai pas. J'ai besoin de votre aide. J'ai besoin de vous.

6

Hilly le déconcertait.

Elle était perdue et vulnérable, et, tout à coup, elle se révélait étonnamment forte et déterminée.

Elle avait demandé du papier et un crayon, il les lui donna une fois qu'ils furent dans la cuisine. Hilly s'installa aussitôt, et, Free à ses pieds, se mit à dessiner.

— Vous ne préférez pas manger quelque chose d'abord ? s'enquit Cam à mi-voix.

Elle secoua la tête, sans cesser de dessiner.

— Plus tard.

Cam n'insista pas. Il était à peu près certain d'obtenir un croquis inutilisable, mais si dessiner permettait à Hilly de se concentrer sur autre chose que sur les derniers événements, voire de se ressaisir, pourquoi pas ?

Ils sentaient tous les deux la fumée et avaient besoin de se doucher. Il aurait dû le lui proposer avant toute autre chose. Au moins, la sensation d'avoir du verre pilé dans sa gorge s'atténuait, et c'était rassurant.

Dylan n'allait pas tarder, et Cam avait contacté Jen pour qu'elle vienne préparer le dîner. Il n'avait pas demandé à Laurel de passer. Dans un premier temps, il avait besoin de se faire sa propre idée de la situation avec le concours de Hilly.

— Vous ne savez pas comment utiliser un smartphone, commença-t-il.

Il s'en voulut du ton péremptoire avec lequel il avait prononcé ces mots.

Hilly leva sur lui un regard interrogateur.

— Un *quoi* ?

— Un smartphone. Un téléphone portable.

— On n'a jamais eu de téléphone. Mon père s'en méfie.

— Pourquoi ?

Elle le dévisagea, les sourcils foncés.

— Il se méfie du monde extérieur.

Elle jeta un regard circulaire sur la cuisine spacieuse et impeccable.

— Rien n'y est sûr. Tout est dangereux. On y est surveillé. Les droits et les libertés de chacun n'y sont pas respectés. Tout n'est qu'illusion et poudre aux yeux.

— Pourtant, vous êtes chez moi.

— Parce que je n'ai pas le choix, vous savez bien.

Et sur ces mots, elle se remit à dessiner.

Le silence retomba. Jen arriva sur ces entrefaites.

— Tu avais l'air si pressant au téléphone que j'ai demandé à Lydia de s'occuper du magasin ! annonça-t-elle.

Elle fronça le nez à son intention.

— Tu *pues* la fumée, Cam.

— Normal après un incendie.

Jen soupira.

— Ça ne t'a pas suffi de risquer ta peau quand tu étais chez les marines ? Maintenant, tu braves les flammes ? Toi et Laurel, vous vous jetez tête baissée dans les ennuis, c'est plus fort que vous !

Elle posa ses sacs sur le comptoir et sourit à Hilly.

— Bonjour. Je suis Jen Delaney, la sœur de Cam.

— Bonjour… Moi… je… je suis…

Hilly s'interrompit, et tourna un regard d'impuissance vers Cam. Elle était complètement désorientée.

Qui était-elle ?

La fille dans la forêt. La fille qui jamais n'avait eu de vie sociale et qui ne s'était jamais présentée à quiconque. Cam comprenait. Il ne savait plus qui il était quand, accablé par le suicide d'Aaron, il avait quitté le corps des marines après quinze ans, retrouvé la vie civile dont il s'était déshabitué et avait cherché à s'y reconstruire.

De plus, Hilly semblait répugner à révéler son identité. Parce que, selon ses propres dires, le monde extérieur était une menace. Mais elle n'avait d'autre choix que de se lancer et de l'affronter.

— Hilly, acheva-t-il à sa place. Hilly Adams qui sent la fumée...

Jen et Hilly lui adressèrent un regard étonné pendant qu'un petit sourire surgissait sur les lèvres de Hilly. Il s'en réjouit, il avait réussi à la dérider.

— Je vais préparer le dîner, enchaîna Jen, qui, déjà, s'affairait devant la cuisinière. Pendant ce temps, pourquoi ne montrerais-tu pas à notre invitée sa chambre et la salle de bains ? Peut-être veut-elle faire un brin de toilette avant de passer à table ?

— Oh ! je..., commença Hilly.

Cam s'approcha et lui prit le coude.

— Jen a raison. Vous finirez votre dessin plus tard.

Hilly se leva, hésitant.

— Free va rester avec Jen, ajouta Cam pendant que Jen la caressait.

Hilly acquiesça, et s'engagea dans le couloir derrière Cam.

— Cam ? Je n'ai pas de vêtements, fit-elle remarquer dans un souffle.

En effet elle ne possédait plus rien. Comment avait-il pu l'oublier ?

— Ne vous inquiétez pas, je vais vous en trouver. Si vous avez besoin de quoi que ce soit dans les prochains jours, n'hésitez pas à le demander.

Elle lui tendit sa feuille de papier.

— Tenez. C'est déjà terminé. Ça n'est pas parfait, mais ça devrait pouvoir vous aider.

Cam étudia le dessin en la conduisant vers l'escalier et constata qu'elle était très douée. Le portrait était réussi.

— Vous avez beaucoup de talent !

— J'ai listé les vêtements que mon père portait, le jour du départ. J'ai indiqué la couleur de ses cheveux et de ses yeux au dos de la feuille, dit-elle avec nervosité.

— C'est très précieux. Merci. C'est un bon début, dit-il.

Et il lui lança un sourire apaisant pour l'exhorter au courage. Elle devait se projeter dans l'avenir. Ne pas s'appesantir sur ses récentes tragédies.

Ne le savait-il pas mieux que personne ? Il était en effet passé par là.

Il ouvrit une porte.

— Voilà la salle de bains.

Puis, mû par une impulsion, il ajouta.

— Attendez-moi, je reviens !

Hilly écarquilla les yeux et resta immobile tandis qu'il entrait dans sa chambre, située non loin de la sienne. Il posa le dessin sur son lit, sortit un peignoir propre de son armoire. Une fois que Hilly serait sous la douche, se dit-il, il demanderait à Jen des vêtements de rechange.

Il revint auprès de Hilly qui l'attendait toujours devant la salle de bains. Sa crainte, son malaise et son agitation étaient perceptibles.

Il lui tendit le peignoir, la précéda dans la salle de bains et ouvrit un petit placard.

— Les serviettes de toilette et draps de bain sont ici. Savon et shampoings sont dans la cabine de douche, expliqua-t-il en les lui montrant. N'hésitez pas à vous servir et à fouiller un peu partout. Nous en avons des stocks ! Entre moi et mon frère, Laurel, Gracie et Jen qui vont et viennent, c'est indispensable !

— Je croyais que vous n'aviez que deux sœurs ?

— Gracie est ma cousine. Elle a habité chez nous pendant un moment, mais elle vit en ville, maintenant. En bref, c'est une histoire longue, compliquée et ennuyeuse.

Il sortit dans le couloir, s'effaça et lui fit signe d'entrer.

— Allez-y.

Hilly obéit avec hésitation, observa la salle de bains avant de reporter son regard sur lui.

— Et vous ? Où serez-vous pendant ce temps ?

Lui posait-elle la question par méfiance ? Ou parce qu'il était la seule personne qu'elle connaissait dans cette maison et qu'elle craignait de le perdre de vue ?

— Je vais préparer votre chambre, répondit-il en lui montrant une porte. Venez me rejoindre quand vous aurez terminé votre toilette. Si je n'y suis pas, attendez-moi : je ne serai pas long à revenir.

Hilly hocha la tête, serrant le peignoir contre sa poitrine.

— Oui. D'accord.

Elle se mordilla la lèvre et ferma la porte de la salle de bains.

Cam poussa un soupir. Il avait fondé une société dédiée à la sécurité et à la protection rapprochée, pas une agence de détectives privés destinée à enquêter sur des actes criminels. Il n'avait pas non plus prévu de porter secours, d'offrir le gîte et le couvert à une cliente. Une jeune femme vulnérable qui, à l'évidence, n'avait aucune idée du monde extérieur et de son fonctionnement.

Hilly était désormais sous sa responsabilité. Il s'était engagé à l'aider...

Il tiendrait sa promesse.

Hilly allait de surprise en surprise. C'était incroyable, il y avait de l'eau chaude en abondance ! C'était le confort qui lui manquait le plus au chalet où le coin toilette était plus que rudimentaire ! Son père avait souvent évoqué, avec son mépris habituel, les extravagances du monde extérieur :

dans ces sociétés de consommation, les gens avaient besoin du luxe pour se convaincre qu'ils étaient plus respectables que les autres ! Pour Hilly, la maison de Cam était certes une terre inconnue, mais c'était aussi un vrai pays de Cocagne !

Il y avait, à profusion, des savonnettes à la délicieuse odeur de lavande. Le shampoing, très doux, sentait bon le miel. Cela la changeait du pain de savon dont elle se servait et qui lui irritait la peau. Les serviettes de toilette et les draps de bain étaient moelleux et sentaient bon. Enfin, il y avait de grands miroirs partout dans la pièce.

Hilly se doucha longuement, ferma le robinet à regret, s'enveloppa dans un immense drap de bain et se sécha en se regardant dans la glace. Elle y vit une jeune femme blême et effrayée, aux épaules voûtées, comme recroquevillée sur elle-même.

Voilà l'image qu'elle renvoyait... Voilà ce que Cam voyait ? Hilly songea à Jen souriante et pimpante. Face à cette jeune femme lumineuse et très gaie, elle s'était sentie terne, inintéressante et maladroite.

« L'apparence, ça ne compte pas ! Pas plus que les grands discours ! » professait son père.

Cam avait promis et tenu parole. Et son père disait que la valeur d'un individu se mesurait à ses actes. Cam était digne de confiance.

Et si séduisant.

Hilly chassa cette pensée ridicule surgie de nulle part, et enfila le peignoir. Le tissu-éponge en était si doux que, de nouveau, elle oublia tout le reste.

Elle hésita avant de sortir de la salle de bains. Elle était gênée à l'idée de se montrer dans ce peignoir trop grand. Certes, il la vêtait de la tête aux pieds, mais elle n'en était pas moins consciente de sa nudité, dessous.

Elle surmonta son malaise pour se glisser dans le couloir. Et, sur la pointe des pieds, elle s'approcha de la chambre que Cameron lui avait montrée, un instant plus tôt. C'était stupide de se faufiler de la sorte, comme une voleuse. Elle entra et se figea à la vue de Cam qui regardait par la fenêtre.

Son profil, si net, ciselé lui fit battre le cœur à toute vitesse. C'était la première fois qu'elle avait une telle réaction. Était-ce de l'appréhension ? De la fascination ? Un mélange des deux avec, en plus, quelque chose d'inexplicable. Elle avait été intimidée par les deux sœurs de Cam, par les pompiers, enfin, par toutes les autres personnes qu'elle avait croisées, aujourd'hui. Désorientée par tant de monde, par les regards étonnés, perplexes ou soupçonneux sur elle, si bien qu'elle avait eu envie de se cacher, mais avec Cam, c'était différent.

Cam prit conscience de sa présence. Il tourna la tête dans sa direction et ouvrit la bouche, prêt à parler. Seulement, il se figea, cligna des yeux comme s'il se réveillait d'un songe et sourit.

— Bienvenue dans votre chambre, Hilly ! Jen vous a trouvé des vêtements de rechange. Je ne sais pas s'ils vous iront. À vous de voir. Je vous laisse. Je vous attends dans le couloir. Ensuite, nous descendrons pour le dîner.

Hilly acquiesça de la tête. Cam sortit vite, fermant la porte derrière lui. Pourquoi avait-il paru si troublé ?

Aucune importance. Elle s'habilla à la hâte. D'abord, elle mourait de faim et puis, elle voulait savoir quel était le plan de Cam pour retrouver son père.

Elle enfila le pantalon, un peu trop grand pour elle, et qu'elle serra à la taille avec sa ceinture, passa une tunique et un pull très doux. C'était étrange de porter les vêtements d'une inconnue, de plus, si beaux, plus chauds et plus propres que les siens. C'était bizarre, mais si agréable.

Elle n'avait pas d'élastique pour se faire une queue-de-cheval. Elle en demanderait à Cam.

Demander ?

Non.

Se débrouiller. Être autonome. Indépendante.

La devise de son père.

« Débrouille-toi, Hilly ! Ne compte que sur toi, même pour les plus petites choses de la vie. Tu es la seule en qui avoir confiance ! Tu es ta meilleure amie, tu n'as besoin de personne ! Que de ta liberté ! »

Elle avait aimé cette profession de foi, à laquelle elle donnait maintenant un tout autre sens.

Son père et elle partageaient certes le chalet et se soutenaient, mais à l'évidence, ils ne formaient pas une vraie équipe.

Chacun pour soi…

Tous les deux, isolés dans cette clairière, étaient unis contre le reste du monde ? Non. Elle était seule. Seule aux côtés de son père secret et silencieux.

Et elle l'était davantage maintenant que lui et le chalet dans la clairière avaient disparu. Elle se savait désorientée face à l'inconnu, à des choix et des prises de décisions pour la première fois de sa vie.

— Il me faudrait des chaussettes, lâcha-t-elle d'un coup.

Cam parut surpris par cette déclaration intempestive. Il hocha la tête.

— D'accord. Venez.

Elle le suivit jusqu'à une pièce tout au bout du couloir. Cam y entra et se dirigea vers une commode.

Cette pièce était immense, remarqua Hilly en regardant autour d'elle. Presque plus que le vieux chalet.

Tout était impeccable et bien rangé, mais c'était moins vivant que sa chambre toujours très encombrée. Moins vivant que le chalet.

Parti en fumée.

Hilly déglutit pour chasser la boule dans sa gorge. Non. Elle ne pleurerait pas. Pas maintenant. Il y avait trop à faire. De plus, son père disait…

Au diable ce qu'il disait !

Cam glissa une paire de chaussettes dans sa main, lui fit replier les doigts dessus et les serra.

— Laurel va arriver. Elle a écouté l'enregistrement sur mon

smartphone, enfin, sur mon téléphone portable. Peut-être a-t-elle une piste ?

Hochant la tête, Hilly constata que des larmes coulaient sur ses joues. Elle prit une profonde inspiration tremblante. Elle aurait dû se sentir gênée, or elle ne l'était pas. Elle était surtout reconnaissante à Cam qui lui offrait confort et réconfort. Et un but.

— Vous avez besoin de manger, dit-il. Moi, je meurs de faim.

Il ajouta avec un sourire :

— Nous sommes présentables, maintenant, alors allons-y.

Hilly se rendit compte qu'il s'était lui aussi douché. Il s'était changé, et bien qu'elle puisse encore sentir une odeur de fumée imperceptible sur lui, c'était celle du propre et du frais qui dominait.

La maison comportait donc au moins deux salles de bains confortables avec eau chaude à volonté. Incroyable !

Elle suivit Cam dans ce long couloir et descendit le grand escalier. Elle restait impressionnée par cette demeure immense et magnifique. Puis elle fixa son attention sur Cam qui la précédait. Ses cheveux étaient encore humides, plus foncés par endroits, remarqua-t-elle.

Quand ils entrèrent dans la cuisine, le fumet qui s'échappait des casseroles était si délicieux qu'elle fut aussitôt en appétit. Jen n'y était pas seule. Laurel lui tenait compagnie.

Cette dernière, toujours en uniforme, en imposait. Jen était quant à elle plus douce, et plus féminine. D'instinct, Hilly avait plus d'affinités avec Laurel, et cependant, celle-ci l'intimidait, ce qui ne l'engageait pas à mieux lier connaissance.

— As-tu repéré quelque chose sur mon smartphone ? demanda Cam à Laurel.

Il regarda par-dessus l'épaule de Jen et trempa un doigt dans le contenu de sa casserole, ce qui lui valut une petite tape de sa part.

Cam sourit, et lui tira la langue. Laurel leva les yeux au ciel. Jen éclata de rire.

En l'espace de quelques secondes, Hilly perçut la complicité qui existait entre eux. Elle n'avait jamais connu cela, car elle n'avait jamais tissé de lien social, n'ayant jamais vécu en société. Et elle se sentit plus exclue que jamais.

— Non, pas grand-chose, malheureusement, déclara Laurel, s'appuyant contre le comptoir de la cuisine derrière elle. Mais deux noms ont été mentionnés. L'un, Ethan. On ne sait pas si c'est un prénom ou un nom de famille. Quoi qu'il en soit, c'est l'identité d'un des hommes présents sur les lieux. Donc de l'un des incendiaires.

Jen, Laurel et Cam tournèrent simultanément les yeux vers elle. Et Hilly cible de leur attention resta muette, déconcertée. Elle n'avait jamais entendu ce nom-là. La panique l'envahit et lui serra la gorge.

— Et l'autre ? demanda Cam, croisant les bras.

Il avait l'air si enthousiaste. Elle était contente qu'il soit de son côté !

Tu es sûre qu'il l'est ?

Il s'approcha d'elle. Puis il tira une chaise de la table et lui fit signe de s'asseoir.

Hilly obéit. Free posa sa tête sur sa cuisse, et ses bons yeux marron la réconfortèrent.

— Au début, nous pensions que ces hommes disaient « Hilly », continua Laurel, l'air neutre. Mais, c'était « Hillary ».

Hilly sentit un frisson courir le long de son dos. De nouveau, les regards interrogateurs convergèrent vers elle.

— Hilly, c'est le diminutif de Hillary ? s'enquit Cam avec intérêt.

Hillary.

Hilly secoua la tête faiblement. Sa vision se brouillait, la nausée la soulevait, sans qu'elle en comprenne la raison.

— Non. Hilly. Juste Hilly. Toujours Hilly, murmura-t-elle avec insistance, pour étouffer l'étrange petite voix qui, soudain, chuchotait « Hillary » à plusieurs reprises tout au fond de son esprit.

Et cet écho lui causait une souffrance poignante et inexplicable. Ça ressemblait à un souvenir, mais si lointain, si imperceptible qu'il semblait inexistant, et prêt à se déliter. À moins que ça ne soit un cauchemar ?

La voix rassurante de Cam l'arracha à ses pensées.

— Hilly ?

Elle pressa les paupières, et se raccrocha à sa voix. Puis ce fut celle de son père qui lui succéda, la dominant.

« Hilly, les souvenirs, la mémoire mentent ! Le passé n'existe pas. Seul le présent est réel, seul l'avenir est digne d'attention. »

— Êtes-vous sûre que Hilly n'est pas le diminutif de Hillary ? insista Cam.

Elle garda le silence. Non, elle n'était plus sûre de rien.

7

Cam voyait Hilly perdre pied, redevenir la proie de la peur et de l'incertitude qui s'exprimaient dans ses yeux écarquillés. Free aussi avait perçu sa détresse, parce qu'elle gémissait et lui léchait la main.

Hilly se ressaisit. Elle gratta sa chienne derrière les oreilles et prit la parole.

— Je ne sais pas, dit-elle enfin. On m'a toujours appelée Hilly.

— Il y a beaucoup de trous dans vos histoires, intervint Laurel d'une voix sèche.

Cam lui lança un regard auquel Laurel, concentrée et tendue comme toujours lorsqu'elle enquêtait, ne prêta pas la moindre attention.

— Pas des trous, des inconnues, corrigea immédiatement Hilly.

Cam contint un sourire. Hilly avait repris confiance et ne s'était pas laissé démobiliser par Laurel.

— On va effectuer une recherche sur « Hillary Adams », à moins que vous n'ayez d'autres identités dont vous aimeriez nous parler ? insinua de nouveau Laurel.

— Laurel ! Ça suffit ! coupa Cam.

— Tout va bien, Cam, intervint Hilly.

Pas vraiment, non, car elle avait cessé de caresser Free pour fermer les poings sur ses cuisses.

— Après tout, votre sœur n'a aucune raison de me faire confiance, reprit-elle. Mais ça ne fait pas de moi une menteuse pour autant. Je veux dire, une menteuse par omission.

— OK. Je récapitule : vous vous appelez Hilly Adams, poursuivit Laurel.

Hilly prit une grande respiration.

— Oui.

— Née le ?

— Un 4 juillet.

— Depuis combien de temps vivez-vous dans le chalet ?

— Je devais avoir cinq ou six ans quand on s'y est installé. Donc il y a presque vingt ans. On habitait en ville avant, mais je ne saurais pas vous dire où. Je n'ai que de rares fragments de souvenirs de cette époque.

— Tu lui as déjà posé ces questions, Laurel, fit Cam entre ses dents.

— Votre sœur vérifie si je lui adresse la même version de mon histoire, déclara Hilly avec calme. J'ai peut-être vécu dans l'isolement, mais je ne suis pas complètement stupide.

— Et si vous cessiez tous les deux de me traiter en ennemie ? lâcha Laurel excédée. J'essaie de trouver une piste, et c'est tout ! Mon travail, c'est de rassembler des faits, pas de faire du sentiment !

Cam en était conscient, mais il craignait que les questions de Laurel ne finissent par perturber Hilly.

— Je n'ai rien à confesser, dit-elle d'un ton posé, concis. Je ne comprends pas le sens du mot a priori adressé à mon père. Nous vivons loin de tout depuis des années. Si vous n'avez aucune trace de mon père sur vos ordinateurs, je n'y peux rien, et ne peux pas non plus vous aider et vous renseigner. Je suppose que si vous n'avez rien sur moi, c'est pour les mêmes raisons. Des raisons dont j'ignore tout.

— Comment définiriez-vous votre père ? s'enquit Laurel.

Hilly fronça les sourcils.

— Épris de liberté. Autonome. Méfiant envers le monde extérieur. L'administration fédérale et le système. Les autorités.

— Vous n'avez jamais quitté ce chalet ?

— Jamais. Certes, il nous est arrivé de chercher du fourrage ou de chasser dans la forêt, mais je n'avais pas la permission d'aller plus loin. Aujourd'hui, c'était la première fois que je sortais de cette forêt, de cette clairière après plus de vingt ans d'isolement complet avec mon père.

Elle avait prononcé ces mots sans colère ni tristesse, songea Cam. Il était quant à lui bouleversé par l'idée que tous deux aient pu vivre cachés si longtemps et sans se faire repérer par les habitants de Bent. Surtout, comment un père pouvait-il imposer un tel mode de vie à son enfant ?

— Et l'école ? demanda Laurel.

— J'ai été scolarisée à domicile. Je n'ai pas de diplômes, mais j'ai le niveau de fin d'études secondaires.

— Et au point de vue médical ? Que se passait-il en cas de maladies ? De blessures ?

— On a eu de la chance, on n'a pas souvent été malades ou blessés. Mais, le cas échéant, l'un soignait l'autre. Mon père connaît toutes les plantes et leurs vertus médicinales. Il avait… Enfin, il a de nombreux manuels, et des médicaments, acheva-t-elle d'une voix tremblante.

Ses épaules s'affaissèrent.

— Vous ne connaissez personne ? Quelqu'un qui aurait été en contact avec votre père ? continua Laurel. Même de loin en loin ?

Hilly se redressa.

— Je vous l'ai déjà dit : toutes ses interactions, rares, avec le monde extérieur s'effectuaient loin de moi et de la clairière. Il ne m'en soufflait pas mot. J'ajoute que jamais personne n'est venu nous rendre visite. Mon père s'absentait quelques jours, je ne sais pas pourquoi. Pour échanger des peaux ou du gibier contre des provisions, sans doute…

— Vous n'en êtes pas sûre ? insista Laurel. Pourquoi ?

Hilly lui lança un regard impuissant.

— C'est juste que... j'ai l'impression que c'était beaucoup plus complexe qu'un simple troc. À vrai dire, jusqu'à maintenant, je ne me posais pas la question. Je n'en posais pas non plus à mon père... Il me reprochait d'être trop curieuse, et c'est un homme farouche, renfermé. Un taiseux...

Là-dessus, elle supplia Cam du regard. Il allait demander à Laurel de cesser son interrogatoire, quand sa sœur opina.

— D'accord. On va essayer de trouver une piste à partir de « James Adams », de votre dessin, de « Ethan », « Hilly » ou « Hillary ». Je ne vous cache pas que ça ne va pas être facile. Je vais sans doute avoir d'autres questions à vous poser dans les jours à venir.

— Génial, maugréa Hilly.

— Cam ?

D'un geste de la tête, Laurel lui fit signe de le suivre. Cam obéit.

— Les pompiers vont enquêter et coopérer avec nos services, déclara Laurel quand ils furent sortis. Je ne peux pas faire grand-chose tant que l'inspecteur des incendies n'aura pas évalué la situation sur place. Il est en route, mais je doute qu'il puisse agir dans la nuit. Comme je l'ai dit à Hilly, nous allons effectuer des recherches sur les noms, mais nous allons aussi nous intéresser aux milices antigouvernementales de la région.

— Ces « Patriotes » antigouvernementaux ?

— Oui.

Laurel se frotta la joue, se départant de son calme habituel. Cam lut la frustration dans son regard.

— D'un autre côté, Hilly et son père vivent isolés, et non dans leur communauté comme c'est l'usage. Donc sont-ils reliés à eux ? Si « James Adams » est un solitaire, on aura du mal à découvrir qui il est. Cela dit, il y a des indices qui ne trompent pas : Hilly est née un 4 juillet, jour de la fête nationale des États-Unis. La chienne s'appelle Free, ou Liberté. Bref, cela est conforme aux aspirations de ces milices qui prônent l'esprit des pionniers, l'attachement à la Constitution, à la liberté, etc.

— James Adams se rend peut-être à des réunions des Patriotes ? Ou peut-être que ces derniers le tiennent à l'écart ? C'est pourquoi Hilly ignore tout des activités et des croyances de son père ?

— Possible.

Laurel marqua un silence perplexe.

— Bon sang, quel parent isole ainsi son enfant ? murmura-t-elle ensuite. L'empêche de fréquenter l'école et les enfants de son âge ?

Laurel se tut.

— Et si James Adams cachait Hilly ? lâcha-t-elle. Si Hilly était la cause de ces mystères ?

« Avoue ».

Cam était sûr que cette interjection s'adressait au père de Hilly. Que recherchaient les deux incendiaires ? Qui ? James Adams ? Hilly Adams ?

— Quoi qu'il en soit, Hilly est en danger, laissa tomber Cam.

Laurel opina.

— Je vais affecter quelqu'un à la surveillance de notre maison.

— Tu sais comme moi qu'un seul homme ne suffira pas.

— Et tu sais comme moi que le comté de Bent ne peut pas faire plus !

Laurel soupira. Cam n'insista pas, conscient que le manque d'effectifs la préoccupait.

— Vu le peu d'indices dont nous disposons, j'ai le sentiment que cette affaire équivaut à chercher une aiguille dans une meule de foin, lâcha-t-elle.

Cam eut une idée. Certain que sa sœur la détesterait, il se tut

— Je me charge d'assurer la sécurité, dit-il seulement. Je suis un ancien marine. C'est dans mes cordes.

Laurel ne fut pas dupe et fronça les sourcils.

— Qu'est-ce que tu mijotes encore ?

— Rien.

Laurel soupira.

— Je te connais, Cam. Bon, je reviendrai demain pour reprendre mon interrogatoire.

Puis elle ajouta après une hésitation.

— Si tous les deux vous étiez moins braqués contre moi, ça se passerait mieux.

— Message reçu, sœurette.

Laurel leva les yeux au ciel et rentra dans la maison. Cam sourit. Ses questions ne les contrarieraient pas pour la bonne raison que Hilly et lui ne seraient plus là demain.

Si la montagne ne va pas à toi, va à la montagne, disait le dicton.

Demain, ils partiraient en montagne, en quête d'informations.

Jamais Hilly n'avait fait un repas aussi fastueux. Elle se considérait comme une bonne cuisinière, mais ça n'avait rien à voir avec les mets que Jen avait préparés. C'est peut-être dû aux ingrédients, mais surtout à ses talents de cordon-bleu.

Hilly préférait se concentrer sur ce dîner plutôt que sur les trois personnes avec qui elle le partageait : Cam, Jen et leur frère Dylan, dont la ressemblance avec Cam était frappante. Les trois parlaient à bâtons rompus, Hilly avait de la peine à suivre le fil de cette conversation animée, vive, tour à tour amusante, enjouée, sérieuse ou grave. Son père n'avait jamais été que son seul interlocuteur et, de plus, il était plutôt silencieux, ou ne parlait que pour lui donner des instructions. Hilly, qui n'avait jamais rien connu d'autre, ne s'en était jamais formalisée, aussi était-elle impressionnée par le naturel et la richesse des rapports de la fratrie Delaney.

D'une façon générale, la situation actuelle n'avait aucun sens à ses yeux. Elle avait le sentiment d'avoir été projetée dans un monde parallèle dont elle était seulement spectatrice, car elle n'en comprenait pas les codes. Mais où était sa place, maintenant que le vieux chalet avait été incendié ?

En proie à ces questionnements et inquiétudes, Hilly revint à la réalité en croisant le regard de Cam. Elle eut comme une décharge électrique dans le bas-ventre et se sentit rougir. Elle aurait pris la fuite si elle n'avait eu l'impression, littéralement, d'être paralysée.

— La journée a été longue et épuisante, Hilly, dit-il avec un naturel que contredisait l'étrange et inexplicable intensité au fond de ses yeux noisette. Vous devez vous reposer.

— Laissez, je vais débarrasser ! déclara Jen qui sourit gentiment à Hilly qui se levait. Si vous avez besoin de quoi que ce soit, dites-le.

Et Jen baissa les yeux vers Free.

— Toi aussi, Free.

Hilly resta muette, figée. Elle ne savait comment réagir à tant de bienveillance. Alors elle sourit seulement et regagna sa chambre, accompagnée par Cam, Free sur leurs talons.

— Je ne comprends pas, murmura-t-elle.

— Qu'est-ce que vous ne comprenez pas exactement ?

— Pourquoi vous êtes tous si gentils avec moi.

Cam haussa les épaules.

— D'une part, parce que nous n'avons pas de raison de ne pas l'être. Et d'autre part, c'est normal ! J'en conviens, Laurel a été un peu brusque avec vous, mais c'est son caractère. Elle n'en a pas moins les meilleures intentions : vous aider. C'est dans l'ADN des Delaney, acheva-t-il avec humour.

— Dylan est aussi dans l'armée ?

— Non. Mon frère dirige une banque. Mais tous les Delaney de Bent ont un code d'honneur, expliqua Cam en entrant dans la chambre. La solidarité. L'entraide. Sauf envers les Carson.

— Qui sont les Carson ?

— C'est une longue histoire, et c'est assez compliqué. En bref, la ville de Bent a été fondée par deux familles : les

Delaney, intègres et respectueux des lois, et les Carson, voleurs et hors-la-loi.

— Parlez-moi encore de votre famille, reprit-elle avec curiosité. De votre père ?

Mais Cam se figea. Elle perçut en lui une tension incompréhensible.

— Je vais sortir Free et je reviens, lâcha-t-il enfin.

Pourquoi Cam ne l'avait-il pas fait quand ils étaient en bas ?

— Je peux m'en occuper ? s'enquit Hilly perplexe.

Cam hocha la tête.

— Non. Je préfère que vous restiez à l'intérieur. Les hommes qui ont incendié votre maison sont peut-être à votre recherche, car ils ne vous y ont pas vue, tout à l'heure. Nous devons être prudents.

— Vous aussi, Cam.

Il sourit, et l'étrange décharge électrique, de nouveau, zébra le ventre d'Hilly.

— Ça n'est pas moi qui suis directement visé. Et j'ajoute que j'ai plus d'expérience que vous.

— J'ai tout de même tiré sur vous, et vous ne vous y attendiez pas ! objecta-t-elle.

— C'est vrai. Mais votre geste n'était pas non plus prémédité. Enfin, ça n'est qu'une égratignure. Et comme vous le constatez, je suis en pleine forme.

Sur ces mots, Cam se baissa, posa les deux mains sur les cuisses et appela Free.

— Allez, viens !

La chienne trottina joyeusement derrière lui.

Restée seule, Hilly inspecta la chambre avec intérêt. Elle se sentait un peu mal à l'aise dans cette pièce bien ordonnée qui pourtant la ravissait. Les planchers cirés brillaient, les draps et les rideaux étaient impeccables. Elle redoutait de tout déranger.

Puis, elle s'assit sur le lit et aussitôt poussa un soupir de bien-être. La taie des oreillers était semée de petites fleurs.

Les draps semblaient neufs, malgré, sans doute, des années d'utilisation et de lavage. Ils étaient d'un rose pastel en harmonie avec celui des murs, d'un ton encore plus doux. Rêvait-elle ? Ne risquait-elle pas de tout à coup se réveiller sur son vieux matelas dans le chalet ?

Des larmes lui montèrent aux yeux. Vite elle les refoula. Elle ne devait pas penser au chalet, à ce qu'elle avait perdu. Elle rejeta les couvertures et se mit au lit.

C'était paradisiaque… Doux. Propre. Avec une odeur indéfinissable très agréable qui se mêlait à celle du shampoing au miel, toujours prégnante. Elle cala les oreillers dans son dos pour s'appuyer à la tête de lit, et jouit du silence et de sa solitude.

Peu après, Free arriva, précédant Cam, et sauta sur le lit. Hilly fit la grimace, redoutant qu'elle ne salisse les draps.

— Ne vous faites pas de souci, dit Cam, qui, sans doute, avait surpris sa réaction.

Il s'approcha. Il lui montra son ordinateur portable, et le petit bureau.

— Vous permettez ?

Sur un signe de sa tête, il tira la chaise et s'assit. Et elle se sentit intimidée, effarouchée par cette présence masculine et virile, inédite.

Un frisson la parcourut. D'embarras ? Pas vraiment, non. C'était plus compliqué. C'était lié au fait que Cam était un homme très séduisant. Et elle, une femme.

Hilly avait lu les nombreux romans que son père lui ramenait. Ça lui plaisait. Héros et héroïnes s'aimaient, se détestaient, se séparaient et se réconciliaient. Elle n'avait jamais eu l'occasion de mettre la fiction à l'épreuve de la réalité, mais leurs tourments, parfois délicieux, l'intéressaient et avaient éveillé sa curiosité.

À vrai dire, Cam aurait pu être l'un de ces héros de fiction… À cause de son charisme, de sa prestance et de son assurance. Il était séduisant. Il inspirait la confiance. En sa présence, elle ressentait des « choses » bizarres. Mal à l'aise, elle se redressa dans le lit, chercha une posture.

Cam, qui ne paraissait rien remarquer, inclina son écran d'ordinateur dans sa direction.

— Laurel a une théorie sur le type d'affaire dans laquelle votre père pourrait être impliqué.

— Mon père est un homme bon ! déclara aussitôt Hilly.

Intègre. Honnête ! Et elle était bouleversée par sa disparition qui pouvait n'avoir qu'une seule explication, à laquelle elle ne pouvait penser sans ressentir de l'horreur.

Soudain, elle eut envie de se glisser entre ces draps si propres, si doux, si moelleux, et de dormir tout son soûl jusqu'à ce que la lumière soit faite sur ce drame.

— Je n'ai jamais prétendu le contraire, dit Cam avec calme. Mais d'après votre date de naissance et votre installation dans ce chalet qui n'est pas une propriété privée acquise par ses soins, on peut en déduire que la piste des Patriotes américains est la plus plausible. Ce sont des milices antigouvernementales qui vivent selon leurs propres règles et revendiquent farouchement leur liberté et leur indépendance.

— Mon père serait un « antigouvernemental » ?

— C'est-à-dire un homme pétri des valeurs qui ont donné naissance aux États-Unis d'Amérique et à sa constitution en 1787. Les Patriotes sont contre tout gouvernement et la bureaucratie. Ils veulent revenir à un passé idéalisé où la vie était censée être bonne, et les hommes, de *vrais* hommes. Courageux. Libres. Indépendants. En cohésion avec la nature. Opposés à toute ingérence de l'État fédéral. Prêts à prendre les armes pour défendre leur droit d'en porter.

Ce descriptif était conforme au père de Hilly. Il vouait une admiration sans bornes aux pionniers, et aux pères fondateurs des États-Unis d'Amérique.

— J'aimerais consulter des informations sur ces groupes locaux, et vérifier avec vous s'ils vous évoquent quelque chose, poursuivit Cam.

Tout en parlant, Cam fixait l'écran avec concentration. Hilly ne comprenait toujours pas pourquoi il avait autant insisté pour se charger de son affaire et y accordait un tel intérêt.

Sa vie étant, littéralement, en cendres, pourquoi ne pas se réjouir de l'aide que lui apportait Cam sans plus se tourmenter ?

Pendant ce temps, Cam parcourait ce qui s'affichait sur son écran, lisait parfois à voix haute ou posait des questions qu'elle entendait à peine et auxquelles elle répondait distraitement.

Mais son intérêt s'éveilla lorsque surgirent sur l'écran des photos d'une milice antigouvernementale du Wyoming qui se faisait appeler les Protecteurs. Leur symbole lui était familier. Et, en même temps, elle sentit le même picotement froid et aigu lui courir sur l'échine que quand Laurel avait prononcé le nom de « Hillary ».

— Père a ce tatouage-là, chuchota-t-elle.

Cam tourna aussitôt les yeux vers elle.

— Pardon ? Lequel ?

— Celui-là. Cet aigle ! Avec une arme entre ses serres. Il a le même dans le dos ! répéta-t-elle.

Et Hilly lui montra son omoplate.

— Juste là ! insista-t-elle. J'en suis certaine !

Le regard de Cam revint sur l'écran.

— D'accord. C'est bien ce que je pensais.

— De quoi parlez-vous ?

— Des Protecteurs, lâcha-t-il pour seule réponse.

— Désolée, mais je ne comprends toujours pas où vous voulez en venir ?

— James Adams est sans doute lié à eux. Donc il faut rentrer en contact avec ce groupe.

Hilly fixa l'écran, qui affichait la photo de cinq hommes armés, avec des bandanas masquant le bas de leur visage et des lunettes de soleil.

— Vu leur apparence, je doute qu'ils soient très coopératifs.

— C'est pourquoi nous allons les infiltrer.

Hilly cilla.

— Nous ?

Cam reprit, le regard sur le site web.

— Oui. Et nous allons agir vite, ajouta-t-il. Car je ne veux pas courir le risque que Laurel découvre notre opération. Elle ne l'approuverait pas. Ou elle demanderait l'intervention de la police.

— Ce serait pire ?

— Catastrophique. Pour le moment, nous n'avons besoin que d'informations. La meilleure façon d'en obtenir, c'est d'aller à eux. Précisément, d'agir comme si nous étions prêts à épouser leurs idéaux et modes de vie. Ce que nous allons faire.

— Nous ? demanda-t-elle de nouveau.

Elle avait toujours été seule, cette inclusion la déconcertait.

Cam alors la dévisagea, avec ce regard qu'il semblait lui réserver et qui invariablement la faisait rougir.

— Vous avez le choix, Hilly. Venir avec moi et essayer de comprendre ce qui se passe, ou rester à la maison. Jen s'occupera bien de vous, vous serez en sécurité.

Il marqua un silence.

— C'est peut-être la meilleure solution, parce qu'une infiltration, c'est dangereux. Mais c'est à vous d'en décider.

— Vous me donnez le choix ?

— Bien sûr, Hilly !

Elle n'avait jamais pris qu'une décision de sa vie. Aller au bureau du shérif.

— Quand partons-nous ? demanda-t-elle mue par une impulsion.

8

Avant de quitter la chambre, Cam avait conseillé à Hilly de prendre un peu de repos, pendant que, de son côté, il effectuerait les préparatifs pour leur expédition.

Cam avait décidé que Free aussi les accompagnerait. La chienne accréditerait l'histoire d'un jeune couple en quête de liberté désirant rallier les Protecteurs. Hilly serait plus en sécurité, à ses côtés, et en dépit de la précision de son dessin, elle était la seule capable d'identifier son père. Sa présence était donc à la fois utile et nécessaire pour la réussite de leur mission.

Ils couraient le risque que James Adams, s'il était actuellement avec les Protecteurs du Wyoming, la reconnaisse et d'emblée trahisse leur couverture. C'était peu probable. Il n'avait aucune raison de mettre sa fille en danger. Au contraire.

Cam doutait en effet que James Adams ait abandonné Hilly de sa propre volonté. Au mieux il était blessé, ou pire... Bref, quoi qu'il en soit, ils devaient vite le découvrir et, dans le meilleur des cas, lui porter secours.

Cam respectait Laurel, mais les allégeances de sa sœur allaient à la loi et au shérif du comté. Il la comprenait, il avait eu la même attitude, autrefois dans le corps des marines. Or, la subordination et le respect de l'autorité hiérarchique faisaient parfois oublier l'essentiel : l'aide à autrui. À obéir aveuglément, on devenait aveugle. Respecter les règles, les lois ou les ordres n'était pas toujours juste.

Jen, qu'il avait mise dans la confidence, avait accepté de les déposer devant le parc national au petit matin. De là, ils devraient marcher. Cam se servirait de ses compétences pour s'orienter jusqu'au camp des Protecteurs du Wyoming. D'après ses calculs, un jour ou deux de marche seraient nécessaires, voire trois s'il s'était trompé sur la localisation du camp. Cam était endurant, l'effort ne lui faisait pas peur. Et il était à peu près certain que Hilly, qui avait vécu dans la forêt toute sa vie, l'était aussi. Mais il allégea au maximum le contenu de son sac.

À l'aube, Jen les déposa devant le parc national. Cam enfila son sac à dos, aida Hilly à mettre le sien, et lui ajusta ses sangles. La parka que Jen avait prêtée à Hilly avait une taille de trop. Il s'en réjouit, au moins il ne risquait pas de l'effleurer d'un geste qu'elle aurait interprété comme déplacé. Il avait remarqué que trop de proximité la gênait et l'effarouchait, et la faisait systématiquement reculer.

— Sois prudent, Cam, dit Jen, soucieuse. Et surtout, ne me dis pas que les marines le sont !

Il lui sourit.

— Tout ira bien, Jen. Enfin, si tu n'en souffles mot à Laurel dans la minute...

Jen fronça le nez.

— Je me demande pourquoi c'est toujours moi qui dois mentir à Laurel ?

— Parce que tu es la seule à en avoir le cran ! dit-il, lui serrant le bras. Laisse-nous prendre de l'avance avant de lui révéler mon plan. Je compte sur toi.

— J'espère que tu sais ce que tu fais.

Et Jen sourit à Hilly.

— Bonne chance !

Hilly lui adressa un sourire tremblant. Elle avait ce regard perplexe typique qu'elle leur réservait à Jen, Dylan et lui.

C'était comme si, en leur présence, elle se trouvait face à une énigme dont elle cherchait inlassablement la solution.

Cam aurait voulu faire naître de vrais sourires sur ses lèvres. Mais sa priorité, c'était de retrouver son père et les incendiaires du vieux chalet. La piste des Protecteurs était, a priori, la meilleure. C'était sur cette quête qu'il devait se concentrer, non sur le regard brun doré toujours un peu triste de Hilly.

Une fois que Jen fut partie, Cam sortit sa carte pour vérifier leur itinéraire.

— Nous allons prendre ce sentier, annonça-t-il. Et une fois que nous aurons atteint cette courbe que vous voyez là, nous continuerons dans cette direction. Vous avez de l'eau et des provisions dans votre sac à dos. Méfiez-vous des ours. Et si vous avez besoin d'une collation, ou de repos...

— Je n'ai pas été chez les marines, mais je suis capable de repérer les bêtes sauvages et de manger mon goûter sans vous en demander l'autorisation.

Cam sourit.

— Désolé, Hilly. J'ai l'habitude de donner des ordres. Et d'être obéi à la lettre, ajouta-t-il.

Hilly hocha la tête.

— Je vois. Allons-y !

Cam ouvrit la voie.

Une belle journée de printemps s'annonçait. Ce matin était frais, mais ensoleillé. La température deviendrait plus douce dans les heures à venir. C'était un temps idéal pour une randonnée en montagne.

— Vous marchiez beaucoup quand vous étiez chez les marines ? demanda soudain Hilly.

— Un peu.

— Ça vous est déjà arrivé d'infiltrer des groupes potentiellement dangereux ?

Cam temporisa. Depuis son retour au pays, il répugnait à évoquer ses activités chez les marines, mais la question de

Hilly ne le gêna pas, sans doute parce qu'elle était en rapport direct avec leur situation actuelle.

— Oui, répondit-il enfin, avec réticence.

— Ça en vaut la peine ? reprit Hilly d'une voix ardente. Vous avez beaucoup voyagé dans ce but ?

Et elle enchaîna sans attendre sa réponse.

— Vous allez me trouver bizarre, mais je n'ai jamais eu le désir de parcourir le monde. J'aime... Enfin, je veux dire, j'aimais mon chalet au fond des bois. Cette vie-là.

Elle marqua une hésitation et conclut.

— Et pourtant, vous savez quel a été le plus grand plaisir de ma vie ?

— Dites.

— Dormir dans ce lit douillet cette nuit !

Il rit, amusé, mais conscient que cette phrase à elle seule en révélait plus sur son existence qu'un long discours.

— Vous savez, Hilly, j'ai beaucoup voyagé, mais je n'ai pas fait beaucoup de tourisme. Cela dit, c'est fascinant de voir les différences de culture, de paysages et de coutumes. Quoi qu'il en soit, au final, nous sommes tous pareils. Nous avons tous notre chez-soi où on est heureux de rentrer. Et je l'ai été de rentrer enfin chez moi. Au pays.

— Si vous aimiez tant votre chez-vous, comme vous dites, pourquoi une si longue carrière chez les marines ?

— Par abnégation. Pour aider mon prochain.

— Ah.

L'incrédulité de Hilly le contraria. Elle doutait toujours de son désir de l'aider ? Ne lui prouvait-il pas, depuis leur rencontre, par des actes qu'elle pouvait s'appuyer sur lui en confiance ? Si elle restait sur la défensive, pourquoi avait-elle accepté de le suivre ?

— Vous croyez que ce ne sont que des mots ?

— Non. La preuve, vous êtes ici avec moi. Et moi, je vous suis, docilement, dans ces montagnes, déclara Hilly au même instant. C'est la preuve de ma confiance envers vous.

— Alors pourquoi cette attitude suspicieuse ?

Hilly soupira.

— Suspicieuse ? Non, perplexe.

Elle marqua une pause.

— Ou hésitante ? Écoutez, je vais vous faire une comparaison qui vaudra mille explications. Imaginez un végétarien qui, de toute sa vie, n'a jamais mangé de viande parce qu'on lui a répété que c'était dangereux et mauvais pour sa santé, et, soudain, il en découvre le goût et trouve que c'est plutôt bon. Le végétarien se pose des questions, forcément.

— Je suis surpris que vous sachiez ce qu'est un végétarien ?

— Je n'ai jamais vécu qu'avec mon père, mais je ne suis pas inculte ! Mon père est un puits de science. De plus, j'ai beaucoup lu, des essais, des publications scientifiques, des romans, enfin, tout ce que mon père me ramenait. Même les livres de cuisine. Je pourrais vous préparer un bon chili... végétarien en un tournemain !

— Pourquoi pas, un de ces jours, dit Cam gentiment.

Free aboya. Il s'interrompit.

— C'est sans doute un...

Free aboya de nouveau et courut. Hilly la suivit avec empressement. Puis Cam.

— Free ! Arrête ! s'écria Hilly.

C'était vain... Free était déjà hors de leur vue. Hilly haletait. Bientôt, ce fut la panique, plus que l'effort soutenu, qui la priva aussi de son souffle.

Pourquoi la chienne lui désobéissait-elle ? Et jamais elle ne détalait de la sorte.

— Free ! appela-t-elle de nouveau d'une voix étranglée.

— On va la retrouver, dit Cameron rassurant.

Surprise par sa proximité, Hilly trébucha. Il posa la main sur son épaule.

Elle se dégagea, prête à reprendre sa course éperdue.

Free était tout ce qu'il lui restait. Elle ne pouvait la perdre, elle aussi.

— On va la suivre, déclara Cam avec calme, en détachant bien ses mots.

Il avait couru, il n'était même pas essoufflé.

— Nous la retrouverons, répéta-t-il. Peut-être a-t-elle une piste ? Peut-être va-t-elle nous conduire à quelque chose. Ou quelqu'un ?

Fataliste, Hilly hocha la tête. L'humidité qu'elle sentait sur son visage était due à la sueur, pas aux larmes. Et la douleur oppressante dans sa poitrine, à la course, et non à ce terrible sentiment de perte.

Elle renifla pendant que Cam posait un genou sur le sol.

— Regardez, Hilly ! Dans cette boue, on reconnaît très bien les traces de pattes de Free. Venez !

— Et si on s'égare ? demanda-t-elle, contrariée de déceler la panique dans sa voix.

Cam sortit sa carte de randonnée, l'étudia, puis consulta sa boussole. Hilly avait l'impression qu'il perdait un temps précieux et elle s'agita.

— Nous allons à peine changer d'itinéraire en suivant les traces de Free : nous gardons notre cap, dit Cam d'un ton posé, très convaincant. Venez !

— Et si...

Hilly se tut. Elle redoutait d'exprimer ses espoirs comme ses craintes.

Et si Free avait trouvé son père ? Et si c'était pour cette raison qu'elle n'avait pas obéi...

Et si son père était...

Formuler cette éventualité, même en pensée, c'était courir le risque qu'elle devienne réalité. L'ignorer, c'était la conjurer. Et ne pas la faire exister. Ainsi son père parlait-il des cauchemars.

— Vous venez, Hilly ?

Hilly le suivit. Elle n'avait guère le choix, de plus, l'assurance de Cam lui redonnait confiance. Il repérait les traces de Free dans la boue avec une aisance que seule l'expérience expliquait.

Elle avait appris à suivre les traces des animaux, car son père lui avait transmis son savoir, nécessaire pour vivre dans la nature. Il lui avait aussi appris à chasser.

Cam était grand et fort, il marchait vite devant elle et avec une incroyable agilité. Il était fort et doux. Il était la contradiction incarnée, songea Hilly, le cœur battant.

Il sifflait doucement à intervalles réguliers, ou lui demandait simplement d'appeler Free. Ils s'enfoncèrent de plus en plus dans les massifs de pins.

— Si le sol devient trop rocheux, on va perdre sa trace, dit tout à coup Hilly.

— On avisera le moment venu, répondit Cam, sans laisser paraître la moindre inquiétude.

Mais plus ils gagnaient en altitude, plus le sol était rocailleux. D'un autre côté, une fois qu'ils auraient atteint un promontoire, ils verraient mieux et plus loin...

Des aboiements soudain s'élevèrent.

— Free ! s'exclama Hilly folle de joie.

Cam se précipita, Hilly l'imita. Déjà, la chienne courait à leur rencontre.

Sans cesser d'aboyer, elle tourna autour d'eux avant de reprendre la direction d'où elle venait. Puis elle se rapprocha.

Hilly redoubla d'efforts et arriva auprès d'un cheval attaché à un arbre. À sa vue, les larmes lui montèrent aux yeux.

— T.J. ! s'exclama-t-elle.

— Laissez-moi deviner, dit Cameron. T. J. comme Thomas Jefferson ? Le troisième président des États-Unis ?

Hilly caressa l'encolure de l'étalon et lui adressa un regard courroucé.

— Peut-être. Je ne me suis jamais posé la question. Je ne l'ai jamais appelé que T.J.

— C'est le cheval de votre père ?

Hilly acquiesça. Elle regarda autour d'elle, mais elle ne vit aucun signe de son père ou de ses affaires. C'était comme s'il s'était arrêté pour laisser son cheval se reposer et reprendre des forces.

Elle observa mieux T.J. pendant que Cam, à son tour, scrutait les environs. Elle passa ses mains sur la crinière de l'animal, sur son flanc et ses pattes. Elle découvrit du fourrage dans la sacoche de la selle. L'étalon restait immobile et, bien qu'elle ne soit pas une experte en chevaux comme son père, Hilly s'inquiéta de son souffle, irrégulier.

— Il est ici depuis déjà un certain temps, déclara-t-elle. Il ne va pas bien…

Son père n'aurait jamais abandonné T.J. de son plein gré. *Jamais.*

Elle sortit le fourrage de la sacoche, chercha un récipient pour le remplir d'eau et permettre au cheval de s'abreuver. Cam s'accroupit, fouilla dans son sac et lui tendit un quart. C'était petit, mais ça ferait l'affaire.

— On ne peut pas le laisser ici ni l'emmener, déclara Cam. Il faut que quelqu'un vienne pour le ramener dans la vallée.

— Qui ?

— Je vais demander à Dylan de s'en occuper ce soir après la fermeture de la banque.

— Non ! T.J. a besoin de soins et d'un abri *maintenant*. Il lui faut de la nourriture et de l'eau.

T.J. n'avait touché ni à l'un ni à l'autre.

Hilly ravala l'émotion qui l'étranglait. L'étalon ne pouvait pas être là depuis six jours, sinon il serait déjà mort ? Donc son père était encore en vie ces deux ou trois derniers jours ? Quoi qu'il en soit, il avait abandonné son cheval. Contre sa volonté sans doute. La panique l'envahissait.

— En tout cas, une chose est sûre : votre père est venu ici.

Sur ces mots, Cam montra des empreintes de pas dans la boue. Celles-ci avaient durci, et étaient faciles à repérer.

— Il y en a deux séries. On va suivre cette nouvelle piste, qui semble plutôt récente, dit-il.

Hilly regarda Cam, impuissante.

— Et T.J. ? Vous ne connaissez vraiment personne qui pourrait venir le chercher ? On ne peut pas le laisser.

Cam fit une grimace et soupira.

— Si, grogna-t-il en sortant son téléphone de sa poche. J'ai quelqu'un en vue. Mais vous n'imaginez même pas à quel point ça me coûte de le solliciter...

9

Cam composa à contrecœur un numéro de téléphone. Il songea à son frère, si dévoué à sa satanée banque qu'il aurait refusé de la quitter pour venir chercher un cheval malade, et le détesta.

Il ne connaissait qu'une personne qui possédait une remorque à chevaux et porterait sans hésiter secours à un étalon mal en point. Malheureusement, c'était la dernière personne au monde à qui il souhaitait demander de l'aide.

— Oui allô ! lui répondit une voix douce et féminine.

Un enfant criait joyeusement en arrière-plan.

— Salut, Addie... C'est Cam.

— Oh... Salut, Cam, dit Addie, avec un temps de retard. Ça va ?

Cam soupira. Il comprenait l'incrédulité et la surprise d'Addie. Évidemment, pour qu'il l'appelle, il devait y avoir un problème. Certes, Laurel et elle étaient amies et Addie se joignait parfois aux fêtes familiales, puisqu'elle était une parente éloignée des Delaney, mais par son mariage, elle était devenue une Carson...

— Tout va bien, Addie, mais je...

Cam toussota.

— Noah est là ? Il faut que je lui parle. C'est urgent.

Addie resta quelques instants silencieuse.

— Tu... Tu veux parler à Noah ? dit-elle enfin.

— C'est à propos d'un cheval, lâcha Cam conscient de sa brusquerie.

— Tu veux vraiment lui parler ? répéta-t-elle.

— À propos d'un cheval, répéta-t-il lui aussi, cette fois entre ses dents.

— Ah. D'accord, fit Addie, manifestement incrédule et mal à l'aise. Tu patientes une seconde ?

Des bruits étouffés lui parvinrent en arrière-plan. Puis une voix masculine s'éleva.

— Quoi ?

— Salut, Carson, marmonna Cam.

Les Delaney étaient en conflit avec les Carson depuis plus d'un siècle, mais c'était de l'histoire passée, et seul le présent comptait, se dit-il. Et il agissait pour Hilly, se répéta-t-il ensuite.

— Oui. Quoi ? reprit Noah.

— J'ai besoin que tu me rendes service.

Un rire profond.

— Sans blague ? Un Delaney demande un service à un Carson ?

Cam contint la repartie qui lui montait aux lèvres. Certes, il n'était pas comme son père, qui était obsédé par les Carson et les considérait comme maudits et de mauvais sang – contrairement aux Delaney, quant à eux absolument parfaits. Cette vision des choses était encore plus ridicule maintenant que Cam savait que son père avait eu une liaison avec une Carson, mariée de surcroît.

Cam n'ignorait pas l'origine de l'animosité entre les deux familles ; il connaissait la réputation de hors-la-loi des Carson qui s'était perpétuée pendant plus d'un siècle. D'un autre côté, cela ne signifiait pas que tous les Delaney étaient des saints et tous les Carson des délinquants en puissance. Seulement, que Cam ne faisait pas confiance à un Carson.

Noah était le cousin de Grady Carson, son cousin, le fiancé de Laurel. Cam savait qu'il n'aurait pas dû être aussi réticent à solliciter un Carson, d'autant que Noah était l'un des Carson qui, selon lui, était le moins odieux.

Malgré tout, il avait du mal à prononcer les paroles fatidiques parce que Noah, et probablement tous les Carson, et peut-être même quelques Delaney, lui rappelleraient désormais jusqu'à la fin de ses jours qu'il avait demandé un service à un Carson.

Pour s'encourager, il jeta un coup d'œil à Hilly, qui murmurait à l'oreille du cheval. Free allait et venait. Son inquiétude était palpable.

Résigné, Cam ferma les yeux et soupira. Il ne pouvait plus reculer.

— J'ai trouvé un étalon abandonné en montagne au nord de la ville, déclara-t-il en s'appliquant à parler d'une voix neutre. Il est attaché à un arbre depuis au moins vingt-quatre heures, et il ne va pas bien. Je travaille actuellement sur une affaire pour ma société de sécurité. Je suis sur une piste, Dylan est à la banque. Les ouvriers du ranch sont occupés.

— Je suis donc ton dernier recours.

— Évidemment.

Au temps pour la diplomatie.

Noah eut un rire presque spontané.

— J'irai le chercher. Tu vas payer pour son entretien jusqu'à ce que tu le reprennes ?

— Bien sûr.

— Typiquement Delaney, murmura Noah, comme si Cam avait refusé. Où est cet étalon ?

Cam le lui expliqua.

— Ça va être difficile de monter avec une remorque à chevaux jusque-là.

— Je sais. Et tu devras marcher, mais je ne peux pas abandonner ma piste actuelle. Et...

Cam se tut et, de nouveau, soupira avant de reprendre.

— N'en parle pas à Grady. Il en informerait Laurel, ce qui compliquerait mon affaire, ajouta-t-il.

— Tiens donc, tu contournes la loi, Delaney ? demanda Noah d'un ton joyeux.

Disposer d'une telle information contre un Delaney lui était évidemment très agréable.

— Tu vas m'aider, oui ou non ? interrogea Cam énervé.

— Je t'ai dit que oui. Rappelle-moi l'itinéraire. On s'occupera du cheval jusqu'à ce que tu le reprennes.

Cam répéta les indications à Noah, les lui précisant de son mieux.

— Merci, conclut-il enfin avec difficulté. On doit y aller. Tu trouveras le cheval attaché. Seul. Il s'appelle T.J.

— Nous ne devrions pas être longs. Je t'enverrai un texto quand T.J. sera en sécurité.

— Bien. Merci.

Cam raccrocha et se retourna. Hilly l'observait tout en caressant doucement le cheval.

— Vous avez demandé à quelqu'un que vous détestez de venir chercher T.J.

— Je ne déteste pas Noah, répliqua Cam, mal à l'aise qu'elle ait été témoin de cet échange.

Il ne voulait pas ajouter à ses inquiétudes.

— Mais à l'évidence, vous ne l'aimez pas, insista Hilly.

— C'est compliqué à expliquer. Je n'en ai ni le temps ni l'envie.

Il se remit à examiner les empreintes.

— Deux hommes a priori, lâcha-t-il.

Hilly s'approcha, et les observa à son tour, le front plissé.

— Tant que les deux resteront ensemble, ça ira, monologua Cam.

Mais si les deux se séparaient, quelles empreintes suivre de préférence ?

— Mettez votre sac. On repart.

— Mais on ne peut pas laisser T.J., objecta Hilly, sourcils froncés.

— Ne vous inquiétez pas, les secours arrivent. Je vous le

promets. Noah enverra un message quand sa mission sera terminée. Je n'aime pas les Carson, mais ils s'occuperont très bien du cheval de votre père.

Et après un silence, il ajouta :

— Là-dessus, je leur fais confiance.

— Vous en êtes certain ?

Hilly était inquiète, perplexe, mais elle carrait les épaules et le regardait droit dans les yeux.

— Sûr et certain, dit-il solennel. Les Carson aiment les chevaux plus que n'importe qui.

— D'accord, dit-elle avec un soupir.

— Alors, partons.

Le regard toujours rivé au sien, elle acquiesça.

— Allons-y !

Cette nouvelle piste fut difficile à suivre. Les empreintes disparaissaient, car le sol devenait rocheux. Mais Cam semblait identifier des détails qui échappaient à Hilly. Une branche d'arbre cassée, de l'herbe écrasée. Pour autant, Hilly ne savait pas s'ils étaient sur la bonne voie, mais Free étant restée avec eux et paraissant même les guider, elle restait optimiste.

Ils longèrent le flanc d'impressionnantes montagnes, traversèrent des clairières et des bosquets de peupliers ou de pins. L'air était de plus en plus frais, et le paysage, d'une beauté à couper le souffle. Les pics escarpés étaient coiffés de neige. L'eau des lacs et des ruisseaux reflétait le bleu pur et uni du ciel. Hilly avait toujours aimé sa clairière où elle avait passé ces vingt dernières années. Le soleil y réchauffait les pins l'été, et la neige était d'un blanc aveuglant, l'hiver. C'était son monde. Mais là, c'était le *vaste* monde.

À moment donné, Cam s'arrêta, fixant les rochers comme s'il cherchait à leur extorquer des secrets. Puis il sortit sa carte de randonnée et sa boussole, et s'assit sur un tronc d'arbre. Bien que son père ait essayé de lui apprendre à se servir d'une boussole, Hilly n'y avait jamais rien compris. De toute façon, elle ne s'était jamais éloignée de la cabane, et n'en avait jamais eu besoin.

— Je crois qu'on se dirige vers le camp.

— Vous croyez seulement.

Cam hocha la tête.

— J'en suis à peu près certain. Nous avons pris cette direction et ensuite, celle-là. Et nous sommes arrivés à l'endroit où se trouvait T.J.

Il lui en montra l'emplacement de la pointe de l'index.

— Et le camp, a priori, est ici, dit-il indiquant un point plus éloigné. En suivant les empreintes, nous avons progressé vers l'ouest.

Sur ces mots, il déplaça de nouveau l'index sur la carte. Hilly fixait celui-ci, l'écoutant à peine, sans comprendre la raison de l'étrange picotement qui la saisissait à regarder sa main.

Une vibration s'éleva. Elle tressaillit.

Cam sortit son téléphone, consulta l'écran et le rempocha.

— T.J. est sain et sauf, lâcha-t-il. En sécurité dans le ranch des Carson.

— Carson..., murmura-t-elle.

Le nom ne déclenchait pas une sensation aussi puissante que lorsque Laurel avait prononcé « Hillary », mais à chaque fois qu'elle l'entendait, elle réagissait à ce nom. C'était une espèce de démangeaison au fond de la mémoire, se dit-elle. Une chose susceptible d'être reconnue, peut-être identifiée, et cependant lointaine, si lointaine qu'elle était inatteignable.

Cam la dévisagea, sourcils levés.

— Ce nom Carson vous évoque quelque chose, on dirait ?

— Je ne sais pas. Seulement...

Cam se leva, remit la carte et la boussole dans sa poche sans la quitter des yeux.

— Seulement... ?

— Je n'en sais rien...

Elle vit un éclair jaillir de son regard. Elle ressentait la nécessité de s'expliquer malgré la difficulté à trouver les mots, ou la peur de traduire l'inexprimable.

— C'est un sentiment insaisissable. Comme quand Laurel a prononcé « Hillary ». Carson. Hillary. Ces noms, je ne les connais pas, mais j'ai l'impression de les connaître. Ça n'a aucun sens, mais...

— Ainsi sont les intuitions. Peut-être sont-ce des réminiscences ? Dites-moi quand ça se reproduira, d'accord ? Un jour, vous parviendrez à relier ces fragments épars et à leur donner un sens, qui sait ?

Hilly restait perplexe.

— Mais ces sensations pourraient être fausses ? M'induire en erreur ? Je vis tant de choses nouvelles depuis ces derniers jours.

Cam hocha la tête, se remettant en marche.

— En tous les cas, mieux vaut les retenir que de les ignorer et de les écarter parce qu'elles vous semblent incohérentes. Tout est important, nous devons rester vigilants.

Nous.

De nouveau. Comme s'ils formaient une vraie équipe. C'était un contraste frappant avec ses relations avec son père : ce dernier prenait les décisions, et elle s'y conformait. Toutes les relations père-fille étaient-elles de cette espèce ? Les autres étant quant à elles basées sur la complicité, le partenariat, enfin, la complémentarité ? Comme dans les romans ?

Hilly se mordit la lèvre, amusée par le cours de ses pensées. Son père avait disparu, il avait abandonné T.J., et elle s'interrogeait sur les relations humaines. Quoi qu'il en soit, elle avait quelqu'un avec qui partager ses inquiétudes, et sa détermination à retrouver son père. Et, du coup, elle se sentait plus forte.

Elle aimait ce qu'elle ressentait. C'était nouveau. Complètement inédit.

Après plusieurs heures de marche, Cam marqua une pause. Ils avaient accompli la moitié du trajet, et maintenant ils se trouvaient dans des montagnes escarpées. Le sol était rocheux comme dallé. Les rochers qui les entouraient créaient une espèce d'alcôve.

— On va camper ici, dit Cam.

— On ne devrait pas plutôt continuer ?

— Non, la nuit va tomber. Et il vaut mieux arriver dans le camp au cours de la journée. Pas au petit jour ou à la nuit tombée. Nous sommes un couple cherchant asile auprès d'eux, et non deux inconnus pressés recherchant une personne portée disparue qui, de plus, aurait de gros ennuis.

Et cependant, ils n'avaient relevé aucun signe de bagarre ou d'altercation. Pour quelle raison père avait-il abandonné T.J. ? Parce qu'il était sous la menace d'une arme à feu ? C'était actuellement la seule réponse possible. La plus logique.

Son père avait été fait prisonnier, et il était en danger, mais Cam voulait qu'ils passent la nuit ici au lieu de continuer.

— Hilly ?

Elle cilla. Cam posté tendait la main vers elle. Hilly retint son souffle. Elle portait une parka épaisse trop grande et un gros pull en dessous, aussi ne sentit-elle pas l'effleurement quand il défit la sangle de son sac. Pourtant, elle eut l'impression d'un contact intime, et cela lui donna plus chaud.

Et ça n'était pas désagréable. Elle aurait aimé explorer cette sensation-là plus longtemps. Mais la voix de Cameron s'insinua dans ses pensées.

— Je sais que vous vous inquiétez, mais tenons-nous-en aux faits. Votre père a dû abandonner son cheval, sans doute sous la contrainte. Donc on le voulait vivant. On l'aura conduit quelque part, probablement dans le camp que nous voulons atteindre. Il est peut-être en danger, mais pas en danger de mort.

À ces paroles qui, pourtant, se voulaient rassurantes,

Hilly sentit un froid glacial la saisir qui dilua cette étrange chaleur qui l'avait envahie un instant plus tôt.

— Tout a pu arriver au camp, lâcha-t-elle à mi-voix. On l'y a peut-être conduit pour...

Cameron lui retira le sac à dos sans hâte et se défit du sien.

— Imaginer les pires scénarios est contre-productif. Il faut être méthodique. Je sais qu'il s'agit de votre père, donc votre réaction est émotionnelle, normale, mais faites-moi confiance.

— Je passe mon temps à vous faire confiance !

— J'en suis conscient.

Il sourit l'air un peu triste, ouvrit son sac et en retira du matériel de camping avec des gestes précis.

— Je ne sais pas comment monter les tentes, murmura Hilly, se sentant inutile tout à coup.

— Ça n'est pas grave. Ça ne me prendra pas longtemps, répondit Cam, sortant cette fois des provisions de son sac. J'ai apporté des MRE, donc nous n'aurons pas besoin de faire du feu.

Une seule tente pour deux.

Il lui sourit, se méprenant sur son silence choqué.

— Désolée, c'est du jargon militaire. Les MRE sont des rations prêtes à manger. Je me suis dit que ce serait plus judicieux. On ne perdra pas de temps à préparer la popote, comme le disent les militaires.

Hilly resta silencieuse. Ça lui était égal de manger froid. Seule l'occupait cette pensée : ils allaient dormir dans la même tente. Et, de nouveau surgit cette sensation étrange, douloureuse et agréable au creux du ventre... De la peur ? Pourquoi ? Elle n'avait aucune raison de redouter Cam. C'était quelque chose qui ressemblait plus à de l'angoisse avec autre chose d'indéfinissable.

Elle ne trouvait pas les mots pour l'exprimer.

Cam monta leur tente en silence, Hilly l'observa, bras ballants, certaine d'avoir le visage en feu.

Pourquoi une telle gêne ?

— Pourquoi n'iriez-vous chercher de l'eau pour Free ? demanda Cam doucement.

— Ah oui. Bien sûr.

Elle s'exécuta.

Donner de l'eau à Free.

Puis revenir s'asseoir, regarder la petite tente qu'elle allait partager avec un inconnu.

Redouter que son père n'ait été enlevé par un groupe antigouvernemental, auquel, de surcroît, il appartenait, et que Cam et elle se préparaient à infiltrer. Une vraie mission commando en somme.

Conclusion ?

Rien de grave.

Tout va bien.

10

— Nous devrions aller dormir maintenant, déclara Cam alors que le soleil s'était couché et que les premières étoiles apparaissaient. Nous atteindrons le camp demain si nous gardons un rythme aussi soutenu.

Cam ne voyait pas l'expression de Hilly dans la pénombre, seulement sa silhouette qui se découpait sur le rocher sur lequel elle était assise, Free à ses côtés. Elle ne lui répondit pas et resta immobile, comme si elle ne l'avait pas entendu.

Elle semblait pensive, à cran. À l'évidence, elle s'inquiétait de plus en plus pour son père. À raison. La situation était pour le moins préoccupante.

Cam aurait aimé mieux la rassurer, mais il ne pouvait ni ne voulait lui mentir. Il se leva du rocher où, de son côté, il avait pris place. Il avait déjà emballé les déchets et les avait accrochés loin de la tente, à une branche d'arbre, pour empêcher les ours de s'en approcher.

La perspective de partager la tente avec Hilly lui était inconfortable. Certes, il avait l'habitude des espaces exigus, confinés et du manque de confort après avoir passé plus de quinze ans chez les marines. Pour autant, Hilly était une femme qui, de plus, n'était ni sa sœur ni sa cousine. Enfin, elle était à ses yeux une énigme vivante.

Et si troublante.

— Et Free ? demanda Hilly avec un léger tremblement dans sa voix.

— On se serra, fit Cameron, s'efforçant d'avoir l'air désinvolte.

Hilly observa la tente avec une moue perplexe, sans élever d'objections. Cam sourit d'un air dégagé, comme si cette situation était la plus naturelle au monde.

Il fit un geste ample.

— Les dames d'abord.

Avec une expression de doute sur le visage, Hilly s'approcha, ouvrit le rabat et se glissa à l'intérieur, Free sur ses talons.

Cam s'attarda. Il jeta un dernier regard dans la clairière, leva les yeux vers le ciel étoilé. Honnêtement, il était tenté de dormir à la belle étoile. Ça ne serait pas la première fois. Et, au moins, il s'épargnerait la gêne de passer la nuit aux côtés de Hilly dans cette tente à deux places.

Mais il était en mission, et à ce titre, devait écarter toute considération personnelle.

Avec un soupir, il s'accroupit et entra à son tour dans la tente. Hilly était à une extrémité, la lampe réglée au niveau le plus bas, l'ombre déformant sa silhouette. Elle regardait avec inquiétude les deux sacs de couchage enroulés qui s'y trouvaient. Free s'était allongée à son aise, au milieu.

Hilly toussota pendant que Cam tirait sur la fermeture Éclair du rabat.

— Je ne savais pas trop comment... placer les sacs de couchage, lâcha-t-elle.

Cam se tourna.

— Et Free occupe presque tout l'espace, dit-il.

Hilly ne sourit pas. Elle avait l'air franchement tourmentée.

C'était compréhensible. Après tout, Cam restait un inconnu à ses yeux, et elle avait déjà son lot de soucis. Il était impuissant à les lui retirer, mais il pouvait toujours essayer de la mettre un peu plus à l'aise.

Il déplia le premier sac de couchage à gauche de la chienne, et le second à sa droite. Certes, ils seraient à l'étroit, mais tant pis. Avec des gestes lents, Hilly se glissa dans le premier sac. Cam remarqua son regard sombre et troublé, mais il s'efforça d'afficher la plus grande décontraction.

Il retira son holster, le plaça soigneusement dans le coin de la tente, près de sa tête, conscient du silence de Hilly, et de son attention sur lui. Puis il se glissa à son tour dans son sac. Lorsque Hilly leva la lampe et le consulta avec un haussement de sourcil interrogateur, il opina et aussitôt elle éteignit. Tout devint noir.

Cam sentait l'odeur de la toile de plastique, du chien, de l'air frais de la nuit.

Et l'odeur de Hilly. De son shampoing. Le même que celui de sa sœur.

Il fixa l'épaisse pénombre, sa vision s'y adaptant, et prêta l'oreille aux bruits de respiration de Free, de Hilly, au froissement de son sac de couchage, car elle était en train de chercher une position confortable.

Cam ne bougeait pas. Il resta même parfaitement immobile. Comme chaque soir, il luttait contre certains souvenirs, la culpabilité qui lui faisait tant redouter le sommeil depuis son retour au pays.

Il s'était réadapté à la vie civile, mais ce soir, il se retrouvait dans les conditions de sa vie de marine. Du coup, ces souvenirs traumatisants remontaient plus vite.

Le suicide d'Aaron.

— Cam ?

Il étouffa un soupir de soulagement et revint à la réalité. Il était dans le Wyoming. Hilly n'avait rien à voir avec les marines ou avec ses échecs. Il en éprouva un léger réconfort.

— Oui ?

— Pensez-vous que ce groupe va nous croire ? Qu'ils vont nous accepter ?

— Non.

Il l'entendit bouger. Elle se redressait.

— Pardon ? s'exclama-t-elle.

— Ces individus vivent isolés et sont très méfiants à l'égard des inconnus. Les milices figurent sur les listes de surveillance du gouvernement. Alors non, on ne nous fera pas confiance d'emblée. Je suis même sûr que nous devrons subir des tests.

— Que voulez-vous dire ? s'enquit-elle, manifestement inquiète.

— Inutile de vous faire du souci, biaisa Cam.

— Parce qu'un groupe dangereux et isolé va nous mettre à l'épreuve ? ironisa-t-elle.

Cam sourit dans le noir.

— On va nous interroger sur nos motivations, mais nous n'avons pas à nous inquiéter, justement parce que nous ne sommes pas des agents du gouvernement dont ils se méfient. Quels que soient les tests que nous subirons, nous les passerons avec succès. Ils ne nous soupçonneront pas d'être des civils à la recherche d'un homme.

— Même de mon père s'il est avec eux ?

— C'est peu probable.

Dans un premier temps, se dit-il.

— Mais possible !

— Tout est possible, Hilly. Soyons confiants.

Elle soupira.

— Essayez de dormir, reprit-il. On a encore une longue marche, demain.

Le silence tomba bientôt, entrecoupé par le souffle du vent et les geignements de Free. Cam se détendit et ferma les yeux. Le craquement d'une brindille, devant la tente, le tira soudain d'un sommeil superficiel. Il aurait été sûr d'avoir rêvé si Free n'avait grogné.

— Chut, chuchota-t-il à la chienne, prêtant l'oreille.

Ça pouvait être le vent. Une bête sauvage. Un être humain ?

— Cam ? chuchota Hilly. J'ai entendu...

— Chut.

Il passa le bras par-dessus la chienne entre eux et lui serra la main.

Une bête sauvage. C'était l'explication la plus probable, et cependant son intuition lui en soufflait une autre. Exactement comme autrefois lorsqu'il était en opération.

Il se souvint qu'il n'était plus dans l'armée, et qu'il n'était pas non plus au combat. Sur le qui-vive, il saisit son holster et en sortit son arme.

— Chut. Pas un bruit, chuchota-t-il de nouveau à Hilly et Free.

Puis il ouvrit la fermeture de l'auvent, millimètre par millimètre, pour faire le moins de bruit possible. Après, il se figea, et écouta avec attention.

Hilly était toujours silencieuse, immobile. Peut-être retenait-elle son souffle. Free, de son côté, ne bougeait pas.

Cam sortit de la tente. La lune et les étoiles brillaient dans la nuit. Il écouta, essaya de discerner la présence de bêtes sauvages, d'intrus ou les bruits de la nature.

Rien. Tout était calme. Et cependant, sa méfiance, son intuition persistaient. Donc il attendit. Et même quand il fut à bout de patience, il se contraignit à attendre encore. Attentif.

Toujours rien. Si quelqu'un avait été là, il n'y était plus. Se savoir épié et suivi était presque pire qu'une agression de front.

Frustré, il se glissa de nouveau dans la tente.

— Rien à signaler, murmura-t-il à Hilly.

— Sûr ?

Cam soupira.

— Non, justement. Rendormez-vous.

— Comment voulez-vous que je dorme ?

— Essayez. Je vais faire le guet. Ensuite, vous prendrez le relais.

À la vérité, Cam n'avait pas l'intention de la réveiller. Il avait l'habitude des journées astreignantes suivies par des nuits blanches. Pas Hilly, qui avait besoin de repos pour poursuivre, demain.

— Cam, je...

— Ça n'était probablement rien, l'interrompit-il.

Il en doutait. Mais il voulait que Hilly se rendorme.

— Bon. Si vous le dites, murmura-t-elle.

Elle se recoucha et se retourna pendant quelques minutes. Une fois qu'elle eut trouvé la position qui lui convenait, elle reprit la parole.

— Je sais parfaitement que vous essayez de me protéger, Cam. Comme mon père. Je ne sais pas pourquoi il a disparu. Ni comment il est impliqué dans ce groupe, mais à mon avis, le lien qu'il avait avec eux me faisait courir un danger. C'est pourquoi il refusait que je vienne avec lui ou ne me racontait rien. Il a disparu, il est probablement blessé. Je n'ai pas besoin d'être protégée. À trop me couver, mon père m'a laissée dans l'ignorance. Ce qui m'a mise en danger. Je ne veux plus de ça. Je veux être libre ! Choisir. Me tromper. Être responsable de moi, ou de mes erreurs éventuelles. Regarder la vérité, la réalité en face.

Cam, ému, reprit la parole quand il fut certain de pouvoir parler sans que sa voix tremble.

— Je vous promets de vous réveiller dans trois heures.

Hilly était certaine qu'elle ne parviendrait pas à s'endormir. Elle était trop perturbée, trop effrayée et frustrée par cette situation inédite et incompréhensible. Elle avait l'impression qu'elle venait de fermer les yeux quand la voix de Cam s'éleva à son oreille.

— À votre tour de prendre le quart.

Hilly se réveilla avec effort. Cam avait tenu sa promesse.

Elle se frotta les yeux avec vigueur, et se redressa. Free gémit.

— Je dois la sortir, dit-elle.

— Je vous accompagne. C'est mieux.

Elle allait objecter, mais elle se ravisa. Elle avait besoin de Cam. De ce quasi-inconnu, qui, en l'espace de quelques jours, était devenu sa planche de salut.

Sans attendre sa réponse, il ouvrit l'auvent. Hilly frissonna, bien qu'elle ait gardé sa parka. Le contraste entre la chaleur dans la tente et l'air glacial de la nuit fit disparaître les résidus de sommeil.

Free s'éloigna, reniflant le sol. Cam et Hilly la suivirent. Elle avec sa lampe de camping, et lui avec une torche puissante.

— Pourquoi n'avez-vous pas utilisé la torche, tout à l'heure ? demanda-t-elle, alors qu'il balayait le faisceau sur le sol, les rochers, les arbres.

— Pour ne pas me faire repérer. Si le ou les intrus étaient cachés, ils auraient eu un avantage sur moi.

Cam ne cessait de déplacer son faisceau lumineux, Hilly le suivait de près, gardant un œil sur Free.

— Regardez ! Une empreinte, là, lâcha soudain Cam, éclairant un emplacement entre deux rochers. Récente, mais très nette. Quelqu'un s'est bien approché de la tente.

Hilly aperçut une marque presque imperceptible. Ça, une empreinte ? Sceptique, elle leva les yeux vers Cam. Elle ne voyait que son profil dans le rayon lumineux de la lampe de poche. Elle constata qu'il n'aimait pas ce qui se passait.

Hilly se tendit, essayant de ne pas paniquer.

— Free ? appela Cam, à voix basse.

Puis il ajouta.

— Vous venez, Hilly ?

Sur ces mots, il posa sa main sur son bras, et ils regagnèrent la tente. Il y fit d'abord entrer Hilly, puis Free.

— Pourquoi nous épierait-on ? s'enquit Hilly, se frictionnant les bras pour essayer de se réchauffer.

— Pour savoir qui on est, répondit Cam sans hésiter. Connaître nos buts.

— *Qui* nous épie ?

— Je ne sais pas, répondit Cam, en éteignant sa lampe de poche. Les Protecteurs ?

— Je n'aime pas votre réponse.

Il se glissa dans son sac de couchage, Hilly resta assise, les jambes croisées, la lampe allumée.

— Je suis désolé de ne pas vous en faire une meilleure, dit-il entre deux bâillements.

Il lui tendit son téléphone.

— J'ai réglé l'alarme du réveil. Quand elle se déclenchera, appuyez sur le bouton d'arrêt qui s'affiche à l'écran. Ensuite, on lèvera le camp.

Il bâilla.

— Si vous entendez des bruits suspects ou si vous avez besoin de parler, réveillez-moi. Si Free doit sortir...

— J'ai compris. S'il arrive quoi que ce soit, je vous réveille.

Là-dessus, Cam se tourna et se retourna dans son sac de couchage. Malgré elle, Hilly suivit ses mouvements des yeux dans le noir. Il y avait quelque chose d'intime à regarder cet homme, qui était un inconnu avant-hier, et qui était en train de chercher une position confortable.

C'était fascinant.

Cam s'endormit vite, elle resta captivée. Par son charisme. Sa présence était envahissante, elle se sentait minuscule dans cette tente.

Enfin elle éteignit sa lanterne avec un soupir. Elle devait faire le guet, ses yeux la piquaient. Pour conjurer son envie de dormir, elle pensa à son père et au camp.

Son père allait bien ?

Était-il encore en vie ? Était-il dans ce mystérieux camp ?

Hilly ravala la peur qui, de nouveau, la saisissait. Son père aurait été le premier à la réprimander. Il fallait ignorer la peur et les doutes, disait-il. C'était le pire des freins !

C'est ce qu'elle se répéta alors que se succédaient, en boucle, l'inquiétude, la panique, le réconfort et la détermination, rassurante.

Elle n'était pas certaine du temps qui s'était écoulé quand Cam soudain s'agita. C'était inattendu.

Quand ses mouvements devinrent erratiques, Hilly fut prise d'angoisse. Et, tout à coup, il marmonna des paroles inaudibles qui exprimaient une grande détresse.

Elle hésita. Rester silencieuse ? L'apaiser ? Cam s'agitait de plus en plus. Free lui donna un coup de museau tandis que Hilly posait la main sur son épaule.

— Cam ? chuchota-t-elle. Cam, reprit-elle plus fort.

Il ouvrit les yeux d'un coup, et se redressa, en alerte, comme prêt à une attaque. Il regarda autour de lui, immobile, tendu, sur le qui-vive. Puis il recouvra peu à peu son calme, et se détendit.

— Vous avez fait un cauchemar, murmura Hilly.

— Ah oui. Un cauchemar.

Elle connaissait ce ton distant. Son père avait le même quand il voulait lui signifier qu'elle était trop curieuse ou se mêlait de ce qui ne la concernait pas. Ce qui avait pour effet de la réduire au silence.

Plus jamais !

— C'est à cause de ce que vous m'avez raconté sur l'homme de votre unité qui s'est donné la mort ? insista-t-elle donc.

Cam hésita.

— Parfois.

— Et les autres fois ?

C'était plus fort qu'elle.

Comment un homme aussi fort et sûr de lui pouvait-il tout à coup se révéler si vulnérable ?

— La guerre, Hilly.

La guerre. Il avait servi chez les marines. Il avait vécu et été témoin de situations traumatiques. Elle avait assez étudié l'histoire du monde avec son père pour comprendre.

Pourquoi certains allaient-ils en première ligne ? Pourquoi d'autres vivaient-ils retirés dans des cabanes isolées au fond des bois ?

— Pourquoi risquer votre vie pour mon père ? demanda-t-elle.

— Parce que je peux la lui sauver. C'est peut-être simpliste, mais c'est ce que je suis. Un homme de bonne volonté. Je ne sais pas comment vous l'expliquer mieux.

— Je crois que je comprends..., dit-elle doucement. Vous en êtes l'illustration vivante depuis le premier jour.

Et elle fixa Cam. Même si elle ne voyait que sa silhouette, dans la pénombre, elle était certaine qu'il la fixait lui aussi. Simplement. Sans la juger.

Ils étaient face à face dans la nuit, solitaires, loin de tout, dans le silence et l'intimité de cette tente.

Comme un homme et une femme au début de l'humanité, conclut Hilly, qui, saisie par cette pensée, retint son souffle.

Un bruit perçant s'éleva, elle bondit.

— C'est mon réveil, lâcha Cam d'une voix nette et calme.

Il prit son téléphone et interrompit la sonnerie d'un simple glissement de son doigt sur l'écran.

— C'est l'heure de lever le camp. On a encore beaucoup de marche.

— Cam...

Déjà il se redressait, sortait de son sac de couchage et le roulait sans la regarder.

Elle l'observait, le cœur serré. Muette. Incapable de trouver les mots pour l'aider. Comment faire quelque chose pour lui, qui avait tant fait pour elle au cours de ces derniers jours ?

Elle ne savait pas encore faire preuve d'initiative. Elle apprendrait. Pour devenir plus courageuse, intrépide et pugnace.

Affronter la vie.

Affronter ses ennemis.

Agir. Aimer. Risquer. Oser.

C'était nouveau. C'était exaltant !

Elle ne laisserait pas passer sa chance de vivre pleinement cette nouvelle existence.

11

Le petit matin était très froid. Cam aurait voulu prendre le temps de chauffer de l'eau pour boire un café. Le travail au ranch, qui réussissait à éliminer les résidus de ses cauchemars récurrents, lui manquait cruellement. Pour la première fois depuis qu'il s'était engagé auprès de Hilly au bureau du shérif, il avait des regrets.

Il avait été contrarié par les questions directes que Hilly lui avait posées. Personne ne l'avait interrogé avec cette franchise depuis son retour. Son entourage manifestait une prudence excessive avec lui, comme s'il relevait d'une longue maladie.

Mais Hilly était sans détour, parce qu'elle n'avait aucune notion de la vie sociale et de ses règles. De ce qui se fait ou ne se fait pas. De la délicatesse. Du tact.

Ça n'était pas sa faute, mais ça le mettait mal à l'aise. Pour échapper à ces pensées désagréables, il décida de se concentrer sur leur but.

Le camp.

— On fait le point sur notre alibi ? demanda-t-il donc en ajustant son sac à dos.

Hilly soupira.

— Vous êtes Cameron Tyler. Et moi, Leigh Tyler. Mariés depuis un an.

— Commence par me tutoyer, Leigh.

Hilly lui adressa un sourire de guingois.

— Si tu veux.

Et elle passa en revue les détails de leur rencontre, et de leur mariage.

— Au final, nous aspirons à avoir une vie plus libre, conclut-elle.

— Nous libérer de la tyrannie du gouvernement fédéral.

— Tout cela ressemble tellement à mon père...

— Dernière chose : quand nous serons face à ces individus, laisse-moi la parole et sois toujours d'accord avec moi.

Elle lui adressa un regard étonné.

— Ça n'est pas ma conception du couple, reprit-il à la hâte, mais j'insiste : tu dois toujours sourire, acquiescer de la tête et être d'accord avec moi, quoi que je dise.

— Mais pourquoi ? De quoi as-tu l'intention de parler, au juste ?

— Il ne s'agit pas de ce que je vais dire, mais de l'image que nous devons donner. Ces hommes s'attendront à ce que je sois le décideur, et que toi, tu...

Il s'interrompit, imaginant avec horreur la réaction de ses sœurs si elles l'entendaient.

— Moi quoi ? demanda Hilly perplexe.

Cam lui jeta un regard en biais.

— Disons que ces individus s'attendent à ce que je sois le leader. Ton rôle sera... plus... secondaire. Ou domestique.

— Utilitaire ? C'est-à-dire que je cuisine et je nettoie. Je suis soumise, lâcha-t-elle, amère et pas convaincue.

— Ça n'est pas ma vision du rôle de la femme en général et dans un couple, d'accord ? insista Cam. Je ne suis pas ce genre d'homme. N'oublie pas que nous jouons des rôles : nous devons donner l'image d'un couple traditionnel.

— Je ne suis pas sûre d'être bonne actrice. D'être Leigh Tyler, ta docile épouse.

— L'attention des Protecteurs, leur suspicion, se concentreront essentiellement sur moi. Comme tu seras en retrait, tu en profiteras pour tout observer. Sois attentive aux moindres détails. C'est très important.

— Et si, en fin de compte, mon père n'est pas avec eux ?

— Nous prétendrons que notre ancienne vie nous manque. Nous émettrons le désir de rentrer chez nous. On s'éclipsera. On trouvera une nouvelle piste.

— Tu crois qu'on pourra simplement *s'éclipser* ?

Il haussa les épaules.

— Ça n'est pas une secte.

— Rassurant ! s'exclama-t-elle.

Cam allait répliquer, mais il se ravisa et se figea.

— Chut, dit-il à mi-voix. Je suis sûr qu'on nous épie. Ne tardons plus. Allons-y.

Hilly acquiesça. Ils partirent en silence.

Cam était certain qu'on les observait. Un Protecteur sans doute. D'après ce qu'il avait lu sur eux, beaucoup étaient d'anciens militaires, aussi agit-il en digne représentant du corps des marines : il mit à profit ses talents de traqueur, observa les environs avec la plus grande attention, marcha d'un pas cadencé mais souple, sans oublier de lancer à Hilly des encouragements.

Il ne fut pas étonné lorsque, soudain, un homme surgit devant lui sur le sentier. Il avait en effet perçu son approche, sans pouvoir se l'expliquer. Il n'en joua pas moins la surprise, puis le malaise et enfin, la méfiance. Enfin, en époux soucieux de la sécurité de son épouse, il se plaça devant Hilly.

— C'est bon, chérie, ne panique pas, lui dit-il, d'une voix apaisante, le regard fixé sur l'inconnu.

— Êtes-vous un Protecteur ? lui demanda-t-il instillant de l'espoir dans sa voix.

Le nouveau venu était grand et mince. Il était vêtu d'un T-shirt marron à manches longues, d'un blue-jean fatigué et d'une paire de santiags. Il était barbu, portait un stetson, bas sur le front, de sorte que Cam ne pouvait voir son visage. Enfin il était armé d'un fusil qu'il portait en bandoulière.

Il ne répondit pas aux questions de Cam et resta parfaitement immobile.

— Nous aimerons rejoindre les Protecteurs, poursuivit ce dernier sans se laisser intimider par l'attitude hostile de l'inconnu. Nous les recherchons. J'ai beaucoup lu sur eux.

Cam avait adopté un ton enthousiaste. Ça ne lui était pas difficile car il était vraiment impatient de rentrer en contact avec les Protecteurs pour résoudre le mystère de la disparition du père de Hilly.

— Il ne faut pas croire tout ce qu'on lit, déclara l'homme lentement.

— Vous avez raison. C'est pourquoi j'ai pensé que ça valait le coup d'essayer de le découvrir par moi-même.

— Vous avez des ennuis avec la justice ? coupa l'inconnu un peu rudement.

Cam adopta une expression penaude.

— Plus ou moins. Oh ! rien de grave, ajouta-t-il à la hâte. J'avais une petite exploitation - je cultive du blé —, mais les organismes gouvernementaux m'ont exclu du marché en raison de règlements administratifs inadmissibles. Je me suis disputé avec un fonctionnaire, ça a été la goutte d'eau. On nous vole nos libertés individuelles ! Ça n'est plus possible ! J'ai donc décidé de passer à l'action.

L'homme l'étudia en silence. Impassible. Indéchiffrable. Cam, déconcerté, cacha de son mieux son impatience.

— Suivez-moi, dit enfin l'inconnu, avec un signe de tête.

Cam tourna les yeux vers Hilly, toujours derrière lui, essayant de la rassurer du regard. A priori, l'homme avait cru à son histoire et, maintenant, il les conduisait au camp des Protecteurs. Sans doute y seraient-ils testés, mais cette première étape était obligatoire. Hilly ne lui parut ni rassurée ni soulagée, mais elle ne souffla mot.

Tu es responsable de sa sécurité.

Souviens-toi d'Aaron.

Sois vigilant !

Cam refoula cette petite voix insidieuse pour mieux se concentrer sur sa mission.

L'homme marchait d'un bon pas et Hilly avait de la peine à soutenir son rythme. Elle avait la sensation déconcertante qu'ils tournaient en rond, car ils montaient et descendaient sans cesse. Mettait-il leur endurance et leur volonté à l'épreuve ?

Si Cam lui aussi s'interrogeait, il n'en laissait rien paraître. Elle avait été impressionnée par son assurance quand il avait pris la parole. Il avait joué son rôle de leader à la perfection.

Ce talent et sa force de conviction l'inquiétaient. Qui était le vrai Cam ? L'homme dont elle avait fait la connaissance récemment ? Sûr de lui, solidaire et doué d'empathie ? Tourmenté par des cauchemars, froid et distant ? Ou encore, cet individu révolté et rebelle, empressé face à cet inconnu taciturne ? Sa facilité à rentrer dans un rôle la rendait sceptique.

Mais ça n'avait pas d'importance, du moment qu'il la conduisait à son père.

— Mon épouse est exténuée, il faut faire une pause, annonça tout à coup Cam.

Hilly fut sensible à cette déclaration qui lui prouvait que Cameron avait remarqué sa fatigue, bien qu'elle marche derrière lui et que pas une seule fois il ne l'avait regardée.

— C'est votre problème, lâcha l'inconnu.

Cependant il s'arrêta, sortit une bouteille d'eau de son sac à dos. Cam l'imita. Hilly soupira de soulagement quand il la lui tendit. Elle but, prenant son temps pour prolonger cette pause bienvenue. Elle se serait assise si elle n'avait été intimidée par le regard fixe et intense de l'homme sur elle.

Perturbée, Hilly se détourna, mais elle sentit dans son dos qu'il la fixait toujours. Finalement, décontenancée par cet intérêt inexplicable qui la mettait mal à l'aise, elle contint un tremblement incoercible. Elle se sentait percée à jour.

C'était comme s'il avait le pouvoir de lire en elle comme dans un livre ouvert.

— Il va bientôt falloir se remettre en marche, lâcha l'inconnu au bout d'un moment.

Hilly rassembla son courage pour tourner la tête vers lui. Il remplissait un quart d'eau, après quoi il siffla Free qui trottina joyeusement vers lui et but.

Hilly apprécia son geste qui, inexplicablement, accrut sa nervosité. Elle jeta un coup d'œil vers Cam dont le visage froncé exprimait la perplexité.

— C'est un bon chien, dit l'inconnu, caressant Free.

Il leva les yeux sur elle, les plongea dans les siens.

Encore une fois, il n'y avait rien de menaçant dans cette attitude, mais Hilly se raidit. Elle regretta de ne pas avoir laissé la chienne chez les Delaney. C'était étrange, quand même, cette intensité avec laquelle l'homme l'observait sans s'intéresser à Cam qui, jusque-là, avait pourtant été son seul interlocuteur.

— Free est la meilleure ! déclara fièrement Cam, jouant de nouveau son rôle.

— Votre épouse est silencieuse, continua l'inconnu, hochant la tête, sans cesser de la dévisager.

Puis il ajouta ces mots.

— Rappelez-moi votre nom ?

Déjà Cam ouvrait la bouche, mais l'inconnu leva la main.

— C'est à votre femme que je pose la question.

— Nous ne vous les avons pas encore dits, déclara Hilly, remarquant au passage que Cam plissait les yeux.

Contrarié ou déçu par cette réponse.

L'inconnu hocha la tête, l'air pensif, sans cesser de gratter Free derrière les oreilles. C'était un geste amical et pourtant Hilly avait envie d'appeler sa chienne, de l'éloigner de cet individu énigmatique et peut-être dangereux.

— Comment vous appelez-vous ? répéta-t-il.

— Leigh.

— Leigh comment ?

— Leigh Tyler.

— Et vous êtes ici de votre plein gré, Leigh Tyler ?

La panique poussa Hilly à regarder Cam.

Où voulait-il en venir ?

— Je ne l'ai pas demandé à votre mari, mais à vous, Leigh Tyler : avez-vous suivi votre mari de votre plein gré ?

Hilly déglutit, essayant de se souvenir des recommandations de Cam.

Être une épouse dévouée à son mari. Si on lui posait des questions, coller le plus possible à la vérité afin de ne pas se faire piéger.

— Bien sûr.

L'inconnu haussa un sourcil.

— « Bien sûr » ? Vous ne semblez pas convaincue, Leigh.

— C'est important pour Cameron, dit-elle, jetant un regard impuissant à Cam.

L'expression de ce dernier restant indéchiffrable, elle n'aurait su dire s'il appréciait sa réponse. Et, repensant à ce qu'il lui avait confié sur le rôle de la femme selon les Protecteurs, elle reprit d'une voix plus paisible.

— J'ai une totale confiance en mon mari. C'est pour cette raison que je l'ai suivi sans la moindre hésitation.

L'inconnu opina, caressant pensivement le museau de Free. Puis il remit le quart dans son sac avec la bouteille d'eau. Et, sans un mot, il reprit sa marche.

Free le suivit avec un entrain qui laissa Hilly perplexe. Cam, puis elle, leur emboîtèrent le pas. Cette pause n'avait fait que conforter sa fatigue au lieu de la soulager, mais elle n'avait pas d'autre choix que de continuer.

Cam mit la main derrière le dos et leva le pouce à son attention. Hilly rassurée se détendit. Elle n'avait pas commis d'impair, comme elle le redoutait.

Après quelques heures de marche, ils arrivèrent dans une clairière où, sur un côté, s'élevait un immense auvent de toile.

Quelques femmes cuisinaient ou lavaient la vaisselle. En face se dressaient des tentes plus petites, de la même couleur et à distance égale les unes des autres. Ces tentes étaient carrées et très hautes, on pouvait s'y tenir debout sans peine. L'endroit était désert. En son for intérieur, Hilly trouva l'atmosphère oppressante, et eut la chair de poule. Elle s'étonna de cette réaction épidermique. N'aurait-elle pas dû plutôt se réjouir d'avoir atteint leur but ? Mais la question, maintenant, c'est de savoir si son père était là ? Était-ce bientôt la fin de ce cauchemar ? Mon Dieu, comme elle l'espérait.

L'inconnu s'approcha d'une des tentes et la leur montra du doigt.

— Voilà la vôtre. Pour le moment. Placez vos affaires à l'intérieur et venez me rejoindre dans l'espace commun.

Sur ces mots, il indiqua l'auvent.

— Je vais demander qu'on vous prépare un déjeuner.

— Nous avons des provisions, nous n'avons pas besoin..., commença Cameron.

— Faites ce que je dis, coupa l'inconnu qui s'éloigna vers l'auvent.

Cam haussa les épaules. Suivi par Free et Hilly, il rentra dans la tente qui leur avait été attribuée. À l'intérieur, elle était étonnamment confortable ; il y avait un lit, une table et des chaises, et même un berceau dans un coin. Le sol était en terre battue.

Son père était-il dans l'une des autres tentes ? s'interrogea Hilly. Étaient-ils en sécurité ? Les questions affluaient, oppressantes. Cam, de son côté, ne parlait pas, ce qui accroissait la pression.

Il posa son sac à dos et lui fit signe de l'imiter. Elle obéit pendant qu'il regardait autour de lui, avant de s'approcher.

Il se pencha vers elle et lui souffla à l'oreille.

— On n'y est pas.

— Quoi ? demanda-t-elle sur le même ton.

Cam hocha la tête.

— C'est seulement un campement intermédiaire. C'est un test. Il faut le convaincre que nous voulons devenir des Protecteurs. De là, on nous conduira au camp.

Les mots la glacèrent, mais sa proximité, son souffle chaud sur l'oreille au contraire la brûlaient.

— Dans combien de temps ? demanda-t-elle, le regardant droit dans les yeux.

L'expression de Cam était intense, ferme et volontaire, mais elle y voyait aussi de la douceur, et peut-être du regret. Il était si proche qu'elle distinguait également les nuances de noisette et de vert dans ses yeux. Et elle s'attarda sur l'arc de sa bouche si bien dessinée.

Hilly cilla, étonnée de le dévisager ainsi. Elle se sentait engourdie, languissante, et avait envie de s'appuyer sur lui.

Au même instant, il se pencha de nouveau vers elle, les lèvres tout contre son oreille. Hilly frissonna se demandant s'il allait déceler son agitation, qui n'avait rien à voir avec leur arrivée dans le camp.

— Nous devons être patients, reprit-il. Chaque chose en son temps, d'accord ? On reste dociles. Attentifs.

Cam recula, posa la main sur sa joue, doucement et d'une manière apaisante, puis il retint son regard dans le sien.

— Tout va bien se passer ! lui dit-il à voix haute, avec fermeté.

Ses paroles la réconfortèrent. Hilly sentit quelque chose bondir et en même temps se serrer dans son bas-ventre, et frissonna au contact de sa main sur sa joue. Ce qui accrut son étrange malaise.

Elle ferma les yeux et opina.

Chaque chose en son temps.

Patience.

Vigilance.

12

Cam conduisit Hilly sous l'auvent comme l'avait ordonné leur guide. L'après-midi était plus chaud, le soleil brillait. Ce campement n'était a priori occupé que par des femmes. L'inconnu qui les avait menés jusqu'ici était le seul homme, et étrangement, il semblait tenu à l'écart.

Où étaient les autres hommes ? Délibérément hors de leur vue, pour mieux les surveiller ? Si Cam ne se sentait ni épié ni surveillé, il ne se départait pas de sa vigilance.

Il jeta un coup d'œil à Hilly, toujours mal à l'aise, malgré ses efforts pour la réconforter.

— Assieds-toi, ordonna l'une des femmes à Cam. On nous a dit que toi et ton épouse aviez fait un long voyage. Vous devez avoir faim.

Sa voix était agréable, ses paroles aimables, mais elles étaient convenues et sans chaleur. Cam opina, s'assit à la table de pique-nique qu'elle lui montrait et fit signe à Hilly de prendre place à côté de lui.

— Quel beau chien, dit-elle ensuite sur le même ton. Gayle, tu as des restes ? lança-t-elle à une autre femme.

— Merci de penser à Free, répondit Cam.

Elle leur adressa un sourire.

— Vous formez un beau couple, tous les deux.

Et, avec un soupir, elle ajouta, soudain rêveuse.

— Ça va passer, mais après on en guérit.

Qu'avait-elle voulu dire ? Que les amours finissaient mal ? Ou s'agissait-il d'un avertissement crypté ?

À quoi bon se poser ces questions, inutiles, puisque Hilly et lui n'étaient pas en couple ? Ils étaient réunis par un seul but : retrouver son père. Rien qui doive « passer » ou « guérir ». Il se désintéressa de cette femme, et remarqua que leur guide avait disparu.

On leur servit un ragoût avec une tasse de café, et un petit pain sur un essuie-tout.

C'était copieux, le fumet qui se dégageait du ragoût était délicieux, mais Cam se méfia. Était-il empoisonné ? Il jeta un regard à la femme qui le leur avait servi, mais elle retournait vers le feu et ne leur prêtait plus aucune attention. Il tourna les yeux vers Hilly qui, de son côté, observait le bol, d'un air sceptique.

Mais ils n'avaient pas d'autre choix que de manger s'ils voulaient rejoindre le camp. Ils devaient obéir, gagner la confiance de ces femmes et du guide. Cam hocha donc la tête à l'attention de Hilly, prit une cuillerée du ragoût, l'exhortant à l'imiter d'un regard. Hilly acquiesça, et, sans se départir de son inquiétude, mangea du bout des lèvres. Ils se restaurèrent ainsi en silence, tandis que Free, de son côté, dévorait les restes qui lui avaient été donnés.

Cam terminait quand l'homme surgit devant eux.

— Venez ! dit-il sans préambule.

Cam se leva, tendit la main à Hilly, mais l'autre secoua la tête.

— Non. Vous seulement.

Cam se figea.

— Moi ? Pour quelle raison ?

— C'est comme ça.

Cam serra les dents et s'exhorta au calme, contenant le refus que, de nouveau, il voulait opposer à l'homme. Pas question d'être séparé de Hilly, mais encore une fois avait-il le choix ?

— Écoutez, dit Cam, essayant de modérer sa contrariété.

Je n'irai nulle part sans ma femme, et tant que je n'aurai pas une bonne raison de vous faire confiance. Certes, j'aspire à devenir un Protecteur car j'épouse vos idéaux, mais je ne vous connais pas.

— Pour être l'un des nôtres, vous devez me suivre, répliqua le guide, impassible. Et elle, elle doit rester ici.

Cam serra de nouveau les dents, se contenant. Il n'était pas question qu'il lâche Hilly des yeux. Pour convaincre l'homme, il devait garder son calme. Il sentit la main de Hilly frôler la sienne et la lui presser. Il baissa les yeux vers elle. Elle l'implorait du regard.

— Vas-y, Cameron. C'est ton rêve, dit-elle en haussant les sourcils comme pour lui rappeler la raison de leur présence dans ces lieux.

Elle s'adressa ensuite au guide.

— Je vais aider ces femmes. Je ne serai pas seule. Free sera avec moi.

Et, sur ces mots, Hilly serra la main de Cam, comme pour l'exhorter à se soumettre, parce que le plus important c'était de retrouver son père.

Obéir.

Il n'y avait pas d'autre moyen pour infiltrer les Protecteurs et accéder à leur camp.

Cam prit donc une grande respiration pour expulser sa frustration et sa culpabilité à l'idée de la laisser. Mais Hilly avait tenté de le rassurer, et il devait lui faire confiance. Elle gérerait la situation, il n'en doutait pas une seconde.

— D'accord.

Il se détendit. L'homme avait sans doute l'intention de les interroger séparément, pour s'assurer que leurs histoires concordaient. Les milices antigouvernementales étaient dans le collimateur du gouvernement. Ses membres se méfiaient des inconnus, susceptibles d'être des agents du FBI en mission d'infiltration.

Il enveloppa Hilly d'un long regard qui se voulait rassurant et il lui sourit, puis il lui caressa la nuque, étonné par l'intensité des sensations que ce contact provoquait.

— Sois prudente, surtout, lui chuchota-t-il à l'oreille avant de se redresser.

Puis il suivit l'homme à contrecœur sur un sentier rocailleux.

Cam surveillait les moindres mouvements de son guide. Il redevenait méfiant, redoutait qu'il ne cherche à définitivement l'éloigner et à le séparer de Hilly. Il avait son fusil à portée de main, mais Cam avait son pistolet.

— Cameron Tyler, commença l'autre d'une voix neutre. Ancien militaire ?

Oui.

— Corps des marines ?

— Affirmatif, répondit Cameron d'un ton neutre lui aussi.

— Pourquoi l'as-tu quitté ?

— Pour agir *dans* mon pays : nous y avons beaucoup de problèmes..., prononça-t-il avec difficulté. Nos libertés sont bridées. Nos droits aussi. Le deuxième amendement est menacé.

Et il le récita d'une voix qu'il espéra ferme.

— « Une milice bien organisée étant nécessaire à la sécurité d'un État libre, le droit qu'a le peuple de détenir et de porter des armes ne sera pas transgressé. »

C'était plus dur que de prétendre que Hilly était sa femme.

L'homme ne fit aucun commentaire. Il le conduisit jusqu'à un affleurement rocheux qui dominait un paysage d'une beauté et d'une pureté extraordinaires.

Cam eut un mauvais pressentiment. Son guide allait-il le précipiter dans le vide ? Il se raidit, prêt à résister et à se battre.

Mais lui jetant un coup d'œil, il constata que l'homme le dévisageait avec calme. Il n'était pas sur la défensive ni agressif.

— Il n'y a aucune trace de toi, dit-il. Ni de ta femme. Nulle part.

— Ah ? s'étonna Cam, conscient que l'autre avait dû pirater les bases de données des administrations.

À moins qu'il n'ait transmis leurs noms à d'autres Protecteurs qui avaient effectué ces recherches ?

— Nous n'avons pas trouvé d'acte de mariage, pas de permis de conduire avec des photos correspondant à vos visages. Vous n'avez pas de numéro de sécurité sociale. En clair, tu n'existes pas. Il faudra plus de temps pour accéder à votre dossier militaire, mais pour l'instant…

Il n'acheva pas. Inutile. La fin de sa phrase était éloquente.

Cam sentit un frisson le parcourir, mais très vite il se ressaisit.

— Nous préférons rester en dehors du réseau, dit-il. Le gouvernement n'a pas besoin de me ficher. Mon dossier militaire…

Il s'interrompit.

— Vous verrez bien, acheva-t-il.

— Je finirai par découvrir qui vous êtes, riposta l'homme sèchement.

Cam haussa les épaules, veillant à ce que son mouvement soit dégagé et ne reflète pas sa tension grandissante.

— Faites ce que vous avez à faire.

— Tu ne préfères pas me dire la vérité ici, et maintenant ?

— Je vous l'ai dite. Je m'appelle Cameron.

— Cameron Tyler. Faux.

— Je ne comprends pas pourquoi.

— Donc, Cameron ex-marine, résident dans l'État du Wyoming et faux mari. Si je creuse, que vais-je découvrir ?

Cam ne se considérait pas comme un homme emporté. Il était un Delaney et, à ce titre, il avait du sang-froid. Chez les marines, il avait parachevé sa maîtrise de soi, en apprenant à obéir aux ordres et en adoptant une conduite exemplaire.

Il avait été confronté à des situations beaucoup plus complexes, et pourtant, il n'avait jamais été aussi près de se mettre en colère.

— FBI ? Département de la Défense ? De la Sécurité intérieure ? insinua son guide.

En dépit de la colère, Cam sourit.

— Je ne sais pas qui vous êtes, et quels sont vos plans, reprit l'homme, mais laisse-moi vous donner un avertissement clair : ne te mêle pas de nos affaires. Renonce. Rentre chez toi avec ton amie.

— Ma femme.

— Ta femme qui m'a paru réticente à accepter ton geste de tendresse, au moment de la séparation tout à l'heure, lâcha-t-il froidement.

Cam refoula le malaise qui revenait, et se substituait à l'élan de colère. Il avait feint d'étreindre Hilly pour s'approcher d'elle et lui parler à l'oreille. S'il avait noté son recul, il ne l'avait pas cru aussi ostensible. Il avait commis une erreur. Hilly et son père risquaient d'en payer le prix.

Ça ne te rappelle pas quelque chose ?

Le suicide d'Aaron.

— Alors ? FBI ?

Cam ne dit mot. L'homme regarda dans la direction de la vallée, l'air vraiment frustré. Cet échange était pour le moins bizarre, l'attitude de son guide aussi. La méfiance de Cam redoubla. L'homme l'avait à moitié percé à jour, et cependant, il n'était pas menaçant et ne montrait aucun signe de violence. À la vérité, il semblait déçu.

Déçu ? Pourquoi ?

Pour finir, il croisa les bras et le fixa. Son attitude toujours pacifique était vraiment déconcertante.

— Pour la dernière fois, je te conseille de me dire la vérité, *Cameron Tyler*, dit-il. On n'élimine pas les agents du gouvernement. On n'a pas besoin de ce genre d'ennuis. Toi et ta *femme* ne courrez aucun danger si vous me révélez qui vous êtes et vos intentions. On vous laissera partir.

Ça ne correspondait pas du tout aux informations que Cam avait lues sur les Protecteurs. Ceux-ci détestaient le gouvernement, surtout le FBI qui essayait de les infiltrer pour les saborder. Les Protecteurs étaient prêts à tout au nom de leur liberté.

Même à commettre des actes de violence ou des crimes.

— Pourquoi vous souciez-vous de ce qui est mieux pour moi ? répliqua Cameron.

L'expression de l'homme redevint impassible, sa frustration, inexplicable, disparut.

— Tes intentions et celle de ta complice sont destructrices. Je voulais vous donner une chance. Disons, une porte de sortie.

— Ma chance c'est de devenir un Protecteur. Protéger ce qui m'appartient. Ma liberté. Mes droits. Tel est mon désir.

L'autre leva les yeux au ciel, comme si cette affirmation était ridicule. Précisément, comme s'il ne prenait pas au sérieux les Protecteurs. À moins qu'il n'ait eu cette réaction parce qu'il savait que Cam mentait ?

— Je vous reconduis au campement, coupa-t-il, revenant sur leurs pas.

— Mais je...

L'autre était déjà loin, et marchait à longues enjambées comme s'il était pressé.

Certes, il avait compris que Cam lui avait donné un faux nom, mais il se trompait en évoquant des liens avec le FBI. Tant qu'il n'aurait rien trouvé, ils resteraient au campement. Cam avait l'intention de mettre cette attente à profit pour réunir des informations utiles sur les Protecteurs lorsque lui et Hilly seraient conduits dans le camp. Il ne doutait pas que, quand les Protecteurs découvriraient qu'ils n'avaient rien à voir avec le FBI, ils leur feraient confiance.

Bientôt, les tentes du campement apparurent. Son guide marchait toujours loin devant, mais Cam ne se faisait aucune illusion : il savait exactement à quelle distance il se trouvait et il était prêt à réagir en cas d'attaque surprise de sa part.

Cam s'interrogeait toujours sur le sens de cet intermède, mais il était rassuré par l'attitude de l'homme.

Pourtant, au moment où il arriva devant l'auvent et qu'il ne vit ni Hilly ni Free, un frisson glacé le parcourut et la panique l'envahit. Il s'exhorta au calme. Hilly était probablement retournée à la tente qu'on leur avait attribuée.

— Où est-elle ? demanda l'homme au même instant.

Les trois femmes sous l'auvent restèrent silencieuses. Cam s'en étonna. Et surtout s'étonna du ton de son guide.

Mal assuré.

Surpris.

Ou incrédule...

L'une des trois leva les yeux, un sourire de convenance sur les lèvres.

— De qui parles-tu, camarade ?

Qui était vraiment le seul homme du camp ?

Un Protecteur ?

Pas sûr.

Et surtout, où était Hilly ? Et pourquoi avait-elle disparu ?

13

Hilly préférerait encore leur guide au colosse qui, assis à côté d'elle à l'arrière du véhicule tout-terrain, braquait un fusil sur elle.

Elle subissait les cahots de la route et ne pouvait se retenir à la poignée de la portière, car on lui avait lié les mains derrière le dos avec un serre-câble qui lui entaillait la peau.

Le conducteur du 4x4, un grand barbu dégingandé, et son complice, le colosse, avaient surgi dans le camp peu après le départ de Cam avec leur guide. Les femmes n'avaient pas réagi à cet enlèvement et avaient vaqué à leurs tâches ménagères comme si de rien n'était.

Hilly était furieuse contre elles.

La situation était angoissante, mais elle ne perdait pas espoir. À l'évidence, ces deux individus n'avaient pas l'intention de la tuer. En revanche, elle s'inquiétait pour Cam, que leur guide avait éloigné pour une raison inconnue et incompréhensible. Où était Cam ? Était-il en danger ? Allait-il bien ? Où était son père ? Le retrouverait-elle bientôt ?

Elle pressa les paupières pour contenir ses larmes et, par un nouveau sursaut de volonté, s'exhorta au courage. *Ne perds pas espoir.* Rien n'était perdu. Le colosse et son acolyte lui avaient dit qu'ils la conduisaient au « camp » pour « le procès ». Un procès ?

Le 4x4 continuait de descendre le flanc de la montagne. Hilly essaya d'évaluer le temps qui passait. Elle était épouvantée d'être séparée de Cam, d'un autre côté, si vraiment elle allait au camp, peut-être aurait-elle la chance de retrouver son père.

C'était son objectif ultime. Le reste était secondaire. Cam aussi ? Non ! Mais c'était un ex-marine qui savait faire face à tout type de situation...

Soudain, le véhicule ralentit. Ils roulaient depuis environ dix minutes. À l'évidence, ils arrivaient.

Le 4x4 franchit un épais bosquet. Hilly contint sa surprise à la vue du camp avec ses auvents géants et ses nombreuses tentes carrées, ainsi qu'une maison en dur qui lui rappela le vieux chalet.

Le véhicule s'arrêta enfin, le barbu en descendit, puis la fit sortir tandis que le colosse la tenait toujours en respect.

Le barbu la poussa ensuite si rudement qu'elle faillit tomber. Il la rattrapa et la tira par le bras avec une telle violence qu'elle gémit de douleur et redouta qu'il ne lui ait démis une articulation.

— La ferme, siffla-t-il haineusement à son oreille.

Pourquoi semblait-il la détester ?

Le barbu la conduisit vers la porte de la cabane et frappa. Hilly remarqua qu'il tapait deux coups brefs de l'index, puis une fois du plat de sa main. Et il recommença.

La porte s'ouvrit. Hilly, terrorisée résista, mais le colosse et le barbu la poussèrent sans ménagement à l'intérieur. Alors elle entra.

Il faisait sombre.

Hilly vivait le pire moment de sa vie. Elle était privée de sa liberté, ligotée dans l'obscurité, sous la férule de deux inconnus patibulaires. Sa terreur ne connut plus de bornes.

— S'il vous plaît..., murmura-t-elle d'une voix étranglée.

La lumière s'alluma soudain. Éblouie, surprise, elle cilla, puis serra les paupières. Un rire moqueur lui parvint. Elle rouvrit les yeux.

Elle avait l'impression d'être dans une église : elle vit deux rangées de bancs séparés par une travée qui conduisait à une longue table où trois hommes étaient assis.

Non, pas une église, plutôt, une salle d'audience, corrigea-t-elle en son for intérieur. Une cour de justice. Ne lui avait-on pas parlé de « procès » ?

— Votre nom ? demanda le « juge » au centre.

Hilly regarda autour d'elle, éperdue. Elle était seule avec le barbu et le colosse, et ses trois juges.

— Votre nom, s'il vous plaît, répéta celui du milieu, d'une voix encore calme, mais d'acier.

— L-Leigh. Leigh Tyler. Je m'appelle Leigh Tyler.

Il écrivit, puis s'entretint à voix basse avec ses deux assesseurs et hocha la tête.

— Pour la dernière fois. Votre nom.

— Je viens de vous le dire...

Il fit un mouvement du menton et Hilly reçut un coup dans le creux du genou. Elle cria, tomba.

— Votre nom ?

Hilly serra les paupières. Les dalles sous ses paumes étaient fraîches, et la douleur, lancinante. Elle déglutit, respira fort et ouvrit les yeux, puis regarda son interlocuteur.

— Leigh Tyler.

De nouveau il fit ce mouvement du menton. Elle reçut un coup dans le dos. Elle se mordit les lèvres pour ne pas crier.

— Dernière chance, déclara l'homme toujours calme et impassible.

Hilly avait le souffle court. Pour s'exhorter au courage, elle pensa à Cam qui, peut-être, passait par les mêmes épreuves et résistait pour ne pas la mettre en danger.

Donc elle répéta obstinément sa fausse identité.

Elle attendit. On ne la frappa pas. Alors elle ouvrit les yeux. L'avait-on crue ?

Son interlocuteur avait un sourire cruel sur les lèvres. Hilly fut saisie d'un mauvais pressentiment.

— Vous êtes insensible à la douleur, peut-être serez-vous sensible à *cela* ?

Il fit un geste à l'assesseur à sa gauche. Ce dernier se leva et se dirigea vers une porte à l'arrière qu'il ouvrit. Il fit entrer un prisonnier qui avait les mains liées derrière le dos et la tête baissée, comme abattu. Quand il releva la tête, Hilly le reconnut et contint un cri.

Son père.

Blessé. Meurtri.

Mais vivant !

— Vous le connaissez ? demanda son juge d'un ton satisfait.

— N-non, dit fermement Hilly, espérant que son père ne soufflerait pas mot.

Elle ravala sa salive, et se ressaisit.

— Vais-je subir le même sort que ce prisonnier ? murmura-t-elle, cachant son soulagement à voir son père sain et sauf.

Au même instant, ce dernier prit la parole d'une voix basse et très lasse.

— Je ne connais pas cette femme. Je vous l'ai répété cent fois : j'ai tué la petite, comme vous me l'avez ordonné autrefois.

« Tué la petite ? » De qui parlait-il ?

— Nos services secrets affirment le contraire, frère.

La façon dont son juge avait prononcé ce dernier mot arracha un frisson d'horreur à Hilly.

— Je ne connais pas cette personne, dit-elle à son tour. Je ne comprends pas ce que vous me voulez. Je veux retourner auprès de mon mari. S'il vous plaît.

Elle évitait de regarder son père.

— Votre mari ? « Cameron Tyler » ?

— Oui ! Je vous en prie ! Il va bien ? Je peux le voir ? Pourquoi avons-nous été séparés ? Où est-il ? Laissez-moi. Je vous en supplie… Je l'ai suivi ici sur son désir. Il veut se joindre à vous.

Son juge claqua des lèvres, comme s'il réfléchissait, tout

en fixant son père. Elle se refusait toujours à regarder ce dernier, de peur de s'effondrer et de se trahir.

— Le nom de Hillary Simmons vous dit quelque chose, jeune fille ? reprit son juge.

Hillary.

Hilly se figea. Chaque fois qu'elle entendait ce prénom, un frisson glacé courait sur son échine.

Reste calme. Colle à la vérité.

— Non. Je ne sais pas de qui vous voulez parler. Je ne comprends pas ce qui se passe. Je veux retourner auprès de mon mari. Où est-il ?

— Où et comment avez-vous rencontré votre mari, madame Tyler ? demanda-t-il, d'un ton trop aimable pour être sincère.

À l'évidence, il ne la croyait pas.

Coller à la vérité.

— Au poste de police.

— Et qu'y faisiez-vous ?

Coller à la vérité.

— Il signalait un crime. Moi, je passais saluer une amie.

C'est Cam qui était passé dire bonjour à Laurel, c'est elle qui était venue signaler une disparition inquiétante : Cam et elle avaient décidé d'échanger leur version des faits.

— Votre amie est affectée à quel poste de police, exactement ?

Hilly regarda son juge bien en face. Ce dernier la croyait-il assez stupide pour le lui révéler et ainsi se trahir ?

— Je n'en dirai pas davantage tant que je resterai ligotée et maltraitée comme une criminelle ! C'est une situation intolérable ! Je ne veux pas que vous vous en preniez à mon amie ou à ma ville natale ! Vous êtes tous complètement fous !

Son interlocuteur sourit.

— À votre guise.

Et, de nouveau, il échangea quelques mots à voix basse avec l'assesseur à sa droite. L'autre murmura à l'oreille de l'homme qui se tenait derrière le père de Hilly, puis il répéta la manœuvre avec le barbu et le colosse toujours derrière elle.

Hilly tremblait pour son père et ne cherchait pas à cacher sa peur. N'était-ce pas une réaction normale de la part de Leigh Tyler, seule sans son mari et terrorisée par le cours de ces événements incompréhensibles ?

Quand l'assesseur eut regagné sa place, le barbu et le colosse saisirent chacun un bras de Hilly et la firent sortir, juste derrière son père. On les conduisit dans une petite cabane sans fenêtres.

— Non ! S'il vous plaît ! hurla Hilly en se débattant, les mains toujours attachées derrière le dos.

La porte se referma sur elle et son père. Elle entendit un bruit sinistre de verrou qu'on ferme, puis le silence retomba. L'obscurité était complète.

— Non ! s'écria de nouveau Hilly.

Elle ne pourrait supporter d'être enfermée dans le noir, et elle était prête à se trahir pour sortir de là.

Puis la voix de son père lui parvint.

— Du calme, Hilly, murmura-t-il. Ça va aller.

Non ça n'allait pas. Pas du tout.

Elle fit cependant un gros effort pour se ressaisir. Au moins, son père était vivant. Ils étaient enfin réunis.

— Dites-moi, madame Tyler, comment êtes-vous arrivée jusqu'ici ? demanda son père à haute et intelligible voix, lui signifiant ainsi qu'elle devait continuer à jouer son rôle.

Hilly déglutit, essaya d'abord de calmer sa respiration et les battements trop rapides de son cœur. Ses jambes étaient douloureuses, ses larmes coulaient sans qu'elle puisse les retenir. Mais au moins, elle était vivante, se répétait-elle. Avec son père. Cam allait les retrouver. Elle voulait y croire. Elle devait y croire.

— Mon mari a lu des articles sur les Protecteurs. Il voulait les rejoindre. Je l'ai suivi. Nous souhaitions vivre avec eux.

Elle se tut, prit une autre respiration profonde et apaisante et expira.

— Et vous ?

— Je m'appelle James Adams, répondit son père après un temps de retard.

C'était le nom qu'elle lui avait toujours entendu utiliser. Une fausse identité.

— Et comment êtes-vous arrivé ici ? demanda Hilly, espérant découvrir une partie de la vérité.

— Je suis un Protecteur depuis les années soixante-dix, commença son père d'un ton hésitant. Mais je ne vis plus dans le camp depuis les années quatre-vingt. Trop confiné à mon goût. Je voulais mon propre espace. Ma liberté. Je gardais contact de loin en loin.

C'était peut-être vrai. Les Protecteurs savaient qui était son père, ils le connaissaient sous le nom de « James Adams ».

— Si vous faites partie des Protecteurs, pourquoi vous traitent-ils de la sorte ?

— Parce qu'ils sont convaincus que je les ai trahis.

— Trahis ? Comment ça ? demanda-t-elle, avec curiosité.

— Ils pensent qu'au lieu de tuer la fille d'un ennemi comme ils me l'avaient ordonné, il y a plusieurs années, je l'ai gardée en vie et élevée secrètement comme ma propre fille.

Sous le choc, Hilly s'arrêta de respirer. Ses oreilles bourdonnaient, elle se sentait de plus en plus oppressée.

« Secrètement élevée comme ma propre fille. Hillary Simmons. Hillary. Hilly. »

— Respire, chuchota son père.

Ce seul mot était rempli de regret.

Hilly obéit. Elle respira, puis expira. Digéra les propos de son père, auxquels elle chercha désespérément à donner un sens.

Et fit les déductions qui s'imposaient.

Je ne peux pas être cette Hillary. Ce n'est pas possible !

14

Cam était le témoin étonné de la scène qui se jouait devant ses yeux.

Son guide questionnait les femmes, qui répétaient, avec une placidité confondante, qu'elles ne comprenaient rien à ce qu'il disait.

Comme si elles n'avaient jamais vu Hilly.

Cam pensa un instant qu'elles l'avaient peut-être aidée à prendre la fuite, raison pour laquelle elles mentaient.

Mais ça n'avait pas de sens non plus ! Car Hilly ne serait jamais partie seule. Du moins, pas sans lui laisser un message... Il allait donc intervenir quand il se ravisa. À quoi bon perdre son temps ? Plutôt quitter ce campement pour trouver Hilly.

Pendant que l'homme et les femmes continuaient de discuter, il s'éloigna, observant le sol de l'auvent avec attention, mais celui-ci était impeccable et bien ratissé.

Plus loin, il distingua les empreintes de Free. La chienne avait-elle suivi Hilly ? Ou pas ? Quoi qu'il en soit c'était sa seule piste, il se mit donc à marcher, sifflant ou appelant Free au fur et à mesure de sa progression.

Il était à peu près sûr de s'être trompé quand Free accourut à sa rencontre. Son pelage était boueux, elle était effrayée. Elle aboya, reprit le chemin par lequel elle était arrivée, et en revint, toujours aboyant.

— Bravo ma fille, lui murmura-t-il, certain que la chienne lui indiquait la direction à suivre.

Et il courut sans savoir quelle distance il devrait parcourir, et conscient qu'il risquait de se perdre. De plus, il n'avait ni sac à dos ni provisions. Seulement son arme.

Pendant qu'il courait, il réfléchissait. Au départ, il avait pensé que les Protecteurs les avaient peut-être séparés, lui et Hilly, pour les interroger et s'assurer qu'ils avaient la même version des faits.

Désormais, il en doutait. Son guide avait eu en effet l'air surpris, décontenancé et furieux que Hilly ait disparu.

La situation était étrange, peu importait. Sa priorité, pour l'instant, c'était de retrouver Hilly. Ensuite, ils démêleraient cet écheveau.

Soudain, il se figea en entendant un bruit de moteur.

— Ne bouge plus, ordonna-t-il à la chienne, attentif au véhicule qui approchait.

Il était trop tard pour se cacher. Cam, sur la défensive, garda les yeux fixés sur Free, l'exhortant au silence de son mieux pendant que le conducteur coupait le moteur.

Il resta immobile, inquiet, conscient que c'était de mauvais augure.

La voix du guide s'éleva.

— Où diable allez-vous ?

— À votre avis ? riposta Cam faisant volte-face. Je cherche ma femme qui a disparu !

Sur ces mots, il posa la main sur son arme, prêt à dégainer.

L'autre soupira et l'air frustré, regarda partout autour de lui.

— Dites-moi son vrai nom.

— Si pour une raison quelconque, ma femme avait un faux nom, je ne vous donnerais certainement pas le vrai !

— Je croyais que tous les deux, vous vouliez rejoindre les Protecteurs ?

— C'est le cas. Mais je ne vois pas le rapport ?

— Je constate seulement que vous ne me faites pas confiance.

— Bon sang, ça vous étonne ? persifla Cam. Je me demande dans quel guet-apens nous sommes tombés ! Vous m'avez séparé de mon épouse, et à notre retour, elle a disparu ! Sans laisser de traces. Volatilisée ! Au nez et à la barbe de ces femmes ? Excusez mon scepticisme, ma méfiance à votre égard, et à l'égard de ces femmes. Vous n'êtes peut-être pas celui que vous prétendez être ? Je ne connais même pas votre nom !

— Êtes-vous certain de savoir qui est votre épouse ? reprit l'homme croisant ses bras sur sa poitrine. « Hillary Simmons », ça vous dit quelque chose ?

Hillary.

Le nom que Laurel avait identifié sur l'enregistrement. Avec « Ethan ».

— Non, répondit Cam. Vous avez la conviction que ma femme s'appellerait Hillary Simmons ? Et pourquoi ? Et que voulez-vous à Hillary Simmons ?

— Aucun mal. Contrairement à ce que vous pouvez penser, lâcha l'homme en se passant la main dans les cheveux, un geste qui exprimait la perplexité.

Cette réponse et son attitude étaient tellement bizarres que Cam se calma.

— Mais qui êtes-vous à la fin ? demanda-t-il.

L'autre soupira.

— Je sais où *elle* est..., biaisa-t-il. Où *ils* l'ont conduite. Mais j'ignore dans quel but.

— Et vous pensez que moi je le sais ?

— Je crois surtout que vous savez quelque chose la concernant !

Il passa une main lasse dans ses cheveux.

— Vous êtes du FBI ?

— Pas du tout.

— Vous n'êtes pas celui que vous prétendez être. Alors, autant me dire la vérité.

Cam n'arrivait toujours pas à comprendre. L'homme était

armé, mais il ne manifestait aucune agressivité. Il était plutôt avide de réponses et d'explications.

— Si jamais vous lui avez fait du mal..., lâcha Cam, incisif.

— Jamais je ne lui en ferai. *Eux*, en revanche...

Cam n'arrivait pas à comprendre pourquoi il semblait aussi inquiet.

Mais l'homme avait parlé des Protecteurs en disant « ils » et « eux ». Quelles étaient ses allégeances avec les Protecteurs ? Dans quel but ces derniers avaient-ils enlevé Hilly ?

Plus tard.

Pour le moment, il fallait la retrouver. Alors Cam eut envie de le brusquer, mais il se retint. À quoi bon prendre des risques inutiles ? Mieux valait adopter une attitude plus stratégique.

Il recula d'un pas.

— Non. Pas question de fuir, dit l'homme.

— Vous ne m'en empêcherez pas ! Malgré votre arme.

— Je ne tirerai pas, grommela l'autre.

— Mais que voulez-vous à la fin ?

— Justice..., souffla l'homme d'un ton ardent.

Il montra du menton son 4x4.

— Si vous voulez retrouver votre épouse, vous allez devoir me suivre.

— Je n'ai pas besoin de vous. Je me débrouillerai.

— Dans ce cas, vous échouerez, dit-il d'un ton catégorique. Et de toute façon, je vous en empêcherai. Conclusion, soit vous venez de votre plein gré et nous collaborerons, soit je vous ramène au campement pour vous remettre aux mains de ces femmes qui vous feront vivre un enfer. Dites-vous que j'agis pour votre sécurité.

Et, sur ces mots, il siffla Free qui bondit dans la voiture.

Cam n'en crut pas ses yeux.

— Free ! ordonna-t-il, mais la chienne resta dans le 4x4.

— Si vous voulez revoir votre épouse, je vous suggère de suivre l'exemple de Free.

Cam observa le 4x4, les alentours, et récapitula la situation. Hilly avait disparu. Il devait la retrouver. Et vite. L'homme avait un véhicule et connaissait sa destination. Il n'avait pas l'intention de leur faire du mal, ni à lui ni à Hilly.

Espérant ne pas commettre une erreur fatale, Cam monta à son tour dans le 4x4.

— Et vous, comment vous appelez-vous ? demanda Cam alors qu'il démarrait.

— Zach.

Le temps s'écoulait. Hilly avait l'impression d'être enfermée depuis une éternité.

Elle se sentait vaciller, devenir folle dans cette nuit épaisse, cet air lourd et vicié qui semblait absorber tout l'oxygène. Son père, quant à lui, avait du mal à respirer. Et puis, il y avait ces mots qu'il avait prononcés et qui flottaient entre eux. Lourds de sens.

« Ils pensent que je l'ai gardée et secrètement élevée comme ma propre fille. »

Depuis, il n'avait plus rien dit. Et bien qu'elle ait un million de questions à lui poser, elle n'osait pas l'interroger, à cause des hommes dehors qui peut-être les espionnaient. Et elle redoutait d'en apprendre davantage.

Les paroles de son père tournaient en boucle dans sa tête, et elle se demandait qui elle était. Cela lui arrivait-il vraiment ? Ou était-ce un rêve particulièrement réel.

Soudain, son père s'approcha. Elle tressaillit.

— Pourquoi es-tu là ? chuchota-t-il, si bas qu'elle dut faire un effort pour comprendre.

— Tu avais disparu. J'étais inquiète pour toi.

— Tu n'avais pas à l'être.

— Comment peux-tu me dire une chose pareille ? souffla-t-elle, la gorge serrée. J'ai tout perdu. Les Protecteurs ont incendié la cabane.

— Ce n'était pas eux.

— Quoi ?

Son père soupira.

— Je ne peux pas te l'expliquer.

— Si. Il le faut, insista-t-elle, sans prendre garde à parler doucement.

Cette fois, elle s'en moquait. Elle voulait des réponses.

Sa vie était bouleversée, elle avait besoin de comprendre. Puis elle pensa à Cam. Où était-il ? À sa recherche ? Était-il en danger ? Elle savait qu'il ferait le maximum pour la retrouver. La sauver.

Ainsi était Cam. Fidèle, obstiné, patient.

Et qui était son père ? Finalement, elle ignorait qui était James Adams, l'homme qui l'avait élevée ?

Quelles étaient ses croyances ?

À qui allait sa loyauté ? Quelle était son histoire ? Son passé ?

Comment pouvait-elle tout ignorer de James Adams auprès de qui elle avait grandi, avec qui elle avait vécu au quotidien depuis toujours, et avoir des certitudes sur Cam qu'elle ne connaissait que depuis quelques jours ?

Ça n'était pas le moment de se poser autant de questions, ou peut-être que si, justement, la nuit noire favorisant l'introspection... De toute façon, elle n'avait rien d'autre à faire.

— Il faut trouver le moyen de te sortir d'ici, chuchota son père au même instant.

Cam trouverait, lui ! songea-t-elle spontanément. Elle ne savait pas pourquoi elle avait une telle foi en lui, d'où lui venait, soudain, la certitude qu'il n'était pas blessé et prisonnier. Peut-être, parce qu'elle n'avait plus rien à quoi se raccrocher ?

Un cliquetis de métal l'arracha à ses pensées. Le bruit provenait de l'arrière de la cabane. Une porte qu'elle n'avait pu remarquer à cause de l'épaisse obscurité s'entrouvrit.

Un rayon de lumière éclaira faiblement la pièce. Hilly songea à un moyen de se défendre, malgré ses bras toujours liés derrière son dos. La pointe de ses chaussures de randonnée était renforcée, et si elle prenait son élan, elle pourrait donner un coup...

Une voix basse lui parvint.

— Hilly ?

— Cam...

Alors elle sentit ses genoux se dérober sous elle. La première surprise passée, elle s'approcha de lui. Cam fut plus rapide et, avant qu'elle ne comprenne la situation, il l'attira à lui et la serra dans ses bras. Elle perçut son immense soulagement, mêlé d'inquiétude.

Son père lui avait recommandé de se méfier du monde extérieur, mais il l'avait isolée, lui avait menti sur les liens qui les unissaient et avait entretenu à dessein son ignorance.

Cam lui avait donné le choix et lui avait appris la confiance.

— Viens, dit-il en l'attirant vers l'embrasure.

Hilly recula.

— On va te voir, Cam. Ils vont tirer.

— Quelqu'un fait diversion, mais nous n'avons pas beaucoup de temps. Vite.

Cam sortit un couteau de sa chaussure de randonnée et, rapidement, coupa ses liens avant de l'entraîner à sa suite.

— Cam. Attends. Mon père...

Hilly regarda vers son père blessé, meurtri, replié dans un coin.

Stoïque, il n'avait pas prononcé un seul mot.

— On ne peut pas le laisser...

Cam ne dit mot. Elle insista.

— S'il te plaît.

Le voyant toujours immobile, elle saisit le pan de sa chemise.

— S'il te plaît, Cam. Il est blessé...

Elle reporta son attention vers son père.

— Ils vont le tuer.

— Je reste, coupa son père à mi-voix, mais fermement.

— Elle veut que vous veniez. Alors vous venez, riposta Cam.

Il y avait une inflexion dure dans sa voix, qui lui était inconnue et qu'elle ne comprit pas.

— Je ne sais pas qui vous êtes, commença son père d'un ton altier et froid.

Cam s'approcha de lui. Sans mot dire, il trancha ses liens et le poussa sans ménagement vers la porte.

— Vite.

— Je reste.

— Père. S'il te plaît, intervint Hilly. On n'a pas le temps de discuter. Il faut qu'on parte !

La colère s'exprima sur le visage de son père. Il lui montra Cam du menton.

— Qui est cet homme ?

— Cam est venu à mon secours quand je ne t'ai pas vu revenir, répondit Hilly, les larmes aux yeux. Il a bien fallu que je demande de l'aide, j'étais seule.

Puis elle reprit d'une voix basse et autoritaire.

— Tout ce qui arrive, c'est ta faute. Alors maintenant, tu viens !

— Non..., dit son père d'un ton las. Vous, allez-y...

— Non, dit Cam, le poussant de nouveau vers la porte. Hilly, passe la première. Et cours. Droit devant. Dans la direction du couchant. Sans t'arrêter.

— Mais...

Cam l'agrippa par les bras, la serrant contre lui.

— Ne discute pas, Hilly. Il faut partir. Tu es en danger ! Cours. Je te suis. Avec ton père.

Elle eut envie de révéler à Cam ce que son père venait de lui confier.

Plus tard.

— Vite, insista Cam. Nous te rejoindrons. Free est à la lisière. Elle te protégera.

Je veux que toi, tu me protèges.

Un souhait irréalisable pour l'instant. Hilly résignée

hocha la tête, franchit le seuil de la porte, puis regarda une dernière fois dans la direction de Cam.

— Vas-y, dit-il, encourageant.

Elle obéit. Il lui avait dit de ne pas regarder en arrière, elle ne put s'en empêcher. Cam la rejoindrait, pourtant, elle avait peur de le perdre.

Son père avait rassemblé ses forces et courait, en boitant, Cam à ses côtés, comme prêt à le soutenir.

Alors quelque chose de grand et de doux s'épanouit dans sa poitrine, une affection débordante pour l'homme qui s'était mis en danger pour la protéger, simplement pour l'aider.

Parce que telle était sa règle.

L'entraide. La solidarité. L'empathie.

Hilly laissa ce sentiment enfler au lieu de s'appesantir sur la brûlure dans ses poumons, et sur cette course éprouvante.

Aucun coup de feu ne retentit. Personne ne les prit en chasse. Hilly aurait aimé croire qu'ils étaient libres. Que tout irait bien à présent.

Mais elle savait que c'était faux.

15

Cam redoutait que James Adams, très affaibli, ne s'effondre à chaque pas.

— Faisons une pause, proposa-t-il.

— Si c'est à cause de moi, c'est inutile, répondit James Adams.

— Nous en avons tous besoin.

Hilly prit place sur un rocher, Free gémit et s'allongea à ses pieds.

— Père, assieds-toi, implora Hilly.

Il obéit et s'assit à côté d'elle.

Cam sortit la carte que Zach lui avait donnée. Il restait encore quelques kilomètres à parcourir avant d'atteindre la cabane où celui-ci lui avait assuré qu'ils seraient en sûreté.

C'est lui qui avait orchestré l'évasion de Hilly, en le conduisant dans le camp et ensuite, en initiant une diversion, une prétendue réunion de la plus haute importance. C'est pourquoi ils avaient pu prendre la fuite si aisément, et étaient tous les trois sains et saufs.

Qui était Zach ? Plus tard. Hilly restait en effet sa principale préoccupation. Et comme elle ne songeait qu'à son père, il devait aussi se préoccuper de ce dernier.

— Nous n'allons pas tarder à arriver dans une cabane, où nous passerons la nuit.

— À qui appartient-elle ? demanda Hilly, grattant Free derrière les oreilles.

— À Zach. C'est grâce à lui si j'ai pu vous libérer tous les deux. Il m'a conduit au camp, et à vous. Puis il a créé cette diversion pour qu'on puisse s'échapper.

Cam respira un bon coup.

— Rien de tout cela ne fait de sens..., conclut-il.

Quand ils seraient en sécurité, il aurait le loisir d'y réfléchir.

— Vous n'auriez pas dû vous en mêler, grommela le père de Hilly.

Conscient de son affaiblissement, et par égard envers Hilly inquiète, Cam s'épargna la peine de lui adresser un commentaire désagréable.

« Par égard envers Hilly ».

Cet élan, ardent, envers Hilly le préoccupait, mais il n'avait pas non plus le temps de s'attarder là-dessus.

— Il faut continuer si on veut y arriver avant la nuit.

Sur ces mots, Cam tendit la main à Hilly pour l'aider à se lever.

— Il y aura de la nourriture, de l'eau et des provisions. Encore quelques kilomètres, et on y sera.

Une fois qu'elle se fut relevée, Hilly ne retira pas sa main de la sienne, au contraire elle la lui serra et s'appuya contre lui avec un soupir d'épuisement. Elle avait besoin de réconfort, et Cam lui effleura la tempe de ses lèvres. C'était nécessaire. Juste. Justifié.

Et si bon.

— Courage, lui murmura-t-il.

Hilly soupira de nouveau, restant contre lui encore quelques instants. Mon Dieu, que n'aurait-il donné pour lui assurer la sécurité, le calme, et en jouir avec elle.

Plus tard.

Déjà Hilly se redressait, comme si elle avait puisé en lui de l'énergie. Cam en fut fier et content.

Plus qu'il ne l'aurait fallu, malgré tout.

— Venez, dit-elle avec un signe de tête à l'adresse de James Adams.

Ce dernier, toujours assis, les fixait.

Cam resta indifférent à son hostilité muette. James Adams était responsable de leur situation, et il avait failli à sa mission d'assurer la sécurité de Hilly.

Cam se désintéressa de lui pour consulter la carte avant de s'engager sur le sentier rocheux. Son objectif, c'était d'atteindre la cabane avant la nuit. Il se remit donc en marche, mettant toujours le cap vers l'ouest et cherchant des yeux les points de repère que Zach lui avait mentionnés pour lui faciliter le trajet. Le soleil se couchait quand, enfin, la cabane se profila sur un promontoire.

Une fois qu'ils l'eurent atteinte, Cam chercha la clé et la trouva à l'endroit que Zach lui avait indiqué. Il déverrouilla la porte et entra.

L'intérieur était modeste et rustique, mais propre et confortable. Cam se dirigea vers la caisse de bouteilles d'eau dans la kitchenette, en prit une et chercha un récipient dans les placards. Il vida la moitié de sa bouteille dans un grand bol qu'il posa sur le sol, et appela Free. Pendant ce temps Hilly à son tour sortait des bouteilles, en gardait une, donnait l'autre à son père et lui réservait la dernière.

Cam l'ouvrit et en but presque la totalité. Une fois que tous furent désaltérés, Hilly et James Adams observèrent la cabane d'un air circonspect.

Il y avait un petit salon au-delà de la kitchenette et deux portes. Celles-ci conduisaient vers une salle de bains et une chambre à coucher, toutes deux très exiguës.

Croisant le regard de Hilly, Cam y lut le désarroi, l'impuissance. Et pourtant, se dit-il, elle faisait face aux événements avec un courage exceptionnel. Comme si elle avait subi un entraînement physique et mental pour affronter ces situations troubles, dangereuses et des attaques ciblées.

L'idée qu'elle soit dans la mire des Protecteurs le souleva

de colère et lui fit fermer les poings. Mais il s'exhorta au calme. Ça n'était vraiment pas le moment de s'énerver. Pour l'instant, ils devaient s'installer et s'organiser.

— Bon et maintenant ? demanda Hilly au même instant.

— On attend Zach.

Si Zach n'arrivait pas dans les heures à venir, il partirait à sa recherche, songea Cam un peu inquiet.

— On va passer la nuit ici, et demain on avisera, dit-il seulement.

— Les Protecteurs sont à nos trousses, annonça James Adams.

Cam hocha la tête.

— Sans aucun doute, mais Zach va les retenir, et la nuit mettra fin à leurs recherches. Pour commencer, on va se restaurer et ensuite, on dormira à tour de rôle. Deux feront toujours le guet. C'est plus sûr. Et une fois que nous serons de retour à Bent, on fera le point sur la situation. Mais ce soir, on se repose et on recharge nos batteries.

— Je vais voir ce qu'il y a à manger, intervint Hilly, gagnant la kitchenette.

Cam allait s'en occuper, mais il opina, car il voulait s'entretenir seul avec James Adams. Il montra à ce dernier le coin salon, occupé par une chaise et un canapé devant une modeste cheminée. Puis il décida d'allumer le feu, car la soirée s'annonçait froide. De plus, avec la nuit, la fumée ne serait pas visible.

— Et si vous me parliez de votre lien avec les Protecteurs ? commença-t-il, prenant quelques bûches dans le tas à côté de la cheminée.

— Et si je n'en ai pas envie ?

Cam tourna yeux vers lui. Le père de Hilly avait l'air épuisé et à bout. Mais surtout, il avait toujours cette attitude butée et hostile.

— Je pourrais mieux protéger votre fille des périls qui la guettent si j'en savais davantage.

— Qui vous a demandé de la protéger ?

— Hilly.

Cam sortit une allumette de la boîte sur la cheminée et alluma le feu, après quoi il reporta son attention sur James. Ce dernier, tendu, semblait se contenir pour ne pas exploser. Finalement, ses épaules s'affaissèrent. Il était vaincu par l'épuisement.

— C'est vous qui l'avez entraînée dans cette histoire..., dit-il à mi-voix. À vous de l'en sortir.

— Non, James ! objecta Cameron. C'est vous !

Le regard de James Adams jeta un éclair, mais il garda le silence. Cam en fut soulagé. Hilly n'avait pas besoin de les entendre se disputer. Ce n'était ni le lieu ni le moment.

Il fixa le feu, laissant la chaleur l'envahir et l'apaiser après les épreuves de cette journée. Il se sentait épuisé, mais il prendrait le premier quart avec Hilly, puis avec James. Zach serait de retour d'ici là, et ils décideraient de la suite.

— Au menu, chili en conserve, annonça Hilly, les rejoignant.

Elle leur en donna un bol, retourna dans la cuisine, en revint avec son propre bol et prit place à côté de lui. Ils mangèrent dans le silence entrecoupé par le crépitement du feu.

Dans d'autres circonstances, cette soirée aurait été agréable, se dit-il, regardant Hilly. Peut-être que quand tout serait fini, lui et Hilly...

Plus tard.

Une fois qu'ils se furent restaurés, Hilly se leva et empila les bols.

— Père, tu devrais te reposer, dit-elle à James. Tu es mal en point.

— Je suis...

— Blessé ! insista Hilly. Va dormir. Cam et moi, nous ferons le guet. Une fois que tu auras eu quelques heures de repos, tu prendras le relais.

Sur ces mots, elle emporta les bols vides dans la kitchenette. James se leva avec un soupir. Après avoir lancé un regard noir à Cam, il se rendit dans la chambre à coucher, Free sur ses talons.

— Ne touchez pas à ma fille, murmura-t-il avant d'en claquer la porte.

Cam resta insensible à cette injonction stupide. Hilly s'approcha de lui, inquiète.

— Tu redoutes qu'il s'enfuie ? demanda Cam, plaisantant à moitié.

Hilly secoua la tête.

— Non. À quoi bon ? Ici, il est en sécurité. Ils allaient le tuer, Cam. J'en suis convaincue.

Il eut un élan d'empathie qui l'obligea à prendre sur lui. Il avait échoué dans sa mission de la protéger, se dit-il ensuite.

Un échec de plus.

Cam ravala la douleur qui l'étranglait tandis que ses échecs précédents resurgissaient. Pendant ce temps, Hilly le dévisageait, comme s'il avait toutes les réponses, toutes les solutions. Il aurait tellement voulu les avoir. Il aurait tant aimé incarner l'homme fort sur qui s'appuyer en toute confiance, en toutes circonstances.

Pour cela, il ne devait plus se retourner sur ce passé lié à un sentiment de culpabilité, mais plutôt regarder vers l'avenir, tirer l'expérience et la leçon de ce qu'il appelait « échec » et qui n'était autre que la vie...

Il avait échoué à comprendre la dépression et les tendances suicidaires d'Aaron. Mais, à l'époque, comme maintenant, il avait fait de son mieux. Et être faillible, c'était être homme, et non surhomme. Il devait composer avec la situation actuelle et ses inconnues, et improviser au lieu de sans cesse vouloir tout maîtriser.

Il fit signe à Hilly, toute proche, de revenir s'asseoir sur le canapé. Elle obéit. Il prit place à côté d'elle. Il avait besoin de sa proximité. Envie de l'attirer à lui pour qu'elle pose la joue sur son épaule et passer un moment de répit où chacun en profiterait pour puiser en l'autre force et courage.

Pour commencer, il croisa les mains et fixa le feu.

— Si ces hommes voulaient sa mort, pourquoi est-il toujours en vie ?

Hilly détourna la tête. Cam comprit qu'elle savait quelque chose qu'elle n'était pas encore prête à lui révéler. Baissant les yeux, il vit les marques des liens à ses poignets et s'exhorta à la patience.

Lui laisser de l'espace et du temps.

— Tu devrais te reposer, toi aussi, dit-il enfin.

— Je suis trop énervée. Trop...

Et elle se rapprocha de lui. Puis, elle le dévisagea avidement, comme si elle cherchait quelque chose sur son visage. Quoi ? Il retint son regard brun dans le sien.

Alors elle se pencha sur lui et effleura sa bouche. Cam tressaillit. Il n'était pas surpris, non, seulement ce petit baiser avait été météorique. Fulgurant et intense. Une gerbe de feu. Magnifique.

Trop bref.

— Pourquoi ? lui demanda-t-il d'une voix frémissante quand elle se fut reculée.

— Parce que le chevalier en armure reçoit toujours un baiser de la princesse qu'il a sauvée.

Elle lui sourit.

— Du moins, c'est ce que j'ai lu..., ajouta-t-elle. Dans des romans d'amour...

Il sourit aussi.

— Tu délires. Ou tu rêves ?

— Probablement. Mais la réalité est parfois un beau rêve ?

Et elle rit.

— Tu pourrais m'embrasser de nouveau pour que je sois sûre de vivre un moment de rêve ?

C'était trop tentant. Pourquoi lui refuser ce plaisir ? Se le refuser ?

Cam prit ses lèvres avec plus de douceur et de retenue qu'il n'en avait jamais manifesté avec une femme. Hilly, si inexpérimentée fût-elle, n'était pas timide. Malhabile, peut-être. Curieuse. Et elle explora sa bouche avec un empressement qui l'excita et l'émut. Quelque chose de puissant enfla dans sa poitrine, il crut que son cœur allait exploser.

Lorsque Hilly poussa un soupir frémissant contre ses lèvres, Cam se ressaisit, ouvrit les yeux, et s'efforça de revenir à l'instant présent. Il se dit que, malgré sa force ou ses désirs, Hilly avait vécu loin de la « vraie vie » et de sa complexité.

Lentement, celle-ci ouvrit les yeux à son tour. Son regard était plein d'étoiles, se dit-il. C'était difficile de croire qu'elle ne connaissait, de l'amour, que ce qu'elle en avait lu dans des romans, parce qu'une femme avec un regard si brillant, si mystérieux et intense semblait au contraire en connaître tous les secrets.

Ou peut-être se plaisait-il à le penser ?

— Hilly...

— Oui, je sais, dit-elle avec un soupir. Ça n'est ni le lieu ni le moment.

Et elle referma les yeux, laissa tomber la tête sur son épaule, et posa la main sur son cœur au galop.

— J'avais envie de m'évader un peu. Faire comme si c'était fini.

Bientôt.

— Bientôt.

C'était encore difficile de se projeter dans un futur proche, alors que son passé, du moins ses échecs, l'avait si souvent happé et que le présent recelait toujours tant de mystères... Mais quand tout serait terminé, il serait seulement Cam Delaney, et elle, Hilly Adams. Alors peut-être...

— Un baiser, c'est toujours comme ça ? demanda-t-elle soudain, en étudiant son visage.

— Non.

Jamais un baiser n'avait produit sur lui cet effet... si fulgurant.

Fulgurance.

C'était le seul mot qui lui venait à l'esprit.

— C'était spécial, en tous les cas ! dit-elle au même instant avec élan.

Il posa sa main sur la sienne, toujours sur son cœur. *Spécial.* Un mot banal qu'un enfant aurait utilisé. Mais le fait est que ce mélange de terreur et d'allégresse était *spécial.* Le ton ardent avec lequel elle l'avait prononcé le rendait éloquent. Expressif.

— C'est vrai, Hilly...

Il retira sa main.

— Mais... ?

— Mais nous sommes toujours en danger.

Elle se redressa.

— C'est ce qui te retient pour... aller plus loin, n'est-ce pas ?

Cam soupira.

— Non. Pas seulement.

Il savait que les mots qu'il allait maintenant prononcer la blesseraient, mais il devait les lui dire. Peut-être que, venant de lui, elle les accepterait mieux ?

— Le principal problème, Hilly, c'est que tu ne sais pas qui tu es.

16

Hilly tressaillit à cette déclaration qui lui fit l'effet d'une gifle. Mais elle s'efforça de ne pas laisser paraître l'humiliation qu'il venait de lui infliger et garda son regard rivé au sien, sans ciller.

— Je sais exactement qui je suis, déclara-t-elle détachant ses mots avec précision.

Ce n'était pas tout à fait juste. Mais elle savait qui elle voulait être, même si elle ne savait pas encore ce qu'elle deviendrait, et ferait de sa vie.

N'avait-elle pas deux certitudes pour avancer ? Cam, et sa quête de vérité.

— James Adams n'est pas mon père biologique, lâcha-t-elle, baissant la tête. Je ne suis pas sa fille.

C'était étrange de le formuler. De s'entendre prononcer ces mots avec cette voix circonspecte, peut-être incrédule. De l'accepter sans colère.

Elle n'était pas la fille de James Adams. Elle n'était pas Hilly Adams.

Toute son existence avait été fondée sur un mensonge.

Un silence tomba.

— Hilly ?

La chaleur de sa main sur la sienne l'arracha à ses pensées. Elle leva les yeux vers Cam.

— Je ne sais pas pourquoi il m'a élevée. Si j'ai bien compris, les Protecteurs autrefois voulaient ma mort. Quand j'étais encore un bébé. Pourquoi ? Je l'ignore...

Elle marqua une pause.

— Aussi loin que je me souvienne, j'ai considéré James Adams comme mon père. Et moi, j'étais Hilly... Rien de plus normal, non ? Je ne me suis jamais posé de questions sur mon origine.

Elle se tut de nouveau, hocha la tête, poursuivant en silence le fil de ses pensées, décidée à ne livrer ses émotions que plus tard, quand ils ne seraient plus en danger. Quand elle serait à la maison.

À la maison ?

Mais elle n'avait plus ni maison ni famille. Elle se raccrocha à la main que Cam lui tenait toujours.

— Tout à l'heure, quand on était enfermés, j'ai cru comprendre qu'il était censé me tuer, mais qu'il avait préféré me garder la vie sauve, reprit-elle.

Cam l'écoutait. Même épuisé, concentré, il s'efforçait de reconstituer, reconstruire son passé.

— Hillary Simmons..., prononça-t-il doucement, retenant son regard dans le sien.

Hillary.

Hillary Simmons.

L'énoncé de ce nom provoqua, de nouveau, quelque chose en elle. Une espèce de séisme.

— C'est en effet le nom qui a été prononcé par les Protecteurs.

Et Hilly frémit, pensant aux coups qu'elle avait reçus, mais décida de les passer sous silence.

— L'un d'eux m'a demandé s'ils m'étaient familiers.

— Mais qui est Hillary Simmons ? Que lui veut-on ? Pourquoi les Protecteurs voulaient-ils la mort d'un *bébé* ? D'un innocent en somme ?

— Je n'en ai aucune idée, Cam.

Les larmes maintenant menaçaient. Hilly les contint. Elle ne devait pas céder à la tristesse.

— Ça n'a pas de sens ! conclut Cam.

— Père affirme qu'il devait me protéger. *Protéger* ! Je ne supporte plus ce verbe !

— Zach aussi a mentionné Hillary Simmons. Donc Zach sait... Tu serais Hillary Simmons ?

— Laurel avait entendu « Hillary » sur l'enregistrement, déclara Hilly. Et lorsqu'elle l'a prononcé, je...

Elle déglutit.

— Ça m'a donné la chair de poule... C'est un froid glacial qui m'a envahie. Comme si... je découvrais que j'étais une poupée russe qui en contenait une plus petite, jusqu'alors inconnue... Si le prénom de Hillary a produit sur moi un tel effet, c'est que je me reconnais en tant que telle... ?

Cam serra ses mains entre les siennes. Elle soupira, réconfortée par cette seule pression. Cam était son ancrage au milieu de ce maelström d'émotions.

— Essayons de prendre les faits dans l'ordre, tu veux bien ?

Hilly acquiesça, même si elle n'avait plus la force de réfléchir.

— Selon les Protecteurs, tu serais Hillary Simmons. Ces nom et prénom te sont familiers sans que tu puisses expliquer pourquoi ou comment. Ensuite, ton père avoue qu'il n'est pas...

Cam n'acheva pas, mais ses yeux ne quittèrent pas son visage. Il pencha la tête vers l'avant, son expression devint plus pensive et plus douce.

— On va arrêter là. Tu es épuisée, Hilly.

Je ne m'appelle pas Hilly.

À cette pensée, le désespoir lui serra la gorge.

— Nous devons découvrir la vérité, dit-elle.

Avec beaucoup de douceur, Cam l'attira à lui, et garda son bras autour de ses épaules.

— Nous réussirons.

Il effleura sa tempe des lèvres. C'était un simple témoignage d'affection, mais il y avait eu si peu d'affection spontanée dans sa vie qu'elle avait l'impression que ce geste exprimait tout l'amour du monde. Hilly émue nicha son visage dans son cou, contenant ses larmes.

Des sanglots lui échappèrent.

— Pleure, *baby*.

Baby.

Le petit mot doux que les héros de roman donnaient parfois à l'héroïne dont ils étaient fous amoureux. C'était apaisant, si rassurant.

— Je n'ai pas envie de pleurer, dit-elle, tandis que des larmes coulaient sur ses joues. Je veux être forte. Comme toi.

— Ta réaction est normale, Hilly. Ta vie vient d'être bouleversée. Et pleurer ne signifie pas que tu es faible. Il ne faut pas contenir les émotions, la peur ou la frustration, cela au contraire les amplifie. À un moment donné, il faut tout laisser sortir.

Hilly se nicha mieux contre Cam dont la tendresse la fit sangloter.

C'était bon de lâcher prise, de faire confiance au lieu de toujours être sur la défensive, de refouler ses émotions ou de se raisonner et de tourner en rond. Elle se sentit bien, si bien qu'elle finit par s'endormir et se réveilla, surprise, la tête sur l'épaule de Cam. Ce dernier la secouait doucement.

Hilly alertée se redressa aussitôt. Cam lui montra la porte d'entrée.

— Quelqu'un s'approche de la cabane. C'est peut-être Zach, mais je préfère être prudent.

Il se leva et se posta à la fenêtre.

— Toi, va rejoindre ton père dans la chambre jusqu'à ce qu'on soit sûrs de l'identité de notre visiteur.

— Cam...

— Si ça n'est pas Zach, c'est qu'on a retrouvé notre trace, coupa-t-il, insistant. Ce qui signifie que ton père et toi êtes de nouveau en danger. Réveille-le vite. Soyez prêts à prendre la fuite si nécessaire. D'accord ?

Hilly hésita.

Prévenir son père ou rester avec Cam.

Le choix était difficile, d'autant que l'homme qui dormait dans cette chambre n'était pas son père et que de plus, il lui avait menti pendant plus de vingt ans.

Mais il lui avait aussi gardé la vie sauve.

Il l'avait élevée. Il avait pris soin d'elle.

D'un autre côté, il avait bridé sa liberté.

Sa curiosité.

L'avait enfermée dans l'ignorance.

Hilly serra les paupières, certaine que l'épuisement affectait son raisonnement. Elle s'exhorta à se concentrer sur une priorité : rester en vie.

Même si elle éprouvait des sentiments complexes et contradictoires envers James Adams, elle voulait qu'il s'en sorte. Elle jeta un dernier coup d'œil à Cam maintenant posté à côté de la fenêtre. Il serrait son arme avec cet air déterminé qui le caractérisait.

Il fronça les sourcils à son intention, attendant clairement qu'elle quitte la pièce pour passer à l'action. S'il n'avait voulu que la *protéger*, elle aurait été furieuse. Mais Cam voulait aussi qu'elle assure la sécurité de son père et prenne des initiatives.

Hilly entra dans la petite chambre plongée dans la nuit, refermant soigneusement la porte derrière elle. Free s'approcha d'elle en gémissant.

— Père ? appela ensuite Hilly à mi-voix.

Déjà, ce dernier avait quitté le lit et était prêt à franchir la fenêtre. Sans les avertir ? Après tous les risques que Cam avait pris ?

— Père...

— Vite, Hilly. Nous n'avons pas beaucoup de temps.

Elle le regarda enjamber le cadre de la fenêtre.

— Viens ! insista-t-il, interrompant son mouvement pour lui faire signe de le rejoindre. Et dépêche-toi ! lui ajouta-t-il avec une impatience agacée, comme si elle avait été une enfant désobéissante.

Hilly s'approcha à contrecœur.

— Où veux-tu aller ?

— Loin ! Cet homme, dehors, veut ma mort.

— Mais qui est-ce ? Cam est-il en danger ?

Son père ne lui répondit pas. Il lui saisit le bras rudement et l'attira à lui.

— Viens je te dis. Et oublie cet inconnu ! Nous ne devons compter que sur nous-mêmes, Hilly ! C'est notre seule chance.

Hilly hocha la tête avec vigueur.

— Non. Je ne peux pas quitter Cam ! Il nous a sauvé la vie. Nous devons l'aider. On ne peut pas l'abandonner ! Je ne...

Son père lui lâcha le bras.

— Je ne peux pas rester. Ils veulent ma mort, surtout cet homme, là, ce Zach.

Il poussa un profond soupir.

— Franchement, je ne sais pas pourquoi tu fais confiance à un inconnu au lieu de...

— De te faire confiance à toi qui m'as menti pendant toute ma vie ? coupa Hilly.

— On n'a pas le temps d'en parler ! coupa à son tour son père énervé. Choisis ton camp, ma fille. Et vite !

On cherchait à crocheter la serrure de la cabane.

Le nouvel arrivant n'était pas Zach. Cam l'avait d'emblée compris, mais il n'avait pas voulu inquiéter Hilly. Il avait avant tout songé à sa sécurité, et à celle de James.

Qui essayait d'entrer à leur insu ?

Un Protecteur ? Il en doutait, car ceux-ci seraient venus nombreux et auraient fait feu sans sommation. Zach lui avait expliqué qu'ils étaient au moins une trentaine dans le camp. Envoyer un seul homme n'avait pas de sens.

Cam réfléchit et décida d'attendre que l'intrus ait terminé de crocheter la serrure pour le surprendre. Il prêta l'oreille et, bientôt, entendit le déclic qui signalait un déverrouillage réussi. Alors il passa à l'action, ouvrit la porte d'un coup avant que l'individu, toujours accroupi, n'ait le temps de se relever, puis il braqua son arme sur lui.

Mais l'inconnu resta étonnamment calme.

— Eh bien. Bonsoir, dit-il seulement, et d'un ton affable.

Sur ces mots, il reposa ses outils sans hâte et leva les mains avec naturel.

— Ne tirez pas, surtout, dit-il ensuite avec un étrange sourire de guingois.

Il avait au fond des yeux une lueur qui mit Cam mal à l'aise.

L'inconnu baissa les bras. Cam resta concentré et garda son arme braquée. Il ne voulait ni ne pouvait prendre le moindre risque.

— Haut les mains ! ordonna Cam. Et plus un geste.

— Écoutez, je vais me lever, déclara l'inconnu. D'accord ? Après, je vous expliquerai tout. Ce sera plus facile que de vous parler à genoux.

Méfiant, Cam opina en signe d'assentiment. Et, comme il ne regardait que les mains de l'homme afin de s'assurer qu'il les gardait levées, il ne sentit pas venir son coup de pied.

Une douleur fulgurante le traversa alors qu'il tombait à la renverse. Seul l'instinct lui fit serrer la crosse de son arme, qu'il essaya de braquer vers l'intrus, mais un deuxième coup de pied l'en empêcha. Après quoi l'inconnu se jeta sur lui et le plaqua au sol. Cam put le repousser, mais son adversaire reprit l'avantage, le frappant à la mâchoire. Bien qu'étourdi, Cam parvint à se ressaisir, et riposta par un coup de poing dans l'estomac.

Son assaillant chancela, et les deux roulèrent au sol, sans cesser de lutter. De la chambre, Cam entendait Free aboyer, et espérait que James et Hilly avaient déjà pris la fuite.

Cam avait presque réussi à maîtriser l'inconnu, quand ce dernier sortit un couteau qu'il brandit puis abattit sur lui. Cam recula à temps pour éviter de recevoir un coup mortel. Mais son assaillant revint à la charge.

— Je ne sais pas ce que vous cherchez, lâcha Cam.

L'inconnu le toisa.

— Vous ne m'intéressez pas du tout, mais vous protégez celui que je veux, donc vous êtes son complice. Où est-il ? Où se cache-t-il ?

Il.

James.

Ça n'était donc pas Hilly que cet individu recherchait.

Mais Cam s'était juré de protéger Hilly, et son père.

— Je ne sais pas de quoi vous parlez, ni pourquoi vous êtes entré dans ma cabane.

L'inconnu eut un reniflement dédaigneux.

— *Votre* cabane ? Vous mentez ! Vous êtes l'un d'entre eux !

— Eux ? Qui ?

— Les Protecteurs. Ces criminels !

Et l'inconnu pris de rage se jeta de nouveau sur lui, couteau levé. Si Cam l'esquiva, il ne fut pas assez rapide et la lame entailla son bras.

— Je ne suis pas un Protecteur, lâcha Cam. Je pensais que vous en étiez un ?

L'inconnu se figea, et parut cette fois très perplexe.

— Vous êtes de mèche avec un Protecteur ! s'écria l'inconnu, les poings serrés et se rapprochant, l'air belliqueux. Par conséquent, vous êtes l'un d'entre eux !

— Non, répondit Cam avec calme, levant les mains et reculant à pas comptés. J'ai réussi à leur échapper.

— Seul ?

— Oui.

— J'en déduis donc que cet homme et cette femme avec qui vous êtes dans cette cabane ne sont que le fruit de mon imagination ?

— Absolument, déclara Cam, d'une voix égale.

— Vous osez vous moquer de moi ? C'est le comble !

La porte d'entrée, restée entrebâillée, s'ouvrit sur Zach. Et

Cam, distrait par cette irruption, ne vit pas l'inconnu bondir sur lui et appuyer la lame de son couteau sur sa gorge.

Il dirigea le regard vers Zach, immobile, le fusil braqué.

— Tirez ! dit Cam à travers les dents. Bon sang, qu'est-ce que vous attendez !

— Je suis désolé. Je ne peux pas, répondit Zach, baissant lentement son arme, l'air vaincu. C'est mon frère.

17

Hilly avait fait un choix.

Suivre son père pour lui arracher la vérité et revenir prêter main-forte à Cam.

Elle éprouvait un sentiment de liberté et de légèreté, en dépit du danger. Elle avait vraiment changé, au cours de ces derniers jours. Elle s'était émancipée et, enfin, elle avait vu le monde extérieur.

Un monde qui était immense, dangereux et effrayant, mais tellement passionnant… Elle avait envie de partir à sa découverte, de l'affronter, de s'en délecter et même de s'en effrayer.

De vivre !

Sa vie avait pris un tout autre cours dès l'instant où elle avait décidé de sortir de sa clairière et d'aller signaler à la police la disparition inquiétante de son père. Et surtout, au moment où Cam était arrivé devant le vieux chalet dans la clairière.

Elle avait choisi de chercher de l'aide, puis d'accepter le soutien de Cameron. Cela avait modifié son destin. Depuis, les événements et les imprévus se succédaient.

C'était jubilatoire. Enivrant !

Oui, désormais, elle ne cesserait plus de prendre des décisions et des risques, de se jeter à corps perdu dans la vie, de se tisser des liens, de créer un cercle social avec ses joies et ses peines, et comme Cam, de faire de la solidarité et de l'empathie ses priorités.

Elle avait choisi de suivre son père dans sa fuite, parce qu'elle voulait la vérité, et aussi parce qu'elle avait conscience de sa vulnérabilité et de son état de faiblesse. Son cœur saignait d'avoir quitté Cam, mais elle reviendrait auprès de lui sitôt qu'elle connaîtrait son histoire. Elle ne retournerait plus jamais dans la clairière, où le chalet n'existait plus. C'était la dernière fois qu'elle suivait son père. Non, qu'elle faisait un bout de chemin avec lui.

Après, elle apprendrait la liberté.

— Arrêtons-nous, je n'en peux plus, dit Hilly, feignant de haleter.

James Adams n'était pas son père biologique, mais elle le considérait comme l'homme qui l'avait élevée. Elle ferait face aux conséquences de ces révélations plus tard.

— Non, répliqua son père, essoufflé. Trop dangereux. On continue.

— Non. Assieds-toi. On nous rattrapera si tu t'évanouis ou si tu as un malaise.

Il lui jeta un regard furieux, mais cette fois il n'objecta rien et se jucha sur un rocher.

— Je ne suis peut-être pas ton père biologique, mais j'ai été ton père pendant vingt ans. Et tu m'as toujours obéi.

— La donne a changé lorsque je me suis retrouvée seule. J'ai compris à quel point j'étais impuissante.

— Impuissante ! Tu sais chasser, cuisiner et manier les armes ! Que te faut-il de plus ? s'exclama son père outré.

Lorsque des désaccords les opposaient, il restait campé sur ses positions, et elle ne discutait pas. Mais cette fois c'était différent. Il était sur la défensive. Parce qu'il avait peur de la suite ? Et qu'il se savait en tort ?

Observant James Adams blessé et diminué, Hilly se rendit compte qu'il était faillible et imparfait. Il n'était pas cet homme tout-puissant qu'elle admirait et en même temps redoutait.

Elle lui gardait son affection, mais elle n'avait plus peur de lui et ne se laissa donc pas impressionner par sa dernière remarque.

— Je ne savais pas où me ravitailler, répliqua-t-elle. Je n'avais aucun moyen de m'organiser. *Rien*. J'étais morte d'inquiétude !

— Tu aurais dû me faire confiance, grogna-t-il.

Ça n'était certes pas le moment de se disputer, mais énervée et à bout de forces, Hilly ne put retenir les mots qui jaillirent de ses lèvres.

— En t'attendant ? Alors que tu étais prisonnier ! Moi, je pensais que tu étais peut-être mort ou grièvement blessé. Je devais te retrouver et te porter secours, mais comment l'aurais-je pu ? Avec quoi ? Avec qui ? J'ai dû demander de l'aide parce que je n'avais pas les compétences nécessaires pour agir.

— Tu n'aurais jamais dû quitter la clairière ! reprit James Adams obstinément. Et ne pense même pas revoir cet inconnu ! Tu sais qu'il ne faut pas faire confiance...

— Je fais ce que je veux. Et je fais confiance à Cam ! l'interrompit Hilly avec véhémence.

Cam resté seul. Cam qu'elle allait rejoindre sans tarder.

— Je t'ai pourtant appris...

— C'est du passé ! coupa-t-elle de nouveau. Maintenant, j'ai besoin de savoir la vérité !

Après quoi, elle regagnerait la cabane.

— À quoi bon ?

Hilly regarda droit dans les yeux l'homme qu'elle avait cru être son père pendant vingt ans, qui l'avait protégée, et qui, sans doute, avait dû faire des sacrifices dans ce but.

— Tu dois me dire la vérité, insista-t-elle. Tu me la dois.

Son père détourna la tête, le visage tendu et la mâchoire crispée.

Alors Hilly sentit des larmes de rage lui monter aux yeux,

qu'elle essuya vite. Elle s'éloignait, pour regagner la cabane quand la voix de son père la rattrapa.

Aux premiers mots, elle se figea.

— Les Protecteurs ont eu vent de ton existence récemment, commença-t-il soudain d'une voix basse et tendue par la souffrance. J'ignore comment, ou par qui... Bien que je soupçonne... Bon. Bref. Je me rendais à notre réunion annuelle, quand ils m'ont ligoté, frappé et ont exigé de savoir où tu étais. J'ai refusé de parler. Mais ils n'étaient pas les seuls à te chercher.

— Qui d'autre ?

— Ta famille biologique. À l'époque, ton corps n'avait jamais été retrouvé, et certains étaient sûrs que c'était le signe que tu étais toujours en vie.

— Pourquoi devais-tu me tuer ? chuchota-t-elle.

— Par vengeance.

James Adams soupira, pressa la main sur sa poitrine comme s'il souffrait.

— Ton père biologique a mené contre nous un raid qui s'est terminé par la mort de vingt de nos hommes. On ne pouvait l'accepter.

Hilly se figea.

— Et vous avez voulu supprimer un bébé innocent pour vous venger d'un représentant du gouvernement fédéral ?

— Tu ne sais pas de quoi tu parles, coupa James Adams d'un ton sec.

Sa colère était toujours vivace, même vingt ans plus tard.

— Vingt hommes et femmes, poursuivit-il. Les *nôtres*. Qui voulaient rendre le monde meilleur.

— J'ai vu comment les tiens essayaient de rendre le monde meilleur ! coupa Hilly amère. Ce sont des brutes ! Violents. Intolérants.

James Adams secoua la tête.

— Tu ne peux pas comprendre.

— Pourquoi ?

Hilly s'interrompit, et déglutit.

— Et pourquoi ne m'as-tu pas tuée ?

Il baissa les yeux vers ses mains.

— Tu n'étais qu'un tout petit bébé, dit-il, d'une voix plus calme. Nous avions provoqué un accident de la route. Un de tes frères était censé être dans la voiture, mais il n'y avait que toi et ton père. Je t'ai sortie du siège auto et tu m'as souri.

— Et mon… père ?

— Ça n'était pas censé être un accident mortel. On ne voulait pas sa mort, seulement celle d'un de ses enfants pour qu'il en souffre toute sa vie. Mais rien ne s'est passé comme prévu. Il a été tué sur le coup.

— Mon Dieu…, souffla Hilly à la fois affligée et horrifiée.

James Adams soupira.

— Mes supérieurs m'ont ordonné de te supprimer, et je n'ai pas pu le faire. Ça m'a semblé insensé… Après tout, l'homme dont on avait souhaité se venger n'était plus… J'ai inventé une histoire comme quoi la police m'avait identifié et m'obligeait à me mettre au vert : je suis parti me cacher dans l'Idaho où j'ai passé un an. Avec toi. Quand nous y vivions, je t'ai confié à un voisin qui pensait que j'étais un père célibataire et veuf. Mais on a voulu que je revienne au pays. Lorsque tu as été assez âgée et autonome, j'ai emménagé dans le chalet dans la clairière. Je savais que je pouvais assurer ta sécurité loin de tout, que personne ne viendrait te rechercher – ni ta famille ni les Protecteurs. Et ça a fonctionné. Pendant plusieurs années.

La vie de Hilly avait donc été basée sur un mensonge pendant plus de vingt ans. L'homme qui l'avait élevée avait participé au meurtre de son père biologique pour assouvir une vengeance.

Il lui avait sauvé la vie, mais à quel prix.

— Qui a incendié notre chalet ? demanda-t-elle la gorge serrée. Tu affirmes que ce ne sont pas les Protecteurs.

— C'est ton frère. Il essaie de te retrouver.

— Mon frère..., prononça-t-elle.

Elle avait donc un frère qui, de plus, la recherchait, et voulait sans doute venger la mort injuste de leur père. Hilly respira profondément, affolée par la colère et la violence qui l'environnaient.

— Il est à ma recherche. Depuis quelques années, poursuivit James Adams. Il a enquêté et, maintenant, il est proche...

— C'est lui qui doit nous rejoindre dans la cabane ?

— Oui, mais...

Hilly courait déjà. Sa place n'était plus auprès de James Adams, mais de Cam.

Cam avait survécu à beaucoup d'épreuves, mais celle-ci était inédite. Un des frères de Hilly le tenait en respect, avec un couteau posé sur sa gorge. Quant au second frère – qui n'était autre que Zach, leur guide –, il essayait de le raisonner, et parlementait. Les deux ignoraient Free qui aboyait dans la chambre.

Cam sentit le sang couler sur son cou et imbiber son col de chemise. Rien de fatal, mais c'était très inconfortable.

— Écoute, Ethan, reprit Zach, l'air las, presque résigné. Je ne pourrai rien pour toi si tu ne le libères pas immédiatement.

— Faire quoi pour moi ? s'écria Ethan.

— Te sortir de là.

— Quand comprendras-tu que la seule issue, c'est la vengeance ? rétorqua Ethan.

— Et après ? reprit Zach. Ce sera la prison à vie.

— Vous ne pourriez pas tenir cette conversation sans qu'un couteau soit pressé sur ma gorge ? intervint Cam.

Il était conscient qu'Ethan ne le relâcherait pas, mais ça valait la peine de rappeler qu'il pouvait être la victime collatérale d'une discussion incompréhensible.

— Lâche-le, poursuivit Zach. Il n'est pas responsable.

— Faux. Il a libéré James Adams, riposta Ethan. Il est son complice.

— Tu n'as pas encore compris qui il protégeait vraiment ?

— Ça n'a pas d'importance ! s'obstina Ethan.

Cam essayait d'élaborer une stratégie. Se laisser tomber sur le sol ? Mais au risque qu'Ethan surpris lui donne un coup de couteau qui lui serait fatal ? Il espérait qu'il finirait par faire preuve de bon sens et le lâcherait sur les exhortations patientes de Zach. Quoi qu'il se passe, quel que soit le sens de cette discussion, Cam avait compris que le cas d'Ethan relevait de la psychiatrie.

— Tu veux te venger, mais tu l'oublies, *elle*, fit Zach, se pinçant l'arête du nez.

— C'est pour papa, répéta Ethan. Quant à *elle*...

Ethan haussa les épaules, fit un geste de mépris.

— Venger papa, c'est le plus important !

Cam essaya de reconstituer les faits. « Elle » c'était Hilly, mais Cam n'arrivait pas à comprendre le lien avec la vengeance.

— Ça n'est pas ce que pense maman, déclara Zach d'une voix douce.

— Elle se trompe ! s'exclama Ethan.

Cam tressaillit, et le couteau l'entailla un peu plus.

Alors, risquant le tout pour le tout, il fit mine de tousser et donna un violent coup de coude à Ethan qui ne lâcha pas le couteau pour autant. Mais Cam réussit à échapper à son emprise.

Zach se précipita, mais Ethan se ressaisit, fut plus rapide et de nouveau, essaya de le neutraliser. Cam lui saisit les poignets pour éloigner le couteau. Surpris que Zach ne vienne pas à sa rescousse, il le chercha des yeux et le vit qui retenait Hilly.

— Fuis, Hilly ! s'écria-t-il.

Il ne put entendre ce que Zach et Hilly disaient. Il ne vit pas non plus si Hilly obéissait ou si Zach l'éloignait. Il ne voyait que le couteau qui se rapprochait et, dans les yeux d'Ethan, des lueurs de folie et de haine. Soudain, Hilly apparut dans son champ de vision tenant le fusil de Zach qu'elle braqua dans le dos d'Ethan.

— Lâche-le ! ordonna-t-elle. Tout de suite !

Cam croisa le regard d'Ethan, devenu glacé et inexpressif. Il fut parcouru par un frisson. Pendant une seconde, il crut que Hilly allait tirer.

— Je suis ta sœur, déclara Hilly d'une voix haletante. Je ne veux pas te faire de mal, mais je te jure que je tirerai si tu n'obéis pas !

Alors Ethan baissa les bras. Cam continua de serrer les poings, car il était certain que, même sous la menace, Ethan n'abandonnerait pas facilement. Il allait le neutraliser quand Ethan éclata d'un rire étrange. Puis il fit volte-face, saisit le canon du fusil, l'arrachant ainsi des mains de Hilly.

Hilly fut déséquilibrée. Cam se posta aussitôt devant elle car c'était elle à présent qu'Ethan menaçait.

— Ethan ! cria Zach d'un ton horrifié. Tu ne vas tout de même pas tirer sur ta propre sœur.

Il s'approcha et Ethan braqua cette fois le fusil sur lui.

Zach se figea.

— Je pourrais vous tuer tous les trois et piéger James, lança son frère. Il ne doit pas être loin. Il paiera enfin pour ce qu'il a fait à mon père.

— S'il te plaît..., chuchota Hilly. N'aggrave pas la situation. Ça sera pire...

— La situation est déjà la pire qui soit ! hurla Ethan hors de lui.

Cam se leva. Zach se rapprocha, afin de protéger Hilly.

— Je ne te laisserai pas tuer ta propre sœur, Ethan, poursuivit Zach.

— Je fais ce que je veux, riposta Ethan, visant Cam, le doigt sur la gâchette. Lui d'abord !

Cam retint sa respiration et resta immobile malgré Hilly qui le poussait. Il se tenait prêt à se jeter sur Ethan, même au prix de sa vie, espérant que cela donnerait à Zach une chance d'éloigner Hilly.

Soudain, un bruit de pas s'éleva et James entra, une expression de calme et de détermination sur le visage, en dépit de son visage rougi par l'effort.

— Si tu veux tuer quelqu'un, tue l'homme que tu recherches, dit James Adams.

Une lueur jaillit dans le regard d'Ethan qui braqua son fusil vers James.

Alors Cam passa à l'action. Et Ethan tira.

18

— Non !

Hilly n'aurait su dire si elle avait réellement crié ou si son cri avait jailli dans sa tête. Toujours est-il que, voyant Cam s'effondrer, elle se jeta vers lui pour atténuer sa chute.

Cam jura et saisit sa jambe.

Tremblante, Hilly vit Zach s'occuper d'Ethan.

Zach. Ethan.

Ses frères.

Elle tourna les yeux vers son père, qu'elle aurait voulu regarder comme un étranger, un inconnu au mieux, ou au pire, comme James Adams, mais ça n'était pas possible.

C'était son père. L'homme qui l'avait élevée. Les dernières révélations ne pouvaient effacer vingt ans de vie.

— Cam est blessé !

Son père haussa les épaules.

— Laisse-le. Qu'il meure ! Ce serait mieux pour tout le monde.

— Comment peux-tu dire une chose pareille ! Cam t'a sauvé la vie ! s'exclama Hilly furieuse. Alors tu vas l'aider ! Sinon, je te jure que je ne te le pardonnerai jamais !

Le visage de James Adams se ferma et il ne bougea pas. Hilly sentit des larmes de colère et d'impuissance lui monter aux yeux, mais elle les refoula en cillant rageusement.

— Je trouverai bien des compresses dans cette maudite cabane !

— Vite, Hilly, ordonna Cam.

Hilly déglutit et hocha la tête, mais au même instant, son père posa un genou à terre et examina la plaie à la cuisse de Cam.

— Retire ta parka et appuie-la sur la blessure, ordonna-t-il. Plus tu appuieras, plus tu parviendras à stopper l'hémorragie.

Les mains tremblantes, Hilly obéit à la hâte. Cam, très pâle, prit une grande inspiration.

— Nous allons demander de l'aide, dit Hilly. Il faut soigner aussi cette blessure-là...

Et elle effleura l'entaille à son cou.

— Ne t'inquiète pas, j'ai survécu à pire, murmura Cam.

Hilly jeta un regard dans la direction de Zach et d'Ethan.

Ses deux frères.

Zach avait neutralisé Ethan qu'il ligotait à une chaise.

Ethan qui, clairement, souffrait de graves problèmes psychiatriques.

Ethan dont il fallait se méfier.

— Père, chuchota-t-elle. Il faut faire quelque chose.

Ce dernier soupira, puis il sortit le même appareil mince et rectangulaire que celui de Cam et appela les secours.

Son père possédait un téléphone portable. Elle l'ignorait.

Cela lui parut profondément injuste, et symbolique de tout ce dont il l'avait privée. Mais ça n'était pas le moment de lui adresser des reproches, parce que Cam blessé avait besoin de soins d'urgence.

Déjà, James Adams parlait au téléphone.

— Nous avons un homme blessé par balle. Le tireur est neutralisé. Nous nous trouvons actuellement dans une cabane isolée et...

— Dites-leur de me rejoindre à la borne 32 sur l'autoroute A, intervint Zach, très pâle.

Hilly regarda dans la direction d'Ethan, attaché à la chaise.

Sa lèvre fendue saignait, et de ses yeux fous jaillissaient la colère et la haine.

— Comment allez-vous transporter Cam jusque-là ? demanda-t-elle ensuite à Zach.

— Avec mon 4x4. J'ai besoin de quelqu'un pour m'accompagner et le maintenir afin qu'il ne souffre pas trop des cahots. Et il faut faire vite. Je préfère le conduire à cet endroit plutôt que d'indiquer la trajectoire à une ambulance, ce qui me ferait perdre un temps précieux.

— Je viens avec vous ! s'exclama Hilly avec élan.

Mais Zach secoua la tête.

— Je suis désolé. Je ne peux laisser James Adams avec mon frère. Je dois le livrer à la police.

— Police ? s'exclama de nouveau Hilly. Mais qui se soucie de James et de la police ?

Comment ces hommes pouvaient-ils songer à leur vengeance alors que Cam, qui n'avait aucun lien avec James, Ethan ou Zach, souffrait et était en danger ?

— Cam est prioritaire. Mais James doit partir avec moi, reprit posément Zach.

— Et lui ? demanda Hilly, montrant Ethan.

Zach soupira.

— Ethan devra répondre de ses actes devant la justice. La police va venir et le mettra en état d'arrestation. Les policiers te conduiront à l'hôpital.

Hilly secouait sans cesse la tête. Zach s'accroupit à côté d'elle, posa doucement une main sur son épaule.

— Je sais que tu aurais aimé accompagner Cam. Je suis sincèrement désolé, mais j'ai vraiment besoin que ça soit toi qui restes ici, avec Ethan. Je ne veux pas que James soit seul avec mon, enfin, avec notre frère.

— Ethan a *tiré* sur Cam, dit Hilly d'une voix blanche. Il aurait pu le tuer...

— Je sais. Il sera arrêté et jugé. Je te le promets, répéta

Zach patiemment. Je ne ferai pas entrave à la justice, mais il n'en reste pas moins que c'est mon frère... Notre frère...

Hilly ravala la boule qui l'étranglait. Ces hommes avaient des intérêts contradictoires et étaient absorbés par leurs petites affaires. Elle ne laisserait pas Cam en payer le prix fort. Elle continua de presser sa parka sur la blessure, fixant Zach d'un regard impérieux.

— Alors file chercher ton 4x4 ! ordonna-t-elle, le tutoyant rageusement. Approche-le le plus près possible de la cabane. Père ? Va prendre des couvertures sur le lit. On en fera une civière pour transporter Cam...

— Je peux me lever..., intervint Cam dans un murmure.

— N'essaie même pas ! coupa Hilly d'autorité. Une fois que tu seras dans le véhicule, il te faudra aussi des oreillers pour faciliter le transport.

Son père et Zach la regardèrent, les sourcils froncés.

— Bon sang ! Qu'est-ce que vous attendez ! *Maintenant* ! s'écria Hilly à bout de patience.

Les deux sursautèrent.

— À vos ordres, sergent Hilly, souffla Cam, les yeux fermés et la respiration fuyante.

Hilly pressa plus fort sur la blessure. Il ouvrit les yeux avec un gémissement de douleur.

— Reste conscient, tu m'entends ? commanda-t-elle.

— Oui chef ! lâcha-t-il, avec un petit sourire. Je crois que je viens de comprendre que j'étais tombé amoureux de toi. Mais c'est peut-être l'hémorragie qui me fait délirer ?

Hilly sentit son cœur manquer un battement, et elle reprit d'une voix vibrante.

— Dans ce cas, tu as intérêt à t'en sortir pour me le redire quand tu auras toute ta tête ! Me le répéter ! Compris, promis ?

Cam leva la main, lui frôla le bras.

— Oui chef ! Compris. Le répéter jusqu'à la fin de mes jours.

— Dans ce cas, tu dois survivre ! dit-elle en luttant contre les larmes. Jusqu'à présent, tu n'as réussi qu'à me donner mon premier baiser. Je veux aussi un premier rendez-vous. Et le reste… Tu m'as entendue, Cam ?

— À vos ordres, mon général, prononça Cam.

— J'espère bien, répondit-elle d'une voix brouillée par l'émotion.

À cet instant, James Adams revint avec les couvertures et des oreillers. Une fois que Zach eut approché son 4x4 de la cabane, tous deux y transportèrent Cam. Hilly retenait ses larmes. Elle avait envie de lui dire qu'elle l'aimait, mais elle redoutait que cet aveu n'ait valeur d'adieu.

Une fois Cam installé, elle le serra dans ses bras, effleura sa bouche.

— Bats-toi, Cam ! À bientôt !

Il lui adressa une sorte de petit salut faible, après quoi Zach posa la main sur son épaule.

— Assure-toi qu'Ethan reste attaché, surtout. Surveille-le. Ne le quitte pas des yeux.

Il lui donna son fusil et le pistolet de Cam, prit une grande inspiration, et souffla :

— Je te fais confiance… Hillary.

Hillary.

Elle ne le corrigea pas et fit un signe à Cam.

— Je te fais confiance, Zach. Je te confie Cam.

Zach acquiesça, lui serra le bras avant de se mettre derrière le volant. Son père était assis à côté de Cam, et Hilly savait qu'il prendrait soin de lui.

Hilly ne put les suivre des yeux, parce qu'elle ne supportait pas l'idée que Cam, blessé, soit malmené par les cahots du 4x4 sur cette mauvaise route de montagne. Elle rentra vite dans la cabane, auprès d'Ethan, et ouvrit la porte de la chambre où Free était restée enfermée.

Sa chienne en sortit en geignant et aussitôt lui fit fête. Hilly l'apaisa, la caressa.

La voix glacée d'Ethan soudain lui parvint.

— J'espère qu'il mourra.

Hilly donna à Free l'ordre de ne pas bouger, puis lentement, elle fixa ce frère qui exprimait ainsi tant de haine.

Ethan qui avait tiré sur Cam.

Cam...

« Je suis amoureux de toi. »

Cam ne parlait jamais à tort et à travers, mais peut-être délirait-il ? Et elle, de son côté, quels étaient ses sentiments ?

Indescriptibles.

Inexprimables.

Uniques.

Elle revint à la réalité en entendant Ethan.

— C'est un criminel, dit ce dernier d'une voix calme qui la fit frémir d'horreur. Tout comme cet homme qui affirme être votre père. C'est un meurtrier. Un être maléfique. Je remets de l'ordre là où il y a du désordre. Mais j'aurais dû le tuer ! Qui le protège mérite de mourir, lui aussi !

Hilly excédée par ces propos délirants s'approcha d'Ethan, et le gifla de toutes ses forces, au point que sa paume la brûla.

— Tu es pire que les Protecteurs.

Ethan gesticula sur sa chaise, essayant de se libérer, mais Zach l'avait ligoté fermement.

— Tu as été élevée par l'un de ces Protecteurs. Tu es comme eux.

— Non. Et je n'ai jamais souhaité la mort de personne, Ethan. À quoi bon ?

— James Adams a tué papa ! hurla Ethan.

Elle garda le silence. De la mort tragique de leur père résultait, manifestement, le traumatisme d'Ethan.

— James Adams a mal agi, notre père en a payé le prix, dit-elle. Personne ne mérite un sort aussi odieux. Mais la vengeance et le crime ne le ramèneront pas à la vie.

— Je peux infliger à son meurtrier la pire souffrance !

— Au point de perdre ton intégrité ? Ta liberté ? Non, Ethan...

Il grimaçait chaque fois qu'elle prononçait son prénom, alors elle continua à l'employer.

— J'ignore quelle femme je serais devenue si ma vie avait pris un autre cours, lâcha Hilly pensive. J'ai vécu cachée pendant vingt ans. J'ai été protégée ? Oui et non. J'ai été enfermée dans une espèce de prison. Je me rends compte que j'y étouffais, Ethan. Crois-moi, tu ne veux pas être condamné à la prison jusqu'à la fin de tes jours. Il y a de plus belles choses à vivre que la vengeance et la haine.

— Vengeance ! martela Ethan avec véhémence.

— Je suis triste pour toi, Ethan. Tu ne trouveras jamais le repos.

Elle était sincère. Puis, sa colère se dissipa jusqu'à ce qu'elle ne ressente plus que de la pitié pour cet homme malheureux qui préférait la haine et la vengeance à la réconciliation et à l'amour.

Hilly ne voulait que l'amour et l'apaisement.

Peu importe qui elle était.

Elle voulait vivre sa vie.

À fond.

Hilly n'aurait su dire combien de temps s'écoula avant l'arrivée de la police. Elle avait espéré voir Laurel, mais celle-ci était sans doute déjà à l'hôpital, au chevet de Cam blessé.

Les deux policiers mirent Ethan en état d'arrestation, l'interrogèrent. L'un la fit monter à l'avant de la voiture de patrouille, et Hilly parlementa pour pouvoir garder Free à ses pieds.

Le deuxième policier et Ethan s'installèrent à l'arrière du véhicule. Le trajet jusqu'à la ville lui parut long, interminable. Il fut calme et silencieux, juste entrecoupé parfois par des transmissions radio.

Les deux policiers, qui ne purent lui donner aucune information relative à l'état de Cam et au pronostic médical, acceptèrent de la déposer à l'hôpital. Lorsque la voiture de patrouille s'arrêta enfin devant un grand bâtiment gris, Hilly en sortit le cœur serré par une terrible appréhension. Elle était inquiète pour Cam et, de plus, n'était jamais entrée dans un hôpital de sa vie.

Elle fut bouleversée à l'idée de laisser Ethan menotté avec ces policiers. Certes, il l'avait menacée et avait blessé Cam, mais il n'était pas vraiment responsable et avait besoin d'un suivi psychologique. Et il n'en restait pas moins son frère ; à peine l'avait-elle retrouvé que, déjà, elle devait s'en séparer...

Elle fut soulagée d'être accueillie par Zach devant l'hôpital. À sa vue, il leva la main, puis lui fit signe de l'attendre pour s'entretenir à voix basse avec le policier qui conduisait et à qui il montra un badge. Après quoi, il revint auprès d'elle avec un sourire tendu.

— Tu es dans la police ? lui demanda-t-elle avec curiosité.

— FBI, dit Zach d'un ton bref.

Il sourit.

— Mais en infiltrant les Protecteurs de ma propre initiative, sans en référer à ma hiérarchie, j'ai fait preuve d'insubordination, donc il est possible que je ne fasse bientôt plus partie du FBI...

— Ah, j'en suis désolée...

— C'était pour la bonne cause, Hilly.

Zach posa la main sur son épaule.

— Je ne regrette rien. T'avoir retrouvée, c'est l'essentiel.

— Zack, j'aimerais... te serrer...

Hilly se tut. Zach cilla sans comprendre, puis tout à coup il sourit. Et, lentement, avec prudence et maladresse, il la serra contre lui.

— Je pars avec Ethan, dit-il ensuite. J'ai appelé ma... Enfin, je veux dire, notre mère pour lui annoncer la nouvelle. Je lui ai demandé de patienter encore un peu, mais je suis certain qu'elle ne m'a pas écouté et qu'elle va se précipiter. Elle n'habite pas très loin...

Zach déglutit.

— Ça va être un choc... Je ne suis pas sûr d'être revenu à temps pour... pour faciliter les retrouvailles.

— Pars avec Ethan, dit Hilly. Il a besoin de toi. Moi, je réussirai à gérer ces... ces retrouvailles avec...

Sa mère.

Le mot ne put franchir ses lèvres.

Maman.

Elle avait une mère.

Des frères.

Zach. Ethan.

Elle dévisagea Zach, essayant de contenir l'afflux de ses émotions.

— J'aimerais te demander quelque chose...

— Tout ce que tu veux.

Hilly baissa les yeux vers Free.

— Free ne peut pas venir avec moi dans cet hôpital, et j'aimerais que tu t'en occupes...

— Ne t'inquiète pas.

Zach caressa la chienne.

— J'espère que tu as compris qu'Ethan était malade ? reprit-il après un bref silence et avec une immense tristesse.

Puis il sourit, mais sans se départir de sa tristesse.

— Il a besoin d'aide, mais ça ira, ajouta-t-il.

Elle acquiesça, émue par l'espoir qui, cette fois, empreignait ces mots.

Zach monta dans la voiture de patrouille avec Free, et Hilly la suivit des yeux. Elle était seule face au monde et à l'inconnu.

Littéralement.

Quelques jours plus tôt, elle aurait été effrayée, mais il s'était passé tellement de choses, depuis. Surtout, quelque part dans cet hôpital, il y avait Cam qui se battait peut-être pour sa survie.

Il avait besoin d'elle.

Et elle avait besoin d'être auprès de lui.

Elle entra donc d'un pas décidé dans le hall, y vit beaucoup de monde qui allait et venait. Prise de vertige, elle regarda un peu partout, et remarqua un immense panneau qui indiquait les différents services.

URGENCES.

C'est là que Cam devait être. Elle s'y dirigeait quand un mouvement lui fit tourner la tête. Laurel, très pâle, accourait vers elle, suivie d'un grand costaud barbu.

— Hilly ! s'exclama Laurel à sa vue.

Laurel s'approcha et lui serra les mains, la pressant de questions.

— Comment va-t-il ? demanda-t-elle. Où est-il ? Que s'est-il passé ? Est-ce que... ?

— Du calme, Laurel, murmura son compagnon.

— Je viens d'arriver, expliqua Hilly, incapable de détourner le regard de l'homme qui accompagnait Laurel. Je ne sais encore rien.

— Dans ce cas, allons aux urgences, déclara celui-ci avec une calme autorité.

Hilly opina, Laurel lui lâcha les mains et fit les présentations.

— C'est Grady. Mon fiancé.

Hilly ne put masquer sa surprise. Grady ressemblait aux héros des romans qu'elle aimait tant lire. Quant à Laurel, même décoiffée, elle avait l'air d'une étudiante bien sage. Le contraste entre les deux était pour le moins frappant.

— Tu vois, même les inconnus n'arrivent pas à concevoir que nous allons nous marier, tant nous sommes bizarrement assortis ! déclara Grady en souriant.

Puis il les conduisit aux urgences comme si ces lieux lui étaient familiers.

Ils entrèrent dans une salle d'attente. Laurel alla vers l'infirmière derrière le comptoir.

— Asseyez-vous, Hilly, dit Grady en lui montrant une chaise. Vous devez être épuisée après tout ce que vous avez traversé, au cours de ces derniers jours. Enfin, c'est ce que j'ai entendu dire.

Que lui avait-on dit au juste ? s'interrogea Hilly tout étourdie.

À cet instant, Laurel revint, l'air préoccupé.

— Cam est au bloc. Je n'en sais pas davantage. Papa cherche un vol à Denver, Jen ferme le magasin et Dylan est déjà en route.

Laurel était nerveuse. Son inquiétude semblait avoir absorbé toute son énergie, se dit Hilly qui, soudain, se sentit abattue.

— Que s'est-il passé au juste ? reprit Laurel à son intention. La police m'a expliqué brièvement la situation, mais... je ne comprends toujours pas.

— Moi-même je ne suis pas sûre de comprendre..., répondit Hilly à mi-voix.

Laurel lui serra de nouveau les mains, et prit place sur la chaise à côté d'elle.

— Découvrir que tu n'es pas celle que tu pensais être est évidemment difficile. On m'a dit que ton père avait été arrêté. Une fois qu'on en saura davantage sur l'état de Cam, je te conduirai à la prison du comté, si tu le désires.

— C'est... gentil, répondit Hilly, touchée par ce tutoiement inattendu et chaleureux.

— Cam t'apprécie beaucoup, enchaîna Laurel. C'est tellement évident. Pendant qu'il est au bloc, on va se soutenir, d'accord ?

Face à tant de gentillesse, Hilly eut envie de pleurer. Laurel ne cherchait pas à prendre soin d'elle ou à la protéger, au contraire, elle lui demandait son affection et son soutien. C'était un miracle au milieu de cette confusion et de cette peur.

Soudain, une voix incrédule s'éleva.

— Lewis ? C'est toi ?

Une femme brune et très mince s'approchait de Grady, les yeux écarquillés, comme si elle avait vu un fantôme.

— Non, je suis désolé. Vous faites sans doute allusion à mon père, Lewis Carson, répondit Grady. Vous le connaissiez ?

— Oh ! bien sûr. Tu... Enfin vous êtes... trop jeune.

Elle se passa la main sur le front, clairement déconcertée.

— Tu... Vous êtes son fils. Lewis a un fils...

— Écoutez, madame, je...

— Je m'appelle Sarah.

— Sarah, la sœur de mon père ? s'exclama Grady stupéfait. Celle qui autrefois s'est enfuie de la maison ?

Elle sourit tristement.

— Oui. C'est moi. Mon Dieu, je n'arrive pas à y croire... C'est décidément le jour des retrouvailles... et je... je...

Elle secoua la tête, se passa la main sur le front.

— Une chose à la fois, murmura-t-elle.

Hilly mal à l'aise avait envie de prendre la fuite, mais elle resta immobile, fixant Sarah.

— J'aurais tant de choses à te demander..., reprit cette dernière, mais je suis avant tout venue pour... pour rencontrer...

Enfin, les yeux de Sarah se posèrent sur elle. Pendant un moment, Hilly regarda sa mère, le souffle suspendu.

Hilly n'avait pas remarqué de ressemblance entre elle et Ethan et Zach, mais avec cette femme... C'était comme se voir dans un miroir légèrement déformant. Mêmes yeux, même nez et même bouche. Seule la couleur des cheveux était différente.

— Hillary, prononça Sarah dans un souffle.

— Je...

Hilly se tut. Elle avait la gorge serrée et, de toute façon, elle ne savait pas quoi dire.

— Zach a dit que tu serais là, reprit Sarah. Je... Enfin, Zach m'a dit de ne pas venir tout de suite. De patienter. Je n'ai pas pu. Je n'aurais pas dû venir. Mais il le fallait.

Et sur ces mots, elle tendit la main à Hilly pour aussitôt la retirer.

De voir cette femme si nerveuse, et au bord des larmes, Hilly se ressaisit.

Elle se leva et lui sourit.

— Je suis tellement contente que tu sois là !

Un sanglot jaillit des lèvres de Sarah. Hilly ouvrit les bras. Elle savait qu'il leur faudrait du temps pour s'apprivoiser, se découvrir après vingt ans de séparation, mais c'était un bon début.

Sarah la serra à son tour contre elle, en larmes, le visage contre son épaule. Hilly l'imita et pleura longtemps.

Pourtant, jamais elle ne s'était sentie aussi... forte et sûre d'elle. Il y avait certes encore beaucoup d'inconnues dans sa nouvelle vie, mais désormais, elle savait qui elle était.

Elle allait pouvoir commencer à *vivre* !

— Je pensais que tu étais morte..., balbutia sa mère. Je t'ai pleurée. J'ai pleuré ton père. Et maintenant... tu es là. Hillary.

— Je suis là, murmura Hilly.

Lentement, sa mère se ressaisit, puis recula et la contempla.

— Mon Dieu, quelle journée. L'un de mes fils est en prison et j'ai retrouvé ma fille. Et de plus, je rencontre mon neveu...

Elle adressa un sourire tremblant à Grady.

— C'est trop d'émotions...

— Asseyez-vous, Sarah, intervint Laurel, lui montrant le siège que Hilly avait quitté. Quand vous serez plus calme, vous nous expliquerez tout, d'accord ?

C'est ce qui se passa.

Sarah raconta que son père ayant désapprouvé son mariage avec un policier, elle s'était enfuie avec ce dernier, rompant ainsi les liens avec sa famille. Puis elle évoqua l'agence gouvernementale où le père biologique de Hilly avait travaillé. De son côté, Hilly brossa un tableau complet de sa vie.

Aucun ne parla de Cam, même quand Jen et Dylan les rejoignirent. C'était une espèce d'accord tacite, mais Cam ne quittait pas les pensées de Hilly.

Enfin, une infirmière appela les frères et sœurs de Cam pour les conduire à son chevet, en soins intensifs.

Hilly les regarda avec envie. Ils lui assurèrent ensuite que Cam allait bien, mais qu'il n'avait pas encore repris conscience.

Sur ces entrefaites, le père de Cam arriva. Une fois qu'il fut informé de la situation, et de la présence de Sarah, il s'assit le plus loin possible de celle-ci.

Laurel soupira.

— Je n'en crois pas mes yeux ! Il pense à cette maudite querelle à un moment pareil.

— Une querelle ? s'enquit Hilly.

— Les Carson et les Delaney sont des familles ennemies, répondit Sarah en lui serrant la main.

Puis elle sourit tendrement à Grady.

— Bent n'a donc pas changé ?

— Pas le moins du monde, comme tu le constates, fit Grady.

— À une exception près : un Carson et une Delaney se marient dans un mois ! précisa Laurel.

— Exactement, renchérit Grady.

Et il sourit à Hilly, puis à Laurel.

— Laurel, sans vouloir jeter de l'huile sur le feu, j'aimerais être présent quand tu révéleras à Cam que son amie est une Carson !

Une Carson.

Des querelles de famille.

Une famille.

C'était incroyable, son univers s'élargissait de plus en plus. Et justement, ça n'était pas près de se terminer ! C'était beaucoup trop à la fois, elle était étourdie par l'afflux de nouveautés mais c'était exaltant.

Et tant que Cam allait bien, tant que son père allait bien…

Eh bien, le reste était superflu.

19

Cam aurait juré que sa tête avait été remplie de coton, et que son sang avait été remplacé par de la lave. Paradoxalement, il se sentait comme transpercé par des stalactites et frissonnait.

En bref, il était en enfer.

Peut-être que s'il ouvrait les yeux, ces sensations extrêmes disparaîtraient ? Il y réussit au prix d'un effort herculéen, et après une éternité.

Aussitôt il vit Laurel et fut réconforté de constater qu'elle ne pleurait pas. Mais il voulut être sûr que tout allait bien.

— Je suis mort ?

— Pas encore.

Laurel sourit, essayant manifestement de paraître courageuse, mais sa voix était rauque et son visage livide.

— C'est bon signe, je suppose, ajouta-t-elle. On va devoir cesser de faire des retrouvailles à l'hôpital, frangin.

Hôpital.

Il était à l'hôpital. Il avait été blessé. C'était donc pour cette raison que sa jambe le faisait souffrir. Il soupira. C'était trop douloureux de réfléchir et d'essayer de reconstituer les événements.

— Ma blessure est pire que la tienne…, lâcha Cam.

Laurel avait en effet été blessée, l'année dernière, au moment de son retour à Bent. Bien qu'il n'ait pas envie de remporter un titre dans pareille compétition, Cam espérait que ce commentaire, qui se voulait une plaisanterie, apaiserait les inquiétudes de Laurel.

— Où est Hilly ? demanda-t-il ensuite.

Il l'avait laissée dans cette cabane, et maintenant, où était-elle ?

— Ici. Avec papa, Jen, Dylan. Tout le monde attend ton réveil. On t'a regardé dormir à tour de rôle.

— Il faut que quelqu'un s'occupe de Hilly, insista Cam sans l'écouter. Elle a traversé tant d'épreuves... Elle est plus courageuse que n'importe qui. Et elle doit être épuisée... Elle n'a nulle part où aller, acheva-t-il dans un souffle.

— Chut. Calme-toi Cam.

Laurel lui caressa la joue, un geste d'affection rare qui, dans des conditions normales, l'aurait mis mal à l'aise, mais qui, à l'instant, lui fit le plus grand bien.

— La mère de Hilly et Zach est arrivée, et veille sur elle. Même un troupeau de chevaux sauvages ne pourrait arracher Hilly à cet hôpital, tu peux me croire : elle ne partira pas tant qu'elle ne t'aura pas vu.

— Elle a rencontré sa mère ?

— Oui. Et ça se passe bien. Hilly est incroyable ! Elle se comporte en vraie championne malgré ses récentes épreuves.

— Je dois la voir !

— Elle aussi le veut, mais seules sont autorisées les visites de la famille.

— Écoute, Laurel...

Sa sœur sourit.

— J'ai compris. Je vais demander à Grady de faire diversion, et je la ferai entrer en douce.

Cam poussa un soupir de soulagement.

— Les Carson peuvent parfois être utiles ! Ils sont aussi inattendus. Surtout, garde ça à l'esprit, ajouta Laurel d'un air énigmatique.

Et, à son tour, elle soupira et ajouta.

— Et dire que tu es resté quinze ans chez les marines

sans avoir une égratignure. Dieu sait combien je me suis inquiétée pour toi. Tu es revenu à Bent depuis moins d'un an et vois dans quel état tu es !

— C'est l'effet du Wyoming. De Bent...

Laurel lui sourit, et Cam sentit une puissante émotion le soulever.

— J'ai échoué dans la première mission de ma société de sécurité...

Elle l'embrassa sur le front, et il fut réconforté.

— C'est un sentiment que j'ai déjà ressenti au cours de ma carrière, Cam, mais Grady a tendance à me rappeler que, à ma façon, j'ai aussi réussi et que, de toute façon, j'ai toujours fait de mon mieux. Je suis certaine que, à l'instant, tu passes en revue un million de scénarios différents qui auraient pu être meilleurs. Après tout, tu n'en sais rien... Moi, ce que je sais, ce que tu sais, c'est que tu as donné tout ce que tu avais, Cam. Comme toujours. Donc, tu n'as pas échoué.

L'effet de ces mots ajouté à celui des médicaments l'apaisèrent.

— Je vais faire venir Hilly. Ne te rendors pas.

Sur ces mots, Laurel lui tapota l'épaule et sortit.

Cam resté seul médita les propos de Laurel qui rejoignaient ses récentes méditations.

Il avait toujours fait de son mieux. Parfois, ça ne suffisait pas, mais dans le cas présent, Hilly était en sécurité. Hilly avait retrouvé James et sa vraie famille.

Il avait un sentiment d'échec parce que cette réussite ne lui revenait pas à cent pour cent, mais était-ce vraiment important ? N'avait-il pas donné le meilleur de sa personne, de son expérience pour assurer sa sécurité et celle de son père ? Autrefois, sa seule amitié n'avait pas suffi à sauver la vie d'Aaron, mais parfois, face à la souffrance, toute l'amitié du monde ne suffisait pas.

Encore une fois il était faillible. Il était homme et non surhomme.

Soudain, la porte s'ouvrit, Hilly entra. Elle ne parut pas décontenancée par les appareils ou la perfusion. Elle n'avait d'yeux que pour lui. Elle s'approcha et posa sa tête contre sa poitrine, avec précaution.

— Cam... Tu vas bien ?

— Oui, je vais bien.

Et même mieux maintenant qu'elle était à son chevet. Cam ne pouvait s'expliquer comment une femme qu'il ne connaissait pas, quelques jours plus tôt, avait réussi à prendre autant de place dans son existence et dans son cœur. Mais ce qu'il savait, et sans l'ombre d'un doute, c'est qu'une vie sans Hilly n'avait pas de sens.

Hilly le dévisagea, les larmes aux yeux.

— Laurel a dit que tu aurais besoin d'une autre opération.

— Ne t'inquiète pas, je survivrai ! N'ai-je pas survécu à la première ?

Une larme coula sur la joue de Hilly. Il leva la main pour la lui essayer.

— Tu n'as pas pleuré face à Ethan, tout à l'heure dans cette cabane. Tu as été tellement courageuse...

— Je voulais l'être pour toi.

Elle posa doucement les doigts sur le bandage à son cou. Il allait saisir son poignet, mais elle recula avant.

— Il paraît que tu as enfin rencontré et fait la connaissance de ta mère ?

Elle acquiesça.

— Oui. Et c'était très étrange... Mais si bon. C'est facile de lui parler. C'est... c'est...

— Bizarre ?

— Oui, c'est vraiment très étrange. Je dois tout recommencer de zéro, et ce sera étrange, de toute façon. Mon... Enfin, je veux dire, James a lui aussi été arrêté. Zach espère qu'Ethan ira dans une unité de psychiatrie. Et comme James n'avait pas l'intention de tuer mon père, et qu'il a été un citoyen modèle, sa peine ne sera pas trop lourde. Du moins, s'il plaide coupable. C'est ce que m'a expliqué Laurel. Et elle m'a aussi promis de me conduire auprès de lui...

— Accepte tout ce que les Delaney te proposeront. Compris, promis ?

— Compris, promis ?

Et Cam sourit.

— C'est ce que tu m'as dit tout à l'heure dans la cabane. Et aussi de rester conscient. Avec quelle énergie !

Hilly glissa sa main dans la sienne et sourit à son tour.

— Je découvre que je suis plutôt coriace. Je pense que je ne suis pas au bout de mes surprises.

Il voulut baiser sa main, mais la force lui manqua.

— Moi non plus..., souffla-t-il.

— À propos, Cam, je suis une Carson.

Cam rit, malgré la douleur.

— Laisse-moi deviner... C'est Grady qui t'a demandé de me faire cette bonne blague ? Cela dit, je suis étonné qu'il ne soit pas présent pour voir ma réaction ! Et s'en amuser !

Hilly le regarda avec le plus grand sérieux.

— C'est la stricte vérité, Cam. Ma mère est la tante de Grady. J'ai cru comprendre qu'elle s'était enfuie de Bent, et avait fui les Carson pour pouvoir se marier avec mon père. Elle a reconnu Grady tout à l'heure... C'est son neveu.

La sensation de coton dans la tête de Cam revint avec intensité, accompagnée par un bourdonnement. Hilly ne plaisantait pas.

Elle, une Carson ?

La famille qu'il méprisait depuis toujours ? Peut-être avait-il des sentiments moins extrêmes envers les Carson depuis son retour au pays, depuis que Grady et ses cousins avaient sauvé la vie de Laurel, quand elle avait été enlevée, l'année dernière, mais quand même... Hilly, une Carson.

— Grady voulait en effet être présent au moment où je te l'annoncerais, dit Hilly, les sourcils froncés.

— Je... Tu es...

Cam se tut. Hilly baissa la tête.

— Mes origines familiales ne changent rien à tes sentiments pour moi, Cam, n'est-ce pas ? Parce que tu m'as dit que tu m'aimais. Tu ne l'as pas oublié, j'espère ?

— Vraiment je te l'ai dit ? murmura-t-il, soudain mal à l'aise.

Pas parce que Hilly était une Carson, mais parce qu'il avait dit beaucoup de choses, qu'il aurait gardées pour lui s'il n'avait pas été grièvement blessé. Et surtout, il aurait attendu le bon moment pour se déclarer. En y mettant les formes de préférence.

Son amour était réel, authentique, mais Hilly, si forte, si étonnante soit-elle, devait aussi découvrir sa nouvelle vie. Avec un million de choses à voir... Elle avait besoin de temps, pour se reconstruire, renouer avec sa famille et se réconcilier avec le passé et le présent, s'adapter à sa nouvelle réalité.

— C'est à cause de la blessure..., dit-il dans un effort pour changer de conversation.

Et pour donner une échappatoire à Hilly, et surtout, de l'espace.

Mais elle s'assombrit et parut contrariée.

Cam déglutit, malheureux, ressentant le besoin désespéré de... de lui dire... qu'elle représentait tout ce qu'il avait toujours désiré. Elle était différente et étonnante et... il ne trouvait pas les mots. Le coup de foudre était inexplicable. Inexprimable.

— Je plaisantais, dit-il soudain.

— Tu es sûr ? demanda-t-elle, l'air si sérieux et si...

— Je t'aime, Hilly ! s'exclama Cam à bout. Ma raison me dit que c'est trop tôt, mais pas mon cœur. Tu as tellement de choses à vivre... Et si importantes...

— Toi tu es important ! Tu es au centre de ma nouvelle vie parce que celle-ci a commencé grâce à toi. Avec toi. Tu m'as protégée, Cam, tu m'as aussi donné le choix. Je sais que je suis ignorante, mais...

Elle regarda leurs mains toujours jointes, l'air pensif, mais déterminé.

— Ma mère et mon frère m'aiment, déclara-t-elle avec prudence. Ils ne me connaissent pas, mais je suis des leurs, ils m'aiment. Je les aimerai. Je me jetterai à corps perdu dans ma nouvelle vie ! J'ai hâte de découvrir ce qu'elle me réserve. Et je veux que tu en fasses partie, Cam. Je n'ai pas besoin de comprendre le monde pour comprendre que je t'aime.

Cam toussota, délogeant l'émotion qui l'étranglait.

— Tu pourrais rencontrer un homme qui serait plus...

— Il ne serait pas toi. J'ai seulement besoin de toi.

Elle tendit sa main restée libre et lui caressa le visage.

— Je suis ignorante, c'est un fait, mais je sais que tu seras toujours le meilleur. Tu m'as promis de m'aider alors que tu n'y étais pas obligé. Tu m'as donné le choix. Et c'est toi que je choisis. Parce que je t'aime. Je t'aime, Cam.

Son assurance, sa fermeté le déconcertaient.

— Je ne sais pas quoi dire.

— Aime-moi et c'est tout !

Il rit.

— Je suppose qu'on devrait prévoir notre premier rendez-vous ? dit-il d'une voix rauque.

— Avant, tu dois guérir.

— Je guérirai vite.

Elle posa sa tête sur sa poitrine.

— Mon Dieu, comme je suis fatiguée tout à coup, murmura-t-elle.

— Alors, repose-toi. On va se reposer tous les deux. Toi et moi.

Ensemble.

Épilogue

Un mois plus tard

Hilly regardait la maisonnette qui s'élevait sur les terres Delaney. Au cours de ce dernier mois, elle n'avait pas hésité à accepter de l'aide et à donner sa confiance à autrui.

Maintenant, elle habitait le petit chalet que Laurel lui avait cédé, non loin de l'impressionnante demeure qu'elle avant tant admirée.

Hilly avait deux emplois à temps partiel : serveuse le soir dans le saloon de Bent, et caissière dans la supérette de Jen pendant la journée. Et elle était occupée à remplir des dossiers de candidature dans différentes universités.

Elle rentra dans le chalet, un sourire aux lèvres.

Sarah l'avait aidée à compléter divers documents administratifs et aussi, à prouver qu'elle avait reçu une formation scolaire à domicile et avait un niveau de fin d'études secondaires. Hilly savait qu'elle devrait faire face à de nombreuses difficultés pour entrer à l'université, mais elle était prête à soulever des montagnes.

Cam était en convalescence. Il restait fragile et parfois elle redoutait, dans son élan, de le serrer trop fort dans ses bras. C'était dur de voir un homme aussi solide, aussi fort faire face à ses limites, mais elle ressentait un plaisir immense à l'aider et le soutenir.

Elle avait trouvé sa vocation.
L'aimer.
Aider.
Devenir infirmière.
Cela s'était imposé à elle. Si elle ne pouvait suivre une formation dans ce sens, elle en trouverait une autre dans le domaine médical.
Satisfaite, elle posa les dossiers de candidature sur la table de la cuisine. Hilly avait passé la première semaine après ces événements chez Sarah, à Cheyenne, mais elle ne s'y était pas plu. Elle n'aimait pas la vie en ville. Trop de béton et trop de monde. Pas assez d'air.
Zach s'était moqué d'elle lorsqu'elle le lui avait dit, et avait déclaré que Cheyenne était une petite ville. Elle s'en rendrait compte quand elle irait à New York, Chicago ou Los Angeles ! Un jour peut-être. En attendant, Hilly n'avait eu d'autre désir que de retourner à Bent, proche des montagnes. Là, elle se sentait chez elle. Elle était consciente que Sarah souffrait un peu de cet éloignement, mais Hilly s'était promis d'avoir une année avec une totale liberté d'action. À la fin de l'année, elle réévaluerait la situation.
Chaque semaine, elle rendait visite à James en prison et était prête à témoigner en sa faveur lorsqu'il serait jugé. Zach en avait été contrarié, mais il ne s'y était pas opposé. En revanche, Sarah l'avait soutenue avec force. Hilly savait que c'était dû en partie à son désir d'apaisement, et à celui de forger une relation positive avec elle.
Avec Zach, Hilly était allée rendre visite à Ethan dans le centre où il était soigné. Celui-ci semblait aller mieux.
Cette vie dans le monde extérieur était bizarre. Excitante et stimulante. Merveilleuse et douloureuse. Mais Hilly était heureuse.
On frappa à la porte. Cam entra.
Hilly prit son air le plus sévère.

— J'espère que le médecin t'a autorisé à te déplacer sans canne !

Il lui sourit, et au creux de son ventre il y eut ce quelque chose de délicieux qu'elle ressentait pour lui depuis le premier échange de regards au bureau du shérif.

Quelque chose ? Non, l'amour ! Elle l'aimait un peu plus chaque jour.

— Le médecin vient de m'examiner. Il m'y autorise. Je ne subirai pas d'autres opérations.

Elle l'enlaça.

— C'est une bonne nouvelle.

Il hocha la tête vers la table où s'amoncelaient des dossiers de candidature.

— Qu'est-ce que c'est ?

Hilly n'avait confié son projet d'étudier à l'université qu'à Sarah. C'était étrangement agréable de partager un secret avec sa mère. *Sa mère*. Cette réalité la réjouissait de plus en plus.

— Je voudrais suivre des cours pour devenir infirmière, dit-elle.

Son énergie à organiser sa vie dans le monde extérieur parfois la surprenait. C'était effrayant et palpitant, avec tant de possibilités qu'elle se sentait essoufflée comme après avoir couru. Même cela n'entamait pas son enthousiasme.

— Hilly. C'est génial !

Il la pressa dans ses bras.

— Tu seras une infirmière fantastique !

Elle le serra contre lui. Son Cam. Toujours prêt à la soutenir, et à l'encourager…

Depuis sa sortie de l'hôpital, ils avaient eu leur premier vrai rendez-vous, suivi par de nombreux autres. Et, ce soir, elle serait à ses côtés en l'honneur du mariage de Laurel et Grady.

Ils construisaient leur couple. C'était merveilleux.

Bien sûr, elle en voulait davantage, mais elle devrait patienter, attendre que Cam soit complètement rétabli. S'il avait connu la raison de son impatience…

Maintenant, il marchait sans canne, il avait repris des couleurs. Elle savait qu'il souffrait encore, par moments, mais il guérissait.

À vrai dire, tous les deux étaient en convalescence.

— Je sais qu'on devait sortir déjeuner avant de se préparer pour le mariage, mais...

— Tu veux remplir tes dossiers ? fit Cam. C'est très bien. Je peux...

— Non. Ça n'est pas ce que je veux..., insinua-t-elle en lui prenant la main.

Elle le conduisit dans la chambre. Il souriait quand elle se tourna vers lui. Puis elle noua ses bras autour du cou, il se rapprocha.

— Je t'aime, Hilly, dit-il avec le plus grand sérieux, et presque solennel.

Ainsi l'aimait-elle.

— Je t'aime aussi.

Et sans le moindre doute !

Elle ignorait encore beaucoup de choses, mais elle connaissait l'amour. Son père l'avait aimée à sa façon, distante. Austère. Cam, lui, donnait de l'amour à profusion. Maintenant, elle était prête à explorer mieux cet amour.

À s'y adonner pleinement.

À se donner à Cam.

RESTEZ CONNECTÉ AVEC HARLEQUIN

Harlequin vous offre un large choix de littérature sentimentale !

Sélectionnez votre style parmi toutes les idées de lecture proposées !

www.harlequin.fr

- **Découvrez** toutes nos actualités, exclusivités, promotions, parutions à venir…
- **Partagez** vos avis sur vos dernières lectures…
- **Lisez** gratuitement en ligne
- **Retrouvez** vos abonnements, vos romans dédicacés, vos livres et vos ebooks en précommande…

L'application Harlequin

- Des **ebooks gratuits** inclus dans l'application
- **+ de 50 nouveautés tous les mois !**
- Des **petits prix** toute l'année
- Une **facilité de lecture** en un clic hors connexion
- Et plein d'autres avantages…

Téléchargez notre application gratuitement

Télécharger dans l'App Store

DISPONIBLE SUR Google Play

SUIVEZ-NOUS !

facebook.com/HarlequinFrance
twitter.com/harlequinfrance